€ 20,10

QUER VERLAG

Lüge mich

Antje Wagner

Roman

Ich danke der Stiftung ***Kultur****fonds*
für die Unterstützung der Arbeit an diesem Buch.

Erste Auflage März 2001

Umschlag und grafische Realisierung von Sergio Vitale unter Verwendung einer Fotografie von Ashley/Gaze
Druck und Weiterverarbeitung: Druckhaus Köthen
ISBN 3-89656-058-1
Printed in Germany

Bitte fordern Sie unser Gesamtverzeichnis an:
Querverlag GmbH, Akazienstraße 25, D-10823 Berlin
http://www.querverlag.de

Sie waren Zauberer. Sie sprachen magische Worte und schufen das Universum.

Für Elli LaBusch und Kyra

Prolog

Fragen Sie mich bloß nicht, wer ich bin.

Ich tanze in Schleiern. Das Rauschen meiner Stoffe soll ein Versprechen sein für Sie und das Klingeln meiner Reifen ein Eid und der Duft meines Haars ein ewiger Schwur. Glauben Sie nichts. Versuchen Sie nicht, mich zu erkennen.

Es gibt nichts Ehrliches außer der Sehnsucht danach.

Sagen Sie später nicht, ich hätte Sie nicht gewarnt. Wenn Sie ein anständiges Buch lesen wollen, klappen Sie dieses jetzt wieder zu. Oder legen Sie Ihre Moral beiseite.

Dies ist die Geschichte von vier Menschen. Durch nichts miteinander verbunden als durch ein Geheimnis. Bei wem Sie beginnen, spielt keine Rolle. Machen Sie einfach einen Schritt. Es ist ein Tanz.

Ich tanze auch nackt vor Ihnen. Doch Sie werden geblendet zu Boden sehen, denn Wahrheit ist nackt. Ich umarme das Feuer. Ich stampfe mein Bild in die Glut und umtanze es mit feuchten Gliedern, aber Sie werden die Augen abwenden, denn Lüge ist nackt. Tanzen Sie mit mir, und schneiden Sie sich danach die Zunge heraus. Sie werden sündigen. Es gibt einen Wein, der berauscht wie kein anderer. Sie werden ein Wort kosten, das verboten ist.

Es lebt eine Frau, die Sie lieben werden wie keine andere, die Sie begehren sollen wie niemanden sonst, die Sie so vollständig besitzen wollen, daß sie unter Ihren Händen sterben muß. Sie weiß ein Wort, nach dem Sie sich verzehren.

Sie werden sie töten. Weil Sie wissen wollen. Weil Sie die Wahrheit wissen wollen.

Nachts steigt sie auf die Hänge und pflückt die Trauben. Sie greift in die Reben und wirft die Früchte in einen Bottich. Sie klettert nackt hinein und tanzt im Mondlicht, daß ihr der Saft rot bis zu den Schenkeln spritzt. Sie singt dazu, und trunken fließen die Töne aus ihrem Mund. Sie weiß ein Wort, so schwer getränkt, daß keiner es tragen kann. Nur sie. Sie aber trägt es mit einer Leichtigkeit, die Ihren Zorn nähren wird. Und Sie werden sie begehren, sollen sie begehren, müssen sie begehren wie keine andere. Sie tanzt eine Nacht lang und lacht dabei, und ihr Lachen ist heiß vom Fieber ihrer Glieder. Süß sinkt es in die Trauben. In den Tanz gebettet ist das Wort. Das Wort, das Ihnen fehlt.

Sie werden sie öffnen. Sie werden sie trinken. An ihrer Zunge werden Sie saugen, um das Wort zu schmecken. Geben Sie die Hoffnung auf. Versuchen Sie nicht, mich zu erkennen.

Sie werden sie töten, aber die Wahrheit werden Sie nie erfahren.

Kommen Sie. Ich werde für Sie tanzen.

Vielleicht bin ich das Lachen. Vielleicht bin ich das magische Wort. Unbedingt bin ich Tänzerin.

Also fragen Sie mich bloß nicht, wer ich bin.

Helen

Ich erwache aufrecht im Bett. Mein eigenes Keuchen im Ohr. Finster. Stille. Angst! Was war das? Meine Augen hetzen verstört hin und her.

Nichts.

Schwarz breitet sich das Zimmer vor meinem Blick aus. Der Kühlschrank summt, die Heizung rauscht, der Mond vor den Fenstern ist bleich. Der Vorhang bewegt sich sacht im Atem der Stunde. Alles ist normal. Nirgends etwas Beängstigendes. Aber etwas ist passiert, während ich geschlafen habe.

Nichts.

Mein Herz rast. Mein Flüstern zerhackt die Stille, als ob es nicht zu mir gehört.

Elise – Elise – Elise – komm – zurück – bitte – zurück – zu – mir – ich – fürchte – fürchte – wahnsinnig – zu – werden – halt – mich – bitte – deine – Hand – deine – Stimme – dein – Herz – Elise!

Doch Elise ist tot.

Im Grunde ist nichts passiert. Es ist überhaupt nichts passiert, was rechtfertigen könnte, was ich getan habe. Niemand war je schlecht zu mir. Ich habe nie an etwas leiden müssen. Ich hatte ein schönes Leben. Und trotzdem.

Ich weiß nicht, warum ich es getan habe. Sie werden mich entdecken. Ich weiß es. Sie werden mich entdecken. Elise! Ich habe etwas auf mich geladen. Aber ist es Schuld?

Die Angst bricht mir aus den Poren. Sie sammelt sich zwischen den Brüsten und rinnt den Bauch hinab ins Laken. Ich erstarre. Ich kann sie riechen. Dieses jähe Begreifen! Ich weiß, was passiert ist. Ich weiß, was mir …

Mein Geruch.

Mein Geruch hat sich verändert!

Ich sitze aufrecht im Bett, und Herzschlag auf Herzschlag fallen mir wieder die merkwürdigen Träume ein, die Jahre zurückliegen. Die Träume, mit denen alles anfing.

„Das Ausfallen von Zähnen …", dozierte meine beste Freundin Franziska, „bedeutet im klassischen Sinne Kastrationsangst …"

Na, das fällt ja nun schon mal weg, dachte ich.

„… oder aber, daß sich dein Unterbewußtsein mit einer bevorstehenden Veränderung deiner Lebenssituation beschäftigt."

Jede Nacht sind mir die Zähne ausgefallen.

Im Traum biß ich Ober- und Unterkiefer fest zusammen und bewegte die Backenzähne mahlend aufeinander, bis ein einzelner Zahn sich lockerte. Es knirschte dann ein bißchen, so ein inneres Knirschen, das man nur im Kopf hört, und dann stieg ein feiner Schmerz auf. Strenggenommen kein wirklicher Schmerz, es lag etwas Lösendes darin. Ich stieß vorsichtig gegen den gelockerten Zahn und probierte aus, wie weit ich gehen konnte, ohne den Schmerz dabei als etwas Angenehmes zu zerstören. Und er kam und ging in Wellen, aufebbend, abebbend, aber wie ein leiser Quell nie versiegend. Und ich schwamm allnächtlich in diesem Zustand aus Schmerz und Lust, der wie Watte war und doch intensiv, den ich mit der Zunge verfeinerte, bis unvermittelt eine Aggression aufplatzte, und ich den Zahn herausstieß, und die Zunge sich weich in die Lücke legte. An dieser Stelle schreckte ich jedesmal aus dem Schlaf und tastete nach meinen Zähnen. Doch immer waren die Reihen makellos.

Franziska klappte das Buch zu. Ich starrte auf den Titel *Traumdeutung*, als handelte es sich um ein Zauberwort. Sie sah mich an und sagte: „Du mußt einfach fahren, Helen. Denk nicht groß darüber nach. Laß das hier hinter dir! Wahrscheinlich wird es nur schlimmer, wenn du bleibst."

Und in dem Moment fiel die Entscheidung.

Die Worte, die nie gesagt wurden, halbausgelebte Handlungen, jede Berührung, die kurz vor der Haut verhielt – ich möchte sie fortführen. Meine Geliebten, ich werde euch aussprechen heute nacht. Noch immer ist mein Körper in Aufruhr. Die Härchen an Armen und Beinen haben sich wie in der Vorahnung einer Zärtlichkeit aufgestellt. Die Schauer auf der Haut wollen nicht abklingen. Tief in mir pulsiert ein Begehren, das ablehnt, sich aufzulösen. Heute nacht möchte ich euch beim Namen nennen, damit ich euch endlich vergessen kann.

Wann beginnt eine Geschichte?

Am Anfang ist das Bild. Sonst nichts. Nur das Bild. Das Nichtgesagte umgibt sich mit einem Zauber, den kein Wort je wird erreichen können. Ich habe manchmal eine unbeschreibliche Scheu vor Worten. Sie verfälschen das Bild. Trotzdem komme ich nicht umhin, Worte zu benutzen. Ich bin keine Musikerin. Ich male auch nicht. Ob das ehrlicher wäre?

Ich könnte jetzt eine Geschichte erzählen, in der es nur um Würde und Seele ginge, und dürfte ohne Scheu sprechen. Niemand würde sich empören. Niemand würde erröten. Aber es geht nicht nur um Seele und Würde in meiner Geschichte. Gibt es aber eine Sprache der Lust, die man einfach so sprechen kann? Es müßte eine Sprache für die Sinne sein. Keine pornografische. Eine Sprache für die Augen, die Ohren, die Nase, die Zunge, die Haut.

Doch wie heißt das Wort für einen Blick, der zwar mein Gesicht meint, mich aber mitten ins Geschlecht trifft? Wenn ich es ausspreche, halte ich inne. Sofort komme ich mir lächerlich vor. Und schlüpfrig. Sofort sehe ich mich um, ob auch niemand lacht oder mit dem Finger auf mich zeigt. Worte sind so unnachgiebig, wenn ich sie meinen Bildern umlege, ein Korsett, und immer besteht die Gefahr, daß eine der spitzen Fischrippen den Stoff sprengt und das Bild zu Tode sticht. Genau das war es jedoch, was ich fühlte, wenn Jördis oder Franziska mich ansahen: Ich spürte ihre Blicke nicht in den Augen und nicht im Herzen. Ich spürte sie tief im Fleisch.

Am Anfang ist das Bild. Ich sehe alles vor mir. Jede einzelne vergangene Sekunde steht mir als Bild klar vor Augen. Ich kann dieses Bild nicht original und unverfälscht wiedergeben. Wie soll ich es aus mir herausholen? Man müßte mich zerschneiden und in meinen Nerven und Blutbahnen danach suchen. Trotzdem würde man immer nur meinen Körper vorfinden. Meine Bilder werde ich korsettieren müssen. Aber die Sprache, die Sprache ist nur eine Erinnerung an das Bild.

In wie vielen Sprachen kann man sich erinnern?

Nichts ist geblieben von dir, Jördis, nichts von dir, Franziska.

Der Schlaf flieht mich. Er sieht mich an mit nachtfeuchtem Auge und eilt vorüber, den Sand umklammernd. Mein fremder Geruch dringt mir ins Gehirn. Er umspült mich mit Erinnerungen.

Der Auslöser für meine Lust zu reisen, müssen die Träume gewesen sein. Diese merkwürdigen, sich wiederholenden Träume, in denen mir unentwegt die Zähne ausfielen, Träume, die bald all meine Nächte ausfüllten.

Franziska hat es so erklärt. War es so? Oder bin ich ihr immer nur blindlings gefolgt?

Ich rieche an meiner Haut. Die Zahlen des Radioweckers blinken mir sanft entgegen. Halb zwei nachts. Ich werfe die Decke ab und erhebe mich. Neben dem Kachelofen steht ein Sessel, der einer Muschelschale ähnelt, den du, Franziska, geliebt und du, Jördis, gehaßt hast, ein großes Polster, dessen Rücken gegen das hohe, weit geöffnete Fenster weist. Ich lege mich hinein, mitten in die kühle Luft.

Elise, seit du tot bist, bleibe ich unverstanden.

Ich habe es ja versucht. Ich habe versucht, all die Fragen meiner Freunde zu beantworten, aber jedesmal ist ein neues Warum aufgetaucht. Warum ich mich so an Franziska hängte? Wovor ich denn ausrisse? Ob ich etwa Angst hätte, Verantwortung für mein Leben zu übernehmen? Keiner hat mich verstanden. Nur du. Fragen, die mir niemand mehr stellt, weil ich beschlossen habe, nicht mehr zu reisen. Fragen, deren ich so müde geworden war. Als ob es Schwäche sei zu reisen! Aber schließlich wäre ich ja nicht allein.

Ob ich denn jemals wirklich an Jördis dachte? Jördis, meine Geliebte, die immer zurückgeblieben ist. Dieser Vorwurf hat mich am meisten gepeinigt. Nur du wußtest, daß ich unterwegs sein mußte, Elise, gerade weil ich Verantwortung übernommen hatte, und daß ich nicht ausriß, wenn ich fuhr, sondern dann, wenn ich blieb. Du hast behauptet, ich müsse ja unterwegs sein, weil ich eben nicht eine, sondern beide liebte. Du hast auch gesagt, daß zum Lieben unfaßbar viel Mut gehöre, weil es nicht weniger als alles kosten kann.

Franziska. Jördis. Wir haben nie darüber geredet, aber ich bin sicher, daß ihr gewußt habt, worum es ging, denn ihr habt mich beide verlassen, als ich mir vorgenommen habe, endlich zu bleiben. War es ein Fehler, daß ich nie von Liebe geredet habe?

Wie instabil doch das Gebäude der Vergangenheit ist. Wie austauschbar jeder einzelne Stein aus Erinnerung. Laßt mich euch erfinden, meine Geliebten! Ich werde euch heute nacht sagen, was ich immer gescheut habe, auszusprechen. Ich falte Worte aus Sehnsucht und lasse sie in das Schweigen fliegen.

Nichts ist von euch zurückgeblieben. Nichts als eine Bürste im Bad und ein schwarzer Pullover. Wo seid ihr jetzt? Hinter mir steht nur die Nacht, schweigend.

Jördis, ich bin gereist, um mich an dich zu erinnern. Um immer zurückkommen zu können. Und Franziska, ich bin gereist, um bei dir zu sein und um Abschied zu nehmen, wenn ich zu Jördis zurückkehrte. Jetzt werde ich bleiben, damit ich euch beide vergessen kann.

Hast du dir, ohne nachzudenken, eine neue Bürste gekauft, Franziska? Und wenn du jetzt einen Pullover trägst, Jördis, erinnerst du dich dann noch an den vergessenen? Wenn ich mein Haar bürste, bewegen sich die Borsten wie Finger über meine Kopfhaut. Wenn ich den Pullover trage, liegt er weich und verlogen auf meiner Haut, und ich versuche, etwas darin zu erriechen, was sich lange verflüchtigt hat.

Bin ich denn spurlos an euch vorübergegangen?

Ich liege in der Polstermuschel, den Kopf zurückgeworfen, die Kehle entblößt. Mein nackter Bauch ist eine Einladung. Für einen Blick. Einen Mund. Ein Messer.

Kommt, ihr Erinnerungen. Holt mich, meine Geliebten! Ich bin gefangen in ungesagten Worten, die ich belauschen will wie ein Dieb. Ihr seid in meinen Augen und Ohren gespeichert. Ein Film, den ich heute nacht in mein Gehirn einlegen werde. Ich rufe euch herbei. Ich drücke auf den Knopf. Das Bild flimmert. Ich höre eure Schritte. Da sind schon die Schatten, die euch vorausgehen. Da rauschen eure Worte. Ich stelle den Ton lauter. Ich schärfe meine Sinne. Ja, da seid ihr! Unverkennbar. Jördis. Franziska.

Erinnerungen sind niemals stumpf. Das Begehren schärft sie. Ich greife danach und zerschneide mir das Herz dabei. Bleibt nicht vor der Schwelle heute nacht. Kommt herein. Betretet die Szene.

Niemand, außer Franziska und Elise, wußte von meinem Plan, ein Austauschjahr in London zu verbringen. Meiner Geliebten Hannah hatte ich den Gedanken sorgsam verschwiegen. Daß Franziska mir begeistert zuraten würde, als ich ihr davon erzählte, hätte mir doch von vornherein klar sein müssen. Sie übertrug nur ihren Normalzustand auf mich: das dringende Gefühl, einfach mal alles hinter sich zu lassen.

Franziska ließ nämlich ständig alles hinter sich. Überhaupt Franziska. Sie ist kein Mensch, sondern ein Phänomen. Ich habe sie genaugenommen nur als eine gekannt, die immerzu in Hektik war. Entweder kam sie gerade von irgendwo zurück, oder sie wollte gerade irgendwohin. Wenn man sie besuchte, fand man sie zuverlässig beim Koffer ein- oder auspacken, und immer hatte sie viel zu erzählen. Wenn man sie mal auf der Straße sah, grüßte sie hastig, blieb dann aber doch kurz stehen und sagte erklärend: „Ich halt's echt nicht mehr aus. Mir fällt hier alles auf den Kopf", und hetzte dann weiter, von einem Reisebüro ins nächste, auf der Suche nach dem billigsten Last-Minute-Angebot.

Begegnete man ihr nicht, war sie unterwegs. Meistens war sie unterwegs. Wenn ich sie einmal brauchte, war sie garantiert nie da. Sollte Franziska tatsächlich einmal keine neue Reise planen, mußte man sich Sorgen um sie machen. Dann konnte sie nur krank sein. Franziska hätte in Wirklichkeit Hektika heißen müssen.

Zusammen mit Franziska hatte ich auch Alexander kennengelernt. Das war auf diesem denkwürdigen Semesterball. Ich glaube, es ist gar nicht möglich, daß man den einen kennt und die andere nicht, denn sie sind meistens zu zweit aufgetreten. Franziska und Alexander – ein richtiges Filmgeschwisterpaar. Wunderschön beide, unzertrennlich und erstaunlich liebevoll zueinander. Sie schrieb. Er machte Musik. Im Grunde war das Ganze viel zu ideal. Es hätte mir von Anfang an auffallen müssen. Es war etwas Sonderbares an ihnen. Aber ich war blind.

Ich erlebte die beiden jedesmal aufs neue staunend und mit einem leisen Schmerz in der Brust, weil ich selbst keine Geschwister hatte. Ich sehe meine Gestalt im nächtlichen Licht der Neonreklamen, wenn ich mit ihnen ausgegangen bin. Trotz allem eine einsame Gestalt. Sie hatten ihre Hände verschränkt, und ihr Lachen war laut in den menschenleeren Straßen. Man ist nur dann allein, wenn man weiß, was einem fehlt. Sie waren Zwillinge, gleich groß, gleich blond, gleich braunäugig, Rehbrüderchen und Schwesterchen aus dem Märchen, das Elise mir früher vorgelesen hatte.

An Franziska und Alexander war alles beeindruckend. Sie hatten lange Arme und Beine, breite Schultern, große Hände. Einzeln wirkte Franziska manchmal fast schon grob, aber zusammen mit Alexander war sie eine auffällig schöne Frau. Ich lief neben ihnen, immer mit einem Meter Luft dazwischen. Ich fühlte mich unscheinbar. Ich lachte ebenfalls, aber leiser. Ich hatte mit niemandem die Hände verschränkt. Ich wollte immer so ein Brüderchen, so ein Schwesterchen. Aber ich war schwarzhaarig, schmalgliedrig und hatte graue Augen.

Wenn wir ausgingen, dann war es zwar jedesmal ein amüsanter Abend; innerlich jedoch kam ich mir ausgeschlossen vor, unfähig, jemals mit Franziska eine solche Tiefe zu teilen, wie sie sie mit Alexander teilte, denn das war eine Tiefe des Blutes. An diesem absurden Gefühl des Betrogenseins konnten sogar Franziskas Treueschwüre nichts ändern.

Ihre Treulosigkeit war überhaupt etwas, was ich nie richtig verwinden konnte. Franziska hat das zwar nicht gewußt, sie hielt mich wahrscheinlich für naiv, aber ich habe immer unter ihren extremen Verwandlungen gelitten. Franziska hatte die Fähigkeit, sich voll und ganz auf mich einzulassen und mir einen Abend lang das Gefühl zu geben, alles für sie zu sein, die engste Vetraute. Sie hat es verstanden, mich glauben zu machen, daß sie auf der Stelle zugrunde ginge, wenn unsere Freundschaft zerbrechen würde.

Aber kaum war sie mit Alexander oder mit Jördis oder mit bestimmten anderen Leuten zusammen, verlor sie ihr Gesicht, oder sie setzte sich ein neues auf, ich weiß es nicht, und wurde eine ganz andere. Eine, die mich einen Abend lang überhaupt nicht beachtete oder nur dann, wenn sie mich gebrauchen konnte. Es konnte vorkommen, daß Franziska auf einer Party jemanden kennenlernte und mit ihm oder ihr für eine Stunde verschwand, ohne mir ein Wort zu sagen. Manchmal verschwand sie sogar ganz und gar von der Bildfläche, und ich habe später dann vergeblich nach ihr gesucht. Erst am nächsten Tag hatte sie angerufen, jedoch mit einem unvergleichlich zerknirschten Ton in der Stimme, mit dem sie meinen Ärger mühelos wegschmelzen konnte. Sie habe eben nicht anders gekonnt, erklärte sie dann, sie sei einfach verführt worden vom Augenblick und mußte unbedingt gehen, und jedes Suchen nach mir, um mir Bescheid zu sagen, wäre nur eine Verzögerung gewesen, die ihr die Lust des Augenblicks verdorben hätte. Das müsse ich doch verstehen, und überhaupt, ich habe ja recht, und sie sei egoistisch und schäme sich, und ob ich ihr verzeihen könne, denn schließlich sei ich allein ja diejenige, die sie wirklich liebe, ohne diese ganzen sinnlichen Verwirrungen, und ob wir uns noch am selben Abend treffen könnten und sie dann bei mir übernachten dürfe und so weiter. Und jedesmal bin ich darauf reingefallen, denn wenn wir daraufhin den Abend miteinander verbrachten, war sie so wundervoll und ganz und gar nur für mich da. Ich strich ihr noch lange durchs Haar, wenn sie eingeschlafen war.

Welches Gesicht ist Franziskas echtes Gesicht gewesen? Das eine wirkte so glaubhaft wie das andere. Beide waren aber so grundverschieden, daß es einfach nicht anders sein konnte, daß eins gespielt und eins echt war. Aus diesem Gedanken folgte natürlich unweigerlich, daß auch ihre Zuneigung zu mir entweder gespielt war oder echt. Ich hasse es, darüber nachzudenken. Das einzige, worin ich mir niemals unsicher war, war Franziskas Liebe für Alexander. Ich habe nie erlebt, daß Franziska Alexander einmal im Stich gelassen hat, was sie sich bei mir andauernd erlaubte.

Was die eine zuviel hatte, das hatte der andere zuwenig. Oder andersherum. Dabei sollen Zwillinge einander doch auch innerlich ähneln. Ich möchte wirklich keine Einzelheiten aus ihrer Kindheit wissen. Sie müssen sich ohne Unterlaß gestritten und geschlagen haben, so unterschiedlich wie sie sind. Trotzdem haben sie zusammengehalten wie Pech und Schwefel. Sie wollten sogar mal zusammenziehen. Jedenfalls hatten sie das in Australien noch vor.

Ach, ich mag nicht an Australien denken. Dieser gräßliche Streit. Daß Franziskas und meine Freundschaft kaputtgegangen ist, ist schlimm genug. Aber auch Alexander und Franziska haben sich dort so zerstritten, daß keiner den anderen mehr sehen will. Das Entsetzliche daran ist, daß alles meine Schuld ist. Ohne mich wäre es nie zu diesem Streit gekommen. Und wenn sie sich nie so zerstritten hätten, würde alles so sein wie früher. Und Franziska wäre noch meine Freundin. Dabei hätte ich niemals ein Wort über ihr Geheimnis verloren.

Ich lege endlich deinen Pullover ab, Jördis. Ich trenne mich von deinem verblaßten Geruch. Nie wieder will ich einen Pullover tragen. Ich ziehe dich aus. Aber ich friere ohne dich.

Franziska, ich will mir mein Haar ausreißen. Nichts auf meinem Schädel soll mehr nach einer ordnenden Bürste verlangen. Ich reiße dich einzeln heraus. Aber ich werde lange dafür brauchen.

Ich würde gern zu ihm gehen. Doch er wird mich nicht sehen wollen. Schließlich bin ich für die ganze Misere verantwortlich. Trotzdem würde ich ihn gern besuchen. Alexander ist das, was Franziska überhaupt nicht ist: vertrauenswürdig. Er ist jemand, dem man seine ganze Seele ausbreiten könnte, einer dieser Menschen, von denen man ohne Bedenken einen Gebrauchtwagen kaufen würde. Auf Alexander ist immer Verlaß. Er hat, das ist ein banales Beispiel, ich weiß, aber er hat nie meinen Geburtstag vergessen, obwohl er überhaupt keinen Grund hatte, daran zu denken, schließlich war seine Schwester meine Busenfreundin, und er, nun ja, er war ja nur der Bruder. Aber ich weiß, daß er mir einmal ein Geschenk vor die Tür gelegt hat, das angeblich von ihr war. Ich habe diesen Betrug natürlich sofort durchschaut, es aber nie gesagt.

Ganz anders Franziska. Wenn ich sie gebeten hatte, mich nachts von einer Party mit dem Auto abzuholen, dann hatte sie das garantiert schon vergessen, sobald sie um die nächste Ecke war. Rief ich sie dann spätnachts verzweifelt an, weil sie nicht auftauchte, war natürlich nur der Anrufbeantworter angestellt, und ich mußte auf einer Luftmatratze der Gastgeber schlafen oder etliche Kilometer nach Hause laufen. Das einzig Zuverlässige an Franziska war ihre Unzuverlässigkeit.

Alexander würde sein letztes Hemd für jemanden wegschenken, da bin ich sicher. Er würde sich zu seiner eigenen Hochzeit verspäten, nur um ein Versprechen einzulösen, jemanden vom Bahnhof abzuholen, beim Umzug zu helfen oder so. Ein etwas durchgedrehter, aber richtig netter Typ.

Vor Australien habe ich ihn einige Male besucht, und immer war es, als ob ein leicht Geisteskranker mir die Tür öffnet. Kein Psychopath natürlich, sondern ein auf sympathische Weise Geisteskranker. So würde er jedenfalls auf jemanden wirken, der ihn nicht richtig kennt. Denn in Wirklichkeit ist er nur in Gedanken. In seinen Sphären eben. Wenn Alexander einem die Tür öffnet, dann ist so ein Ausdruck in seinem Gesicht, restlos verstört, als hätte man ihn gerade aus einer Parallelwelt geholt und als hätte er Mühe, sich im Hier und Jetzt zurechtzufinden. Manchmal hat er mich angesehen, als würde er mir gerade das erste Mal begegnen. Ich habe ihm immer Zeit gelassen, mich zu erkennen, oder die Peinlichkeit unterbrochen, indem ich einfach die Initiative ergriff. Zu erwarten, daß Alexander selbst etwas sagt oder tut, das muß man sich abgewöhnen, denn erfahrungsgemäß steht er einfach nur da. Er kann einen minutenlang nur ansehen mit diesem zerstreuten, leicht kurzsichtigen Blick.

Ich erinnere mich an eine ganz typische Besuchszene: Ich halte ihm die Tüte mit den mitgebrachten Windbeuteln entgegen. Alexander greift danach und steht weiterhin lächelnd und stumm in der Tür. Ich erheische einen Blick in seine Wohnung, die wie jedesmal chaotisch aussieht, ein Schlachtfeld, in dem ich nie und nimmer wohnen, geschweige denn arbeiten könnte, denn alles steht und liegt durcheinander, und es ist mir schleierhaft, wie er sich überhaupt in seiner eigenen Wohnung zurechtfindet. Sogar das Klavier sieht aus wie eine Ablage.

Er steht also immer noch in der Tür, hält die Tüte in der Hand, lächelt mich freundlich verwirrt an und schweigt. In solchen Momenten wirkt er fast ein bißchen debil. Aber liebenswürdig debil. Alexander kommt einfach nicht auf die Idee, jemanden hereinzubitten. Auch nicht, wenn man schon mit dampfenden Teetassen in der Hand vor der Schwelle stehen würde. So ist er.

Sicher, auch Franziska hatte diese chaotische Ader, aber sie hat es immer geschafft, ihre Spontaneität zu organisieren. Während Alexander in Australien dauernd an seine Musik dachte und ganz und gar abwesend war, kümmerte sich Franziska beispielsweise überhaupt nicht um ihr Buch. Sie stürzte sich voller Abenteuerlust in jeden Tag. Sie schürfte Opale in Coober Pedy, innerhalb des winzigen Claims, den wir abstecken durften. Sie bestaunte die Raketen in Woomera und ging in Adelaide shoppen, kurz – sie machte alles, was jeder andere Rucksacktourist ebenfalls gemacht hätte.

Sogar in den vielen müßigen Stunden, wenn es zu heiß war, um mit dem Auto unterwegs zu sein, geschweige denn, einen einzigen Schritt zu gehen, und wir den Tag im Schatten einer Wüsteneiche verdösten und auf den Abend warteten, selbst in dieser Zeit hatte sie nicht eine einzige Zeile geschrieben, sondern las in ihrem Reiseführer über die Tiere, die Wasserversorgung, die Gefahren im Outback und wie man sich in jeder nur erdenklichen Situation behelfen konnte. Und später unterhielt sie sich mit uns darüber, oder besser: Sie unterhielt uns. Franziska ist das, was Alexander überhaupt nicht ist: praktisch, vorausblickend, planend.

Seit ich Alexander kenne, frage ich mich, wie er überhaupt überleben konnte, so weltfremd wie er ist. Wenn ich allein an die Mahlzeitenprozeduren in Australien denke! Wenn Franziska und ich unser Frühstück längst beendet hatten und schon bei der dritten Tasse Tee saßen, hatte Alexander noch keinen Happen gegessen. Er saß vor seinem zerbröselten Toast, fütterte begeistert die Heerscharen von Ameisen und beteiligte sich nicht am Gespräch. Sein Platz sah jedesmal so aus, als hätte dort ein Hurrikan getobt. Er warf garantiert irgendeine Tasse um, schmierte die Marmelade dorthin, wo man sie ganz sicher nicht gebrauchen konnte, kippte die Milch daneben. Wenn er

Frühstück machen sollte, vergaß er, Kaffeepulver ins Wasser zu tun oder den Toaster ein- oder wieder auszuschalten.

Er sorgte sich um nichts. Reiserouten, Autokauf, Autoversicherung und Autowartung oder gar Zeltaufbauen – all das kümmerte ihn nicht im geringsten. Zugegeben, er machte alles, was man ihm sagte. Er sammelte Holz, holte Wasser, baute einen Sonnenschutz aus der Zeltplane, aber er kam niemals von selbst auf die Idee, so etwas zu tun. Er schien überhaupt keinen Sinn für die Dinge des täglichen Überlebens zu haben. Er konnte mir mit freundlich abwesendem Blick beim Zeltaufbauen und Franziska beim Reifenwechseln zusehen und dabei hochkonzentriert in seinem Vogelbuch blättern und das Kreischen aus den Bäumen identifizieren.

Überhaupt: Geräusche, Töne, Musik! War Franziska alles in Australien, nur nicht Schriftstellerin, so war Alexander nichts als Musiker. Immerzu summte und schrieb und probierte er. Er war vollkommen fassungslos, daß es keinen einzigen Vogel gab, der nicht wenigstens ein bißchen zart klang, sondern ausschließlich trötende, quäkende, plärrende Vogelkehlen. Es stimmte ja, daß wir niemals romantisch von einem süßen Flöten geweckt wurden, sondern immer nur von einem ohrenbetäubenden Gekreische, das allerdings von überraschend niedlichen Vögeln stammte, doch daß man darüber vergessen konnte, die Wasservorräte aufzufüllen, war erstaunlich. Ob wir genügend Wasser oder Benzin dabeihatten, war ihm völlig egal, wenn nur die Gitarre sicher untergebracht war. Aber so war eben Alexander.

Mit Franziska und Alexander änderte sich mein Leben grundlegend. In Australien dachte ich manchmal an Hannah. Diese Beziehung war schön gewesen für die Zeit, die sie gedauert hatte, aber es tat mir nicht mehr weh, daß sie vorbei war. Ich hatte mich nach etwas Aufregendem gesehnt. Nach etwas wie Franziska und Alexander. Und wie Jördis.

Als Hannah mir damals den ersten Kuß gegeben und meinen Kopf ganz leicht festgehalten hatte, mehr eine Andeutung als ein wirkliches Festhalten, und mich somit hinderte, mich dem ersten Kuß zu entziehen, war ich starr geworden, starr vor Schrecken, und mein Herzschlag war wie eine Trommel im Ohr gewesen. Ich hatte mich so nackt gefühlt wie in diesen schlimmen Träumen, in denen ich, mitten im größten Menschentrubel, auf einmal keine Kleider mehr trug und wo jeder Versuch, mich zu verstecken, alles nur verschlimmerte. Ich hatte unter ihren Händen und Blicken zu zappeln begonnen. Doch dann waren da nur noch ihre Lippen gewesen, weich und schmiegsam. Lippen, die nichts forderten. Als sie sich von mir löste, hatte sie gefragt: „Noch Angst?"

„Ein bißchen", hatte ich geantwortet. „Ich weiß auch nicht."

Alles, was ich nicht kenne, macht mir angst. Ich hatte nie eine Frau geküßt. Hätte ich nicht vielleicht einen schrecklichen Fehler begehen können? Wie küßt man überhaupt eine Frau? Obwohl Elise mich davor zu bewahren versucht hat, habe ich doch lange in der Angst gelebt, fürchterliche, unerwartet zerplatzende Fehler zu machen, die die Welt zum Stillstand bringen würden.

Natürlich hat mir auch London angst gemacht. Ich kannte die Stadt eben nicht. Nie vorher hatte ich frei englisch gesprochen. Aber ich bin trotzdem gefahren.

„Lippen, die nichts fordern – das hast du gedacht?"

Ich hatte Elise die Sache mit Hannahs erstem Kuß verraten.

„Du hattest doch keine Angst vor dem Kuß. Ich glaube, du hattest eher Angst davor, daß es genauso bleiben könnte, wie es angefangen hat – immer und ewig Lippen auf deinen, die nichts fordern. Und London? Deine einzige Angst ist wahrscheinlich, daß es dich langweilen könnte!"

Ich habe ihr geglaubt. Ich habe alles hinter mir gelassen. Nur Elises Worte nahm ich mit.

Zu viele Personen am Anfang meinen Sie? Und die Zeiten sind durcheinander? Aber Helen erzählt ihr Leben. Das ist nicht so einfach, wie es klingt. Haben Sie schon mal darüber nachgedacht, wie man Leben überhaupt erzählen kann? Stellen Sie sich vor, Sie wären in derselben Situation. Allein um eine einzige Minute Ihres Lebens wiederzugeben, bräuchten Sie dazu nicht zwangsläufig zehn Arme, die alles auffangen und zur selben Zeit niederschreiben müßten? Doch gleicht das Erzählte der erlebten Minute wirklich?

Es kommt ihr nahe, nicht wahr, aber es entspricht ihr nicht. Das ist ein großes Problem beim Erzählen. Womöglich weil etwas in einem immer ein bißchen wertet, verwertet, bewertet oder entwertet. Oder aber weil das Erzählen wie das Foto einer Landschaft ist, die Sie einmal besucht haben. Sie sehen sich zu Hause die Berge an, die Seen, die Wiesen, doch etwas Wesentliches fehlt. Sie nicken? Jetzt fragen Sie mich bloß nicht, was dieses Wesentliche ist. Ich weiß es so wenig wie Sie. Aber ich verspreche Ihnen: Sie werden nach und nach erfahren, wie alles zusammenhängen könnte.

Lassen Sie uns doch zusammen ein bißchen durch Helens Fenster schauen. Sie müßte um die Dreißig sein, finden Sie nicht? Haben Sie gute Schuhe an? Wir werden tanzen und springen. In den Zeiten. Immer hin und her. Sie verstehen schon. Das ist oft so, wenn jemand sein Leben erzählt. Im Prinzip gehören Uhren erschlagen. Aber sehen Sie, schon schweife ich ab. Helen hat schließlich ihre Geschichte selbst zu erzählen.

Du hast immer diese bunten Zigeunerröcke und schwarze Riemchenschuhe getragen, Elise.

Weißt du noch, als meine Eltern dir zu Weihnachten ein Paar Gesundheitsschuhe geschenkt haben? Du hast sie mit zwei spitzen Fingern genommen, weit von dir gehalten und laut gelacht. Mein Vater hat ein bißchen gehüstelt, und meine Mutter hat verlegen mitgelacht. Du hättest dich nie dazu herabgelassen, nicht wenigstens ein bißchen Freude zu heucheln, nicht wahr? Als wir am ersten Weihnachtstag dann zu zweit am See spazierengingen, hast du die Schuhe aus deiner großen Handtasche gezogen, sie mir unter die Nase gehalten und mich gefragt:

„Nun sag mir mal eins: Wie soll man denn mit solchen Schuhen tanzen? Das sieht ja total peinlich aus."

Ich habe dich zwar nie tanzen gesehen, prustete aber trotzdem los, als ich die Luft- und Stützpolster, die Korksohlen, das farbenfade Ocker und die plumpen, kaum vorhandenen Absätze betrachtete und all das im Stillen mit deinen eigenen Schuhen verglich, die, strahlend schwarz, mal aus Lack, mal aus Leder, aber immer mit schicken Riemchen für die Fußgelenke und mit mindestens vier Zentimeter hohen Absätzen, sommers wie winters, an deinen Füßen saßen. Diese Gesundheitsschuhe paßten zu deiner ganzen Gestalt wie Bratpfannen.

„Sag mal, Kork kann doch schwimmen, oder? Laß uns mal probieren, ob sie nicht wenigstens als Boote taugen."

Meine Eltern haben nicht mal zu fragen gewagt, warum du die neuen Schuhe nie angezogen hast.

Ich streife immer noch durch die Straßen und suche sie. Dabei weiß ich doch, daß Elise tot ist. Aber sobald ich eine alte Frau von hinten sehe, den weißen Haarknoten, die kleinen Schritte, beginnt mein Herz zu rasen. Ich folge ihnen, den alten Frauen. Einmal bin ich eine ganze Stunde hinter einer hergelaufen. Sie hat Wolle gekauft, und ich stand draußen am Schaufenster. Sie ist zum Bäcker gegangen, und ich war hinter ihr in der Schlange. Ihre Hände waren faltig, und sie zitterten, als sie das Restgeld in ihre Börse schüttete. Sie zog einen Beutel aus Dederon aus ihrer

Manteltasche, blau und grün, und sofort erinnerte ich mich an einen anderen Beutel. Der blaugrüne Anblick schnitt mir derart ins Herz, daß ich aufschluchzte. Da drehte sie sich um, und auch die Bäckerin sah mich erstaunt an. Und in diesem Moment verflog der Zauber. Das war nicht ihr Gesicht. Das waren nicht ihre Augen. Ich verließ den Laden grußlos.

Wenn ich schreiben könnte wie Jördis und wie Franziska, dann würde ich ein Buch aus Elise verfassen. Wenn ich musikalisch wäre wie Alexander, dann wäre sie ein Lied. Ich kann Elise nur erinnern, und so flüstere ich ihren Namen vor mich her.

Elise war die erste, der ich anvertraut habe, daß ich mich nach einem Jahr mit Hannah zu langweilen begann. Daß sie mir nicht mehr genügte. Daß mir mein ganzes Studentendasein zu einförmig geworden war. Erst dann hatte ich mit Franziska darüber geredet. Elise hatte mir geraten, fortzugehen. Und ich ging.

Vielleicht aber war es sogar Hannah gewesen, die den Stein ins Rollen gebracht hatte. So habe ich es jedenfalls noch nicht betrachtet. Schließlich war sie es gewesen, die Jördis und Franziska kennengelernt und dann eines Abends einfach eingeladen hatte. Ich nahm sofort den erregenden Duft von Exotik und Geheimnis wahr, der von ihnen ausging. Ich atmete tief ein und muß augenblicklich süchtig geworden sein. In dem Maße, in dem ich die beiden dann zu suchen begann, habe ich mich innerlich immer mehr von Hannah entfernt. Ja, es könnte so gewesen sein.

Es ist mir bis heute unbegreiflich, wie Franziska und Jördis nur zueinander finden konnten. Sie schienen in nichts wirklich zusammenzupassen. Es war, als hätten sich zwei Einsame gefunden, um nichts zu teilen als diese Einsamkeit.

Es ist mir genauso unbegreiflich, daß ich beide von einer Sekunde auf die andere liebte. So etwas gab es nicht. Verlangen braucht Zeit, sich zu entfalten. Aber es war nicht so. Ein Wimpernschlag nur, und alles war da.

„Elise", hatte ich gefragt, „Kann man einen Menschen lieben, ohne ihn zu kennen?"

„Um einen Menschen zu lieben, mußt du eine Erinnerung mit ihm teilen. Wenn ihr zu dieser Zeit noch kein gemeinsames Erlebnis hattet, weil ihr euch gerade das erste Mal gesehen habt, dann werdet ihr einander in dieser Sekunde erfinden müssen. Manchmal, Helen, manchmal kann man lebenslange Erinnerungen im voraus haben."

Wann also beginnt meine Geschichte?

Wahrscheinlich beginnt sie jedesmal aufs neue.

Ich habe mich nur langsam an Franziskas Glanz gewöhnt, Jördis. Spät erst habe ich angefangen, dich zu beachten. Es ist merkwürdig, daß Menschen, die einem später sehr wichtig werden, bei der ersten Begegnung oft völlig durch das Begehrensmuster durchfallen. Du hast vollkommen in Franziskas Schatten gestanden. Doch dann habe ich angefangen, mit jedem Treffen eine neue Facette an dir zu entdecken: die feine Ironie in deiner Stimme, die zurückhaltende Eleganz, den spitzzüngigen Humor. Sehr viel später erst wurde ich deines beißenden Zynismus' gewahr, deiner Kälte und vor allem: deiner Gefährlichkeit. Doch zu jenem Zeitpunkt, kurz nachdem wir uns kennengelernt hatten, war ich noch nicht aufmerksam genug. Da warst du mir interessant gewesen. Interessant, nicht mehr, nicht weniger. Vielleicht weil ich dich nicht einordnen konnte.

Am Anfang ist das Bild. Und diese Worte hier, Jördis, sagen nicht, was ich meine.

Es war also Hannah, die Franziska und Jördis zum Abendessen eingeladen hatte. Sie kamen ins Zimmer, und ich verfiel Franziska vom ersten Augenblick. Sie war wie ein Sturm, der in fünf Minuten das ganze Zimmer durchwirbelte. Sie plapperte und lachte die ganze Zeit, rannte hierhin und dorthin, faßte alles an, nahm ein paar Bücher aus dem Regal, sah sie kaum an und schob sie dann an den falschen Stellen wieder rein. Sie begeisterte sich für die Streifenhörnchen, warf Hannahs Trockenstrauß um und entschuldigte sich tausendmal deswegen. Sie war wie ein aufgeregter Vogel, der tschilpend durchs Zimmer flog und mit den Flügeln gegen die Wände stieß. Ich war fassungslos und völlig verzaubert.

Daß man alles immer nur einmal zum ersten Mal erlebt. Das bedauere ich zutiefst.

Erst als wir alle um den Tisch saßen und auf Franziska warteten, setzte sie sich zu uns. Einen Moment war es ruhig. Hannah legte Musik ein. Einen Tango. Ich schöpfte den Eintopf in die Teller. Franziska blieb merkwürdig still, hielt den Kopf etwas schräg und lauschte aufmerksam der Musik. Und dann ließ sie ihr Essen einfach stehen, sprang auf und fegte durch den Raum. Während sie sich drehte, in die Höhe sprang und die Haare zurückwarf, griff sie nach Hannahs Patchworkdecke und schwenkte sie dann wie eine Matadora.

Ich ließ den Löffel sinken und starrte sie an, erschrocken von ihrer Bereitschaft, sich vor uns, den Fremden, zu entblößen.

Tanzen ist Intimität. Tanzen ist Erregung. Tanzen ist Nacktheit.

Sie lachte die ganze Zeit. Ich sah sie an, und auch Hannahs Augen lagen auf ihr, fasziniert. Jördis ließ sich nicht stören und löffelte ihren Eintopf, und ich fragte mich, was sie schon alles gesehen haben mochte, daß diese Darbietung sie gleichgültig ließ.

Franziska wurde der Tanz in meinem Kopf, den ich immer wieder hören wollte. Sie war eine Königin mit einem Lachen, das wie Sekt perlte. Sie füllte den Raum bis zum

Bersten. Sie allein, diese Frau, soll meine Freundin werden, sie und keine andere. Meine Vertraute. Meine Schwester. Doch es sollten noch einige Monate vergehen, bis ich mich an sie heranwagte.

Wo seid ihr, meine Geliebten? Kommt zu mir, wenn ich schlafe! Kommt ganz still. Schaltet kein Licht an. Zieht euch aus und legt euch neben mich.

Ach, Elise, dieser Wahnsinn: zu Hause zu sein und das Alleinsein nicht ertragen zu können. Die Angst davor, stündlich. Die Schlaflosigkeit. Ich sitze in der Muschelschale und warte. Obwohl ich weiß, daß meine Angst ein Trugbild ist, etwas, das ich mir einbilde, hänge ich diesem Wahn in den Krallen. Meine Wohnung, Elise, sie sieht aus wie deine. Tücher legten sich über die Wände, bunte Teppiche über den Boden. Nirgends gab es etwas Nacktes, das zittern mußte.

Ja, ich höre Sie. Und ich kann das nachvollziehen, wirklich. Jetzt haben Sie schon eine Menge gelesen, und Sie wollen endlich wissen, wer Helen ist. Das muß so sein. Ist ja auch ein Buch, da stellt man jede Person ordentlich vor. Was sie arbeitet, welcher Konfession sie angehört oder mit welcher Partei sie sympathisiert. Solche Sachen eben. Welche Zukunftspläne sie hat, ob sie Kinder will, ein Haus bauen oder auswandern möchte.

Aber leider, und das muß ich Ihnen gleich vorweg sagen, leider kann ich in diesem Falle nicht eingreifen. Ich kann Helen nicht sagen: Erzähl dies, erzähl das, und zuallererst: Stell dich mal vor. Ehrlich, ich würde selbst gern mehr wissen, aber ich habe da keinen Einfluß, denn jeder hat seine eigene Art, sein Leben zu erzählen.

Wo ist sie, die Zeit, zu der ich allein sein konnte? Du bist einfach so gestorben, Elise.

Ich sehne mich zurück nach den Wintern, als ich verfroren durch die Straßen gelaufen bin, der Schnee knirschte unter meinen Sohlen, meine Füße waren starr in den Stiefeln und eine anheimelnde Vorstellung meiner Wohnung trieb mich vorwärts durch den Wind und durch den flirrenden Schnee: die Idylle des grünen Kachelofens, das Vorgefühl des weichen Teppichs unter den Sohlen, das verführerische Bild eines dampfenden Kakaos und eines auf dem Herd vor sich hinköchelnden Eintopfs. Damals habe ich nichts Schöneres gekannt, als allein zu sein. Unter der niedrigen Zimmerdecke hatte ich gesessen wie unter dem goldenen Helm in deinen Märchen, Elise. Ich bin so einsam ohne dich.

Sie versuchen immer noch herauszufinden, wer Helen ist? Gut, ich mache Ihnen einen Vorschlag, damit Sie ruhig weiterlesen können. Stellen wir uns doch vor, Helen würde studieren, zum Beispiel Informatik. Das ist Ihnen zu theoretisch? Wie wäre es dann mit Bauwesen? Auch nicht? Vielleicht Geoökologie? Zu abgehoben? Oder Theaterwissenschaft? Unglaubhaft? Allgemeine Sprachwissenschaft? Philosophie? Jura? Und wenn sie nicht studiert, könnte sie ja Kindergärtnerin sein oder Blumenhändlerin oder vielleicht Fleischerin?

Gut, gut, sehen Sie mich nicht so grimmig an. Ich habe vielleicht zu wenig Fantasie. Denken Sie sich selbst etwas aus! Das ist wahrscheinlich sowieso das Einfachste. Denken Sie sich aus, wer Helen ist! Ich sage Ihnen, es spielt keine Rolle.

Meine Geliebten, erinnert ihr euch noch an die Sommernacht damals am See, als all unsere Freunde gekommen waren, um meinen Geburtstag zu feiern? Erinnert ihr euch noch daran, wie wir auf dem Rücken gelegen haben, das Gras unter uns, die Sterne im Auge? Ich weiß nicht, was euch von dieser Nacht im Gedächtnis geblieben ist, aber kaum blicke ich zurück, spüre ich wieder das weinleichte Schweben und diese Sehnsucht, in der ich gelegen hatte wie in einer süßwassergefüllten, sonnenwarmen Bucht. Meine ausgestreckten Hände haben dich berührt, Jördis, und auch nach deinen Fingern getastet, Franziska. Ich hatte in dieser Nacht so sehr auf den Menschen in euch gehofft, der sich über mich beugen und auf mich senken würde. Einfach so. Wo war dieser Mensch, meine Geliebten? Ich hätte ihn empfangen.

Elise, du meintest mal, ich sei ein Mensch der Assoziationen. Was mich wirklich berühren und verstören könnte, sei nicht Direktheit, kein explizites Wort also und auch keine deutliche Berührung. Es wären Andeutungen, Vermutungen, Einstimmungen. Es wären die Vorbereitungen auf Direktes, die mich bestürzen könnten. Direktheit käme erst ganz zum Schluß. Und Direktheit sei angeblich entbehrlich. Direktheit könnte ich bestimmt sehr viel leichter ertragen als eine Anspielung, als ein zweideutiges Wort, eine vage Geste. Halbtöne, hast du es genannt. Halbtöne. Du hast mir gezeigt, wer ich bin.

Und so passierte es schließlich, Jördis, daß, als ich mich um dich zu bemühen begann, alles an Bedeutung gewann, dem ich vorher keine Aufmerksamkeit geschenkt hatte. Jeder deiner Blicke barg auf einmal ein Geheimnis. Jede Geste hatte einen Hintersinn. Sogar die Farbe Rot auf der Tasse, die du mir angeboten hast, machte mich nervös. Überall sah ich Hinweise auf meine versteckten Fantasien. Ich habe mich bald gefragt, ob du möglicherweise mehr von mir gewußt hast, als ich ahnte.

Niemandem konnte ich von meinen morbiden Fantasien erzählen. Nur du, Elise, hast davon gewußt. Wir haben die ganze Nacht geredet, und langsam nahm die Fantasie die Worte an. Und jetzt ist sie nicht mehr aus meinem Kopf zu entfernen. Heute kann ich nicht mehr sagen, ob es diese Fantasie wirklich schon vorher gegeben hat oder ob sie nicht erst in jener Nacht durch die Worte geboren wurde. Ich erinnere mich, wie wir dann Seite an Seite im breiten Doppelbett eingeschlafen sind. Es dämmerte schon. Ich erinnere mich, daß ich glücklich war, als ich am nächsten Tag neben dir erwacht bin. Du warst die einzige, die mich je verstanden hat. Die einzige, die meine morbiden Fantasien geteilt hat.

Aber sind sie wirklich morbide?

Am Anfang ist das Bild. Das Nichtgesagte umgibt sich mit einem Zauber, den kein Wort je wird erreichen können. Ich versuche es trotzdem.

Ich habe mich immer schon nach einer Frau gesehnt, die mir genau in die Augen schaut, wenn sie mir nahekommt. Ich sehne mich nach ihr, die bleichhäutig vor mir steht, mit hohen Wangenknochen, die Schatten über ihr Gesicht legen, ihre Gestalt feingliedrig, eine ausgezehrte Feingliedrigkeit, und doch, auf eine totenblasse Art schön. Sie ist wie milchweißes Glas, hinter dessen Wänden die Lust kalt aufglüht wie der Fieberfrost einer Krankheit. Alles an ihr wirkt verletzend: Ihre Augen stechen, ihre Hand ist zum Kosen zu hart, ihr Leib zum Schmiegen zu knochig, ihr Haar zu schwarz, um unbeschadet darin zu versinken.

Mein Hunger nach Wunden erschreckt mich. Ich verzehre mich nach einer schwarzhaarigen Frau mit dunklen Brauen und ausgezehrten Gliedern. Ich verzehre mich nach dem Anblick ihrer Knochen, die spitz die lichtweiße Haut bedrängen, nach ihrer fragilen Schönheit, nach ihrer Transparenz, die ihre Haut dünnwandig scheinen läßt und die gläsernen Adern darunter zum Vorschein bringt, nach ihrer Strenge, nach der Gerte im Blick, nach ihrer schonungslosen Sinnlichkeit, die eine eisige Lust in mir weckt, eine Lust, die ich nicht verleugnen kann, weil sie Teil von mir ist, Auge, Blut, Verstand, nach dieser Frau also, für die ich, das weiß ich, mein Leben geben würde, denn ich begehre so sehr, mich ganz und gar zu geben, alles wegzuschenken, bis nichts mehr übrig wäre als mein glimmendes Leben, das sie mit feuchtem Finger auslöschen könnte.

Komm zurück, Jördis. Komm zurück, Franziska. Ich hatte in euch diesen Menschen erkannt! Ihr wart der Wunsch, der sich mir erfüllt hat. Ihr wart die Erfüllung, die ich heute noch bereue. Ich kann nicht lassen von euch. Kommt zurück!

Jördis war, das spürte ich sofort, nicht aus dem Stoff, aus dem ich gemacht war. Selbst Jahre später hatte ich mich nicht an sie gewöhnt. Ich kann mir nicht vorstellen, daß es daran lag, daß sie aus Hamburg kam. Es muß etwas anderes gewesen sein. Franziskas Enthusiasmus hat es zwar ein wenig überdeckt, aber ich sah von Anfang an, wie erschreckend wenig Jördis von sich preisgab. Es war, als ob man sich mit einer Oberfläche unterhielt. Eine schöne Oberfläche zwar, eisglatt und verführerisch glitzernd, eine grausame Schönheit jedoch, die mir noch immer in den Knochen steckt.

Ich habe stets ein Universum hinter dieser Oberfläche erahnt, aber je mehr ich versuchte, dahinterzukommen, desto stärker hat sie sich entzogen. Später dachte ich, es läge eben daran, daß wir uns nicht kannten. Doch selbst, als sie meine Geliebte wurde, blieb etwas an ihr immer unberührbar. Und das habe ich nie verwunden: die Erfahrung, sie einfach nicht berühren zu können.

Ich erinnere mich genau an den Schock, als ich Jördis das erste Mal begegnet bin. Es existieren Dinge, für die es keinen Ausdruck gibt. Nur den Eindruck.

Daß man immer alles nur einmal zum ersten Mal erlebt? Ich weigere mich!

Sie kamen ins Zimmer, und ich verfiel Jördis vom ersten Augenblick. Sie strahlte hinter einer aufgeregt-kindischen Franziska hervor wie ein Juwel zwischen einem Haufen Glassplittern. Ich ignorierte Franziska und starrte Jördis an. In derselben Sekunde hatte sie den Blick gehoben und sagte leise: Helen?

Und das war es, dem ich nicht ausweichen konnte, eine Stimme, so dunkel und weich, daß ich sie nicht greifen, sie nicht mit einer Antwort verändern, sie nicht abwehren konnte. Sie traf sofort. Blitzartig war da die Erinnerung an zwei Körper: Zunge an Zunge, Schweiß in Schweiß, Geschlecht an Geschlecht. Keine Erfahrung wie diese, die erinnert, keine Leidenschaft, die Wiederholung hätte werden können. Kein Wort in mir. Aber ich erinnerte mich doch.

„Verschenk dein Herz ohne Scheu", hatte Elise Monate später in einem ihrer Briefe nach London geschrieben. „Halte es nie zurück. Du kannst nichts verlieren, denn nur der Mensch, der es wirklich haben möchte, wird es auch erkennen. Jeder andere wird sagen ‚Was ist das?' oder ‚Nehmen Sie das weg. Ich habe nichts zu verschenken.' Der Mensch aber, der dein Herz erkennt, wird es errötend berühren und deinen Namen aussprechen."

Ihre Augen waren grün. Sie hatte nach hinten gegeltes, blondes Haar. So etwas hatte ich noch nie vorher gesehen. Es konnte doch aber nicht nur ihr Anblick gewesen sein! Etwas an Jördis hatte mich auf der Stelle überwältigt. Ich kannte sie nicht, aber am liebsten hätte ich auf sie zustürzen wollen, eine Hand in ihren Nacken legen und mit den Fingerspitzen der anderen ihre hintergründig lächelnden Lippen nachzeichnen. Ich sah sie an und wollte sagen: Geh nicht. Und wollte sagen: Bleib. Und wollte sagen: Berühr mich! Und wollte sagen …

Aber es gab kein Wort, das mein Bild hätte umschließen können. Also schwieg ich.

Ich starre in die Nacht. Was habe ich nur getan? Ich hatte doch alles. Aber nein, ich mußte ja alles auf eine Karte setzen. Nur, um zu sehen, was kommt. Elise, hilf mir doch. Warum kommt niemand, mich zu bestrafen?

Ein Krachen schreckte mich auf. Franziska hatte Hannahs Trockenstrauß umgeworfen. Überall Blüten und Staub. Sie entschuldigte sich tausendmal. Ich holte die Kehrschaufel. Jördis tat nichts, sagte nichts, stand nur da und sah mir zu.

Ich erinnere eine gräßliche Franziska bei dieser ersten Begegnung. Sie plapperte und lachte die ganze Zeit. Sie war wie eine aufgezogene Spielzeugpuppe. Schon nach fünf Minuten fühlte ich eine leichte Gereiztheit in mir aufsteigen und bekam Kopfschmerzen. Es war einfach zuviel. Nein, Franziska war nicht interessant, sondern nur affektiert. Es ist merkwürdig, daß Menschen, die einem später sehr wichtig werden, bei der ersten Begegnung oft völlig durch das Begehrensmuster durchfallen. Franziska hatte vollkommen in Jördis' Schatten gestanden.

Das Peinlichste war der Tanz gewesen. Wir saßen alle um den Tisch und warteten nur noch auf Franziska. Schließlich setzte sie sich zu uns. Einen Moment war es ruhig. Hannah legte Musik ein. Einen Tango. Ich schöpfte den Eintopf in die Teller. Franziska blieb merkwürdig still, hielt den Kopf etwas schräg und lauschte aufmerksam der Musik. Ich sah zu Jördis, und sie erwiderte meinen Blick. Die Takte des Tangos vibrierten jäh gegen meine Haut, und unwillkürlich öffnete ich die Lippen einen Spalt. Es war dieser Blick, der mein Geschlecht traf, der es aufweckte, liebkoste. Diese erschreckende Einfachheit des Begehrens. Es wäre leicht zu sagen, ihr Geist und ihre Eloquenz hätten mich überwältigt. Doch es war ja schon zu spät, noch bevor wir auch nur einen Satz gewechselt hatten.

Ihr Blick vertiefte sich. Ich hätte wegsehen können. Ich ahnte alles voraus. Ihre Augen streckten mich nieder.

Ein sturzbachartiges Lieben. Nein, Verlangen. Nein, ein geradezu physischer Schmerz, unter dem sich mein Inneres krümmte.

Ich sah hastig von ihren Augen weg, zu ihrem Mund. Doch das hätte ich nicht tun sollen. Sie hatte einen Mund, bei dem man an nichts anderes denken konnte als an Gier. Nicht an Sprechen, nicht an Lachen. Nicht einmal an Küssen. Nur an pure Gier. Er war weder feucht noch rot wie in den typischen Filmszenen. Nein, es war ein scheinbar ganz normaler Mund, vielleicht etwas schmallippiger als gewöhnlich, ein Mund jedoch, den man nicht lange ansehen konnte, weil er einen schlagartig mehr und mehr erregte, weil man plötzlich Bilder und Worte im Kopf hatte, die einem das Blut ins Gesicht trieben.

In diesem Moment sprang Franziska abrupt von ihrem Stuhl auf und fegte durch den Raum. Ich schrak zusammen. Sie begann in die Höhe zu springen, schnappte sich Hannahs Patchworkdecke und schwenkte sie dramatisch durch die Luft, daß ich Angst bekam, sie würde die Lampe herunterreißen. Niemand sagte ein Wort. Jördis achtete nicht auf Franziska. Nicht auf Hannah. Nicht auf mich. Sie begann einfach, ihren Eintopf zu löffeln.

Nach einer Weile hob sie den Kopf und ertappte mich dabei, wie ich sie noch anstarrte, und lächelte, als ich rot wurde. Sie lächelte zweideutig und weich, und ich senkte den Kopf, griff nach meinem Weinglas und zitterte dabei.

An diesem Abend wurde sie der Tanz, der mich nicht mehr losließ, weil er sich mit meinem Herzschlag vereinigt hatte.

Halb drei. Ich lege mir Illusionen um wie andere Frauen Diamanten. Ich nähe mir ein Kleid aus Mondstrahlen und Worten. Du bist schöner denn je, Elise, weil du nie verlorener warst. Warum kann ich dich nicht einfach vergessen? Ich will mich von dir befreien.

Du bist meine aus Worten geborene Tragödie.

Deine Worte liegen auf der Lauer. Sie liegen in diesem nachtschwarzen Garten dort draußen auf der Lauer, der sich gerade mit Regen auffüllt, um fiebernd aus der Kälte aufzusteigen und mich anzugreifen. Ich fühle, wie sie näher kommen. Ich höre ihre Füßchen über den Rasen huschen. Ich spüre schon, wie mein Körper sich jedem einzelnen deiner Worte ergibt, damit sie herzschlagkurz an mir saugen können. Ich öffne bereits meine Ohren und meine Schenkel auch, um sie einzulassen, um den Kuß ihrer kleinen, feuchten Münder zu empfangen, das Flattern ihre winzigen Hände. Du bist tot, Elise, aber deine Worte leben immer noch.

Einmal im Bett, es war mitten in der Nacht, hast du mir ins Ohr geflüstert:

„Liebe braucht Mut zum Sprechen. Liebe hat immer zwei Sprachen. Volltöne und Halbtöne."

„Was für zwei Sprachen?", habe ich schläfrig gemurmelt.

„Wir haben ihnen falsche Namen gegeben: Wahrheit und Lüge."

Ich will mich von dir befreien. Aber ich deine Worte umspinnen meine Träume noch immer. Du hast mich Halbtöne gelehrt. Mir ist, als liefe ich auf Zehenspitzen über eine riesige Klaviatur und trete dabei nur auf die schwarzen Tasten.

Wenn Franziska und Jördis uns besuchten, war ich nie sicher, wie Jördis reagieren würde, wenn ich ihr eine Frage stellte, sie anlachte, sie auch nur ansah. Immer blieb sie unberechenbar. Obwohl Franziska und Jördis nur vier Häuser weiter wohnten, sahen wir sie selten, denn in der ersten Zeit waren Hannah und ich fast nur auf uns selbst fixiert gewesen und vor allem darauf, uns vor allen zu verstecken.

Wenn ich an diese Zeit denke, ist sofort die Atemlosigkeit zurück. Das ständige Gehetztsein. Ich sehe mich nachts von meinem Zimmer zu Hannahs huschen, barfuß über den langen Gang, und immer lauschend darauf, daß ja niemand die Tür öffnen und mich dabei ertappen würde, wie ich in Hannahs Zimmer verschwand. Ich war achtzehn und so begierig auf Geheimnisse gewesen. Und immer hatte ich Elises Stimme im Ohr: *Hoffe nicht! Warte nicht! Lebe!*

Wohnheimwände sind bekanntlich dünn, und von allen Seiten fühlte ich mich mit einem Mal beobachtet und belauscht. Tuschelten die Bewohner nicht? Waren nicht ihre Blicke neugierig geworden und ihr Verhalten gezwungen? Ich verbarg mein Geheimnis ausgezeichnet und verhielt mich doch, so wie ich hoffte, verdächtig genug, um ihre Aufmerksamkeit zu erregen.

Schwebezustände, hatte Elise das mal genannt. Das Wort habe ich nie vergessen.

Ist es ein Schwebezustand, fremde Blicke auf sich nicht zu wissen, sondern sie zu ahnen?

Ist es ein Schwebezustand, bereit zu sein, jeden Tag aufs neue in einen Strom zu springen, immer in der lustvollen Erwartung, daß das Wasser einmal klirrend kalt wäre, so daß ich darin zu Tode kommen müßte? Elise kann ich nicht mehr fragen.

Wenn Hannah mich nachts berührte, und ich dem Trommeln unserer Herzen aneinander lauschte, und der Rhythmus mein Geschlecht schwellen ließ, Regentanz, der die Wasser rief, wenn ich fühlte, daß meine Lust sich sammelte und, dem Trommelruf folgend, wie eine Wellenwand sich staute und schließlich über mich hereinbrach, dann hielt ich den Schrei nicht zurück, sondern preßte ihn nur in das

Kissen, wo er laut genug blieb, um hinter der Wand hörbar zu sein, und doch war er so leise, daß er auch ein ersticktes Lachen oder das Quietschen des Bettes, auf jeden Fall jedoch ein Irrtum hätte sein können.

Schwebezustände.

Ich war unzufrieden. Mein Unileben, meine Liebesbeziehung zu Hannah, selbst mein eigener Körper waren mir so alltäglich.

Meine Leidenschaft schlummerte den Schlaf der begrenzten Ereignisse. Den Schlaf der erfüllbaren Wünsche. Den Schlaf der Worte, die man ausspricht und aussprechen darf. Etwas mußte sich ändern. Warte nicht, hatte Elise gesagt. Warte nicht.

Franziska war meine beste Freundin geworden. Ich weiß nicht mal mehr, wer von uns beiden den ersten Schritt hin zur Freundschaft gewagt hatte. Vielleicht hatte ein Wort genügt. Vermutlich war es ein so fließendes Agieren und Reagieren gewesen, daß es jetzt egal ist, wer zuerst agiert und wer reagiert hatte.

Nachdem ich nun also eine Woche lang geträumt hatte, mir würden die Zähne ausfallen, und Franziska mir endlich die Augen geöffnet hatte, was all dies zu bedeuten hätte, stand es fest, daß ich nach London fahren würde. Elise aber war diejenige gewesen, die den letzten Anstoß gab. Ich hatte nichts getan als zugestimmt. Ob ich von allein den Mut gehabt hätte, alle Zelte abzubrechen und einfach so für ein Jahr nach London zu gehen?

Woran ich mich deutlich erinnere, ist dieser Hunger. Es war, als ob mein eigenes Herz an mir fraß, als ob es alle Antworten verschlänge, bis mir nichts mehr blieb als Fragen und dieser übermächtige Hunger. Genau wie ich bewarb Franziska sich dann für ein Forschungsstipendium. Und so wie mir wurde auch ihr eines genehmigt, allerdings erst vier Monate später. Trotzdem war ich glücklich. Ich flog nach London und wußte, daß sie in vier Monaten nachkommen würde.

Ich hatte Elise immer wieder von Franziska erzählt, und schließlich legte sie ihre weiche Hand mit den festen, krummen Nägeln, die immer etwas gelb waren, weil sie so viel rauchte, über meine Finger, und ich hätte diese Hand am liebsten an meine Lippen geführt und die Flecken darauf geküßt und ebenso die vielen Fältchen, all die kleinen Zeichen des Alters, die ich so liebte. Elise hatte mich nur angesehen und gelächelt. Und dann sagte sie:

„Aber du liebst sie, nicht wahr?"

Und ich hatte alles abgestritten und Stein auf Bein geschworen, Franziska sei nur meine beste Freundin, nichts anderes. Elise hatte nur gegrinst, auf ihre ganz besondere Art, und dann spielten wir *Siebzehn und Vier*, und sie schummelte wie immer und luchste mir die paar Mark wieder ab, die sie mir kurz zuvor zugesteckt hatte. Elise war siebzig.

Sie war meine Großmutter.

„Sieh mal, diese Bilder. Das ist doch verrückt", sagte sie eines Tages, als wir nebeneinander auf der Couch saßen und in alten Fotoalben blätterten. Ich hörte auf zu blättern und hob den Kopf. „Alles Schwindel."

„Wieso?" Ich legte das Album weg und rutschte zu ihr rüber.

„Lug und Trug", fuhr sie fort und hielt mir das Album unter die Nase. Gemeinsam beugten wir uns über die Bilder. Da war ich. Mit drei, mit fünf, mit fünfzehn. Ich sah fragend zu ihr hoch.

„Weil sie tot sind, Helen. Tot. Aber deine Vergangenheit ist niemals tot. Sie bleibt immer lebendig. Sie ändert sich mit dir. Vergiß das nie. Es ist von großer Bedeutung."

Sie überblätterte alle Bilder, die ich sorgsam eingeklebt hatte, bis sie auf leere Seiten stieß. Darauf legte sie den Zeigefinger und sagte:

„Die Vergangenheit ist in deinen Händen, Helen. Das ist die größte Freiheit, die man haben kann. Wenn du sie zu nutzen weißt, dann hast du auch deine Zukunft in der Hand. Denk immer daran."

Seit dem ersten Kuß war nun also ein Jahr vergangen, und Hannahs und meine Beziehung war längst nicht mehr die spektakuläre Liebesgeschichte, die sie am Anfang gewesen war. Um ehrlich zu sein, hatte ich nicht nur begonnen, mich zu langweilen, sondern empfand bereits etwas wie einen leisen Unwillen, wenn wir Zeit miteinander verbrachten. Alles war mir so vertraut: Hannahs Wohnheimzimmer mit den eigentümlichen Dingen darin, die überall herumstanden und hingen, ein handgewebter Teppich an der Wand beispielsweise, eine echte Balalaika oder ein Kasten voller ausländischen Münzen, lauter Sachen, die auf mich längst nicht mehr die Faszination ausübten, wie sie es am Anfang getan hatten. Denn Hannahs Kuriositäten hatte ich zu oft schon in meinen Händen gehalten und betrachtet, als daß sie immer noch etwas Überraschendes bieten konnten. Die Streifenhörnchen waren meine Berührung gewohnt und hatten ihre Scheuheit verloren. Und an den Blüten der unbekannten Gewächse hatte ich zu häufig schon gerochen. Es gab nichts Neues mehr. Vor allem Hannah selbst war mir so unerträglich vertraut geworden: ihre Mimik, ihre Gestik, ihr Körper. Ich wußte, was sie dachte, wenn ich ihren Gesichtsausdruck sah. Wenn ich ihrem Tonfall nachlauschte. Wenn ich nur darauf achtete, wie sie die Füße beim Gehen aufsetzte: kraftvoll oder vorsichtig trippelnd.

Elise hatte, als ich ihr davon erzählte, wieder nur gelacht und gesagt:

„Aber Helen, es gibt doch keine ewigen Dinge! Vergiß das ganz schnell. Sonst nagelst du dich an der Zukunft fest. Und an der Vergangenheit. Und damit raubst du dir den Augenblick. Glaub mir, alles verschiebt sich immer genau so, wie man es braucht. Gib dir einfach etwas Zeit. Laß die Dinge wachsen und sterben."

Laß die Dinge wachsen und sterben.

Und dann pflückte sie die zartgrünen Blätter der Pfefferminzepflanzen im Garten und kochte einen Tee daraus und buk uns einen ganzen Teller voller Kartoffelplätzchen.

„Hab niemals Angst vor Veränderungen, Helen. Sei nicht zu träge dafür. Empfang jede Änderung mit offenen Armen. Denn wenn du dich änderst, dann lebst du."

Und dann spielten wir *Räuberrommeé*. Der Minzetee machte mich warm und glücklich, und die Kartoffelplätzchen waren wie die süße Milch meiner Kindheit. Wenn ich bei Elise übernachtete, ruhte ich geborgen in einem Boot, das langsam und sicher über den Ozean meiner Fragen trieb.

Der Mond.

Bleichhäutig, lebendig, morbide – und ich unter ihm, in der Muschelschale, und das Stumme in meinen Antworten tränkt meine Ohnmacht. Ich rieche an meiner Haut. War bereits mein erster Schritt zu euch ein Sturz ins Grundlose? Franziska. Jördis. Habt ihr mich die ganze Zeit denn nur angelogen? War ich nichts anderes als ein Mittel, euch zu verbinden? Ihr Betrüger!

Das ist Ihnen alles zu schwammig? Sie möchten endlich mehr Handlung? Ja, ich weiß. Aber was soll ich denn machen? Helen mag es nun mal pathetisch. Gut, sie selbst würde es wohl melancholisch nennen, aber was bedeuten schon Begriffe?

Helen strengt sich wirklich an, Ihre Figur zu sein. Sie irrt für Sie in ihren Erinnerungen herum. Denken Sie, das ist immer angenehm? Beim Erzählen fällt man leicht ins Pathetische, das können Sie mir glauben.

Die wirklich wichtigen Sachen wollen Sie? Nicht den ganzen Beziehungskram? Aber Halbtöne sind doch sehr wichtig, oder glauben Sie nicht? Und ich kann da leider, das habe ich Ihnen schon gesagt, nicht eingreifen. Helen hat ihren eigenen Kopf. Man darf doch niemandem vorschreiben, wie er das eigene

Leben erzählt, oder? Lachen Sie einfach ein bißchen, wenn Sie nicht weiterwissen.

Aber gut, wenn Sie von Helen allzusehr gelangweilt sind, dann schlage ich Ihnen folgendes vor: Hören Sie an dieser Stelle auf, an Helen rumzulesen, und fangen Sie kurzerhand bei Jördis an. Die liegt Ihnen vielleicht mehr. Sie können ja später noch mal auf Helen zurückkommen. Hilft Ihnen das?

Gut, dann sehen wir uns später wieder.

Himmel. Es ist nicht einfach, ein Publikum bei Laune zu halten! Diejenigen, die bei mir und Helen geblieben sind, rücken bitte mal ein bißchen zusammen. Ja, kommen Sie näher. Noch näher, ich muß Ihnen was Wichtiges sagen: Helen lebt nur, solange dieses Buch dauert. Sie allein beenden ihr Leben. Denken Sie daran.

Hören Sie zu: Es ist Nacht, der Mond ist hell, Helen ist schlaflos und sitzt in der Muschelschale. Kommen Sie, kommen Sie näher.

Wieder die Insektenstimme der Erinnerungen. Dünne, zirpende Stimme. Stichelfragen. Der Blutmund meiner Ohnmacht, der an mir saugt.

Ich komme noch immer nicht los von euch, obwohl ich weiß, daß alles, mein Verlangen und meine Sehnsucht, von einem Irrtum gespeist ist, den ich mir eingeredet habe, unaufhörlich. Jördis, als ich dir begegnet bin, an jenem ganz normalen Abend, einige Wochen nachdem Franziska und du euch getrennt hattet, habe ich nichts davon geahnt, daß dieser Abend alles verändern sollte.

Habe ich den Tango nur geträumt?

Erinnerst du dich noch daran, wie wir zusammensaßen, in der plüschigen Bar, unter dem sanften Schein rotbeschirmter Lampen? Du hast schon auf dem Sofa in der Ecke gesessen, als ich kam. Ich weiß nicht mehr, warum ich mich zu dir setzte und warum keine von uns Anstalten gemacht hat, den Platz zu verlassen, um zur Tanzfläche und ins schützende Gedränge zu gehen, das es doch erlaubt hätte, einander ohne Entschuldigung aus den Augen zu verlieren. Wir blieben sitzen. Um uns herum die Musik. Du hast Weißwein getrunken. Ich blieb bei Rot.

Auf einmal spielten sie einen Tango.

Wie auf ein unsichtbares Signal hin hatten wir uns angesehen, und da habe ich dich erkannt.

Ich kann es nicht anders erklären. Ich müßte schweigen an dieser Stelle. Nur Schweigen kommt dem Verrücktwerden nah.

Du warst doch nun seit Jahren schon um mich. Aber an jenem Abend erst habe ich dich erkannt: deine Augen, die mich fest umschlossen hielten, und dein Lächeln, fern der Ironie damals, ein weiches Lächeln, das dein Gesicht derart veränderte, als würden in einem dunklen Haus unversehens alle Lichter angeschaltet.

Es durchfuhr mich wie ein Blitz. Wir haben Luft geredet. Keine Tiefsinnigkeiten. Geplänkel. Doch darin eine Nähe, die mir selbst jetzt noch ins Mark geht. Der Rhythmus des Tangos packte mich und schlug von innen gegen meine Haut. Ich lachte und griff übergangslos nach deiner Hand. Ich hielt sie in Augenhöhe und studierte deine Linien. Kein Hintergedanke dabei. Elise hatte mir beigebracht, aus Händen zu lesen. Ich hörte plötzlich wieder ihre Stimme, die mir die Linien erklärte, als ich sechs Jahre alt gewesen war und meine Hände winzig und weich in ihren gelegen hatten. Arbeiterhände, harte, mit Schwielen an den Kuppen und auf der Handfläche, Hände aber, die ganz sanft waren, wenn sie streichelten. Ihre Stimme soufflierte, verführerisch und dunkel wie die einer Zigeunerin, und wie in Trance sprach ich die Worte nach.

„Die Vergangenheit ist in deinen Händen." Ich habe nicht nachgedacht. Ich habe langsamer gesprochen als sonst. Du hast aufgesehen und mein Gesicht betrachtet. Ich beachtete dich nicht. Im Sprechen erst erinnerte ich die Worte: „Die dreigespaltene Herzlinie, und hier: eine Senkung nach unten ins Ich. Das heißt Narzißmus. Er hat dir anscheinend schon häufiger Enttäuschungen bereitet, wenn du nämlich begriffen hast, daß du mehr in deine stürmischen Gefühle als in den Menschen verliebt warst."

Deine Hand zuckte. Ein halbherziger Versuch, sie fortzuziehen? Ich hielt sie fest. Ich spürte Elises Finger dabei, der so oft über meine Linien gestrichen war, und meine Handflächen brannten. Vor meinem inneren Auge sah ich uns tanzen, deine Hand in meinem Rücken, und unwillkürlich warf ich die Haare zurück und streckte mich. Dann habe ich mich wieder über deine Hand gebeugt. Unsere Köpfe waren nah beieinander. Ich trank an dem Tango, aber es mußten ein paar Tropfen Gift mit beigemischt sein. Unsere Augen folgten meinem Finger auf deiner Haut. Wieso hast du die Hand nicht weggezogen? Warum hast du es zugelassen, daß eine trügerische Vertrautheit mich fest umspinnen konnte? War es von Anfang an ein Spiel? Ein Kokon der Täuschung.

Denn jäh – wie ein Schock, das Bewußtsein, daß unsere Haut sich berührte, daß die Nerven meiner Fingerspitzen und die deiner Handflächen sich nahe waren. Nervengeflecht, zitterndes. Ich hörte schlagartig auf zu lachen, und meine Hand, die deine hielt, wurde kalt. Ich habe den Blick gehoben, und da war dein Gesicht, so nah. Deine Augen lagen in meinen. Ist in diesem Moment der Irrtum passiert? Habe ich Zeichen gesehen, die keine waren? Dein Lächeln hat mich entzündet, und ich war nichts mehr als ein lichterloh brennender Wald, aus dem meine Zweifel wie aufgeschreckte Tiere in alle Richtungen flüchteten.

Mein Zeigefinger ging über deine Linien, langsam und zärtlich, wie bei einem Ritual. Elises Stimme diktierte meine Worte: „Und hier: dein Widerwillen gegen Routinearbeiten. Die Suche nach ständigen Herausforderungen. Und siehst du das? Diese Rastlosigkeit, mit der du überstürzt alles, was dich fasziniert, am liebsten sofort erobern willst? Und da, der Beginn der Schicksalslinie zwischen

Mond und Neptun, etwas Seltenes. Häufiger, als du zugeben magst, wirst du von Ahnungen beeinflußt. Und hier die Eignung zum künstlerischen Schaffen. Und das da ist ein Widerspruch: Zielstrebigkeit und Ehrgeiz, aber auch Ungeduld und mangelnde Ausdauer. Das heißt, du mußt deine überschäumende Kraft kontrollieren. Du kannst dich nur fühlen, wenn du agierst, nicht wahr? Das kann aber zum Zwang werden und zum Verschleiß führen."

Deine Hand zuckte wieder. Wolltest du wirklich weg? Ich hielt sie fest. „Und dann das hier. Du neigst dazu, alles sehr schnell fallenzulassen, Menschen und Beschäftigungen. Es ist die Ausdauer, weißt du!" Ich sprach wie Elise. Ganz genauso. „Du hast sie zwar, doch es gibt da eine Schwäche in dir, und die hat mit Langeweile zu tun, nicht mit Boshaftigkeit."

Da hast du deine Hand abrupt geschlossen und meine Finger gefangengenommen. Nichts Weiches mehr. Ein fester Griff, der schon weh tat. Die andere Hand hast du unter mein Kinn gelegt und meinen Kopf zu dir gehoben. Dein Blick war dunkel und spöttisch. Elises Stimme war versiegt. Ich vernahm nichts mehr als die Takte des verklingenden Tangos. Was hatte ich gerade noch gesagt? Dein Mund war sehr nah.

„Was machst du da eigentlich, Helen?"

Wenn ich das wüßte. Plötzlich bekam ich Angst.

„Versuchst du mir zu erklären, wie ich bin, war, sein könnte oder wie du mich gern hättest?"

„Es sind doch nur Zeichen, Jördis. Die Vergangenheit, sie ist in deinen Händen." Wieso klang das auf einmal so falsch?

„Zeichen sind das überhaupt nicht. Es ist etwas, was in Büchern steht. Das hat mit mir nichts zu tun. Ich glaube, es hat eher was mit dir zu tun. Du hast hier gerade dein Bild von mir gezeichnet."

Es ist nicht aus Büchern. Ich weiß es von Elise, wollte ich sagen.

Da hast du mein Gesicht aber schon zu dir hochgezogen, und ich sagte gar nichts mehr, weil deine schmalen Lippen sich übergangslos auf meine preßten. Deine Zunge erlegte mich. Sie schnellte hervor und teilte mich. Sie verwirrte jeglichen Widerstand. Die Spitzen zuckten aneinander, und bevor ich all das begriff, hattest du mich schon schroff zurückgeschoben. Mir war schwindlig. Ich sank ins Polster, aber ich war schon angesteckt von einem Fieber, das ich nicht mehr loswerden sollte. Ich zitterte nach einer weiteren Berührung, nach einem sanften Wort, doch der Abstand zwischen dir und mir war plötzlich riesengroß.

In diesem Augenblick kam Franziska von der Tanzfläche. Franziska! Was machte sie in dieser Bar? Ihr wart doch seit wenigen Wochen erst getrennt, und Alexander hatte mir erzählt, ihr würdet bewußt jedes Zusammentreffen vermeiden! Wußte Franziska nichts davon, daß du hier warst? Vor allem aber: Warum drehte sie sich nicht um und ging, als sie uns bemerkte? Sie kam näher. Es hätte mir da schon auffallen sollen. Etwas an dieser Situation stimmte nicht. Etwas war ganz und gar merkwürdig. Du bist ein Stück nach links gerutscht, hast mich sanft, aber mit Nachdruck zu dir herangezogen und neben mich gedeutet. Franziska setzte sich tatsächlich. Du warst rechts von mir, sie links.

Was ist damals nur passiert? Das alles liegt wie eine Verwünschung über mir. Die düstere Schönheit jener Nacht verfolgt mich noch immer. Kaum spreche ich davon, stürzt diese Nacht wieder vom Himmel. Sie legt sich wie ein Laken aus ungesagten Worten um meinen Körper. Eine verbotene Nacht. Meine eisige, schwarze Sehnsucht; aber was ist Sehnsucht seitdem nur für ein Krüppelwort geworden?

Wann wird das aufhören, dieses Einander-quälen-Wollen dafür, daß man seinen Idealen nicht gleicht? Und wann wird das aufhören, dieses Einander-quälen-Wollen dafür, daß man seinen Idealen allzusehr gleicht?

Das erste, was mir in den Sinn kommt, wenn ich diesen Abend und die darauffolgende Nacht erinnere, ist ein Geruch. Ein Geruch, der von da an jeden Tag in meiner Kleidung, in meinem Haar hing. Den ich seit jener Nacht aus jeder Pore ausströmte. Bis gestern. Ein Geruch mit wilder, neugieriger Lust gefüllt, den ich heute nacht verloren habe.

Ich stehe aus der Muschelschale auf und öffne die Tür zum Balkon. Ich stelle mich an die Brüstung. Die wuchernden Heckenrosen streifen meine Arme. Dieser Mond. Ich strecke die Finger aus. Ich möchte ihn berühren, um sein Geheimnis mit den Nägeln anzuritzen. Oder ihn herunterholen und hineinbeißen. Er soll ausfließen über mir. Ich atme tief ein. Ach, ich möchte mich zurückschlafen in eine Zeit, in der der Himmel ein Zucken und der Mond wie eine Ader ist, prall gefüllt mit Licht und Magie, eine Zeit, in der man einander erfinden kann, lust- und liebevoll, unverheuchelt, intim und schrecklich. Wo man sprechen kann und es eine Stimme gibt, die einem antwortet, ohne daß man von ihr gequält wird oder sie quälen muß. Eine Zeit, in der Menschen ungestraft offen enden können wie ein Buch und nachts auf dem Feld das Geheimnis anheulen dürfen.

Jene Nacht. Ich – ich kann jetzt noch nicht davon sprechen. Ich muß wohl erst die Worte sich selbst überlassen, daß sie zueinander finden können, denn auch sie sind angesteckt von Neugier und dem Verlangen, sich auf irgendeine Weise zu verbinden. Die Zeit, die ich zum Erinnern brauche.

Trampeln Sie nicht auf dem Fleck. Seien Sie nicht ungeduldig. Gönnen Sie Helen einfach die Zeit. Sie werden ja alles erfahren.

Jördis. Franziska. Was bin ich heute für euch? Ein paar Buchstaben? Ein Blick, der nichts mehr hält? Ich bin verloren in meinem Herz. Seine Schläge werfen mich nieder.

Der Tango war zu Ende, und die übliche Barmusik setzte ein. Aber ich hörte nicht auf zu tanzen. Ich hatte das Gift in den Adern, der Tango schwamm bereits in meinem Blut, und ich schwamm mit ihm. Du hast mich ohne Vorwarnung unter den Arm gegriffen, Franziska nahm den anderen, und dann haben wir das Lokal verlassen. Warum? Habt ihr mich wirklich unablässig belogen? Ich ertrage es nicht. All die weichen Worte, die ich euch nie gesagt habe, liegen offen und roh in mir. Womöglich ist alles ganz anders. Die Wirklichkeit, die man beschreiben darf – ist es die erfundene?

Die dünne Insektenstimme meiner Erinnerungen zirpt durch diese Nacht und sticht mich wund. Und so lange schon quält mich der Juckreiz erregender Täuschungen, der durch nichts zu lindern ist.

Elise und ich haben immer zusammen Hausaufgaben gemacht. Sie hatte ungewöhnliche Methoden, mir die Naturwissenschaften beizubringen. Aber es hat immer funktioniert. Ich war die Beste in Physik.

Sie hatte sich gerade mal wieder mit meinen Eltern wegen irgendeiner Lappalie zerstritten und murrte vor sich hin, während sie die Mikadostäbe nach Farben sortierte. Als ich mit meinem Physikbuch kam, damit wir zusammen lernen konnten, brach es aus ihr heraus: „Diese ständigen Mißverständnisse! Diese ganzen Streitereien. Es ist das Sprechen, Helen. Wir machen es falsch! Es gibt einfach zu wenig Worte." Sie warf die Mikadostäbe demonstrativ auf den Tisch. Ein paar fielen zu Boden. „Es fehlen ein paar ganz wesentliche. Wenn du etwas Aufrichtiges sagst, dann lügst du natürlich trotzdem immer ein bißchen. Weil Wahrheit und Lüge übereinanderliegen. Aber die Leute nehmen es einem übel. Als ob ich was dafür könnte, daß es nicht genug Worte gibt. Dieses lausige Physikbuch hier erklärt die ganze Liebe der Welt, und morgen, das verspreche ich dir, kaufe ich deinen Eltern so eins, damit wir uns endlich verstehen. Siehst du, da steht alles drin, aber wer sieht schon hin?" Und sie blätterte und zeigte auf eine Illustration. „Hier hast du ein Teilchen. Es hat einen Plus- und einen Minuspol. Du kannst das Teilchen spalten. Hier." Ein krummer Nagel tippte auf die Zeichnung. „Und das gespaltene kannst du wieder spalten und wieder und wieder ..." Tipp, tipp und tipp. „... bis du das allerkleinste Teilchen hast, was es gibt. Und ha, hier siehst du es, selbst das kleinste hat doch immer noch einen Plus- und einen Minuspol, aber spalten kannst du es nicht mehr. Immerzu mißverstehen sich die Leute, Helen. Aber das liegt nur daran, weil man eindeutige Dinge will, eindeutige Gefühle, eindeutige Meinungen. Als ob es so was gäbe! Denk daran, wenn du dich später mal mit jemandem zerstreitest und zu einer Aussprache treffen willst. Weißt du, was nämlich immer wieder passiert? Die Zerstrittenen setzen sich vorher allein zu Hause hin, finden eine Antwort auf das Problem, und dann gehen sie zu dem Treffen und versuchen nichts, als diesen bereits vorgefaßten Beschluß durchzusetzen. Sie hören einander gar nicht zu. Sie haben sich für eine Seite entschieden, und jede spontane Regung zur anderen kommt ihnen schwach vor. Pah! Sieh dir das an: Das kleinste Teilchen der Welt ist zweideutig. Das ist das Wesen der Liebe. Die Dinge liegen immer ineinander. Es ist das Sprechen, ich sage es dir. Es ist vielleicht, weil die Worte nicht stimmen. Lüge und Wahrheit gehören zusammen. Und es muß ein einziges Wort sein, nicht zwei. Das ist ein echtes Dilemma."

Sie war wirklich knurrig. Ich sammelte die heruntergefallenen Mikadostäbe auf.

„Vielleicht Wahrlüge?" fragte ich vorsichtig und blinzelte zu ihr hoch.

Sie grinste schon wieder ein bißchen.

„Hmm, oder Lügheit. Oder was ganz anderes. Wie wäre es denn mit Propoximatlisiotropysia? Aber das wäre ganz schön schwer, auszusprechen." Und dann lachte sie verschmitzt, und wir spielten endlich *Mikado*.

Es ist still hier.

Das Mondlicht überdeckt alles. Ein Guß. Und mir ist, als sähe ich nicht die Dinge selbst, sondern nur deren Formen unter einem Laken aus bleichem Licht. Schattenrisse ohne das Original, das diese Schatten wirft. Ich bin schwanger mit Vergangenheit.

Ach, Elise, wie recht du hattest. Als ob Vergangenes etwas Totes sei! Und doch begebe ich mich in die verführerische Aura des Toten. Warum konntest du so einfach sterben? Du hast mich zurückgelassen. Komm wieder! Mir entgleiten die Worte.

...Henriette, Victoria, Laura...

Du hast meine Namen zu dir ins Grab gezogen.

...Sara, Antonia, Merve...

Du fehlst mir wie niemand sonst. Ich bin allein.

Weshalb bin ich damals nur nach London gegangen? Ich verstehe das nicht mehr. Aber war es im Grunde nicht so, daß du mich regelrecht ins Flugzeug hineingedrängt hattest? Du warst es doch, die das Ticket besorgt hat, nicht wahr? Ich habe es doch einfach nur genommen, oder? Habe ich mir vielleicht nur eingebildet, ich wollte wegsein? Ein ganzes Jahr, und als zurückkam, warst du tot. Ich hätte nicht auf dich hören sollen. Ich hätte dich noch so viel fragen können. Verdammt! Du hast mich zum Flughafen gebracht, und auf dem Weg dorthin hast du meine Hand gehalten und gesagt: „Es ist nicht leicht, aber geh, denn wenn die Zufriedenheit am größten ist, dann ist auch die Kraft, sie zu zerschlagen, am größten." Ich habe dir immer geglaubt.

Und du, Franziska? Wieso hast auch du mich verlassen? Ich habe dir vertraut. Woher hätte ich wissen sollen, wohin diese Freundschaft führen würde, welche Blüten sie treiben und welche Früchte sie hervorbringen sollte? Du warst wie eine Schwester für mich. Ich habe nicht gewußt, daß Freundschaft eine seltsame Sache ist, zart und geheimnisvoll, und doch so erschreckend gewalttätig, und daß sie verletzbarer ist als Liebe.

Du bist eine Mörderin, Franziska. Ich habe dich geliebt, nicht begehrt. Meine Berührungen waren die der Neugier gewesen, nicht der Lust, bis du gekommen bist und meiner Unschuld das Land genommen hast, mich in dein Begehren gestoßen und meinen Kopf heruntergedrückt hast, bis ich an deinen Lügen ertrunken bin. Du hast mein Ideal fortgespült. Es gab keine Möglichkeit mehr, Atem zu schöpfen, nur den Geruch nach Salz überall, und ich schwamm in deinen Worten. Ich habe das Blut von deiner Zunge getrunken. Du hast mich angelächelt und die Tropfen von meinen Lippen geleckt.

Und das war dir Rausch.

Der Rausch, für den du mich geopfert hast. Du hast meine Liebe zu Begierde zerstört. Wolltest du nur etwas ausprobieren? Aber Franziska, du hast meine Lust aufgebrochen und mich dann einfach zurückgelassen!

Ich habe mich gerächt. Ich habe mehr von dir gewußt, als du dachtest. Es war der Semesterball, Franziska! Du und dein Bruder. Alexander und seine Schwester. Ihr hattet euch da noch nicht im Griff. Ihr habt euch verraten. Wie ihr getanzt hattet. So eng. So lange. Es lag etwas in der Luft. Etwas Teuflisches. Ich habe meine Augen offengehalten. Du hast immer geglaubt, ich sei schwach.

***

Manchmal nachts, wenn Hannah längst schlief, lag ich wie ein vergessenes Stofftier neben ihr und starrte in dem dunklen Zimmer herum. Ich lauschte auf die nächtlichen Wohnheimgeräusche, und dann lief ich leichtfüßig durch meine Träume, doch dort, wo immer ein Mohnfeld geblüht hatte, ein schwankendes, duftendes Versprechen, gab es nur noch einen leeren Fleck. Der Wind, der Hunderte Mohnblätter mit sich geführt hatte wie purpurne Küsse, war erstorben. Hannah und ich klebten aneinander, als hätte jemand unsere Wunden mit Kleister überzogen und uns dann zusammengedrückt.

Unsere Freunde sahen uns nur noch als Doppelpack. Aus der schnell hingeworfenen Phrase „Helen und Hannah" war bereits ein „Hennen und Hallah" geworden. Als ich diesen Versprecher das erste Mal gehört hatte, mußte ich lachen. Dann jedoch war diese Phrase unseren Freunden immer öfter herausgerutscht, und als ich mir klarmachte, was das bedeutete – daß nämlich unsere Namen miteinander vermischt wurden, bis die Buchstaben sich verkeilten und verschränkten, und eine ineinander verschmolzene Namensmutation entstanden war –, da wußte ich, daß ich etwas ändern mußte.

Es gibt doch keine ewigen Dinge. Ich habe Elises Worte nicht vergessen. Der Gedanke, ein Jahr in London zu verbringen, hatte mich wundgenagt. *Hab keine Angst vor Veränderungen.* Der Becher der Verlockung war geleert; ich hatte mich sattgetrunken an ihr, doch noch immer schmerzte meine Kehle vor Durst. *Laß die Dinge wachsen und sterben.* Ich habe es nicht vergessen, Elise.

Im Laufe der Monate war beinah alles verschwunden: die sinnliche Freude, Hannah zu sehen, und die Spontaneität, etwas zusammen zu unternehmen. Ich hatte keine Vorschläge mehr gemacht und keine mehr angenommen. In die Zweisamkeit hatte ich mich gekuschelt wie in ein Nest. Wir haben einander immer häufiger Fragen gestellt, deren Antworten uns nicht interessierten. Wir stellten sie nur, um überhaupt etwas zu sagen. Und unsere Leidenschaft füreinander war zusammengeschmolzen zu dem winzigen nächtlichen Rest, wenn die Körper, einander erkennend, sich im Tanz der verbotenen Worte drehten.

Weißt du noch, Franziska, damals, in der plüschigen Bar, als du dich einfach neben uns gesetzt hast? Ich wußte gar nicht, daß ihr beide diese Bar überhaupt kanntet. Ich war bisher immer allein dortgewesen. Aber es ist so viel Unwahrscheinliches passiert, daß ich aufgehört habe, mir Fragen zu stellen. Du hast also plötzlich neben uns auf dem Sofa gesessen und geschwiegen, und das war sonderbar. Ich hatte es als Trennungsfolge gedeutet. Du hast deinen Manhattan getrunken, eine Zigarette aus Jördis' Packung gezogen und angefangen zu rauchen. Und immer noch geschwiegen. Und dann hast du Jördis angesehen, und sie hat dich angesehen. Ich hatte eine ganz leise, unheimliche Ahnung. Mit einem Mal war mir alles zu plüschig: dieses Sofa, das Licht, dieses Zusammensitzen. Etwas kündigte sich an. Etwas Dämonisches. Die Luft war satt vom Schweigen. Ich wollte weg. Aber da war es schon zu spät: Mein Körper hatte mit feinen Drähten bereits die Lust in der Luft aufgefangen, Drähte, die in meinen Finger- und Brustspitzen endeten. Ich rutschte tiefer in das Polster.

Wie ein Pfeil war plötzlich wieder Jördis' Hand in meinem Nacken, und so wie vorher drehte sie meinen Kopf zu sich, sah mir genau in die Augen, ihre schmalen Lippen waren sehr nah. Der Griff war unnachgiebig, und ich stemmte mich ängstlich dagegen, aber da lächelte sie ja wieder, und ihr Blick wurde warm dabei, und ich entspannte mich ein bißchen. Augenblicklich überraschte sie mich, zog meinen Kopf mit einem Ruck heran und küßte mich. Ich krallte mich ins Polster, um Fassung ringend, denn du warst schließlich neben mir, Franziska – meine beste Freundin, und Jördis' Ex-Geliebte – und das, was hier passierte, mußte alles andere als angenehm für dich sein. Woher sollte ich ahnen, daß alles ein Plan war? Oder war es keiner? Ich krallte mich immer fester ins Polster, während Jördis' Zunge über meinen geschlossenen Mund strich, nicht hart, wie ich vermutet hatte, sondern leise und sanft, so daß mein Körper mich betrog und ich wider Willen weich wurde und mein Kopf sich in ihre Hand zu schmiegen begann. Ihre Zunge drängte sich zwischen meine nachgiebig gewordenen Lippen. Da zuckte ich zusammen und wollte zurückweichen, aber ihre Hand hielt ja noch immer meinen Nacken. In jenem Moment löste jemand meine im Polster verkrallte Hand, drehte sie um, und eine Zungenspitze strich darüber. Das war mein Ende.

Bevor ich deine ganzen Tricks und Lügen durchschaut habe, warst du für mich eine Heilige. Ich habe dich geliebt, Franziska. Aber du hast geschwiegen. Auf meinen Fingerspitzen lebte ein Wesen, das seine dünnen Flügel zart aufspannte, wenn ich dich berührte, gläserne Flügel, die unter dem Schlag deines Herzens vibrierten. In meinen Augen schlummerte eine sanfte Schlange, die schillernd sich wand und deren smaragdene Augen aufschimmerten, wenn ich dich erblickte. Der rote Korallenwald in meiner Stimme begann zu rauschen, sobald dein Name an mir vorüberschwamm, fischflüchtig.

Jeden Blick von dir und selbst den dünnsten deiner Küsse habe ich genommen und in meiner Erinnerung geborgen wie in einer mit Seidenpapier ausgelegten Schachtel. Meine Liebe für dich, ich hätte sie so gern ganz nah an dein Herz gelegt.

Ist dir das wirklich alles egal gewesen? Hast du mir sogar deine Freundschaft vorgespielt, nur um Jördis zurückzugewinnen? Denn es ging doch immer um sie. Ich habe es die ganze Zeit gewußt. Da war etwas zwischen euch, das mich ausschloß, obwohl ich es war, ich allein, mit der ihr euch beschäftigt habt, ausführlich und bis zur vollkommenen Erschöpfung in jener Nacht, aber trotzdem war es etwas zwischen euch. Hast du alles von Anfang an geplant? Dann bist du meine Mörderin, Franziska!

Nachdem ich deine ganzen Tricks und Lügen durchschaut habe, bist du noch immer eine Heilige für mich. Trotz allem rauschen die Kronen des roten Korallenwaldes in meiner

Stimme, wenn ich deinen Namen spreche. Liebe. Wie dürr dieses Wort ist. Du wolltest es nie hören. Aber weißt du, es gibt Dinge, die werden mit Fingerspitzen in die Erinnerung geschrieben. Ungesagte Worte. Das gläserne Wesen auf meinen Fingerspitzen lebt. Doch es schluckt an meinem Schweigen und leidet daran, daß es etwas weiß, das über ausgelegte Worte hinausgeht. Hilf mir. Sprich. Die Schlange in meinen Augen wird ohne dein Wort erstarren, und das Wesen wird seine gläsernen Flügel einfalten und sich zu Tode schweigen.

Vielleicht waren die Konstellationen falsch. Es kommt schließlich vor, daß Menschen, Zeiten und Orte nicht zusammenpassen. Noch nicht. Oder nicht mehr.

Aber irgendwann wird es vielleicht anders sein. Ich weiß es – eines Tages, Franziska, werde ich dir begegnen, zur richtigen Zeit, am richtigen Ort, und dann wirst du mich erkennen.

In einer dunklen Stadt will ich dich wiedersehen. Grau wird der Himmel sein und grau die Farbe des Lichts. Ich werde dir begegnen, im Schatten eines ereignislosen Tages, und das Verlangen soll über dich herfallen, dich packen und wegschließen in seine Pupille mit einem einzigen kurzen Lidschlag. Und eine Gefangene sollst du sein im grellen Blick der Lust.

In einer dunklen Stadt will ich dich wiedersehen. Stumm werde ich durch die Straßen taumeln, von Haus zu Haus, deren Eingänge schwarz sind und die Menschen schlucken.

Ich will dir begegnen, in dieser Stadt, deren graues Haar alles überdeckt, die Flut der Erinnerungen und die Farben der Träume. Zwischen Läden will ich wandeln, die nichts als die Leere erfüllbarer Leidenschaften verkaufen.

Meine Adern will ich im Wasserbad öffnen und in mein Blut hinabtauchen, daß meine Haut errötet. Eine Nadel will ich mir durch die Haut meines Auges treiben und in der hohlen Hand das fließende Blau auffangen. Mein Haar will ich waschen darin. Mein Augenwasser. Einen Schnitt will ich mir zufügen, quer über meine Brust, und das Schlagen darin herausreißen.

Und dann will ich dich wiedersehen. Auf der Brücke. Zwischen den Pfeilern, die diese Stadt stützen, werde ich auftauchen: Der rote Irrsinn. Mit dem blauen Haar. Einen schlagenden Kristall in der Hand, in dem der Blick der Lust sich spiegelt.

Du wirst stehenbleiben.

Und in die graue Stille des Flusses will ich den Kristall schleudern. Rot wird der Fluß aufschäumen, und die Gischt soll dir eisig ins Gesicht spritzen.

Du wirst mich ansehen.

Wenn du mich erkennst, wird meine Verwundbarkeit auffliegen wie ein dünner Nebel am Morgen.

„Es war einmal eine Nachtigall, die eine Mondnacht lang eine weiße Rose umarmt hat, und singend, denn sie durfte nicht schweigen, den Dorn in ihr Herz gleiten ließ, und sich selbst in die Blütenblätter ausströmte, bis diese sich rot färbten. Mit der Morgendämmerung verklang ihr letzter Ton, und die Nachtigall fiel tot zu Boden, doch die rote Rose hat die Dunkelheit überlebt und besteht bis zum heutigen Tag."

„Was ist das?"

Ich war dreizehn, und Elise und ich gingen am See entlang. Eine Nachtwanderung.

„Oscar Wilde. Ein Märchen."

„Das ist ja ganz schön traurig."

„Nein, es ist Liebe.

Elise, ich wünschte, ich könnte sagen, berühr mich nicht.

„Wieso lügen Menschen?"
Wir spielten *Die verflixte Sieben*, und ich hatte Elise gerade erzählt, daß meine Banknachbarin die Unterschrift ihrer Eltern gefälscht hatte und erwischt worden war und trotzdem hartnäckig beteuert hatte, daß es die echte Unterschrift war. Schließlich hatte die Schuldirektorin die Eltern angerufen und bewiesen, daß sie gelogen hatte. Sie hatte einen Verweis bekommen.

Elise stellte nur eine Gegenfrage: „Warum spielen wir zum tausendsten Mal *Die verflixte Sieben*?"

„Weil es Spaß macht? Aber ..."

„Genau. Stell dir mal vor, was los wäre, wenn es keine Spiele gäbe." Elise würfelte eine Sieben, nahm sich aber den Stein vom Achterfeld runter. Ich merkte es nicht gleich. „Das wäre ganz schön langweilig, oder?"

„Und lügen?"

„Es ist dasselbe, Helen. Du bist dran."

„Du hast gerade geschummelt! Ich hab's genau gesehen. Stell den Achterstein wieder hin."

„Beweise es mir! Ich hab hier nichts weggenommen. Ich bin einfach die bessere Verflixte-Sieben-Spielerin von uns beiden." Und sie lehnte sich zurück und lachte laut. Ich wurde wütend und schlug auf den Tisch. Sie reagierte nicht. Da warf ich alle Steine um und lief nach draußen. Sie lachte immer noch.

Es gibt so viele Dinge, an die ich mich kaum mehr erinnere. Deshalb fällt es mir so leicht, jetzt darüber zu sprechen. Ich bin mir sicher, daß Elise die Geschichte von der weißen Rose erzählt hat. Ich sehe uns noch gehen in jener Nacht, und es gab einen Mond, der, weil ich ihn in meiner Erinnerung an Elise nur überfließend ertrage, überfließend gewesen sein muß.

Wochen nach jener Nacht, in der Franziska und Jördis mich einfach aus der Bar entführt hatten, Wochen danach, während deren beide konsequent geschwiegen hatten, lag vor meiner Tür plötzlich eine weiße Rose. War es so, oder war es anders? Von Elise habe ich erfahren, was ich bin. Nein, das ist nicht richtig. Von ihr habe ich erfahren, was ich sein könnte.

Wie funktionieren Erinnerungen? Der Film in meinem Kopf wird langsam. Die Bilder flackern. Die Farben verschwimmen. Die Stimmen verzerren sich. Das Zelluloid schmilzt, und auf der Leinwand bleibt ein schwarzer Fleck. Ich kann die Gesichter von Franziska und Jördis nicht mehr auseinanderhalten. Werde ich vielleicht verrückt?

Eine weiße Rose also, vor der ich zurückgezuckt war wie vor einer Schlange. Als ich sie aufhob – ganz vorsichtig, denn es sind vor allem die weißen Rosen, die jeden Moment nach einem schnappen können – flatterte ein Zettel auf den Boden:

„Blumenschreie gibt es nicht."

Deine Schrift, Jördis. Oder deine, Franziska? Spielt es eine Rolle?

„Leg dich ins Bett und schweig!"

Ich las laut und hatte plötzlich einen Mundvoll roter Worte, an denen ich schluckte.

„Berühr dich."

Es gibt Worte, die sind eine Klinge. Sie haben mich geöffnet wie eine Ader.

„Berühr dich!"

Worte, die das Nervengeflecht elektrisieren, kurz bevor das Metall die Haut ritzt. Sollte ich sie nur geträumt haben?

Ich legte mich aufs Bett und ließ die Hände über Augen, Lippen und Hals bis zu meinem Busen hinunterwandern. Meine Finger waren leicht, viel zu leicht; sie berührten den dünnen Stoff kaum. Sie erregten mich nicht. Unvermittelt war mir jedoch, als seien fremde Augen im Raum, und ich griff fester in das Fleisch und begann dann, die Brustspitzen zu massieren.

„Laß die Augen offen."

Deine Worte. Franziska. Jördis. Ihr habt sie in meinen Kopf gepflanzt und in die Nässe zwischen meinen Beinen.

„Dein Schrei vibriert noch in meinem Mund."

Das waren keine Lippen, die mich ins Leben küßten.

„Dein Zittern regt sich noch auf meiner Zunge."

Das waren Zähne, die mich zur Lust wachbissen.

„Wunden sind nicht zu vermeiden."

Eure Stimmen von links und von rechts. Eure Worte hinter mir und vor mir und sehr nah am Ohr geflüstert, so daß die Haare meine Ohrmuschel kitzelten. Ich sah mich um. Niemand. Nur die Klinge, die die Innenseite meiner Schenkel hinaufstrich. Sollte ich euch nur erfunden haben? Mein Atem. Der Druck verstärkte sich. Ich spreizte die Beine. Ich steckte den Finger in den Mund. Ich zeichnete eine feuchte Spur vom Schenkel bis zum Spitzensaum des Slips. Und plötzlich wart ihr über mir. Die Nacht war zurück.

„Dein Blut! Ich bin es satt zu nippen."

Wie quälend langsam ein Wort die Haut durchbohrt. Ein Daumen fuhr über die Knospe, zwei Finger kniffen sie zusammen, und der Schmerz schoß mir in den Schoß. Ich seufzte.

„Sei still!"

Wie sanft die Klinge in Herz und Vulva gleitet. Eine andere Hand krallte sich in meinen Nacken. Nägel bohrten sich in meine Haut. Ich wand mich. Ich warf den Kopf hin und her. Zwei Hände schoben meine Schenkel auseinander, Zähne schlugen sich in meinen Hals, und bevor ich schreien konnte, preßte sich schon eine Hand auf meinen Mund, und jemand begann durch die Bluse hindurch an meinen Brustspitzen zu saugen. Zwei Knie drückten meine Arme ins Laken, nicht brutal, aber nachdrücklich. Widerstand war zwecklos. Die verbotenen Worte – sie pulsierten zwischen meinen Beinen, sickerten durch die weiße Spitze. Sie würden mich verraten.

Der Zettel flatterte auf den Boden.

„Weiße Rosen sind eine Delikatesse."

Welche Zunge, welche Stimme, welche Hände? Ich kann heute nicht mehr unterscheiden, wessen Worte in mich hineinleckten, wessen Finger mich durchdrangen. Da ist nur dieser schwarze Fleck auf der Leinwand. Zwei miteinander verschmolzene Gesichter.

Eine Hand wanderte vom Knie an aufwärts. Das Flüstern von den Wänden war dornig. Mein Rock rutschte in Hüfthöhe. Eine Hand schlüpfte unter die weiße Spitze, und ein Finger strich über den zarten Haarflaum. Die Worte stachen. Unter der Hand knisterte es. Jemand berührte die Lippen dort. Ein Mittelfinger glitt in diesen Mund, tauchte in die Nässe, stieß einmal zu, daß ich aufstöhnte, tauchte wieder auf und blieb dann reglos liegen. Mein Geschlecht öffnete und schloß sich. Klagte. Ich hob den Unterleib an, um den Finger wieder zu spüren. Er war leicht. Quälend leicht. Er genügte nicht. Ich wollte den Kopf heben.

Jemand lachte leise und griff mit einer Hand in mein Haar. Wie beiläufig. Zog meinen Kopf zurück. Hielt ihn unten. Legte meinen Hals frei. Eine Hand legte sich um meine Kehle, drückte zu. Nur ganz leicht. Dann war sie fort und ein Mund preßte sich auf die Halsschlagader. Saugte. Nur ganz leicht. Meine schwache Stelle. Drückte die Zunge darauf. Biß zu. Nur ganz leicht. Die Hand von meinem Mund war verschwunden.

Küß mich, flüsterte ich erst in die eine, dann in die andere Richtung. Schweigen. Jemand umfaßte mein Kinn und ließ die Finger über meine Lippen gleiten, fuhr mit dem Daumen in die Mundwinkel, sah mir in die Augen dabei, während eine andere Hand meine Brüste zu streicheln begann, die festen Spitzen durch die Bluse hindurch massierte, bis ich weich wurde und seufzte und meine Lippen einen Spalt öffnete und die Finger empfing und dann eine Zunge, die meine eigene umschlängelte, abwechselnd in mich hineinzüngelte und dann tief in meinen Mund hinabtauchte und mir ein Stöhnen von den Lippen schälte. Jemand knöpfte meine Bluse auf und berührte die Haut nur mit Fingerspitzen dabei. Ich lag offen unter den Berührungen. Jemand umschloß meine Brustspitzen mit den Lippen. Eine Zunge strich darüber. Kein hartes Zustechen der Zungenspitze, kein Ritzen mit den Schneidezähnen, kein tiefes, an Schmerz grenzendes Einsaugen der Brustwarze. Nein, ein sanftes, beharrlich langsames Lecken. Lange, nasse Striche. Wie ein Tier, das unablässig eine Wunde leckt, um sie zu heilen.

Woher habt ihr gewußt, daß nichts mich brechen kann als etwas Sanftes? Daß Hartes mich niemals zu verändern vermag? Daß nur das Weiche in mein Inneres dringt und mich wehrlos macht?

Doch trotz allem war etwas in mir noch immer auf der Hut, obwohl das, was passierte, unfaßbar sanft war, ein unablässiges Gleiten von Zungen und Fingern über meinen Körper, ein langsames Eintauchen in Mund und Geschlecht, nicht um Lust aufzustacheln, sondern um die Finger anzufeuchten und sie dann über Hals und Busen und Bauch zu bewegen. Jede Berührung war die richtige. Jeder Blick der passende. Jemand saugte meine Zunge tief ein.

Ein unerwarteter Biß!

Mein Blut im Mund.

Eine Hand griff nach meiner und legte sie zwischen meine Beine. Mit einem Sprung war jemand über mir. Eine andere Hand drückte mich ins Kissen zurück, als ich den Kopf heben wollte. Ein Überfall! Ich war starr vor Schreck. Eine Stimme ging rauh in meine Ohrmuschel.

„Streichle dich, Helen. Aber tu es so, wie wir es dir sagen, sonst werden wir dich bestrafen müssen."

Ich schmeckte mein Blut. Eine Hand legte sich auf meine und drückte sie nieder. Das Haar wisperte.

„Nun? Wir warten."

Zögernd bewegte ich die Finger. Die andere Stimme:

„Langsam, Helen. Langsam. Und nimm nur einen Finger."

Dann lehntet ihr euch zurück, nahmt Hände und Zungen mit euch. Küß mich, flüsterte ich tonlos. Aber die Münder waren weit. Ich schloß die Augen und begann mich vor euren Blicken zu liebkosen.

„Laß die Augen offen!" Die Stimme war nah vor mir.

„Sieh mich an dabei." Die andere Stimme.

Was tut man, wenn Worte bissig werden?

Mein Finger war langsam, unendlich langsam wie niemals sonst, und die Zeit blieb stehen, doch mein Herz schlug einfach weiter und immer härter unter der allzu langsamen, allzu sanften Berührung. Meine Hand begann zu zittern, ich hielt das nicht mehr aus, ich mußte schneller werden, ich mußte mich von der Anspannung befreien, ich …

Mit einem Ruck zog jemand meine Hand fort, sagte scharf: „Langsam, viel langsamer!", und hielt sie länger als nötig zurück, so daß sie in dem festen Griff zu zucken begann, weil ich das erzwungende Stocken der Stimulation nicht ertrug, diese entsetzliche Leere zwischen meinen Schenkeln. Es war eine Qual! Meine Geschlecht pochte und tropfte und brauchte eine Berührung. Bitte, hatte ich gebettelt, bitte, laß mich los. Leises Lachen. Jemand begann mit den Fingern zwischen meinen Beinen zu streicheln, streifte jedoch nur die Haarspitzen, berührte mein Fleisch nicht im Geringsten dabei. Das war keine Berührung. Das war höchstens die Andeutung einer Berührung. Diese Liebkosung war zu zart. Ich bewegte mich, ich stöhnte, ich war feucht. Wenn die Hand nur ein klitzekleines bißchen weiter vordränge, würde sie die Nässe spüren. Nichts. Nur die Haarspitzen knisterten. Mein Geschlecht lud sich auf. Dann waren die Finger verschwunden. Leere. Meine eigene Hand war immer noch umklammert. Von oben strich mir jemand das schweißnasse Haar aus dem Gesicht. Da schluchzte ich vor Enttäuschung auf. Der Orgasmus begann sich zurückzuziehen. Bitte, flüsterte ich, bitte. Da wurde meine gefangene Hand zurückgelegt, doch nein, auf halbem Wege hielt sie inne, so daß meine Finger einige unerträgliche Zentimeter über meiner Vulva schwebten.

„Sag danke!"

Mein Geschlecht reagierte sofort, öffnete sich, war naß, bereit. Eine Berührung nur, und es wäre zu spät. Nur sprechen konnte ich nicht.

Ein kurzer Blick, der zwischen euch hin- und herging und die jähe Ahnung, einen Fehler begangen zu haben, dann schnellte schon eine Hand an meinen Hals, und bevor ich reagieren konnte, drückte sie meine Kehle zu, langsam, zärtlich und vollständig, während ein Daumen meine Brustspitzen zu liebkosen begann. Ich riß die Augen auf und schnappte nach Luft. Der Sauerstoff war abgeschnitten. Nicht die kleinste Ritze. Tränen traten mir in die Augen und liefen über mein Gesicht. Ich riß den Kopf hoch, die Hand in meinem Haar riß ihn wieder runter. Ich fing an, um mich zu schlagen und zu treten, aber vergebens, ich trat nur gegen Kissen. Die Hand ließ nicht locker. Die Panik dröhnte. Nicht mal ein Keuchen. Eine Hand strich die Tränen weg. Sehr sanft. Die Stimme über mir liebkoste, die Zunge ging feucht in meine Ohrmuschel, während ich um mich schlug. Still, still, flüsterte die Stimme beruhigend, und keine Angst, es dauert nicht mehr lange. Nur ein wenig noch. Meine Bewegungen erlahmten. Jemand küßte mein Haar und murmelte leise. Still, still, es ist ja alles gut. Die Worte waren weich. Ein wenig noch... Mir wurde schwarz vor Augen. Die Kraft versiegte. Ein wenig noch... Meine Glieder wurden schlaff und fielen ins Laken. Mein Bewußtsein taumelte am Abgrund. Ein wenig noch... Es war vorbei. Das war ... das ... Ende ...

Kurz vor der Ohnmacht kam die Lust. Es gibt kein Wort dafür. Es ist mehr.

Das gehört zu den Dingen, die zu Tode geschwiegen werden. Niemand soll wissen, daß es eine Lust gibt, die erst ausbricht, wenn man aufhört, sich ans Leben zu klammern. Mein Bewußtsein ist aber in diese Lust hinabgetaumelt, und die Worte kamen aus weiter Ferne. Ich will nicht darüber schweigen! Ich darf es nicht. Denn das war der Moment, an dem ich sterben wollte. Eine unvermutet intensive Gier zu sterben. Und es hatte nichts mit Gewalt zu tun!

Es ist genug, hörte ich verschwommen, sie ist soweit, und kurz bevor mir die Sinne schwanden, ließ die Hand meine Kehle los.

Eine dünne Stimme tief in mir schrie Nein!, aber da sogen meine Lungen bereits lebensgierig alle Luft ein, die Platz hatte. Ich keuchte.

„Sag danke."

Ich tat es. Heiser.

Hätte ich wirklich besser über diese Nacht schweigen sollen? Weil man mich mißverstehen könnte? Aber hieße schweigen denn, daß diese Nächte nicht da wären? Hieße es dann, daß ich niemals eine dunkle Stimme gehabt hätte, schwarz beinah, eine Stimme, schwer verwundet von dieser Art der Liebkosung? Es muß doch Worte geben, die man sagen darf!

Nach einer langen Weile legte die Hand meine Finger zwischen meine Schenkel zurück, und langsam, so langsam und sanft, wie ihr es verlangt habt, habe ich mich in dieser Nacht berührt, habe den Zeigefinger unter die Lippen gleiten und in mein Geschlecht eintauchen lassen. Die tiefen Schläge der Uhr gingen auf mich nieder, und die Dämmerung kam und war feucht, und eure Augen lagen auf mir die ganze Zeit und sahen, wie der Schweiß von meiner Schläfe ins Kissen lief, wie mein ganzer Körper naß und nasser wurde. Dann war der Abgrund vor mir, und jemand beugte sich über mein Ohr, und eine Zunge stieß tief und naß in die Muschel hinein, und mir war, als ob sie sich bis in mein Geschlecht versenkte.

Da platzte mein Herz.

Mein Kopf fiel ins Laken. Die Worte lagen am Boden.

Wann beginnt eine Geschichte? Vielleicht beginnt sie an dieser Stelle. Immer sehe ich mich um, ob sich nicht jemand empört, ob nicht jemand über mich lacht. Dabei wünsche ich nur eine Sprache für den Körper. Aber es ist schwer in einer Zeit, da Sätze sich schneller abnutzen als Schuhe.

Wir brauchen neue Namen.

Ich bin etwas, das nicht verschleißt, wenn es gebraucht wird.

Deine Zunge blutet noch.

Ich bin etwas, das mit jeder Benutzung reiner und neuer erstrahlt.

Das süße Blut des Verbotenen.

Ich bin wie der Marmor; ich muß betanzt werden von harten Absätzen.

Wessen Worte? Wer hat in jener Nacht meine Lust aufgestochen? Wessen Hand hat mich niedergestreckt? Wessen Narbe trage ich auf meinem Körper?

Ich erinnere mich an den letzten Abend vor dem Abflug nach London, in Hannahs Wohnheimzimmer, zwischen den starkduftenden Pflanzen und den Streifenhörnchen. Ich erinnere mich daran, als sei es gestern gewesen, dabei liegen Jahre zwischen damals und heute. Wir saßen auf der Patchworkdecke, eine dieser Sachen, die Hannah dauernd anfertigte. Selten habe ich sie ohne Handarbeitszeug gesehen. So war ich auch erst auf sie aufmerksam geworden: als sie strickend in der gähnend langweiligen Vorlesung gesessen und die monoton dahinplätschernden Ausführungen des Professors mit dem Geklapper ihrer Nadeln unterbrochen hatte.

Nun also lagen wir auf einem Ergebnis von Hannahs Unermüdlichkeit, und der Gedanke, am morgigen Tag für ein ganzes Jahr fortzugehen, war mir plötzlich unerträglich. Auf einmal wollte ich alles ungeschehen machen. Ich wollte meine Reisetasche auspacken, den Flug stornieren, den Urlaubsschein im Studentensekretariat zurückgeben. Ich konnte mir nichts Herrlicheres vorstellen, als mit Hannah auf der Patchworkdecke zu liegen und genauso weiterzuleben, wie wir es in letzter Zeit getan hatten: in Sicherheit, ohne die Angst vor unangenehmen Überraschungen, ganz und gar nur für uns. Ein vorgeahntes Heimweh überrollte mich. Damit hatte ich nicht gerechnet. Ich schluckte und umarmte Hannah. In jenem Moment fiel meine Schwäche in sich zusammen. Augenblicklich und absolut. Bei der ersten Berührung habe ich alles begriffen.

Wir streichelten unsere Hände und Gesichter. Lange schon hatte ich mir nicht mehr so viel Zeit für Hannah genommen. Aber ich fühlte nichts. Es blieb wie tot in mir. Nur nichts sagen, dachte ich. Und wir preßten unsere Leiber aneinander, in der Qual, uns gegenseitig zu entzünden. Aber nichts passierte. Es war, als stocherten wir in der Asche eines erloschenen Feuers. Als wir uns küßten, so tief und feucht und doch erregungslos, da würgte mich etwas Unaussprechliches. Ich schluckte den Klumpen hinunter, der den Namen Inzest trug, denn ich empfand Hannah nur mehr als Schwester. Ich schmeckte die Schwester, wenn ich über ihr Schlüsselbein leckte, ein farbloser, allzu bekannter Geschmack. Es war die Hand der Schwester, die meine Brust umfaßte und verloren zwischen meinen Beinen lag. Ich sah nur noch das Wort Schwester überall, und es war nicht das lockende Wort einer verbotenen Erregung, sondern ein staubtrockener Laut.

Habe ich gewußt, daß ich an diesem Abend endgültig Abschied nahm, daß es für Hannah und mich kein Zurück mehr gab und auch kein Vorwärts? Habe ich gewußt, daß Bleiben nichts bedeutet hätte als das stumme Verharren in einem lustberaubten Schmerz? Weiß ich es jetzt?

Es wird kühl. Wie lange sitze ich schon im Mond? Jetzt verstehe ich das Wort *lunatisch*. Man könnte tatsächlich wahnsinnig werden. Wahnsinnig an diesem Licht, das meine Erinnerungen bleich ausleuchtet.

Ich erhebe mich aus der Polstermuschel, trete im Dunkeln an den hohen Schrank heran und greife nach der Flasche Glühwein, die sich sommers wie winters darin verbirgt. Ich bin eine Närrin, die Illusionen in ihren Schränken hortet, wärmende Erinnerungen an den Winter – Lebkuchen, Dominosteine und Glühwein –, die ich hervorholen kann, wenn das Verlangen nach Täuschungen mich packt. Auf dem Herd erhitze ich das würzigsüße Getränk, greife nach deiner angeschlagenen, rosenumrankten Porzellantasse, Elise, und gieße dann den dampfenden Wein ein. In kleinen Schlucken trinke ich, und der Wein wärmt meine Adern auf und fließt durch meinen Körper wie eine in Blut aufgelöste Schlaftablette.

Die Erinnerung liegt unter mir. Ich tanze darauf. Mit Silberschuhen ziehe ich Kreise über die Spiegelfläche ihrer Iris.

Ich sehne mich nach dir, Elise. Ich trage ein warmgoldenes Weinen in mir, seit du gestorben bist, ein Weinen, das nicht ausbricht, weil es kein Wasserfall ist, der in einen Abgrund sich stürzt, sondern ein aufsteigender Quell, unermüdlich, leise.

Weit unterhalb aller Worte liegt eine unsägliche Stille, ein dunkles Boot, schwer beladen. Die Arche, die meine Erinnerungen birgt wie zerbrechliche Heiligtümer. Ich ziehe mich in meine Stille zurück.

Jördis, wenn ich gereist bin, wenn ich mit Franziska unterwegs war, in Australien oder in England, immer warst du als Abwesendes spürbar. Keine schreiende Verzweiflung, nein. Nicht dieses Hinunterstürzen von der Klippe. Einfach die Gewißheit, daß du fehltest. Liebe. Ich habe es dir nie gesagt.

Tief in mir diese Ahnung, daß es, wenn es wirklich eine Ehrlichkeit auf dieser Welt gäbe, nur Schweigen sein kann.

Da war immer diese Sehnsucht, mich einmal auszustrecken neben dir, ohne den Zwang zur Entschuldigung, zurückzusinken, die Augen zu schließen, ein Stück deiner Haut erträumend, und einzuschlafen. Nichts sonst. Diese Sehnsucht, einmal die Augen aufzuschlagen, Sterne an der Wimper oder Morgensonnenlicht, und du wärst da, und kein Wort fiele.

Jördis, gibt es etwas Gemeinsames, das keine Lüge ist?

Worte fallen, sie sinken nicht.

Da war immer diese Sehnsucht.

Ein einfaches Zurücksinken in die eigenen Ursprünge, in die Fraglosigkeit einer Minute, in die Zweifellosigkeit eines Moments.

Diese Nacht schwemmt Erinnerungen heran. Diese Ahnung, daß Glück nichts ist, umringt von einer Korona aus grauem Niesel.

Wenn Elise meine Hände betrachtete, behauptete sie: „Helen, diese Linien sagen, daß du die Fähigkeit hast, dich ins Leben zu verlieben."

Kurz bevor ich nach London fuhr, studierte sie noch einmal meine Hände und sagte: „Warte nicht. Hoffe nicht. Spare nichts auf. Lebe! Du hast es in der Hand, Helen. Denk daran, hier steht sogar drin, daß du dich als Kind Eisbaden getraut hast." Sie zeigte auf eine winzige, gekrümmte Linie.

Nach vier Monaten kam ich nur für ein paar Tage aus London zurück. Elise hatte Geburtstag. Ich bin so froh, daß ich noch einmal zurückgekommen war, denn beim nächsten Mal war Elise tot.

Ich stand in der Tür, sah Elise an, sie sah mich an, und ich spürte die Last der hundertzwanzig Tage. Sie sagte kein Wort. Sie lauerte auf etwas. Schließlich fragte sie:

„Willst du es mir erzählen?"

In diesem Moment passierte etwas Bedeutsames: Ich erkannte die ganze Welt. Ich weiß, das klingt unglaublich übertrieben, doch es stimmt. Ich erfaßte das Universum. Und noch drei Sterne dazu. Das Wissen gleißte hell auf und erlosch in derselben Sekunde, und der Vorhang war zurückgezogen vor die Welt und das Universum und die drei Sterne. Doch ein winziger Fetzen ist mir geblieben. Eine Begebenheit aus meiner Kindheit. Elises und mein klitzekleines Geheimnis.

Einmal, es war mitten im Winter gewesen, waren wir Eisbaden. Meine Eltern waren danach noch wochenlang empört gewesen, weil angeblich das Allerschlimmste hätte passieren können. Das Schlimmste, was meine Eltern kannten, war „der Rest". Der Rest, so hatte ich damals gedacht, muß eine gräßliche Krankheit sein, denn nachdem ich ihnen begeistert von unserem Eisbadeerlebnis erzählt hatte, meinten sie fassungslos: „Jetzt ist sie endgültig zuweit gegangen. Du hättest dir den Rest dabei holen können."

Elise hatte mich früh in meine dicke Winterjacke gesteckt, einen Korb mit Frotteehandtüchern und einer Thermoskanne mit heißem Tee mit ein paar Tropfen Rum darin zusammengepackt, und auf ging es – zum See. Ich war zehn Jahre alt und fand das alles äußerst spannend, zumal wir noch fast in der Nacht aufbrachen. Es schneite den ganzen Weg, und der Schnee lag dick am Ufer und knirschte unter unseren Füßen. Unser Atem wehte als Wölkchen vor uns her. Das Wasser war am Rand zu dünnen Eisblättchen gefroren. Sogar der Nebel über dem See sah vereist aus.

Wir machten Wettausziehen und dann die Mutprobe: Wer traute sich als erste ins Wasser? Wir rannten wie zwei Verrückte los. Der Schock nahm mir augenblicklich die Stimme, denn ich stand bis zum Hals in klirrend kaltem Wasser, eine reglose Salzsäule, und gab keinen Mucks von mir, bis Elise mich schüttelte und mir zubrüllte: „Beweg dich, los schwimm!" Da fand ich meine Stimme und alles wieder und fing an zu lachen und zu paddeln. Nach einer Weile war das Wasser wärmer als die Luft und dann sogar badewannenwarm, und ich fühlte mich pudelwohl und hätte noch stundenlang so rumplantschen können. Als wir rauskamen und uns mit den Frotteetüchern trockenrubbelten, war unsere Haut rot und heiß, und sie prickelte. Elise packte mich wieder in meine Wattesachen, und dann saßen wir am Uferrand, tranken den heißen Tee mit ein paar Tropfen Rum darin, und ich war nichts als glücklich und legte meinen Kopf in ihren Schoß. So haben wir gewartet, bis die Sonne hinter dem See aufging.

Das Eisbaden ist eine meiner schönsten Kindheitserinnerungen.

Ich glaube, ich habe nirgends so intensiv gelebt wie in jenen ersten vier Monaten in London. Ich war ein wandelndes Herz mit Zähnen, und alles und jeder hatte sich mir bereitwillig in den Rachen geworfen. Ich kaute. Ich war glücklich. Keine Spur von Heimweh hatte es mir schwer gemacht. Ich hatte nach niemandem Sehnsucht. Nicht nach Hannah. Nicht nach meinen Eltern. Nicht einmal nach Franziska. Und Jördis? Die hatte damals noch keine wirkliche Rolle gespielt. Nur Elise hat mir gefehlt. Aber wir schrieben einander ja und telefonierten oft.

Ich war froh, von allem Vertrauten fort zu sein. In London kannte mich niemand. Es war wie eine zweite Geburt. Ich war achtzehn Jahre alt und hieß Helen. Dort jedoch war ich ein Mensch ohne Namen und ohne Alter.

Sobald ich englisch sprach, war ich sicher. Die fremde Sprache war ein Mantel, der alle Peinlichkeit abhielt, und gestattete es mir, das auszusprechen, was ich in deutsch anders oder möglicherweise gar nicht gesagt hätte. Doch sie war auch das Skalpell, das die festgestrickte Lüge um die allzu vertrauten Worte zerschnitt, der deutschen Worte, die ich zu oft schon ausgesprochen hatte und die mir im Grunde nichts mehr bedeuteten, nicht auf der Zunge und nicht im Ohr. Die fremde Sprache zerschnitt diese dicke Schicht der Bedeutungslosigkeit und erlaubte mir, Worte zu sagen, die noch einen Klang besaßen, die noch Sinn trugen, die den Geschmack der Wahrheit auf meiner Zunge hinterließen, weil sie jung waren in meinem Mund, frisch geboren, mit sacht schlagendem Herzen und leisem Atem.

Mit Elises Wort *Lebe!* im Ohr habe ich gelebt.

Die Vorstellung, nicht mehr zurückzukehren, wurde intensiver. Mit Elises *Spare nichts auf!* im Ohr habe ich mich in Menschen gestürzt. Damals hatte ich zu niemandem gehört als zu mir, all den Worten zum Trotz, die sich in mich bohrten wie Finger und Zungen. Ich war süchtig geworden nach allen Wünschen, die ich geahnt, aber nicht gewußt hatte. Mit Elises *Warte nicht!* im Ohr schlug ich die Zähne in die Schreie und in das Zucken. Immer hatte ich geahnt, daß es mehr geben mußte als eine zur Routine gewordene Leidenschaft. Mit Elises *Hoffe nicht!* im Ohr suchte ich nach dem einzigen Menschen, der kommen und nehmen und gehen würde, der mich zurücklassen sollte in einer Einsamkeit, die mich von Grund auf verändern könnte. Wo war dieser einzige Mensch, der mich überraschen konnte? Ich hoffte nicht. Aber der Mensch kam dennoch nicht.

Elise stand in der Tür. Ich suchte immer noch nach einer Antwort.

Niemand weiß, was in den ersten vier Monaten in London passiert ist. Als ich dort noch ganz allein war. Als Franziska noch nicht angekommen war. Niemand weiß. Nur ich. Ich halte meine Hände ins Mondlicht und betrachte die Linien. Ich lächle. Ich schluchze. Denn die Vergangenheit ist in meinen Händen.

Was ich niemals jemandem gesagt habe, ist, daß Elise und ich überhaupt nicht eisbaden waren. Elise hatte mich früh in meine dicke Winterjacke gesteckt, einen Korb mit Frotteehandtüchern und einer Thermoskanne mit heißem Tee mit ein paar Tropfen Rum darin zusammengepackt, und auf ging es – zum See. Es hatte den ganzen Weg über geschneit. Der Schnee lag dick am Ufer und knirschte unter unseren Füßen. Unser Atem war als Wölkchen vor uns sichtbar. Das Wasser war am Rand zu dünnen Eisblättchen gefroren. Sogar der Nebel über dem See sah vereist aus. Ich zog einen Stiefel aus und einen Strumpf, hopste bis zum Rand, hielt den Fuß ins Wasser, jaulte vor Schreck auf und hopste zu Elise zurück, die dick eingemummelt bei den Büschen stand.

„Ganz schön kalt, was?" meinte sie grinsend, und ich nickte.

„Müssen wir da wirklich rein?"

Da lachte Elise laut und meinte: „Um Himmels willen! Sehe ich so aus, als ob ich bei dieser Kälte baden gehen würde? In diesem dunklen Tümpel? Da kriegen mich keine zehn Pferde rein!"

Und dann setzten wir uns ans Ufer, spielten Liederraten, tranken den heißen Tee mit ein paar Tropfen Rum darin, und ich war nichts als glücklich und legte irgendwann meinen Kopf in ihren Schoß. So haben wir gewartet, bis die Sonne hinter dem See aufging.

Das Eisbaden ist eine meiner schönsten Kindheitserinnerungen.

„Willst du es mir erzählen, Helen?" wiederholte Elise. Die vier Londoner Monate waren plötzlich ganz leicht. Schwebeleicht. Sie sah mich scharf an. Schließlich hielt ich es nicht mehr aus und öffnete meinen Handteller.

„Sie ist doch in den Händen, die Vergangenheit, Elise. Sieh, wie sehr ich gelebt habe. Sieh, wie sehr ich geliebt habe", sagte ich und zeichnete eine Linie nach. Da lächelte sie endlich und zog mich in ihre Arme.

„Willkommen zu Hause, Helen. Nutze es."

Sie drückte meine Hand hinter ihrem Rücken sehr lange und sehr fest, und das Herz riß mir dabei entzwei, weil Elise es gewesen war, die mich gelehrt hat, daß es nur das Wort gibt, keine Wahrheit und keine Lüge, sondern immer nur das Wort. In jenem Moment hätte ich gern meinen Kopf in ihren Schoß gelegt und darauf gewartet, daß die Sonne hinter dem See aufging.

Es ist drei Uhr.

Der Glühwein hat mich aufgewärmt. Ich wache in der Muschel. Ich denke an euch. Dieses Gefühl des Verbundenseins. Des über und über mit euch Verbundenseins. Immer noch. Unter meiner Haut verläuft eine Fessel. Kreuz und quer. Ein rotes Geflecht. Ich versinke in der Muschelschale. Ich möchte eine Perle sein. Vom Perlmutt verschluckt. Eine Kostbarkeit im Dunkeln. Ich entzünde eine Zigarette. Auch das hast du mich gelehrt, Elise. Das Rauchen. Ich rauche und blase Wolken in die Nacht.

Einmal, ich glaube, ich war acht oder neun, wir saßen wieder am Tisch und spielten *Halma*, und das Zimmer war verhangen vom Rauch deiner ewig brennenden Zigaretten, einmal, als du dir schon wieder eine neue Zigarette anzündetest, hatte ich gesagt:

„Mutti und Papa sagen, du rauchst viel zuviel. Rauchen ist ungesund. Es macht häßlich."

Da hast du laut gelacht und den Rauch tief inhaliert. Und dann hast du geantwortet:

„Häßlich? Findest du wirklich, daß ich häßlich bin?"

Du hast die Nadeln aus deinem Haarknoten gezogen, und das Haar fiel herab. Ich sah dich an, dein Gesicht mit den vielen Lachfalten, die tiefschwarzen Augenbrauen, die kräftigen Hände mit den Altersflecken und dieses unglaubliche Haar. Die selbst im Alter noch ungestümen Locken. Das vom Silber durchwobene Schwarz. Und ich sah plötzlich eine Frau vor mir, von der du mir nachts immer erzählt hast. Ich sah dich auf einem Felsen stehen, mitten in einem zornigen Meer. Du warst nackt, deine Haut blendete mich, und dein schwarzes Haar tanzte im Sturm. Er riß es in alle

Richtungen. Du hast auf dem Felsen gestanden und gesungen, und lustvoll schleuderten sich die Töne in das Toben um dich und wurden zu wildem Schaum. Von deinem Körper ging ein blaues Leuchten aus. Wie ein Heiligenschein.

„Nein, du bist nicht häßlich, Elise", hatte ich atemlos geflüstert. „Du bist wunderschön."

Da hast du wieder gelacht, meine sorgfältig aufgebaute Bahn aus Halmasteinen übersprungen – denn du hast dir niemals eigene Bahnen gebaut, deine Steine standen immer nur chaotisch auf dem Brett rum – und bist in deinem Feld angekommen.

„Niemand hat so richtig recht, Helen. Was deine Eltern sagen, ist nicht ganz falsch. Aber es ist auch nicht ganz richtig. Und eins kannst du mir wirklich glauben: Es liegt nicht am Rauchen, wenn man häßlich ist."

Dann hast du mir den Rauch ins Gesicht geblasen.

Womöglich hätte ich niemals versucht, Jördis' Aufmerksamkeit zu erregen, wenn sie nicht Franziska ein solch intensives Gefühl entlockt hätte. Franziska war ihr verfallen, meine einzige Franziska, der ich alles sein wollte, aber nur eine gebräuchliche Freundin wurde, der ich jedesmal, wenn ich sie sah, entgegenstürzen wollte, und die zu berühren es mich drängte, aber immer mit einem Gähnen beantwortet wurde. Jetzt komme ich mir manchmal vor wie eine Dampfwalze, die Franziska einfach überrollen wollte. Aber war es wirklich so? Ich hatte ihr die Tür zu meiner Liebe geöffnet. Daß sie hinter der Schwelle blieb, war ihre Entscheidung. Die Ursache dafür hatte ich immer in Jördis vermutet. Aber vielleicht habe ich mich ja gänzlich geirrt?

Ist es ein böser oder ein guter Zauber, daß man die Vergangenheit in jeder Sekunde abstreifen kann wie eine Reptilienhaut? Erinnerungen wachsen mir immer neu um den Körper. Ich drehe mich um und sehe die Häute liegen.

Womöglich habe ich gar nicht Jördis gehaßt, sondern Franziska, weil sie Jördis verhext und mir gestohlen hat? Habe ich überhaupt jemanden gehaßt? Morgen ist es vielleicht anders. Heute nacht ist es Jördis. Man kann verrückt werden daran.

Das Merkwürdige aber ist, daß jedes starke negative Gefühl in ein positives eingebettet zu sein scheint. Daß es offenbar keine endgültige Trennung der Extreme gibt. Daß man immer beides in sich trägt: das Bedürfnis nach Hingabe und den Schrei der Zerstörung. Es muß ein Wort dafür geben. Wir brauchen neue Namen, hat Elise gesagt. Wahrlüge? Lügheit? Propoximatlisiotropysia? Das ist viel zu schwer, auszusprechen.

Als ich bemerkt hatte, wie sehr es Franziska aufwühlte, Jördis zufällig zu begegnen, wie tief die Erschütterung reichte, wenn sie sie erblickte oder wenn man nur von ihr sprach, begann Jördis mich zu interessieren.

Fragen Sie nichts. Tanzen Sie! Wie meinen Sie das: Helen lügt? Sind Sie sicher, daß es eine richtige oder eine falsche Art gibt, sein Leben zu erzählen? Widersprüchlichkeiten? Gehören sie zum Leben nicht dazu?

Woran lag es nur, daß Jördis fähig war, Franziskas Gefühle so ausdauernd besetzen, so daß ich selbst schließlich keinen Platz mehr darin fand? Wieso vermochte sie es, noch lange nach der Trennung Franziskas Begehren fest in ihren Klauen zu halten? Franziska verzehrte sich nach ihr, und dieses Verzehren schürte meinen Zorn gegen Jördis. Und absurderweise auch mein Verlangen. Es stimmt, Begehren ist nichts Eindeutiges. Diese paradoxe Zweiheit von Vertrauenwollen und Mißtrauenmüssen. Was, wenn Elise recht hätte und alles anders wäre, wenn es neue Namen gäbe, zweideutige Namen?

Manchmal glänzte in Jördis' Pupille das Bild eines sanften, weißen Tieres auf, und paralysiert betrachtete ich es. Die Haut unter seiner Kehle, wo das Blut pulsierte, war rosenfarben und zart. Ich starrte dieses lautlose Tier an, und wenn Jördis die Hand hob, um sie auf meinen Busen zu legen, schien die Luft auf einmal zu surren, und in der Verbindung unserer Körper vernahm ich das Keuchen des Tieres. Wenn Jördis sich über mich beugte, um mich zu küssen, schmeckte ich sein Blut auf ihren Lippen.

„Versuch die Welt nicht zu verstehen, sondern zu begreifen.", hat Elise gesagt. „Der Kopf versteht, der Leib begreift. Wenn du die Welt nicht mit dem Verstand, sondern mit den Sinnen wahrnimmst, dann lebst du in Halbtönen. Ich möchte, daß du in Halbtönen lebst, Helen."

Da war dieser warme Blutgeschmack in meinem Mund, ganz real. Da waren das Schwindelgefühl und die Schwäche, und ich schloß die Augen und fiel zu Boden. Ich fiel niemals wirklich, Jördis hielt mich immer und trug mich zum Bett, um mir das Kleid hochzuschieben, mich zu spreizen und einen Schrei freizulassen, der sich zwischen meine Beine gekauert und zitternd gewartet hatte. Aber es war trotzdem eine Ohnmacht, obwohl ich alles überdeutlich wahrnahm.

Halbtöne.

Es gab ein Tier in Jördis' Pupillen, das schneeweiß und verwundbar aufspiegelte, wenn ich ihr in die Augen sah.

Und dieses Tier war ich.

Ein böser Zauber scheint auf mir zu lasten. Oder ein Geschenk. Ich bin nicht fähig, die Faszination, die gefährliche Worte auf mich ausübt, zu zerstören. Es ist mir nicht möglich, sie von mir zu stoßen, die an meine Wunden sich klammern. Ich presse sie noch an mich, lege ihnen das Messer in die Hand, biete ihnen die Kehle.

Warum aber wiederholt sich das alles mein ganzes Leben hindurch? Warum suche ich immer wieder ähnliche Menschen? Ähnliche Worte? Ähnliche das Herz bedrohende Schwierigkeiten?

Warum befreie ich mich nicht einfach davon?

„Weil der Kampf gegen die eigenen Sehnsüchte genau der Stoff ist, von dem wir leben", hätte Elise gesagt.

Ich verzehre mich nach dornigen Worten. Wie gern böte ich meinen nackten Leib dafür an. Ich bin allein. Ich will mich in die Hecken werfen und das harte Laub in mein Fleisch pressen.

Es ist kalt. Zwischen drei und vier Uhr morgens ist es am kältesten. Ich schließe das Fenster.

Ich laufe dir immer noch hinterher, Jördis. Ich folge dir auf dem schattigen Weg des Gedächtnisses und lese die Worte auf, die du verloren hast. Deine Briefe schüttle ich aus. Die Gedichte habe ich Buchstabe für Buchstabe aus den Büchern geschnitten. Jedes Wort, das du in meiner Gegenwart fallengelassen hast, habe ich aufgehoben. In einer goldenen Schatulle bewahre ich sie auf. Eines Tages werde ich den Deckel öffnen und all deine Worte mit dem Wind fortflattern lassen.

Du warst mir manchmal sogar etwas unheimlich gewesen, als du und Franziska noch zusammengelebt habt. Das hat sich sogar dann nicht gändert, als du meine Geliebte warst. Du hast über Dinge Bescheid gewußt, die ich mir mühsam anlernen mußte. Hätte ich nicht die Ahnung gehabt, dir doch etwas zeigen zu können, dem du bislang keine Beachtung geschenkt hattest, so hätte ich mich niemals an dich herangewagt. Du warst meine Sehnsucht. Eine erschreckende, brutale, zarte Sehnsucht. Und ich habe nicht gewußt, daß Wünsche in Erfüllung gehen, wenn man nur fest genug daran glaubt.

Es gibt Wünsche, die darf man niemals jemandem verraten.

Wenn mich doch endlich jemand bei meinem Namen nennen würde. Ich flüstere und sehe mich um dabei, daß niemand mich gehört hat.

Elise, du hast mir das Geheimnis der Namen verraten. Wenn ich wütend auf dich war, weil wir uns gestritten hatten und ich auf deine Fragen und Bemerkungen nicht mehr reagierte, sondern nur noch stumm und beleidigt dasaß, immer dann sagtest du meinen Namen.

Helen.

Sehr weich.

Und etwas ist zerschmolzen in mir, wenn ich meinen Namen aus deinem Mund hörte.

Es gibt Wünsche, die darf man niemals jemandem verraten. Der Name ist die einzige Berührung, der ich mich niemals entziehen konnte.

Schon lange bevor Hannahs Brief mich in London erreichte, hatte ich doch gewußt, daß unsere Beziehung keine Zukunft hatte. Die Zweisamkeit engte mich ein. Hannah war etwas Sicheres geworden, beinahe ein Eigentum.

Ich öffnete ihren Brief.

Und dann passierte das Unglaubliche. Ein einziger Satz in diesem Brief, der Satz, der die Trennung verlangte, schlug meinem hungrigen Herz mit einem Mal die Zähne aus.

Diese Nacht schwemmt Erinnerungen heran wie Tang oder wie Treibholz, das man am Morgen an den Ufern findet.

„Der Name …", sagte Elise eines Abends, wir saßen auf dem Balkon, und das Damespiel stand zwischen uns auf dem Tisch, „… hat eine abgründige Geschichte." Sie setzte ihren Stein und trank dann einen Schluck Tee. „Es gibt Geheimnisse, die gut gehütet werden. Und die Geschichte des Namens ist eins davon, Helen."

Ich hatte nur auf das Spiel geachtet und über meinen nächsten Zug nachgedacht, doch jetzt horchte ich auf. Ich setzte einfach irgendeinen Stein und sah dann hoch.

„Ein Geheimnis?"

„Ja. Ist dir nie aufgefallen, daß Menschen sich im allgemeinen scheuen, den Namen eines anderen laut auszusprechen?"

„Ich habe noch nie darauf geachtet."

„Das solltest du aber tun, Helen. Immer. Achte darauf, wer deinen Namen sagt und vor allem in welcher Situation. Achte darauf, was dann mit dir passiert."

Und dann stellte sie das Teeglas auf den Tisch, übersprang drei meiner Steine und hatte eine Dame gewonnen.

„Namen sagen, das ist wie berühren. Es ist wie ein Tabu brechen, von dem niemand genau weiß, daß es überhaupt ein Tabu ist. Namen sagen gibt einem Macht."

Ich sah auf das Damebrett, auf meine verbliebenen drei Steine, und antwortete: „Du hast gewonnen."

Da war dieses immer wieder Anfangen.

Immer und immer wieder anfangen. Jeden Tag aufs neue. War es nicht so, als würden wir uns mit jedem beginnenden Tag erst seit einem Tag kennen, Jördis? Nie habe ich etwas wie Vertrauen gespürt. Nie gab es etwas wie Substanz, das ich unter mir schichten konnte wie ein sicheres Fundament.

Am Ende eines jeden Abends, den ich bei dir verbrachte, stand die Frage, ob ich gehen oder bleiben würde. Und immer war ich es, die diese Frage stellte. Ich haßte sie, diese fortgeschrittenen Abende, die mir unausweichlich die Demut des Fragens aufzwangen. Und ich haßte dein Nachdenken, deine Auseinandersetzung mit dieser Frage. Konntest du mir nicht endlich mit der Natürlichkeit einer Geliebten begegnen? War es denn nicht natürlich, daß wir über Nacht zusammenblieben? Wir waren schon fast ein

Jahr lang ein Paar. Jedesmal warst du es, die die Entscheidungen über Bleiben und Gehen traf, weil ich immer die Frage stellte. Wenn du dich mal für mein Bleiben entschieden hattest, so blieb ich stets mit dem wehmütigen Gefühl einer Geduldeten.

Selbst wenn dein Körper sich über mir wand, wenn deine Brüste mir über Stirn, Lippen, Brust und Bauch strichen, wenn dein wilder Schweiß meinen Körper näßte und dein Geschlecht sich begehrlich an meiner Hand oder auf meinem Oberschenkel rieb, selbst dann war ich nur ein Gast. Schliefst du schließlich neben mir ein, so tief und friedvoll, wie nur jemand schlafen kann, der zu Hause ist, dann quoll dieses Gästegefühl aus meinem Bauch hoch in meinen Hals, und ich mußte schlucken. Immer wieder. Doch ich bekam das Gefühl nicht weg. Der Klumpen des Geduldetseins saß mir in der Kehle, und ich würgte daran.

Hattest du dich dafür entschieden, alleinzubleiben, so ging ich stets ohne Protest. Doch der Weg von deiner Wohnung zu meiner war der Weg einer Verstoßenen.

Seltsam war, daß ich nur in meinem eigenen Bett wirklich schlafen konnte. Schlief ich bei dir, hielt mich etwas immer in dem Zustand des Halbwachseins. Ich lag sehr still und atmete ruhig, denn jede Regung kam mir gefährlich vor, weil sie deinen Schlaf bedrohen konnte. Manchmal schreckte ich auf, weil ich beim Herumdrehen gegen dich gestoßen war. Dann erstarrte ich und lauschte auf deine Atemzüge. Und erst, wenn ich sicher war, daß du nichts bemerkt hattest, wurde ich wieder ruhig.

Ich war ein Gast, und stets war ich bemüht, so leise wie möglich zu sein.

Da war also dieses immer wieder Anfangen. Immer und immer wieder anfangen. Jeden Tag aufs neue. Nie konnte ich dir begegnen, wie man einer Freundin begegnet. Du warst die Fremde in meinem Leben, die ich begehrte. Aber immer habe ich mir gewünscht, du würdest die Vertraute sein. Die Vertraute, die ich lieben könnte.

Als ich also nach vier Londoner Monaten zu Elises Geburtstag für ein paar Tage zurückkehrte, bin ich natürlich auch einmal nach Berlin gefahren. Auf einer kleinen Willkommensparty sah ich alle wieder: Franziska, Jördis, Alexander und Hannah. Hätte ich je gedacht, daß Hannahs Anblick mir noch einmal ins Herz fahren würde? Immer war ich diejenige gewesen, die Hannah provoziert und Streit gesucht hatte. Ich hatte die Fäden dieser Beziehung in der Hand gehabt, und nun also lagen sie zerschnitten im Raum. Hannah vermied es, mir in die Augen zu schauen. Jördis saß allein am Tischende. Nur Alexander und Franziska saßen dicht nebeneinander auf dem Sofa. Etwas stimmte ganz und gar nicht, aber keiner sagte ein Wort zur Erklärung. Es war still. Eine erdrückend stille Party. Ich erinnerte mich an die allererste Begegnung, an Franziskas Tanz mit der Patchworkdecke und an Jördis' lachende, grüne Augen, und ich lächelte. Doch ich war wund und müde und wünschte mir, weit weg zu sein, aber selbst in London würde ich nicht mehr so sein können wie vorher.

Ich bin in dieser Nacht nicht in Berlin geblieben. Gegen Mitternacht lief ich zum Bahnhof.

Die Räder ratterten und ratterten. Ich saß reglos im leeren Abteil, aber in mir tobte das Weinen. Die Nacht verschlang die Wagen. Ich fuhr zwei Stunden, und dann stand ich in einer anderen Stadt unter demselben Himmel und hetzte durch die klare Luft zu dem einzigen Menschen, den ich jetzt ertragen konnte. Zu dem einzigen Menschen, der mich jetzt ertragen konnte.

Sie öffnete mir die Tür in ihrem weißen Nachthemd und war nicht im geringsten überrascht.

„Elise, ich ..." Meine Stimme versagte. Ich schluchzte nur noch. Da machte sie einfach die Arme auf, und ich ließ mich hineinfallen. Es war, als ob ich ins All fiel. Es umfing mich mit seiner tröstlichen Schwärze und mit allen Sternen. Sie zog mich in die Wohnung, auf die Couch, und ich weinte in ihr weiches Nachthemd. Sie fuhr mir übers Haar, streichelte meine Wangen, strich über meinen Rücken und wiegte mich hin und her.

„Anuschka", flüsterte sie, „meine kleine Anuschka."

Es schüttelte mich vor Weinen.

„Marie, Lavinia, wein dich aus. Meine süße kleine Helen."

Ihre Berührung war so weich, so tröstlich.

„Mirjam, Philine, Janka, mein Herminchen, Louise, meine schöne Johanna." Sie wiegte mich und wiegte mich.

„Meine starke Kyra, Rebecca, Carmen."

Ihr Flüstern nahm kein Ende. Sie gab mir alle Namen der Welt.

„Ach du."

Ach ich?

Da versiegten meine Tränen.

Der Regen peitscht gegen die Scheiben. Der Sturm ist vor den Fenstern. Es ist halb fünf.

Ich öffne das Fenster weit. Der Teppich wird naß. Ich lehne mich hinaus. Ach, würde mich doch endlich einmal etwas verschlucken. Der Sturm ist wie ein Pfeil. Er zerschießt mir den Sauerstoff vor dem Mund. Ich schnappe. Ich schnappe nach Luft und lache, und der Regen rinnt mir über Stirn und Nase und Kinn.

Weißt du noch, Elise, wie wir bei jedem Gewitter in den peitschenden Regen hinausgegangen sind? Wie wir durch den Sturm gelaufen sind und gelacht haben dabei? Es ist eine Lust. Eine unsäglich lustvolle Ohnmacht, wenn selbst die Luft vor einem flüchtet. Dieses Schnappen danach. Der Rausch des Mangels. Ein Lachen von einer Heftigkeit, wie unter fremdem Willen, so daß es dem Weinen ähnelt. Ach, Elise.

Zerbrich immer das Schweigen deiner Vergangenheit, hast du mir gesagt. Es wächst sehr schnell. Es wächst in dicken Schollen über dir. Ich höre dich, Elise. Du sagtest, sei niemals so träge, in der Vergangenheit zu versinken. Dann wird dir die Luft knapp.

Erinnerungen!

Jördis, ich sehe dich und mich in der Vergangenheit. Es spielt keine Rolle, wann alles begann. Wie sagtest du immer, Elise? Zeit ist die größte Täuschung überhaupt. Vergiß sie. Zeit gibt uns verlogene Gründe. Zeit macht uns glauben, daß es einen Anfang und ein Ende gibt. Ich höre dich, Elise. Ich höre dich. Zeit spielt keine Rolle mehr. Es ist egal, womit alles anfing. Also könnte es ja auch die Zugfahrt gewesen sein, damals, im Sommer. Die Zugfahrt an die Ostsee.

Seien Sie jetzt nicht verwirrt! Und sehen Sie mich nicht so entrüstet an. Es reicht Ihnen jetzt langsam? Alles geht hier völlig durcheinander? Ständig Widersprüche? Sie möchten klare Verhältnisse!

Gut, gut, ich habe ja schon verstanden. Sie hätten also wirklich am liebsten einen Ablaufplan, damit Sie hundertprozentig sicher sein können, wann was geschah, ob Helens Beziehung mit Franziska oder Jördis mit dem Tango im Wohnheimzimmer oder in der Bar begann oder mit der Party, wo Jördis einfach über Nacht blieb? Aber von dieser Party wissen Sie ja noch gar nichts. Entschuldigung. Oder aber ob alles mit jener Zugfahrt anfing, von der Helen gleich erzählen wird. Seien Sie mir nicht böse. Ich kann Ihnen keinen Ablaufplan geben. Entscheiden Sie selbst.

Wissen Sie, ich verstehe Sie gut. Sie wollen nicht ständig Puzzleteile sammeln und überlegen: Wann geschah dies, wann geschah das, und wieso muß das alles so durcheinander sein? Aber ich frage Sie ernsthaft: Glauben Sie, daß Leben erzählbar ist? Glauben Sie das wirklich? Das wesentliche Problem beim

Erzählen ist die Zeit. Bauen Sie Helens Leben zusammen. Glauben Sie mir, es spielt keine Rolle, was zuerst geschah. Jedes Mal war das erste Mal. Spielen Sie mit. Aber lassen Sie einfach die Zeit aus diesem Spiel.

Jördis, erinnerst du dich noch an den Sommerabend, als ich zum Bahnhof lief, um nach Prenzlau zu Elise zu fahren? Ich hatte den Rucksack auf dem Rücken und schlenderte die Straße entlang, denn es war noch Zeit. Einmal sah ich mich um, und da warst du. Etwa zwanzig Meter hinter mir. Weißt du noch? Ich hatte gestutzt. Aber du hattest nicht aufgesehen, sondern schienst nur in Gedanken vor dich hinzuschlendern, und so dachte ich, es müsse ein Zufall sein, und bin weitergelaufen. Doch dann, am Bahnhof, warst du immer noch da. Du standest weit entfernt, aber auf demselben Bahnsteig. Ich wurde ein bißchen unruhig. Hatte ich da schon alles vorhergeahnt, weil ich mir, ganz gegen meine Gewohnheit, an diesem Tag keine Fahrkarte kaufte? Ich hätte doch einfach umkehren können. Ich hätte wieder in meine Wohnung gehen und den nächsten Zug nehmen können. Doch obwohl ich gesehen habe, daß du mit demselben Zug fahren würdest und daß ich mich ganz nah an einem Abgrund bewegte, habe ich es nicht getan. Wieso nur empfängt man die Katastrophe immer mit offenen Armen?

Der Zug fuhr ein, und ich stieg in den Wagen. Du bist vier Wagen weiter eingestiegen. Normalerweise setzte ich mich immer in ein Abteil. Meistens blieb es leer, und ich war allein. An diesem Tag aber bin ich in den Großraumwagen gegangen, zu einem Platz am Fenster. Wenige Minuten später warst du da. Du hast meine Tasche vom Sitz genommen und dich einfach neben mich gesetzt.

„Helen!"

Echtes Erstaunen?

„Du willst doch zu Elise, nicht? Ich komme mit."

Ich sagte nichts. Mein Herz schlug wild. Jeder wußte, daß ich alle zwei Wochen nach Prenzlau zu Elise fuhr. Ich saß in der Falle. Meine Gedanken drehten sich. Nur nicht sprechen, dachte ich. Nur nicht sprechen. Was wußtest du? Ich brauchte Zeit.

Wieso hatte ich nicht darauf bestanden, daß du an der nächsten Station aussteigen solltest? Wieso habe ich deine Frechheit überhaupt zugelassen? Der Schaffner kam. Die Tür war weit, und du hattest mich die ganze Zeit beobachtet. Der Schaffner näherte sich. Ich kramte mein Portemonnaie hervor. Meine Hände zitterten. Der Schaffner war da. Er fragte mich zuerst. Ich zögerte. Dein Blick war scharf. Ich spürte ihn von der Seite wie ein Messer.

„Ich möchte nach ... nach ... Ahlbeck."

Ich hörte, wie du die Luft einsaugtest. Und dann hast du den Schaffner angesprochen.

„Ich möchte auch dorthin. Wir nehmen ein Wochenendticket."

Verdammt. Ahlbeck – so was Blödes! Was hatte ich mir da eingebrockt! Als der Schaffner weg war, sahst du mich an.

„Nach Ahlbeck? Seit wann wohnt Elise an der Ostsee?"

Und ich senkte hastig den Blick und verkrampfte meine Hände im Schoß, damit das Zittern nicht so auffiel. Ich räusperte mich und sagte leise:

„Ich fahre heute nicht zu Elise. Ich mache ein bißchen Urlaub."

Und dann sah ich wieder hoch. Deine Augen glänzten, und um deine Mundwinkel spielte ein seltsames Lächeln. Nicht freundlich. Überhaupt nicht freundlich. Ich hatte dich nicht mehr erkannt. Und ich hatte mich entsetzt gefragt, was du alles wußtest. Was du verdammt noch mal von mir wußtest.

„Jördis hat ganz allein gesessen, diesmal mit rotem Haar, das links kurzgeschnitten und rechts ohrläppchenlang war."

Ich lag neben Elise im Bett, und immer noch streichelte sie mein Gesicht. Ich hielt einen Zipfel ihres Nachthemds umklammert. Über uns leuchteten die Sterne, die Elise eines Tages an die Decke geklebt hatte, um mir als Kind die Sternbilder zu erklären.

Und das hier ist der Himmelswagen.

Jördis hatte niemals lange ein und dieselbe Frisur getragen. In kurzen Abständen probierte sie neue Haarfarben oder neue Schnitte aus. Mal war ihr Haar im Nacken scharf ausrasiert, so daß ich am liebsten mit der Hand über das Geraspel gefahren wäre. Mal war es etwas länger und nach hinten gegelt, mal verweht und knabenhaft. Aber immer, egal ob kurz, lang, verweht oder glatt gekämmt, verriet ihr Haar etwas Kompromißloses. Hannah und ich hatten früher immer Wetten abgeschlossen, welche Farbe und Länge sie beim nächsten Treffen tragen würde. Aber warum erzähle ich von Haaren? Es geht doch um was anderes.

„Es war so still. Niemand hat viel gesagt. Nicht mal Franziska. Jördis ist als erste gegangen. Ich weiß nicht, was los war. Alexander hat traurig vor sich hingestarrt und schließlich Franziskas Hand genommen, und ich konnte mich mit niemandem unterhalten. Es war alles viel zu nah, viel zu verwoben miteinander. Egal, was man gesagt hätte, einem hätte es bestimmt weh getan. Das war die schlimmste Party, die ich je erlebt habe."

Und das hier ist die Wasserschlange. Sie besteht aus fünfzehn Sternen.

Elise sagte nichts. Sie hörte zu.

Manchmal denke ich, daß alles, was mir in meinem Leben zugestoßen ist, nur deshalb passieren konnte, weil ich es gewollt habe. Einmal habe ich mit Elise eine Reportage über Lesben im Fernsehen gesehen. Lesben im Westsender. Elise sah den Westsender nicht heimlich, natürlich nicht. Elise tat Dinge niemals heimlich. Elise tat alles direkt und öffentlich und war über jeden Zweifel erhaben. Damals war ich gerade neun. Diese Frauen im Fernsehen also. Ich wollte mittendrin stehen und trompeten: „Hier bin ich!" Ja, die Vorstellung dieses Trompetenrufs hatte mich fasziniert. Es war weniger der Wunsch gewesen, eine andere Frau zu lieben, als vielmehr die Lust, einmal so etwas wie „Hier bin ich!" trompeten zu können. Wenn man dazu eine Frau lieben mußte – nun, warum nicht?

„Elise, ich hasse es, wenn sich die Dinge immerzu ändern. Es war doch alles in Ordnung, bevor ich losgeflogen bin. Kann denn nicht einmal alles ganz still stehen? Warum kann man denn nicht einfach lieben. Immer und ewig?"

Und das hier ist der Orion. Du siehst ihn überall. Sogar, wenn du eines Tages mal in Australien wärst, könntest du ihn sehen. Er heißt auch das Kreuz des Südens.

„Ich weiß nicht mal, was ich will, Elise. Ich glaube, ich hasse Hannah. Und die anderen auch. Sie sind mir egal. Ach, sollen sie mich doch alle in Ruhe lassen! Ich will überhaupt nichts mehr fühlen. Nichts mehr sagen. Taub sein und stumm. Und dumm!"

Elise strich mir eine Strähne aus der Stirn.

„Was willst du, Helen? Du willst lieben? Aber Liebe ohne Kraftaufwand geht nicht. Liebe verlangt die Stärke, es auszusprechen. Erst was du gesprochen hast, kannst du wirklich lieben."

Und das hier ist der Abendstern. Man nennt ihn auch Venus.

Erinnerungen!

Ich denke an die Fahrt nach Ahlbeck und sehe dich und mich in der Vergangenheit.

Ich hatte keine Ahnung, wo wir umsteigen mußten. Ich hatte nur Angst. So viele Jahre, und dann das! Manchmal wird einem eine Lüge so sehr zur Gewohnheit, das man ganz empört ist, wenn jemand die veraltete Wahrheit auszugraben versucht. Aber nicht, weil man fürchtet, als Lügnerin entlarvt zu werden, sondern weil die alte Wahrheit nach so langer Zeit nicht mehr stimmt. Wie sollte ich mich daraus wieder retten? Ich sah aus dem Fenster. Es kommt ein Tag, da stimmen die Lügen, und es gibt keinen Weg mehr zurück. Ich wünschte mich weit fort. Einfach einschlafen, wieder aufwachen, und alles wäre ein Traum. Ein dummer Traum. Ahlbeck war das erste gewesen, was mir einfiel. Ich war als Kind mal dortgewesen. Ich konnte mich an nichts mehr erinnern als an eine Brücke, die weit ins Wasser führte. Das war alles. Nach einer Weile bist du aufgestanden, Jördis. Du bist ziemlich lange weggeblieben.

Da sprang ich auf, schnappte meinen Rucksack und hetzte durch den ganzen Zug. Die Leute sahen mir irritiert hinterher. Es war mir egal. Bloß weg. Warum hielt der verdammte Zug nicht an? Ich lief, bis ich am Ende angekommen war und riß das letzte Abteil auf. Es war leer. Ich schloß die Tür und zog die Vorhänge zu. Ich war außer Atem. Ich kauerte mich auf dem Sitz zusammen, zitterte und wollte am liebsten sterben.

„Die Wirklichkeit hat viele Richtungen", hast du gesagt, Elise. „Versuch bloß nicht, krampfhaft bei der Wahrheit zu bleiben. Das ist manchmal eine Sackgasse. Du mußt versuchen, immer bei dir zu bleiben. Das ist das Allerwichtigste. Leben ist dazu da, interessant gemacht zu werden. Du mußt dafür kein Künstler sein. Nicht die Kunst sollte das Leben nachahmen; nein, das Leben sollte die Kunst nachahmen. Weil jede Kunst ein hinreißender Schwindel ist."

Der Zug ratterte und ratterte.

Du kamst nicht. Du würdest nicht den ganzen Zug nach mir absuchen. Du nicht. Ich wurde ruhiger. An der nächsten Station würde ich aussteigen. Mein Herz ging langsamer.

Jäh öffnete sich die Abteiltür. Eine Hand zog den Vorhang zurück, und da hast du gestanden. Dein Gesicht war eine einzige Drohung.

„Hier also! Dachte ich's mir doch, daß du die erstbeste Chance nutzen würdest, abzuhauen. Ich wette, du wärst beim nächsten Halt ausgestiegen?"

Ich zog die Füße auf den Sitz und umklammerte meine Beine. Ich legte das Kinn auf die Knie. Ich machte mich ganz klein. Einfach einschlafen.

„Warum so ängstlich, Helen?"

Immer wenn du meinen Namen gesagt hast, in diesem Ton, war mir, als erhielte ich einen Schlag ins Gesicht. Du bist reingekommen und hast die Tür hinter dir zugemacht. Den Vorhang hast du sorgfältig vor das Glas gezogen. Präzise Bewegungen. Du hast dich genau neben mich gesetzt. Ich sah aus dem Fenster. Es begann zu dämmern. Sanftes Abendlicht. Die liebliche Farbe eines Roséweins.

„Sieh mich an, Helen."

Wieder ein Schlag. Ich drehte mich langsam um. Du hattest einen Zettel in der Hand.

„Ich habe mir die Verbindung nach Ahlbeck geben lassen. Die wußtest du doch nicht, oder?" Dieser Tonfall. Wie du mit mir gesprochen hast – als hättest du irgendein Recht dazu! Ich schluckte. Ich konnte immer noch nichts sagen. Meine Wangen waren heiß und die Hände kalt.

„Wir müssen nach Wolgast und dort umsteigen. In den Usedomexpress."

Ahlbeck. Die Brücke, die weit ins Wasser führte. Elise, was tut man, wenn man bis ans Ende der Brücke getrieben wird, den Atem des Verfolgers im Nacken? Verdammt, verdammt! Ich hatte das Gefühl, keine Luft mehr zu bekommen.

„Helen?" Dein Blick schien bis ins Innerste meiner Seele zu dringen. „Kann es sein, daß ich dich in der Hand habe?"

Mir wurde schlecht. Ich holte tief Luft.

Die Vergangenheit ist in deinen Händen. Die Vergangenheit …

Ein schneller Griff in mein Haar. Du hast dich festgekrallt und mich zu dir rangezogen. Ich hatte mich erst gewehrt, aber es tat weh, und schließlich gab ich nach.

Deine Finger gingen über meine Lippen, den Hals entlang, über eine Schulter und streiften den Träger des Kleids herunter.

„Du sagst ja gar nichts, Helen? Also stimmt es. Ich habe dich in der Hand!"

... ist in deinen Händen. Die Vergangenheit ist ...

Und dann fuhren deine Finger in den Ausschnitt und umfaßten meine Brust. Einfach so. Die Hand an meinem Hinterkopf schob mein Gesicht näher. Dein Atem streifte mich.

„Nun, wenn das so ist, dann küß mich!"

Deine Lippen legten sich auf meine. Deine Zunge teilte mich in einer verwirrenden Mischung aus Aggression und Behutsamkeit. Und ich hatte alles erwartet, nur nicht dieses Begehren, das einfach so über mich hereinbrach und für das es kein Wort gibt. In keiner Sprache. Denn wenn man es sprechen würde, müßte man daran vergehen.

Erinnerungen.

Ich sehe in das Peitschen vor dem Fenster. Meine Hand hat sich in eine Brust gekrallt. Ich lasse sie wieder sinken. Immer wieder wird mein Blick in die geheimen Unterströmungen der Worte hinabgerissen. Ich sehe dich und mich in der Vergangenheit.

Ich – ein weißes Tier mit zartrosa Kehle, angstwarm, keuchend, und doch so begierig, gepackt zu werden, gebunden zu sein, den tödlichen Biß an der Kehle zu empfangen. Und du – ein einziges schwarzes Schleichen, hellhörig, lauernd, scharfe Krallen und ein im Dunkeln aufglänzenden Gebiß.

Erinnerungen.

Ich habe uns Namen gegeben, Jördis. Und ich habe nicht aufgepaßt, sie schnell genug zu wechseln. Was sind sie jetzt als ein Käfig, der mich gefangenhält? Jördis, gibt es eine Wahrheit jenseits des Augenblicks? Ist jeder Blick zurück oder voraus zwangsläufig ein Blick in die Lüge hinein?

Obwohl ich weiß, daß ich einer Täuschung aufsitze, wenn ich mich mit Vergangenheit umgebe, nippe ich unentwegt daran wie an einem berauschenden Getränk. Ich tauche hinunter in das verschwimmende Bild eines weißen und eines schwarzen Tiers. Ich tauche in die Vergangenheit, und das Schweigen erstarrt über mir. Die Aura toter Namen umschließt mich. Wie lange habe ich mich von der vergilbten Fotografie meines inneren Auges täuschen lassen? Warum kann ich mich nicht damit abfinden, daß es keine Jägerin mehr gibt und keine Gejagte? Daß beide einer Krankheit zum Opfer gefallen sind, die das weiße und das schwarze Haar ergrauen ließ und die glänzenden Blicke trübte: die Abnutzung der Namen?

Elise, du warst so klug.

Niemand hatte eine so erstaunliche Großmutter wie ich. Ich war stolz auf dich. Es ist verrückt, aber ich habe keinem anderen Menschen vorher und nachher so nahegestanden wie dir.

Du bist es gewesen, die all meine Ecken und Kanten noch eckiger und kantiger geschliffen hat, meine Sturheit, meinen Willen und überhaupt – meine Leidenschaft. Weißt du noch, als ich einmal wutentbrannt deinen gesamten Handarbeitskorb mit den in Stunden sorgfältig aufgerollten Wollknäueln über den Balkon, zwei Stockwerke tief, in die Büsche und Bäume geschüttet hatte? Die bunten Fäden hingen noch wochenlang in den Ästen, aber du hast einfach nur darüber gelacht.

Du hast mich niemals einschlafen lassen. Deine ganzen Geschichten – ich habe keine einzige vergessen.

Erinnerst du dich daran, wie wir einmal im Winter durch den Wald gelaufen sind und ich nur herumnörgelte, weil ich kalte Füße hatte und lieber, so viel lieber mit dir in der Wohnung geblieben wäre und *Mensch ärgere dich nicht* gespielt hätte, und weil du, obwohl du wußtest, daß ich Winter und Schnee noch nie leiden konnte, mich trotzdem zum Spazierengehen gezwungen hast, erinnerst du dich, wie du dann abrupt stehengeblieben bist, ganz erstaunt auf den Boden gezeigt und gesagt hast:

„Sieh mal, grüne Haare! Grüne Haare im Schnee. Wer liegt da wohl und schläft?"

Und ich sah auf das Grasbüschel und mußte laut lachen, und meine schlechte Laune war wie weggeblasen. Wenn ich heute im Winter durch den Wald spaziere, dann sehe ich überall schlafende, grünhaarige Menschen auf den Wegen. Ach, Elise. Du hast mich wachgerüttelt, wenn ich träge wurde. Du hast mich dann einfach zum Lachen gebracht. Du hast mit mir geredet. Und manchmal war ich doch noch so klein. Manchmal konnte ich dir noch nichts sein als ein staunendes Paar Ohren und zwei große Augen und viele Fragen. Ich weine immer noch, weil ich dich so vermisse.

Was tut man, wenn sich die Erinnerung aufschiebt wie zwei Schenkel?

Irgendwann begehrte ich Jördis so sehr, daß mir alles weh tat. Oder war es Franziska? Spielt mir mein Gedächtnis einen Streich? Wieder verzerren sich die Stimmen, werden tief, tiefer als ein Mensch sprechen kann, ununterscheidbar. Der Film wird langsamer, ruckt noch einmal, und schließlich bleibt er stehen. Das Bild wird schwarz.

Nachts wälzte ich mich in meinem Bett hin und her, und in meinem Kopf war ein tiefes Stöhnen. Es drang nicht über meine Lippen, aber es füllte die Augen und sickerte salzig ins Kissen. Ich bettete Nacht für Nacht meinen Kopf auf einem ausgeflossenen Stöhnen.

Warum, warum aber begehrte ich sie so? Waren sie nicht beide schlecht? Hatten sie beide mich nicht ausgenutzt? Warum dieses Verlangen? Warum diese Sehnsucht?

Ich begehrte sie so sehr, daß ich jedes bewußte Erinnern vermied. Aber es war umsonst.

„Helen, du bist ein Mensch, der durch nichts und niemanden zu halten ist. Nur durch ein Wort." Das hatte Elise gesagt.

Franziska! Jördis! Sie waren mit Nadeln an meinen Netzhäuten fixiert. Gleichgültig, ob ich die Augen schloß oder nicht, ich sah sie, immer und immer nur sie. Sie hatten sich in meinen Fingern festgebissen, und wenn meine Hände meinen Körper berührten, spürte ich sie, immer und immer nur sie. Die Luft war schwanger mit ihnen, und wie schnell auch immer ich flüchtete, ich atmete sie, immer und immer nur sie. Wenn jemand unbedacht ihre Namen aussprach, erdolchte mich dieser Name. Das Messer setzte zwischen den Beinen an und begann einen Schnitt, bis die Beine sich in einem widernatürlichen Spagat spreizten, weit und weiter, über Bauch und Nabel, bis die Klinge schließlich die Brüste voneinander teilte und sich dann in den zuckenden Muskel spießte.

Mein blutgetränktes Herz.

Ich war nichts als ein wunder Spalt. Und durch den Riß sprudelten die roten Worte der Sirene, die das durchtrennte Pochen in meiner Brust lockten und ihm die Richtung in den Irrsinn einflüsterten. Ich betrank mich bis zum Umfallen, ich tanzte bis zur Erschöpfung, ich arbeitete bis tief in die Nacht. Aber ich begehrte sie, begehrte sie und begehre sie immer noch.

Ich denke immer an Elise. Ich sehe sie jetzt jede Nacht. Aufgebahrt in dem eiskalten Beinhaus. Aufgebahrt, und überall sind Blumen. Dieser süßliche Geruch des Todes. Totenblumen. Heute nacht bin ich aufgeschreckt. Ich hatte ein Geräusch gehört, aber dann war alles still. Nichts rührte sich. Sie werden mich entdecken. Ich habe Angst. Sie werden mich entdecken. Mein Geruch hat sich verändert. Etwas Totes strömt aus meinen Poren. Ich habe im Bett gesessen, und mein Herz hat gerast. War sie nicht eben noch da? Hatte sich nicht der Vorhang bewegt? Das bleiche Licht des Mondes. Totenlicht. Da habe ich die Angst zerbrüllt.

Elise!

Doch es kam keine Antwort.

„Namen – sie sind gefährlich. Weil sie nichts als Gewöhnung sind. Wer an einen einzelnen Namen glaubt, glaubt an den Tod. Nur einen einzigen Namen zu tragen bedeutet ernsthafte Gefahr, Helen, denn so, wie wir genannt werden, so sind wir auch."

Elise und ich hatten im Doppelbett gelegen, und ich schaute in den Spiegel über der Kommode. Man konnte nur unsere Köpfe erkennen. Dann kam das riesige Federbett. Zwei kohlrabenschwarze Schöpfe.

„Ich verrate dir jetzt ein Geheimnis. Du darfst es nie vergessen. Niemals, hörst du?"

Ich nickte. Sobald jemand das Wort Geheimnis sagte, wurde ich hellwach.

„Wir beide, du und ich, stammen von einem Volk ab, dessen Existenz so vollständig verschwiegen wird, daß die Gefahr besteht, daß es bald völlig in Vergessenheit gerät."

„Ein Volk?" Ich war ganz Ohr.

„Ja, ein sehr altes Volk. Und ein sehr kleines. Es ist das erste Volk, das hier auf der Erde gelebt hat."

„Wo lebt es denn jetzt?"

„In alle Winde verstreut. Und hier. In diesem Bett."

Ich schlug auf das Federbett, das die Sicht zum Spiegel versperrte. Elises Hand kam unter der Decke hervor und griff nach meiner eigenen. Sie hielt sie fest, und ich ließ das Federbett, wo es war.

„Es ist Magie, weißt du. Namengeben ist Magie. Die Menschen dieses Volkes geben den Dingen, den Tieren und Pflanzen, den Menschen und ihren Gefühlen jeden Tag neue Namen. Und die Welt ist voller Wunder."

Ich umfaßte ihre Hand sehr fest.

„Ich möchte einen anderen Namen."

„Wie möchtest du denn heißen?"

„Elise."

Ich möchte Elise heißen.

Und dann schlief ich ein.

Fünf Uhr. Das Brüllen des Sturms. Die Schreie der Bäume. Die Wildnis meiner Erinnerungen. Der Garten zerfließt hinter den Scheiben. Woher dieser Zwang, alles einzuordnen? Allem seine Zeit zu geben? Die Erinnerungen zu kategorisieren? Wie alt bin ich, wann geschah alles? Es spielt keine Rolle. Fixierungen, hast du mir damals nach London geschrieben, Fixierungen sind am schwierigsten zu heilen. Ich habe all deine Briefe aufgehoben, Elise.

Der Sturm peitscht mein Gedächtnis. Vermutlich hast du recht, und es war alles ganz anders. Aber ich rede schon wieder in der Vergangenheitsform.

Die Vergangenheit ist in deinen Händen, Helen.

Deine Stimme im Dickicht. Ich höre dich. Vielleicht ist alles ganz anders. Vielleicht wird alles ganz anders sein. Ich wünschte, ich könnte glauben, was ich sage. Ich wünschte, ich könnte mich von den Zeitformen befreien.

Ich sehe hinaus. Und da ist sie. Mitten im Brausen. Ich hasse sie. Sie steht auf den Klippen, ganz still. Sie steht, als sei sie zu Marmor erstarrt. Ihr Leib ist weiß. Nicht weiß wie Haut, sondern weiß wie das weißeste Weiß, das es gibt. So weiß, daß es weh tut, sie anzusehen. Es schmerzt nicht in den Augen; es schmerzt zwischen den Brüsten, wo ein Riß sich entlangzieht. Aber es gibt eine Wunde, die nicht heilen kann, Elise. Sie steht auf den Klippen, reglos. Sie sagt nichts. Sie schweigt. Und ich habe Angst, ja. Angst, weil ich ihren Finger in der Wunde ersehne und ihre Zunge, die mich durchwühlt. Sie ist weiß, totenweiß, aber ihr Haar ist wie ausgegossenes Pech und umflattert sie nach allen Seiten.

Fixierungen sind am schwierigsten zu heilen. Du hast recht, Elise. Aber ich bin infiziert.

In lichten, aber traurigen Momenten weiß ich, daß das Leben der meisten Menschen einander ähnelt. Ich flüstere meine Geschichte vor mich her und ahne doch, daß es Irrtum ist, zu glauben, es wäre allein meine. Was davon gehört mir, wenn andere Menschen mich anhören und danach sagen können: „Ich kenne auch so eine Jördis, so eine Franziska, und diese Elise wohnt direkt neben mir"? Ist es dann noch meine Geschichte? Gehöre ich selbst noch mir, wenn jemand sagen kann: „Ich verstehe dich gut, denn ich habe die gleichen Gedanken; wir sind uns sehr ähnlich." Wenn ich nicht einmal mir selbst gehöre, sondern anderen, worin besteht dann der Sinn zu leben?

Ich falte zum hundertsten Mal Elises letzten Brief an mich nach London auseinander:

„Wenn du etwas schaffen möchtest, das dir ganz allein gehört, dann mußt du akzeptieren, daß es manchmal wichtiger ist zu sagen, *wie* eine Sache ist, als *was* sie ist. Du kannst sagen: Ich liebe. Und Hunderttausende werden sagen: Ich auch. Du kannst aber diesem *Ich liebe* ein Kleid geben, ein schillerndes Kleid aus Worten. Helen, Du wirst eines Tages auf einen Menschen treffen, der behaupten wird: ‚Vollkommenheit in der Kunst oder im Leben ist nicht dann erreicht, wenn man nichts mehr hinzufügen kann, sondern dann, wenn nichts mehr zu entfernen ist.' Dann bleib nicht stumm. Dann sei nicht schockiert. Dann dreh dich vor diesem Menschen in deinem schillernden Kleid, stampfe fest mit dem Fuß auf die Erde, wirf dein Haar zurück und sag: ‚Du hast recht! Nicht heute, nicht morgen, sondern jetzt.' Und sag: ‚Du hast unrecht! Nicht heute, nicht morgen, sondern jetzt.' Und sag: ‚Sieh mich an. Wenn ich so leben würde, wie du vorschlägst, würde ich aus nichts bestehen als aus Knochen. Denn dann erst wäre nichts mehr zu entfernen. Ich aber habe mich mit Worten angereichert, und Vollkommenheit in meinem Leben wäre dann erreicht, wenn ich lachenden Mundes resignieren und sagen würde: Es ist vollbracht! Jetzt ist mein Leben nach allen Richtungen hin offen. Ich habe es geschafft, mein Leben so zu konstruieren, daß kein Wort das letzte sein würde.' Aber vergiß niemals, hinzuzufügen: ,Ich liebe dich, denn was du sagst, ist wahr.' Denk daran, Helen."

Ich habe diesen Menschen tatsächlich getroffen.

Was Elise mir nach ihrem Tod hinterlassen hat, waren ein Kartenspiel, schwarze Riemchenschuhe und eine Truhe voller schillernder Stoffe.

Elise, seit du tot bist, möchte ich nichts anderes mehr sein.

Früher war ich nie ganz zufrieden mit mir, weißt du noch? Du hast gesagt, das sei nicht schlimm. Aber du hast mich auch zum Spiegel gezogen, damals, als ich noch ganz klein war. Dann standen wir zu zweit vor dem Glas, und du hast auf meine Nase gezeigt und gesagt: „Diese Nase, so ein süßes Stupsnäschen! Und sieh mal diese Augenbrauen. Sie wachsen in der Mitte zusammen. Das bedeutet Leidenschaft. Und hier, dieser Leberfleck über der Lippe. Das ist ein echter Schönheitsfleck. Früher haben die Frauen sich so was sogar aufgeklebt. Und dann diese Haare. Schau mal, sie sind so schwarz, daß sie schon fast blau aussehen."

Ich hatte laut vor Glück gelacht. Und wir hatten immer mehr entdeckt. Und dann machte ich dasselbe bei dir. Wir nannten es das Spiegelspiel. Wir waren große Menschen.

Einmal bin ich morgens neben dir im Bett erwacht, und du warst schon munter und hattest mich die ganze Zeit beobachtet. Ich rieb mir den Schlaf aus den Augen. Da hast du begeistert auf meine Hände gezeigt und gejuchzt: „So eine Faust, nein! Dieses niedliche Fäustchen!"

Ich hatte mich auf dich geworfen, und du zogst mich ganz dicht zu dir und hast mir zum hundertsten Mal dieselbe Geschichte ins Ohr geflüstert, die Geschichte einer wilden Frau, die auf den Klippen steht und singt.

Ach, Elise, warum nur bist du fort? Seit du gestorben bist, möchte ich starr sein, immer gleich, ein Bild gefrorener Blässe, das niemand vergißt, der es je gesehen hat. Erinnerst du dich noch daran, daß ich früher einmal etwas Filigranes sein wollte, ein Hauch, der vorüberweht und den man wahrnimmt wie den zarten Duft einer weichhäutigen Frau? Doch nie war ich so. Ich wollte immer etwas Makelloses sein, etwas, das so sanft leuchtet, daß allen die Augen von dieser Sanftheit übergehen würden. Ich wollte einen Blick haben, der seegrün oder wasserblau wäre, auf jeden Fall aber verhangen, der die Augen eines anderen Menschen in die eigene Tiefe hinabzöge und nicht mehr losließe. Doch nie war ich so. Ich wollte eine Nackenlinie besitzen, die weich und steil wäre, daß man kaum die Finger zurückhalten könnte, um der aufreizenden Form nachzutasten. Doch nie war ich so. Ich kann das alles nicht mehr verstehen. Seit du tot bist, habe ich keine Sehnsucht mehr danach, anders zu sein.

Ich rieche an meiner Haut, und mein Geruch ähnelt mir nicht mehr. Das ist entsetzlich. Früher hatte ich mich immer in deinem Bett verkrochen, wenn du spätabends noch mit deinen Freunden *Canasta* gespielt hast und ich schlafen gehen mußte. Ich hatte unter dein Kissen gegriffen und dein Nachthemd hervorgezogen. Das Gesicht hatte ich in den weichen Stoff gedrückt und deinen Geruch eingesogen. Du warst bei mir. Ich war nie allein. So bin ich eingeschlafen.

Heute nacht hatte ich einen schlimmen Traum, Elise. Ich sitze hier und rauche, und es ist so still, daß das Summen des Kühlschranks mir unnatürlich laut in den Ohren klingt. Nachts sind alle leisen Geräusche laut, hast du gesagt. Ich habe von dir geträumt.

Du hast mich gerufen, aber ich wußte nicht, wo du warst. Ich bin in einem riesigen Haus herumgeirrt, und überall war es spiegelglatt. Ich habe deine Stimme gehört, aber ich konnte dich nicht finden, bis eine Tür sich vor mir öffnete.

Und da hast gestanden, am Ende des Zimmers, und ich mußte durch dieses Zimmer hindurch. Aber ich hatte Angst. Zögernd nur habe ich den Fuß auf die Schwelle gesetzt. Ich sah dir entgegen. Hab keine Angst, hast du gerufen, mir zugelacht und gewunken, aber da zerfiel ich ja schon; ich spaltete mich in winzige Menschlein, in unscheinbare, demütige Wesen, klein genug, um durch den Türspalt hindurchzukriechen, wenn der Einlaß verschlossen wäre. Und so habe ich den Raum passiert. Winzig und hastend. Vorbei an den Menschen darin, deren Blicke ich mied, die Blicke der schönen, stolzen Menschen. Ich bin ihnen ausgewichen, denn wenn mein Auge auf sie fiel, spaltete ich mich weiter und weiter in noch winzigere, noch demütigere Menschlein, die sich nur kriechend vorwärtsbewegten, erdrückt von der Schönheit und dem Stolz der Großen. Du hast mich angesehen und traurig gelächelt. Als ich endlich bei dir angekommen bin, hast du mich wieder zusammengesetzt. Das Zimmer der Vergleiche ist immer eine Prüfung, hast du gesagt. Jetzt bist du hier, aber die Prüfung, Helen, die Prüfung hast du nicht bestanden.

Träume, Träume, kann ich nur Träume beschreiben? Ist es nur das, was man sagen darf? Das Summen des Kühlschranks. Nachts sind nicht nur die leisen Geräusche laut. Die leisen Gedanken sind es auch.

Elise, du hast einmal gesagt: Hoffe nicht! Wenn du das tust, bist du nichts als ein Schneemensch. Jetzt verstehe ich dich. Jetzt hat mich das Hoffen eingeschneit. Das Hoffen auf andere Menschen, auf bessere Umstände, auf einen günstigeren Augenblick. Ich hoffe auf die Gelegenheit. Ich hoffe auf eine Frau, die die Lust noch nicht kennt, die nicht weiß, was Sinne bedeuten, die noch ohne Sinn ist, die gewartet hat auf mich, mich allein, die ich nähren und Lust lehren will und formen nach meinem Bilde. Ich hoffe. Mir ist kalt dabei.

Elise, du hast einmal gesagt: Warte auf nichts! Du bist ein Schneemensch, wenn du wartest. Jetzt verstehe ich dich.

Jetzt hat das Warten mich eingefroren. Ich warte, bis ich mehr weiß als meine Freunde. Dann suche ich mir neue. Ich warte, bis ich mehr weiß als jetzt. Dann suche ich mir eine neue Zeit. Ich warte noch. Ich lebe nur ein bißchen. Und ich fühle mich wie Kai dabei, der freiwillige Gefangene im Schloß der Schneekönigin, der das Wort *Ewigkeit* aus Eisstücken gelegt hat.

Elise, du hast einmal gesagt: Spare nichts auf! Wenn du dich aufsparst, bist du nichts als ein Schneemensch. Jetzt verstehe ich dich. Jetzt liegt das Sparen wie ein Frost auf mir. Ich spare meine Regungen für die richtigen Menschen und die beste Gelegenheit, auf die ich warten muß und warten muß. Sie kommt noch. Ich spare mich auf, bis ich weise bin und perfekt und unwiderstehlich. Dann ist die richtige Zeit da, und jeder Mensch ist der passende und jeder Augenblick der günstigste. Ich spare mich auf, bis ich uralt und sexy bin. Und dann öffne ich meinen greisgewordenen Körper der Lust und dem Fleisch. Und ich nehme und gebe und greife und reiße und beiße und schlinge und kaue und vergehe in der Leidenschaft, die ich aufgespart habe für diese Gelegenheit. Das Eis wächst mir in den Augen.

Elise, du hast einmal gesagt: Lebe! Jetzt spüre ich ihn, den Schnee. Die Decke über mir. Ihn, den Weißen, der ohne Nachsicht die Dinge versteckt. Ihn, so kalt und überall. Er fängt mich, meine Frage, die zögernde Antwort, fängt und entläßt mich, in die einsam im Schnee harrenden Dinge, die hoffen und schlafen und träumen und weinen und warten. Warten. Auf Wärme und Farbe und darauf, daß etwas in ihnen sich regen möge, eine Bewegung endlich, die das Schwellen des kommenden Frühlings vermuten läßt, und warten auch darauf, daß das Schwellen ausbleiben möge und sie in ihrer Reglosigkeit verharren dürfen. Einsam, zeitlos, im Schnee.

Ich erhebe mich. Ich öffne das Fenster wieder. Es nieselt nur noch. Ich lehne mich weit hinaus. Es kann nicht kalt genug sein. Elise, du würdest dich heute von mir abwenden und sagen: Du Schneemensch. Geschlossen bist du, mit Eis im Kopf und verschneiten Sinnen.

Sie denken, ich will Ihnen was unterschlagen? Was denn nun mit der Fahrt nach Ahlbeck sei, wollen Sie wissen?

Hm, ich weiß es nicht. Nein, ich mache keine Scherze. Ich habe ehrlich keine Ahnung, was da passiert ist. Vielleicht ist Helen ja wirklich noch vorher ausgestiegen. Oder vielleicht haben die beiden eine nettes Wochenende an der Ostsee verbracht. Möglich wäre es ja, schließlich waren sie danach ein Paar. Aber ehrlich, ich habe da auch nur Vermutungen. Obwohl ich gern Genaues wüßte, das gebe ich zu. Aber wenn Helen hier nicht weitererzählt, dann hat sie wohl ihre Gründe. Tja, so ist das leider. Das muß sogar ich akzeptieren.

Der Regen ist vorüber, die Luft gewaschen. Der Himmel reißt auf. Ein paar Scherben sind zu sehen. Die Nacht. Der Mond. Es hat kein Ende. Es hat einfach kein Ende. Schon halb sechs. Der Wahnsinn ist ein schwarzes Maul mit einer weichen Zunge. Ich steige über spitze Zähne. Ich gleite durch den Hals in einen warmen Magen, und das Entzücken verdaut mich.

Vor wie vielen Jahren bist du gestorben?

Du hast uns alle überrascht, Elise. Keine Krankheit, kein Unfall, nichts. Du bist einfach so gestorben.

Mußtest du denn selbst da spielen? Mußtest du selbst vor mir, die du irgendwann mit nichts mehr überraschen konntest, weil ich dich ja schon bedingungslos liebte und alles, wirklich jede Unmöglichkeit von dir erwartet hätte, mußtest du selbst vor mir diesen ungeheuren Trumpf ausspielen und mich so sehr damit erschrecken? Du hast das Spiel gewonnen, Elise. Mit deinem Tod hat niemand gerechnet.

Ich war neunzehn. Ich war gerade aus London zurück. Du hast gelächelt, als ich dich das letzte Mal sah. Aufgebahrt. Um dich der Totenduft der Blumen. Du hast gelächelt, weil du sogar mich zum Schluß noch einmal austricksen konntest. Aber dein Lächeln war weich gewesen, und als ich dein mit Nadeln und Kämmen besänftigtes wildes Haar ein letztes Mal streichelte, habe ich begriffen, was du mir sagen wolltest: Sei niemals berechenbar, Helen. Aber ich komme nicht darüber hinweg. Ich schaffe es einfach nicht, aufzuhören, um dich zu trauern.

Ich habe so oft das Gefühl, du seist noch da, gleich ginge die Tür auf, und da würdest du stehen: groß und schön, mit kohlrabenschwarzem Haar und ebensolchen Augen, funkensprühend und ewig feixend, weil du es geschafft hast, uns alle endgültig zu täuschen. Und dann bleibt mir nur zu weinen, weil du ja doch fort bist, weil ich dich nie mehr hören und sehen und spüren werde. Ich habe noch so viele Fragen an dich, so viel Gelächter, das ich mit dir teilen würde, so viel Liebe. Ich stecke bis obenhin voll mit Erinnerungen.

Meine Liebe zu dir wächst auf Worten. In meinem Innern treiben lauter Pflanzen, und manche davon sind in einer einzigen atemlosen Sekunde unfaßbar hoch gewachsen und in derselben Sekunde wieder geknickt, weil ihr Stengel zu dünn war für die schwere Blüte. Diese Pflanzen haben ein einziges Mal Sonne gekostet und sind, weil sie das Licht nicht gewohnt waren, in einem einzigen Augenblick erblüht, gereift, gewelkt, verbrannt. In meinem Innern rauscht ein gespenstischer Wald von langen, blütenlosen Stengeln, Zeugen eines schnell entzündlichen Körpers, der Grenzen allzu leicht vergessen hat, oft schon brannte, veraschte und erkaltete. Meine Liebe für dich jedoch schmiegt sich an die Erde. Schicht für Schicht bedeckt sie die Erde, wirft Anker ins Erdreich, wurzelt und gebiert weiße Blüten. Hier und da rankt sich ein Trieb in die Höhe, aber er wird nicht knicken, denn unter ihm dichtet sich das Blattwerk.

Wir haben Worte gesät, und sie öffnen sich immer noch. Ich flüstere Liebe, Elise. Sie wächst nur langsam in die Höhe aber stetig in die Tiefe.

Ich sehe so viele alte Frauen vor mir. Ich folge ihnen durch die Straßen. Aber keine ist so schön wie du. Keine riecht so gut wie du. Keine spricht Zauberworte wie du. Elise, ich bin ein Stück mit dir gestorben. Ich habe dich so geliebt, so sehr, wie ich es niemandem sagen kann, und ich bin meine Tränen immer noch nicht los.

Der nicht an mich gerichtete Brief.

Wie sehr hatte ich mir Momente der Klarheit herbeigesehnt! Wie sehr hatte ich mir Gewißheit über Jördis' und Franziskas Gefühle gewünscht und versucht, sie mit allerlei heimtückischen Tricks herauszubekommen. Ich habe ununterbrochen in ihren Äußerungen herumgesucht, sie für meine Zwecke zurechtgebastelt, habe an den Worten gehämmert und gewerkelt, bis endlich die Gewißheit da war, die ich mir immer erträumt hatte. War ich mir denn nicht im klaren, daß Eindeutigkeit immer nur eine Illusion sein kann? Daß es immer dieses unvorhersehbare Loch auf dem Weg zwischen ihnen und mir geben würde, das ganz plötzlich unter einem süßen, ach so fest darübergezimmerten Wort aufreißen und Gewißheiten verschlingen konnte.

Aber Elise, warum auch Elise?

Es will mir aus den Ritzen stürzen. Doch Worte sind bleich gegen das Blut der Erinnerungen.

Wo habe ich Zuflucht gesucht? In der Lüge? Oder in der Wahrheit? Habe ich mir wirklich Klarheit gewünscht oder nur die Sicherheit, von beiden geliebt zu sein? Als ich den nicht an mich gerichteten Brief gelesen hatte, wünschte ich mir Elises absoluten Glauben an die Wahrlüge zurück, eine sanfte, barmherzige Lügheit – ein Propoximatlisiotropysia, wie sie es genannt hatte, aber das wäre ganz schön schwer auszusprechen – der Glaube also, daß in diesem Brief dennoch Liebe steckte, denn alles hat Plus- und Minuspol. Ich wollte, daß es trotz allem ein Brief war, der mich mit Liebe übergoß, bis ich glänzte davon und mein ganzer Leib danach roch: nach dickflüssiger, nie mehr zu beseitigender Liebe. Ich konnte es nicht. Ich weinte.

Ich wollte nicht mehr wissen. Ich wollte glauben. Ich will es immer noch.

Schwebezustände, hast du gesagt, Elise. Und Halbtöne. Hast du die Lust des Halbwissens damit gemeint? Diese unvergleichliche Ekstase des Halbbesitzens? Komm zurück!

Ich öffnete den Brief, ahnungslos noch.

Dann – das Erschrecken, als ob ich im Dunkeln stolpern würde. Der Blutgeschmack im Mund. Das ekelhafte Prickeln auf dem Kopf, als ob sich Poren dort öffneten und den Schreck aushauchten. Mein keuchendes Herz. Der zitternde Brief.

Falscher, zärtlicher Brief im richtigen Umschlag.

Ich habe keine Ahnung, wie der Brief an Franziska in meinen Umschlag geraten konnte. Jördis muß zur selben Zeit zwei Briefe geschrieben und sie dann falsch adressiert haben. Ein Versehen. Ein bedauerliches Versehen, das die Betrüger entlarvt hatte.

Mein Leib ist ein Haus voller Wahnsinniger. Sie schlagen gegen die Wände und schreien, und ihr Echo hallt in meinem Kopf wider. Sie beißen in mein Herz. Schwarz flattern sie vor meinen Augen. Und manchmal schreit eine Fledermaus.

Ich habe den Brief gelesen, jedes Wort, bis zum Ende, und mein erster Schritt in die Gewißheit war ein Sturz. Ich fiel und fiel, und gemeinsam mit mir stürzten all meine Gesichter herab, all die ins Groteske verzogenen Lachen und Weinen, die mein ahnungsloses, weißes Herz zerbrüllten. Der Irrsinn dann. Ich lief zu Jördis. Sie war nicht zu Hause. Diese Zufälle immer. Ich zwang mich. Ich trat an ihren Schreibtisch. Ich sah den anderen Umschlag. Franziskas Adresse darauf. Und darunter – der Brief an mich.

Diese singenden Stimmen der Wahnsinnigen in mir: Los, beweg deine Finger! Lange, flinke Finger. Tausch aus, was nicht zusammengehört! Nimm den Brief, und leg den falschen statt dessen hin. Und dann stiehl dich davon. Mit deinem Brief. Dem richtigen. Dem belanglosen. Los!

Ich war wieder auf der Straße. Ich bin ins nächste Café gestürzt.

Sitzen. Bestellen. Warten.

Wut. Sie stieg mir in die Augen. Rot und heiß und wild. Ich weinte. Seit einem Jahr war Jördis meine Geliebte. Die ganze Zeit hindurch hatten sie mich belogen. Jördis und Franziska hatten ihre Beziehung nie beendet. Was zum Teufel war ich in dieser Konstellation? Die Wahnsinnigen tobten in mir. Nach einer Stunde wußte ich, wie ich mich rächen würde.

Elise, komm zurück. Bitte komm zurück und verzeih mir das alles!

Seit du tot bist, frage ich mich jede Nacht, wer ich nur bin.

***

Lassen Sie uns einfach so tun, als würden wir uns nicht kennen.

Vergessen Sie. Kommen Sie mir nicht zu nahe. Wir wären Fremde. Tanzen Sie. Hören Sie, wie schüchtern die Schleier über den Boden fließen? Ich wäre scheu. Folgen Sie mir. Es gibt einen Wein, der berauscht wie kein anderer.

Nehmen wir an, Sie wären ihr irgendwann begegnet. In der Vergangenheit. Morgen. In diesem Augenblick. Sie würden zu ihr gehen, und sie wiche vor Ihnen zurück. Seien Sie sanft zu ihr. Sie weiß ein Wort. Legen Sie ihr nur die Hand in den Nacken. Fürchten Sie nichts. Sie werden sie begehren. Lachen Sie leise. Sagen Sie nichts. Küssen Sie ihr Handgelenk. Aber kommen Sie ihr nicht zu nahe. Streifen Sie das weiße Zittern mit den Lippen. Vergessen Sie. Vergessen Sie alles! In den Tanz gebettet ist das Wort. Drehen Sie sich mit ihr auf den Hängen.

Sie wird sterben müssen.

Berühren Sie mich. Streicheln Sie mich. Schlagen Sie mich. Aber halten Sie mich nicht fest. Folgen Sie dem jungfräulichen Duft meines Haars. Haben Sie keine Angst.

Sie weiß ein Wort. Und sie singt es.

Sie werden sie töten.

Fangen Sie die Töne ein, die klingenden und die klirrenden, die roten, die blauen und die gelben. Fangen Sie sie und füllen Sie Augen und Ohren damit, aber geben Sie die Hoffnung auf. Sie werden nichts sehen und hören. So lachen Sie doch.

Vergessen Sie. Lecken Sie ihr die Lippen, die Füße, die feuchtroten Schenkel. Vergessen schmeckt nach Wein.

Lassen Sie uns einfach so tun, als würden wir uns nicht kennen.

Kommen Sie. Kommen Sie!

Jördis

Ich will mich nicht mit langen Vorreden aufhalten.

Ich bin nur wegen meiner Mentorin in den Osten gezogen. Meine Freunde in Hamburg fanden das „extravagant" und grinsten. So was muß man ignorieren. Man muß mit den Schultern zucken und die Uni wechseln. Humboldt-Uni, Studiengang Publizistik und Psychologie. Man sucht sich einfach eine Wohnung in Prenzlauer Berg. Den Osten kannte ich bislang nur aus dem Fernsehen.

Es war alles durch diesen Schreibkurs im Harz gekommen. Schierke. Von dem Ort haben wir nicht viel mitgekriegt. Wir haben in Baracken gewohnt, mitten im Wald. Schierke, hatte ich später gelesen, war angeblich ein beliebtes Skiurlaubsgebiet in der DDR. Es war August, als wir dort waren. Der Sommer 1990, nicht mal ein Jahr nach der Wende. Ich hatte mich mit Lyrik beworben. Ich war die einzige aus dem Westen dort.

Man wird geboren, und man stirbt. Ein Jahr ist rasend schnell vorbei, und man hat etwa achtzig davon zur Verfügung. Leben ist so banal. Entweder man stirbt früher, oder man stirbt später. Was man aus seinem Leben macht, spielt keine Rolle, es sei denn, man läßt es eine Rolle spielen. Wenn man es nicht mehr aushält, kann man vorzeitig aussteigen. Man ist niemandem etwas schuldig, wenn man niemanden zu nah an sich ranläßt. Ich allein trage die Verantwortung für mein Leben. Es gibt nur dieses eine. Danach ist man nichts. Man hat alles vergessen. Alle Fehler und alle Peinlichkeiten. Ich werde sterben und alles vergessen. Also ist es ganz egal, was ich jetzt mache. Unsere Mentorin meinte mal: „Leben ist dazu da, um interessant gemacht zu werden. Also schreiben Sie es um." Und sie hat recht.

Es gab drei Mentoren. Alle aus dem Osten. Natürlich. Doch nur diese eine war außergewöhnlich. Als ich zurück in Hamburg war, habe ich sie immer mit „Osten" gleichgesetzt. Das war natürlich Quatsch. Elise war einfach Elise.

Meine Geschichte ist banal. Banal und schrecklich. Ich spreche nicht gern über mich. Wenn ich schon meine Geschichte erzählen muß, dann spreche ich lieber über andere.

Zum Beispiel über Franziska.

„Du hast *was?*"

Franziskas Stimme klang hysterisch.

„Abgelehnt."

Es klickte. London war zu einem Dauerton zusammengeschrumpft. Was ging es sie an? Es war allein meine Sache, die Chance meines Lebens abzulehnen. Ich legte den Hörer auf die Gabel zurück.

Jördis hätte natürlich auch ganz anders anfangen können.

Schließlich erzählt sie Ihnen ihr Leben. Es ist schwierig, sich für einen Anfang zu entscheiden. Geben Sie es zu: Man blättert doch immer gern zum Anfang zurück, weil meistens was dahinter steckt, wenn jemand mit einem bestimmten Satz beginnt.

Idealerweise ähneln sich Anfang und Ende einer Geschichte. Sie würden das mögen, nicht? Sagen Sie ruhig ja. Ich mag das auch. Am Schluß erinnert man sich wieder an den Anfang, und man hat auf einmal das befriedigende Gefühl, etwas abgeschlossen zu haben. Man klappt das Buch zu und gibt sich einer angenehmen Mattigkeit hin. Nett.

Zum Kotzen ist das, würde Jördis sagen.

Sie hätte auch anders anfangen können. Zum Beispiel mit einem Traum. Das würde dann die Akzente verschieben. Aber Träume gleich zu Beginn einer Geschichte, das kommt doch nicht gut, hat sie mich beschworen. Und seien wir doch mal ehrlich: Sie hätten das doch übersprungen oder nur gähnend weitergelesen!

Sie wollen den Traum trotzdem wissen?

Nun gut, dann vergessen Sie das Telefonat von eben. Es wird später wieder auftauchen. Lassen wir Jördis also noch einmal anfangen.

Es gibt einen Raum, von dem ich träume. Einen Raum aus rotem Samt. Ich stehe immer davor, nie darin. Man kann ihn erst betreten, wenn man alles vergessen hat. Es schläft eine Frau darin mit rotem Haar. Ich habe niemandem je davon erzählt.

„Erzählen Sie, Jördis!"

Elise hatte immerzu nach meiner Vergangenheit gefragt. Halt, hier fängt es schon an. Sie wollte meine Erinnerungen hören. Es gibt einen Unterschied.

„Was wollen Sie eigentlich von mir?"

Wir waren die beiden einzigen Raucher. Wie jeden Abend standen wir bei den Lärchen an der letzten Baracke.

„Erzählen Sie das, was Sie vergessen haben."

Ich erzähle nicht über meine Eltern.
„Es gibt nichts zu erzählen. Ich würde Sie langweilen."
Wir rauchten schweigend.
Jeden Sonntag sind wir zu meinem Vater nach Hamburg gefahren. Von Schnakenbek in die Stadt. Zwanzig Kilometer Busfahrt. Bevor wir zu ihm gingen, sind wir an der Alster entlangspaziert. Meine Mutter sah „stadtschick" aus: ein Sonnenhut mit rotem Seidenband, ein weißrotgepunktetes Kleid, weiße Hackenschuhe. Stadtschick – das war ihr Wort. Ich sah ähnlich aus, nur in Blau, aber meine Schuhe waren flach und aus Lack. Wie ich solche Klamotten haßte. Aber meine Mutter war unerbittlich. In Schnakenbek konnte ich rumrennen, wie ich wollte, aber nicht in Hamburg. Die rote Latzhose oder die Bluejeans blieben im Schrank. Wir trippelten damenhaft nebeneinander. Das heißt, meine Mutter trippelte. Ich stieß alles mit den Lackschuhen an, was mir vor die Füße kam: eine Coladose, Kieselsteine, ein altes Fischbrötchen. Dann kam die erste Eisfahne in Sicht. Meine Mutter kreischte auf und stürzte an den Tresen. Sie drehte sich nie nach mir um. Sie verlangte Schlumpfeis und fing an, gierig daran zu lecken. Drei Kugeln giftblaues Schlumpfeis. Ich trottete ran und nahm dann Schoko oder Vanille.
„Schlumpfeisessen ist eine Philosophie", hatte sie immer erklärt und mir die Tüte unter die Nase gehalten. Das blaue Zeug schmolz und tropfte über ihre Hand. Sie beachtete es nicht. „Wenn es so aussieht wie das hier", sagte sie, „dann ist es gut. Dann ist es echt, und man kann getrost drei Kugeln davon essen. Es muß aber blau sein, richtig knallblau oder auch türkis!"
Wenn das Schlumpfeis taubenblau, kornblumenblau oder blau wie Babyaugen aussah, dann kaufte sie nur eine Kugel, leckte sie auf und schnaubte und schimpfte dabei. Kamen wir an einen Eisstand, der kein Schlumpfeis führte, dann erstarrte meine Mutter vor Wut, zischte dem Verkäufer „Es ist eine Schande!" zu, drehte sich brüsk um und stolzierte

davon. Ich grinste den faszinierten Eisverkäufer an und trottete hinterher.

Ist es wert, so was zu erzählen?

Ich erzähle besser von der Ostseite des Harzes: nichts als Bäume und ein paar Baracken. Die Kurse fanden im Freien statt. Es war fast wie bei den Pfadfindern. Vom Osten hatte ich genau das erwartet. Nur diese Mentorin nicht.

Ihre Kurse waren schwach besucht. Nach dem ersten Treffen waren wir nur noch zu dritt. Elise hat nie gefragt, warum sie alle abgesprungen waren. Ein paar fühlten sich trotzdem verpflichtet, sich zu erklären: „Man lernt bei Ihnen nicht viel übers Schreiben. Der Kurs von Mareile ist da wirklich ergiebiger. Sie sollten vielleicht mehr Technik vermitteln."

„Wenn Sie richtig zuhören, dann lernen Sie bei mir sehr viel", erwiderte sie und lächelte. Sie verteidigte sich nie.

In ihrem ersten Kurs waren noch alle zehn dabei. Wir saßen im Kreis auf dem Rasen. Elise kam mit großen Schritten aus der Kaffeebaracke, setzte sich in die Mitte und fing sofort an zu sprechen. Sie sah auf den Boden. Ihre Stimme war leise. Alle waren aufmerksam.

„... bin ich seit vierzig Jahren verheiratet. Immer mit demselben Mann. Und wir lieben uns immer noch. Es ist das Gewöhnen, wissen Sie. Ich glaube, man darf sich nie aneinander gewöhnen. Er hört gern Musik und legt abends mehrere Platten auf. Aber er hat die Marotte, die Platten nie in ihre Hüllen zurückzutun, und am Morgen liegen sie hüllenlos auf dem Tisch, zwischen den Gläsern und dem Knabbergebäck. Das macht mich wahnsinnig. Ich sage seit vierzig Jahren: ‚Pack sie doch in die Hüllen!' Er tut es einfach nicht. Aber Gott, was bin ich froh darüber. Und dann, stellen Sie sich vor, abends im Bett: Ich schlafe sommers wie winters mit einer Federdecke. Und immer wird mir irgendwann zu warm darunter, und ich hebe sie mit den Füßen auf und werfe sie herum: das Untere nach oben und die Fußseite nach vorn. Ein Riesenwirbel, aber notwendig. Er findet das unmöglich. Die Fußseite oben! Seit vierzig Jahren habe ich nichts daran verändert. Wenn mein Mann die Wohnung saubermacht, dann saugt er alles. Auch das Bad. Ich sage jedesmal: Das Bad nicht saugen. Da bleiben Haare an den Borsten. Das Bad muß gefegt werden. Umsonst. Unser Bad ist vierzig Jahre lang gesaugt worden."

Sie unterbrach sich. Sie sah uns an, als ob sie etwas Bestimmtes erwartete. Kein Mucks. Ein paar sahen peinlich berührt aus. Ich verbiß mir das Lachen. Das war ein Schreibseminar! Sie fuhr fort, und ihre Stimme wurde so leise, daß es schwierig war, sie zu verstehen:

„Schreiben, denken Sie daran, Schreiben ist eine Form zu leben. Das Wichtigste ist, so zu tun, als gäbe es niemanden neben Ihnen. Die Dinge, die Sie tun wollen, tun Sie sie niemals mit dem Gedanken, jemand könnte Sie dabei beobachten. Beschränken Sie sich nicht. Vergleichen Sie nicht. Nicht wirklich. Sehen Sie sich nur um, aber vergleichen Sie nicht. Schlafen Sie immer mit der Fußseite nach oben, wenn Sie sich dabei wohl fühlen, packen Sie niemals die Platten in die Hüllen zurück, wenn Sie das langweilt, saugen Sie immer wieder das Bad ..."

Sie sah wieder hoch. Ein paar fingen an zu murmeln. Sie blickte sich einmal in der Runde um. Die Murmler verstummten und senkten die Augen. Sie kam bei mir an. Ich hielt stand. Ohne mit der Wimper zu zucken und den Blick von mir zu nehmen, fuhr sie fort. Ihre Stimme wurde klar.

„Menschen", sagte sie, „Menschen sind das Wichtigste. Nicht politische Strukturen. Wer macht Strukturen, wenn nicht Menschen?" Ihre Augen waren hart. „Es ist wichtig, über Menschen zu schreiben, über Menschen nachzudenken ..." Ich stützte die Hände hinter mir im Gras auf und lehnte mich zurück. Ich fing an zu grinsen. Sie reagierte nicht. „... sie frei von gesellschaftlichen Bezügen und nicht als eingebunden in Strukturen zu sehen. Wenn Sie schreiben, nehmen Sie einen ganz normalen Menschen, und streichen Sie alles Unbrauchbare aus ihm heraus. Bis er so banal und so einmalig ist, wie er ist." Na, das klang doch nach drei interessanten Wochen! „Menschen sind nicht eine Masse, jeder ist ein einzelner Mensch voller Haß und Liebe und Neid und Großmut. Nicht wahr? Sie denken, es sei minderwertig, etwas zu schreiben, wenn es nur um menschliche Beziehungen geht, die keine stringente Rahmenhandlung haben und die in nichts Größerpolitisches gebettet sind?" Sagte sie das zu mir? „... die angeblich nicht über sich hinausweisen. Aber ich frage Sie: Ist es wirklich unpolitisch, etwas zu schreiben, worin es ausschließlich um Menschen geht, wenn man ehrlicherweise davon ausgehen muß, daß es so etwas wie einen feststehenden Charakter gar nicht geben kann, nie gegeben hat und nie geben wird, daß folglich jedes Buch, das Menschen über einen Romanzeitraum hinweg immer gleichbleibend zeigt, eine Verdummung ist, weil es uns glauben macht, daß Menschen etwas Unveränderbares seien, etwas Statisches?"

Ich streckte meine Beine entspannt auf dem Rasen aus. Elise ließ mich nicht aus den Augen. Ich sie auch nicht. Ihr Blick war ungeheuer klar. Dabei war sie mindestens siebzig. „Menschen, ich bin wirklich überzeugt davon, Menschen sind wichtiger als Geschichten. Denken Sie mal über die Medien nach. Wie wird der Mensch denn gezeigt? Sunnyboy in der Kaffeewerbung bleibt bis zum Schluß Sunnyboy. Er rülpst nicht, flucht nicht, wirft keine Kippen auf die saubere Auffahrt. Überlegen Sie. Das ist eine der gefährlichsten Verdummungen, der wir ständig ausgesetzt sind. Gefährlich, weil sie zur Abstumpfung führt. Das ist viel bedenklicher als alles andere – diese nicht totzukriegende Behauptung, daß es bestimmte Menschentypen gibt. Die gibt es nämlich nur, weil wir die Kopien solcher Typen ständig kopieren und glauben, das sei original. Charakter eben."

Sie klang todernst. Trotzdem war klar, daß sie in Wirklichkeit über uns feixte. Mein Grinsen wurde breiter. Gott, war sie mir sympathisch. „Schon das Wort *Charakter* macht uns glauben, daß es etwas an uns oder in uns gibt, das sich immer gleich bleiben wird, eine Reihung von Eigenschaften, die uns zu dem machen, was wir sind. Und so ein Charakter verändert sich eben kaum. Veränderungen, die den sogenannten Charakter gefährden, nennt alle Welt flatterhaft. Sicher, ein paar Veränderungen in die eine oder andere Richtung sind erlaubt, aber sobald es ein bißchen extremer wird, heißt es: ‚Ha, ein durchtriebener Mensch!' Wenn man Glück hat: ‚Ein Filou!' Aber immer: ‚Jemand, dem man nicht glauben darf.' Aber ist das wirklich so?"

Ihre Lippen waren hart. Wie mochte sie als junge Frau ausgesehen haben? Ich hätte mir gern eine Zigarette angezündet und ihr bis zum Ende des Tages zugehört. „Sollte man nicht ehrlich zu sich sein und sagen: Ein Mensch hat Charaktere? Oder besser: Ein Mensch ist ein permanenter Übergang in etwas Anderes? Versuchen Sie es. Schreiben Sie über Menschen. Schreiben Sie über falsche, verlogene, nicht glaubhafte Menschen. Wenn Sie das tun, dann schreiben Sie ehrlich."

Sie sah mich fast verächtlich an. Abrupt zerbrach sie den Blick und schaute in die Runde. Alle saßen wie erschlagen da. Keiner sagte ein Wort. Da stand sie langsam auf, spitzte die Lippen, begann zu pfeifen und verließ den Kreis in Richtung Kantine. Nach ein paar Schritten spuckte sie kräftig aus. Sie rotzte regelrecht auf den Rasen. Da fing ich endlich an zu lachen. Ich ließ mich rückwärts ins Gras sinken. Ich lachte und lachte und lachte. Nicht einmal, wenn sie mitten im Gespräch angefangen hätte, sich einen Joint zu drehen, nicht einmal das hätte mich noch verwundert. Ich lag auf dem Rücken, als alle aufgestanden und in der Kantine verschwunden waren. Ich steckte mir einen Grashalm in den Mund, legte die Hand auf den Bauch und sah in den Himmel.

Nach diesem Treffen hatte Elise sieben von uns zehn für den Rest der drei Wochen vergrault.

Mich nicht. Ohne diese Zeit mit Elise hätte ich vielleicht ein Problem mit meiner Moral bekommen. Es gibt viele Worte: Polygamie, Vielehe, Promiskuität. Sprache ist hier wenig hilfreich. Bei solchen Worten denkt jeder ausschließlich an Sex. Ich aber war mit zwei Frauen verheiratet. Zur selben Zeit.

Weil ich es wollte?

Weil es Liebe war?

Weil das Wichtigste im Leben ist, auf das Leben zu reagieren?

Ich mache mir nichts vor. Die Frage, ob ich mich für eine entscheiden würde, gab es nie. Es war eine ausschließliche Liebe. Franziska war nichts mehr als ein abstrakter Begriff, sobald ich Helens Stimme hörte. Helen war sofort vergessen, wenn ich Franziska sah. Vielleicht war es kein normaler Zustand. Aber was heißt normal.

„Wahr ist, was möglich ist. Je mehr Gesichter Sie an sich zulassen, um so öfter können Sie lieben." Manche Sätze von Elise vergißt man nie.

Die Nacht war klar gewesen. Ich hatte noch ein bißchen Luft schnappen wollen und war vor die Tür gegangen. Sie stand schon gegen die Barackenwand gelehnt und rauchte. Es war die erste Woche in Schierke. Es roch nach Kiefer.

„Gleichzeitig?"

„Sicher." Sie inhalierte tief.

Ich entzündete eine Zigarette. Wir sahen uns lange an. Ich sagte: „Das funktioniert nicht. Man entscheidet sich. Dahin geht die Kraft. Man kann mehrere Affären zur selben Zeit haben, aber das Lieben kann man nicht teilen. Am Teilen verflacht es."

Ihr Mund verzog sich. Es war zu dunkel zum Lächeln.

„Wie viele Kammern hat Ihr Herz? Mehr als eine, nicht wahr? Selbtverständlich kann man zwei Menschen lieben, wenn sie unterschiedliche Kammern in unserem Herz bewohnen. Sie existieren dann ganz für sich. Sie treten nicht in Wettstreit miteinander, weil eine zarte Herzwand sie voneinander trennt."

Elise war fatalistisch. Womöglich vergesse ich deshalb ihre Worte nicht. „Wahr ist, woran man sich erinnert", hat sie einmal behauptet. Ohne sie hätte ich mich vielleicht allein daran erinnert, daß Menschen nur einen einzigen Menschen zu einer Zeit lieben. Ich war mit zwei Frauen verheiratet. Auch das ist das falsche Wort. Ich habe kein besseres. Es war eine ausschließliche Liebe.

Elise sagte in ihrem Kurs: „Schreiben Sie doch mal etwas, das nur aus Nebensächlichkeiten besteht. All die Dinge, die in Büchern immer ausgespart werden. Und nichts sonst! Das wäre mal was anderes. Und Sie würden sich wundern, wie viele Widersprüchlichkeiten plötzlich ans Licht kommen."

Damals hatten wir gelacht.

Aber das ist es! Eine Herausforderung. Ich nehme sie an, Elise. Doch es wird Lücken geben.

Helen habe ich das erste Mal in der Unibibliothek gesehen. Ich halte nichts davon, Zufälle im nachhinein Schicksal zu nennen. Ich war seit drei Jahren in Berlin und hatte gerade meinen Studiengang an der Humboldt-Uni gewechselt. Seit ein paar Wochen studierte ich Philosophie. Helen saß bei der Ausleihe. Sie sah engagiert aus. Sonst saß an diesem Platz immer eine liebenswert überschminkte Russin, Ende vierzig, mit einem weichen Herzen für Studenten, die regelmäßig die Ausleihfrist überschritten. Ich packte meine Bücher vor die Neue. Sie konnte höchstens zwanzig oder einundzwanzig sein. Ich zückte meinen Ausweis. Sie reagierte nicht gleich. Sie gab etwas in den Computer ein.

„Ferienjob?" fragte ich in ihr Getippe hinein.

Sie sah nicht mal hoch. Ohne den Blick vom Bildschirm zu nehmen, griff sie nach meinem Ausweis, fuhr mit dem Scanner drüber und meinte:

„Sie haben Versäumnisgebühren. Zweiundzwanzig Mark. Haben Sie keine Nachricht bekommen?"

Natürlich hatte ich.

„Nein."

Sie sah mich an. Ich sah zurück. Sie tat nichts. Ich auch nicht. Hinter mir standen schon zwei Studenten. Ich sah auf die Uhr.

„Versäumnisgebühren. Wenn Sie jetzt nicht zahlen können, muß ich Ihre Karte leider sperren."

Langsam zählte ich ihr das Geld vor. Sie verzog keine Miene. Sie lehnte sich nur ein bißchen zurück. Kein Wort fiel, um die Situation zu entspannen. Nachdem das Geld in der Kasse war, griff sie nach meinen Büchern.

Bergson, Hawking, Rifkin.

„Sie beschäftigen sich mit Zeit." Es war keine Frage. Ich antwortete nicht. „Lesen Sie Proust!" sagte sie und gab mir meinen Ausweis zurück. Jetzt warteten schon vier Studenten. Sehr langsam packte ich die Bücher weg. „Ich verehre Proust", fuhr sie fort. Ihre Wimpern waren schwer, die Stimme leise. „Ich wollte immer ein unendlich langes Buch lesen. Dreizehn Teile, das ist eine Ewigkeit. Ich habe mich gezwungen, *Die Suche nach der verlorenen Zeit* so langsam wie möglich zu lesen." Sie achtete nicht auf die länger werdende Schlange. Ich machte sie nicht darauf aufmerksam. „Ich habe mir nur wenige Seiten am Tag erlaubt. Es ist ein Lebensthema: Zeit. Man wird sein ganzes Leben lang von etwas verfolgt." Sie flüsterte schon fast. „Man liebt nur das, was man nicht mehr hat. Oder was man noch nicht hat. Nicht wahr? Etwas also, von dem die Zeit einen trennt." Sie sah hoch. „Sie beschäftigen sich auch mit Zeit. Wovor haben Sie Angst?" Zeit war das Thema meines Grundkurses. „Es sind die offengebliebenen Gelegenheiten, nicht wahr, all die nicht wahrgenommen Möglichkeiten?"

Von hinten murrte jemand. Sie überhörte es.

„Natürlich", sagte ich. Und nach einer Weile: „Dreizehn Bände, meinten Sie? Aber man darf hier nur zwölf Bücher ausleihen."

„Ich weiß – Jördis." Sie mußte sich meinen Namen vom Ausweis gemerkt haben. Sie lächelte.

Beim nächsten Mal saß wieder die Russin da. Ich fragte nicht nach der Aushilfe. Wochen später sah ich sie wieder. Das war in einer Bar. Schicksal? An Schicksal glaube ich nicht.

Ich glaube daran, daß Sie wiederkommen, Elise.

„Manchmal ist es ein Hetzen durch ein Haus."

So fängt mein Roman an, den ich nie schreiben wollte.

„Manchmal verschließt die nächste Tür einen See, auf dem Worte wie Seerosen dicht und duftend schwimmen. Du tauchst hinein und spürst die Stengel an den nackten Beinen. Lange Stengel. Lang und dünn. Fühler, die die Haut betasten, die den Willen deines Leibes brechen, bis er sich in die Worte schmiegt."

Das ist nicht meine Sprache. Aber es gibt dieses Buch. Mein Buch heißt *Berührung.*

„Das blühende Wasser geht dir bis zum Hals. Dein Kinn berührt die Blütenblätter. Du schwimmst. Nichts regt sich. Nur der Geist, der dir folgt."

Der Roman ist unter Pseudonym veröffentlicht. Es ist ein Traum. Der einzige, der sich über Jahre wiederholte. Er fing immer wieder an. Immer neu.

„Der samtrote Raum. Er liegt am anderen Ufer des Mohnmeers. Du teilst die Arme. Es erschreckt dich. Du treibst in die Worte. Jemand keucht in deinem Rücken. Du erreichst das Ufer. Hinter dir dein Verfolger. Lauf!"

Diese Veröffentlichung habe ich dreimal abgelehnt. Ich wollte nur sehen, ob jemand so was drucken würde. Ich habe schließlich in die Publikation eingewilligt, aber nur unter anderem Namen.

Wie kann man glauben, jemals ehrlich zu sein, wenn man jeden Moment zwischen mehreren Gesichtern wählen muß? Wenn man solche Träume hat? Wenn man eine Sprache weiß, die man aber nicht sprechen will? Und wenn man vor allem einen Roman schreibt, obwohl man Lyrikerin ist? Elise, ist es das, was Sie hören wollten?

Sie wollte immer wieder dasselbe hören.

„Jördis, Sie haben Talent. Sie werden es einmal weit bringen, aber nur, wenn Sie begreifen, worauf es beim Schreiben ankommt."

Das war Jahre vorher. Elise und ich hatten uns angewöhnt, nach dem Mittagessen eine Stunde gemeinsam um den See zu spazieren.

„Sie werden sich in das verlieben, was Sie zum Schreiben brauchen. Aber vergessen Sie nicht: Glück ist immer davor. Bauen Sie sich Mauern. Lassen Sie das Glück nicht naiv zu."

Wie eine Wahrsagerin, dachte ich. Fatalistisch! Es amüsierte mich.

„Sie meinen", fragte ich mit einem Grinsen, „Sie meinen, um Schreiben zu können, darf man nicht glücklich sein?"

„Das habe ich nicht gesagt!" Sie sah mich scharf an. „Hören Sie richtig zu! Sie werden sich in das verlieben, was Sie zum Schreiben brauchen, habe ich gesagt. Was das bedeutet, wollen Sie wissen? Daß Sie natürlich auch das besitzen wollen, worin Sie sich verliebt haben." Ich werde nie rot. „Sie werden einmal jemandem begegnen und so bezaubert sein, daß Sie die Paradoxie des Lebens verdrängen wollen: daß eben alles paradox ist. Daß die Erfüllung niemals im Erfüllen liegt. Lassen Sie das nicht zu! Planen

Sie Ihre Träume. Sie können sich natürlich in alles reintreiben lassen. Dann erleben Sie vielleicht einen atemberaubend schönen Augenblick, aber nicht mehr. Was aber wollen Sie mit einem zufälligen Gestern, das Sie vergessen werden? Sie werden Ihr Verliebtsein an das Gestern verlieren. Das nützt vor allem Ihrer Kreativität nichts. Sie brauchen ein Gestern, das nicht aufhört, oder ein Morgen, das nicht anfängt. Sie wissen es doch: Wenn es etwas wie ein andauerndes Glück geben sollte, dann ist es immer ein Davorsein, keine Bewegung auf etwas zu, sondern einfach eine Bewegung. Bauen Sie Mauern vor dem Ziel. Verweigern Sie sich dem Ankommen."

Sie wickelte sich fester in ihr Tuch. Die Luft war kühl. Ich steckte die Hände in die Tasche und genoß den Wind mit ein paar Regentröpfchen drin, der mir durchs Haar fuhr. Britisches Wetter. Es war ein unglaublich verregneter Sommer. Jahre später würde Franziska über so ein Sommerwetter schimpfen.

„Meinen Sie damit, daß Kreativität sich nur in der Begrenzung entfaltet?"

„Ich meine damit, daß Ekstase sich in der Begrenzung entfaltet. Das hat viel mit Kreativität zu tun. Wissen Sie, Jördis, echte Bedürfnisse zu entwickeln ist eine Kunst. Vor allem in dieser Zeit. Vor allem in diesem Land. Haben Sie schon mal gegessen, nachdem Sie vor Hunger fast ohnmächtig geworden sind? Sie essen aus Gewohnheit, stimmt's? Was meinen Sie, wie unterschiedlich ein und dasselbe Nahrungsmittel schmecken kann. Haben Sie schon mal versucht, einen Text aus Hunger heraus zu schreiben? Was meinen Sie, wie unterschiedlich dieselbe Sprache klingen kann! Da liegt das Problem. Im Hunger. Wir leben in einer Zeit, in einem Land, wo Hunger schon wieder ein Luxus ist. Seien Sie luxuriös. Schaffen Sie sich Hunger, dann werden Sie anders schreiben können als jetzt."

Ich sehe doch, wie Sie die Augen verdrehen. Mal ganz ehrlich, Sie denken doch jetzt: So redet kein Mensch. Höchstens Romanfiguren. Und was, glauben Sie, haben Sie hier in der Hand? Ja, vielleicht hat sich Jördis das alles ausgedacht. Das würde aber überhaupt keine Rolle spielen. Wahr ist, woran man sich erinnert. Haben Sie nicht auch manchmal das Gefühl, daß Ihr Leben nur zur Hälfte stattfindet? Dieses vage Gefühl von Unvollständigkeit? Nach Jahren fällt Ihnen auf. Daß ein wichtiges Gespräch in Ihrer Jugend gefehlt hat. Daß ein Freund nie dagewesen ist, wenn Sie ihn dringend gebraucht hätten, daß Sie in einer Liebesbeziehung eine notwendige dramatische Note vermißt haben. Daß Sie eben Ihr ganzes Leben lang einen bestimmten Wunsch gehegt haben, der sich jedoch nie erfüllt hat. Das macht nichts. Erinnern Sie sich. Man kann sogar Kindheitsträume im nachhinein haben.

Ich komme ins Erzählen. Außerdem habe ich gehört, wie Sie gesagt haben: So was Konstruiertes! Aber ich frage Sie, wozu sind Bücher da? In Büchern sollte nicht nur das stehen, was möglich ist, sondern das, was möglich wäre.

Es war eine ausschließliche Liebe. Man muß die eine absolut vergessen können, um die andere absolut zu lieben. Ich habe zwei Frauen geliebt.

„Alles Perfekte ist Illusion", hatte Elise einmal gesagt. „Illusionen leben vom Verzicht."

Erst wenn man an nichts mehr glaubt, weiß man, mit wieviel Verzicht man überhaupt leben kann, möchte ich hinzufügen. Auch das gehört zu den Dingen, die ich bis jetzt verschwiegen habe. Wenn ich Elise ausfindig mache, wird sie wieder fordern: „Erzählen Sie!" Ich werde wie damals erwidern: „Was wollen Sie eigentlich von mir?" Sie wird antworten: „Daß Sie so spannend wie möglich leben. Damit Sie keine langweiligen Erinnerungen haben!"

„Was heißt spannend?" hatte ich gefragt. Es war der zweite Tag in Schierke. Wir saßen in der Kantine, allein am

Tisch. Zum Glück, hatte ich gedacht. Hatte ich etwa schon alle anderen Kontakte gekappt? Oder waren wir bereits tabu, noch bevor ich Einfluß darauf nehmen konnte?

„Kleinkram!" erwiderte sie. „Die großen Dinge sind selten wirklich spannend. Aber es stirbt sich an nichts leichter als an einer Nebensächlichkeit. Dornröschen hat sich an einer lächerlichen Spindel gestochen, Siegfried fiel ein Lindenblatt auf die Schulter, und heute steht in der Zeitung, daß der Absturz der Concorde von einer zehn Zentimeter langen Metall-Lamelle verursacht wurde, die auf der Fahrbahn lag. Man schenkt den Kleinigkeiten gewöhnlich keine Aufmerksamkeit, aber plötzlich – verändern sie das ganze Leben. Erzählen Sie mir davon. Schreiben Sie ein Buch aus lauter Kleinigkeiten!"

Ja, das ist eine Herausforderung, Elise. Aber man wird mich für die Lücken verantwortlich machen.

Als meine Eltern schon jeden Tag stritten und in getrennten Zimmern schliefen, spielte meine Mutter noch „perfekte Familie", wenn Besuch kam. Hatte es uns sogar Spaß gemacht? Wir hatten alle gute Laune. Wir waren charmant zueinander. Wir scheuten nicht einmal davor zurück, die Gitarre herauszuholen und gemeinsam Lieder zu singen. Als ob wir das jeden Abend täten. Alle beneideten mich. Aber sobald die Tür sich hinter dem Besuch schloß, war das Spiel vorbei.

„Jördis, sag doch mal, was du davon hältst!"

Ich schwieg.

„Jördis, was meinst du dazu?"

Ich drehte mich weg.

Er brüllte, sie lachte.

„Jördis, ich erzähl dir jetzt mal was über deinen Vater!"

Sie schrie, er rauchte finster.

„Jördis, sei froh, daß du nicht alles über deine Mutter weißt."

Er schloß sich in seinem Arbeitszimmer ein.

„Ach, geh doch zu ihr!"

Sie zerschlug das Geschirr.
„Ach, geh doch zu ihm!"
Es hat mich nie gegeben.
Vergessen, das alles.
Vielleicht sollte ich über Franziska sprechen.

Entweder man liebt sie, oder man haßt sie. Dazwischen gibt es nichts, darauf besteht sie. Sie wirft in einer Sekunde das Leben um. Sie stellt es in der anderen wieder auf. Sie verletzt jeden und ist stolz darauf. Man muß sich für sie entscheiden. Für ihre ganzen Unbeherrschtheiten. Für ihren Egoismus. Für ihr anspruchsvolles Wesen. Oder dagegen. Sie ist ungerecht, schillernd und grausam. Sagt sie. Sie ist eine Bedrohung. Sagen andere. Andere sagen auch, sie zu lieben, sei absurd. Deshalb gibt es keinen Zweifel an dieser Liebe. Sage ich. Sie wollte ihre Nerven bis zum Zerreißen gespannt halten.

Drei Jahre nach dem Kurs in Schierke wurde ich zu einer Schreibwerkstatt nach Leipzig eingeladen. Dort trafen wir unerwartet aufeinander. Drei Jahre lang hatten wir Briefe geschrieben. Und nun plötzlich wieder Franziska im Original. Vergessen ist einfacher als Erinnern. Über die Jahre und die vielen Worte hatte ich vergessen, daß sie in Schierke nichts als eine Störung gewesen war. Wenn ich mich mit Elise unterhalten wollte, hatte sie sich in alles eingemischt. Ihre Kommentare waren nicht mal konstruktiv. Was sie schrieb, gefiel mir noch nie. Sie hatte an allem rumgemeckert, am Essen, am Stundenplan, sogar am Wetter.

Ich erkannte sie sofort, als sie an der Rezeption dieses Leipziger Hotels stand. Ich drehte mich weg und setzte mich in einen der Sessel ein paar Meter weiter. Ihr Haar war lang, doch ihr Schritt schwer wie damals. Sie trug die große Tasche mit Leichtigkeit. Ich hatte sogar ihre beinah ordinäre Selbstsicherheit vergessen. Sie sagte laut ihren Namen.

In einem ihrer Briefe hatte sie geschrieben, daß sie als Kind eine Leidenschaft hatte: mit dem Fahrrad durch den

Wald zu preschen. Sie sei einmal quer durch den Fluß gerast, weil sie sich nie vorgestellt hat zu fallen, sondern immer nur einen Punkt fünf Meter weiter im Auge gehabt habe. Der Hotelschlüssel war klein in ihrer Hand. Dann drehte sie sich um.

Später, bei einem Kaffee, griff sie über den Tisch nach meinem Handgelenk und quetschte es zusammen.

„Ich wollte von dir erkannt werden", sagte sie, „ich habe dich sofort gesehen, als ich reinkam." Ich wartete und schwieg. „Du bist genau wie damals", sagte sie, „eiskalt." Und sah mir in die Augen. „Ich will nichts als intensiv sein", sagte sie, „nie mehr etwas Verwässertes", und ließ mich wieder los. Sie war dieselbe. Dann machte ich das erste Mal Bekanntschaft mit ihrer Marotte, sich Kaffee nachzuschenken, noch bevor ihre Tasse halb leergetrunken war.

Am Abend brauchten wir den Tisch dazwischen nicht mehr. Wir standen draußen. Ich strich ihr das Haar am Hals entlang zurück, und sie flüsterte, ich wisse genau, was sie meinte. Und es sei wahr. Aber das stimmte nicht. Sie liebte nur sich. Doch Selbstliebe ist die größte Liebe. Und es war eben ihre Selbstliebe, die sie zu einer schillernden Person machte. „Und du?" fragte sie, als ich meine Hand in ihren Nacken legte. Man trifft einen Menschen selten im gleichen Gemütszustand, dachte ich. Ich sagte es nicht. Beim Küssen lasse ich die Augen offen.

Man muß so tun, als ob man auf Liebe keinen Wert legt. Dann ereignet sich vielleicht ein Wunder. Das hätte Elise wahrscheinlich gesagt. Aber ich glaube nicht an Wunder. Ich glaube an Pläne. Man muß so tun, als ob man auf Liebe keinen Wert legt, dann erfüllt sich vielleicht ein Plan.

Franziska sagte: „Nein!" nach einem Jahr. Sie sagte: „Nein, es muß eine andere Möglichkeit geben!" Sie sagte: „Ein einziges Jahr Zusammenbleiben hatten wir ausgemacht, und heute ist es vorbei, aber nein! Ich will dich nicht verlieren!" Sie sagte: „Gut, wir geben uns frei. Du wolltest es so vor einem Jahr, und es war ein Spiel, und ein Spiel hat Regeln, das akzeptiere ich, also werden wir den Schlußstrich ziehen. Nur laß uns doch in Zukunft heimliche Geliebte sein!" Sie lief in der Wohnung hin und her. Sie redete wie aufgezogen. Sie hatte alles ausgesprochen, noch bevor ich sagen konnte: „Ich verlasse dich, Franziska. Aber man kann etwas tun, um die Intensität zu erhalten. Wir könnten einfach ..." So aber sagte ich nichts als: „Du wirst darüber schweigen?" Und das war der Pakt. Wir trennten uns offiziell, aber wir waren verheiratet wie zuvor. Nur ohne das Wissen von jemandem. Dann traf ich Helen. Und entschied mich. Für beide.

Vielleicht sollte ich über Helen sprechen.

Ich mache mir nichts vor. Sie zu sehen und sich nicht für sie zu entscheiden, wäre ebenso möglich gewesen. Eine Stunde später hätte mich ihr Beharren auf die Versäumnisgebühren und ihr aus der Welt gefallenes Gerede über Zeit womöglich nur verärgert. Aber es war nicht eine Stunde später. Jahrelang ist man sparsam mit Gefühlen und setzt sich enge Grenzen, und dann passiert etwas vollkommen Absurdes. Es war nie eine Stunde später, wenn ich mit ihr zusammen war. Ich habe bei niemandem meine Harmoniewilligkeit deutlicher gespürt als bei ihr. Oder sollte ich Feigheit sagen? Das Bedürfnis, sparsam zu sein, gab es in ihrer Gegenwart nicht. Sie machte die Augenblicke groß. Das ganze Leben paßte in einen solchen Augenblick, und man vergaß, was später sein würde. Es schien plötzlich möglich, alles zu nehmen und alles zu geben. Aber Glück ist immer davor. Was aufs Tiefste fasziniert, ist im Alltag nie lebbar. Bauen Sie sich Mauern, hatte Elise gesagt. Ich habe etwas Unverzeihliches getan: das Richtige.

Ich habe Franziska einen Liebesbrief geschrieben. Ich habe ihn Helen geschickt. Es tut mir heute noch leid, aber das war das Hindernis, das immer nötig sein wird, damit man sich nahekommen kann, sich aber nicht dabei tötet. Das war es, was mir Helens bedingungslose Liebe sichern würde. Ich hatte ein paar Belanglosigkeiten unter einem „Liebe Helen" auf einen anderen Zettel gekritzelt, einen Umschlag an Franziska adressiert, den ich nie abschicken wollte, und war aus dem Haus gegangen. Als ich zurückkam, sah ich Helens Spuren. Sie hat niemals darüber geredet.

Ja sagen und Zerstören ist eins.

Liebe heißt, sich dafür zu entscheiden und dabei den Kopf zu schütteln. Dann bleibt sie vielleicht.

Ich habe es von Anfang an gesagt: Meine Geschichte ist banal. Banal und schrecklich. Liebe ist trainierbar.

Wenn man sich etwas zu lange vorstellt, dann enttäuscht einen die Realität. Meistens. Aber nicht immer.

Helen hatte eine Party gegeben. Es waren eine Menge Leute da. Franziska und ich waren zu dieser Zeit für die anderen schon getrennt. Getrennt waren wir auch losgegangen. Franziska saß neben Helen auf dem Boden, als ich ankam. Ich nickte ihr kurz zu. Dann griff ich mir einen Wein und sah mich um. Ein paar Bekannte. Wie begrüßten uns und verschwanden dann im anderen Zimmer, wo noch mehr Leute standen und saßen, schwatzten und tranken. Nach einer Stunde kam ich zurück. Franziska sah mich an. Ich setzte mich in den Sessel an der Wand und rauchte. Dann begann ich, Helen zu beobachten. Franziska reagierte nervös. Sie ließ mich nicht aus den Augen. Ich beachtete sie jedoch nicht.

Es war Helens Party, aber sie sagte kaum ein Wort. Sie spricht überhaupt wenig. Sie überließ ihre Gäste sich selbst. Und Franziska. Franziska übernahm ohne Frage die Rolle der Unterhalterin. Sie saß und schwatzte und brachte alle zum Lachen. Alle Augen hingen an Franziska. Wie jedesmal. Wie überall. Helen saß daneben und nippte an ihrem Wein. Wie Katze und Hund, dachte ich. Daß sie beste Freundinnen sind, ist verrückt.

Helen ist keine auffällige Erscheinung. Man sieht sie an und denkt: alltäglich. Aber dann sieht man noch mal hin und zuckt zusammen. Sie besteht aus unerwartet aufschreckenden Details. Ihre Haut ist beängstigend weiß. Nicht blaß, sondern weiß. Man sieht die Ader an ihrem Hals pochen. Eine schwache Stelle, die sich plötzlich bei jeder Bewegung verrät. Ihre Augen sind bei Licht braun, aber bei genauer Betrachtung werden sie schwarz und glänzen, als ob sie Fieber hätte. Ihre Handgelenke sind beängstigend dünn. Die Handrücken sehnig. Sie trägt ausschließlich knöchellange türkisfarbene Kleider. Es gibt nur sehr wenig Menschen, die so was tragen können. Wenn sie etwas sagt, dann sagt sie es langsam. Sie bewegt die Hände nicht dabei. Ihre Stimme ist dunkel. Sie raucht viel.

Ich fing an, ihren Blick zu suchen. Natürlich wurde sie verlegen und senkte die Augen. Nach einer Weile stand ich auf. Ich beugte mich von hinten über sie und flüsterte ihr ins Ohr: „Mein Wein ist alle. Gibst du mir noch was von dem da?" Ihr Haar war fast blau in dem Licht. „Bitte", fügte ich hinzu und blies dabei wie unbeabsichtigt in die Härchen hinter ihrem Ohr. Über ihre Arme ging ein kurzes Zittern. Sie sah an mir hoch, ich war genau über ihr.

Da betrog sie ihr Blick.

Immer betrügt sie ihr Blick, wenn man ihr zu nahe kommt. In der Entfernung hat sie sich im Griff, aber wenn man ihr nahe kommt, wird sie unsicher.

Als sie den Wein in mein Glas goß, zitterten ihre Hände. Ich sah auf ihre Finger. Sie bemerkte es und zitterte noch mehr. Ich griff nach der Flasche. „Ich mach das schon", meinte ich, und sie wurde rot, und verkrampfte ihre Hände ineinander, daß die Adern hervortraten. Niemand beachtete uns. Nur Franziska.

Dann lief alles wie von selbst. Ich ging nicht mehr zu meinem Platz zurück. Ich setzte mich zwischen die beiden. Franziska sah mich bissig an. Natürlich machte sie Platz. Wir hatten ja einen Pakt.

Helen fuhr sich dauernd durchs Haar. Sie rauchte noch mehr. Sie lachte an unpassenden Stellen. Ich fing an, mich lebhafter am Gespräch zu beteiligen, und mitten im Satz drehte ich mich um und ertappte sie. Hastig senkte sie den Blick. Es war diese Hast, die alles preisgab. Sie griff nach einer neuen Zigarette. Ich gab ihr Feuer und sah auf ihre Lider. Sie hob die schweren Wimpern; ihr Blick schimmerte in der Flamme auf.

Da war es entschieden. Sie wußte es. Und sie wollte es. Sie sog den Rauch tief ein und blies ihn zitternd wieder aus.

Liebe ist das einzige, was ohne Gründe auskommt.

Nach und nach gingen die Gäste. Zum Schluß ging auch Franziska. Zögernd. Als ob sie auf etwas wartete. Sie verabschiedete sich von Helen mit einer Umarmung. Als sie schon an der Tür stand, sah sie noch einmal zu mir. Sie war zornig. Ich hob nur kurz die Hand, als sie sich verabschiedete, und dann war ich mit Helen allein.

„Alles ist still. Nur Worte umtanzen dich. Du riechst das Rot, das allem entströmt. Du hörst das Rascheln der Rosenblätter hinter den Tapeten und darin gebettet das weiche Schlagen deines Blutes."

Helen hatte das Buch gekauft. Mein Buch unter falschem Namen. Sogar ihr habe ich nie verraten, daß es von mir ist. Sie wollte mir manchmal daraus vorlesen. Ich habe den Kopf geschüttelt. „Das ist mir zu kitschig", habe ich entschuldigend gesagt.

„Laute legen sich auf deine Brust. Sie suchen Platz auf deinem Körper. Sie flüstern mit deinem Herzschlag. Sie kriechen unter deine Haut. Sie formen etwas, das du nicht aussprechen kannst. Du umschließt das frostharte Wort mit den Fingern. Doch das Eis wächst dir in die Haut, es beißt sich in die Kuppen, aus deinen Poren wachsen die Kristalle.

Und du schüttelst umsonst die Hände; dieses Wort wirst du nicht mehr los."

Elise sagte: „Sie sind Schöpfer. Vergessen Sie das nie. Jeder kennt das Gefühl, auf irgendeine Weise unvollständig zu sein. Man redet kaum darüber, doch jeder weiß, daß er wenigstens ein Leben mit sich herumträgt, das ungelebt bleibt. Aber das gehört dazu. Es wird immer dieses ungelebte Leben geben. Egal wie intensiv oder exzessiv Sie leben werden. Es ist das Wissen um diesen Mangel, das Schreiben erst notwendig macht. Etwas in uns verlangt immer nach dem Unmöglichen. Etwas verlangt immer nach Vollständigkeit."

Das war am allerletzten Tag in Schierke gewesen. Ich hatte die Hand in meiner Manteltasche und knüllte dort ihren grünen Schal zusammen. Ich sagte nichts.

„Wenn Sie nicht an den Unmöglichkeiten verzweifeln wollen, dann wenden Sie sich dem Schreiben zu!"

„Ist das nicht so was wie Flucht?" fragte Sven leise.

„Wenn Sie sich vom Leben ab- und zur Kunst hinwenden, dann wenden Sie sich dem Leben wirklich zu. Das Leben hat so viele Beschränkungen, aber die Kunst kann sie mühelos überwinden."

Mühelos. Sie hatte wirklich mühelos gesagt.

Als wir plötzlich allein waren, wurde Helen ganz fahrig. Sie sprang auf und begann, die ganzen Gläser einzusammeln. Natürlich fiel ihr eins aus der Hand und knallte auf den Boden. Glas überall. Und der Rotweinfleck. Hektisch wollte sie die Scherben auflesen. Ich sah schon voraus, daß sie sich die Finger zerschneiden würde. Also ging ich zu ihr, griff sie an den Schultern und zog sie hoch. „Laß mich das machen. Koch einen Kaffee in der Zwischenzeit."

Sie sagte nichts. Ich hörte sie in der Küche hantieren. Ich löschte das Licht. Nur die Kerzen ließ ich brennen. Ich warf die Scherben in den Müll und setzte mich zurück in den Sessel. Nach einer Weile kam sie mit zwei Tassen Kaffee.

„Habe ich gesagt, du sollst zwei machen?"

Sie sah mich an; ihre Hände zitterten wieder. Rasch stellte sie die Tassen ab.

Ich zündete mir eine Zigarette an. Sie blickte auf den Boden. Sie wußte genau, was hier passierte. „Jördis, du bist so komisch ..." Sie vergewisserte sich trotzdem.

„Bring den Kaffee her", unterbrach ich sie sanft. Ich streckte die Beine bequem aus. Zögernd griff sie nach den zwei Tassen.

„*Meine* Tasse, Helen." Ich sprach leise.

Sie ließ die zweite stehen und kam langsam mit einer zu mir.

„Und jetzt setz dich."

Sie widersprach nicht. Sie setzte sich auf den Stuhl mir gegenüber. Sie hielt die Augen gesenkt. Ihre Wimpern lagen schwarz auf den Wangen. Ich trank langsam und sah sie an. Sie saß reglos. Sie war sehr schmal. Die knochigen Schultern hatte sie ein wenig hochgezogen; das Haar fiel ihr ins Gesicht. Ihre weiße Haut sah aus wie ein Fetzen Licht. Ihre Knie waren nackt, der Rock hatte sich hochgeschoben. Ihre Beine standen nebeneinander, leicht geöffnet. Ihre Hände lagen auf den Knien.

„Helen?" Ich sprach sehr leise.

Sie öffnete ein wenig die Lippen. Den Blick hielt sie unten. In dem Flackern schimmerten ihre Zähne kurz auf.

„Sieh mich an."

Langsam hoben sich ihre Wimpern. Ihre Augen waren sehr groß. Zum ersten Mal sah ich, daß diese Augen schwarz werden konnten.

„Helen, ich möchte, daß du mich heute nacht siezt."

Sie begann zu zittern.

„Und ich möchte, daß du mir vertraust."

Sie zitterte immer noch, als sie nickte.

„... halbausgelebte Handlungen. Leben Sie sie zu Ende! Schreiben Sie sich vollständig", fuhr Elise fort. „Sind Sie von dem Wunsch besessen, jemanden zu töten? Tun Sie es! Schreiben Sie Ihr Leben als Mörder. Es ist gefährlich, alle Begierden einfach in sich auszubrennen, glauben Sie mir. Wenn ein Mensch in Ihnen den Wunsch auslöst, ihn mit Händen zu töten, dann legen Sie ihm die Finger um den Hals und drücken Sie zu. Sehen Sie hin, wenn er zu Boden sinkt. Wie er die Augen aufreißt. Berauschen Sie sich. Hinterfragen Sie das nicht. Schreiben ist immer unvorsichtig. Es sollte jedenfalls so ein. Ersticken Sie ihn im Schlaf. Sehen Sie sich die Zuckungen seines Körpers genau an. Werfen Sie Ihre Moral weg! Zerstören Sie, brennen Sie ein Leben aus, das Ihnen die Luft zum Atmen nimmt. Vergießen Sie Blut. Leben Sie dieses Leben in sich einfach zu Ende. Treiben Sie es aus!"

Das grüne Tuch in meiner Manteltasche war weich in der Hand. Ich sah auf.

„Glauben Sie denn überhaupt nicht an eine stabile Realität?" fragte ich und sah Elise dabei in die Augen. „Ich weiß, daß Sie uns das seit drei Wochen klarmachen wollen, aber tut mir leid, ich kann mir nicht vorstellen, daß es gar nichts Feststehendes geben soll. Ich glaube auch nicht, daß es funktioniert, etwas Halbgelebtes oder Ungelebtes durch Schreiben zu Ende zu bringen. Man kann doch nicht seinen Kopf betrügen! Jede Person ist umgrenzbar. Jede Person hat abschätzbare Reaktionsweisen."

„Und wenn schon! Schreiben Sie sie um. Glauben Sie mir, Jördis, jeder Mensch hat irgendwann einmal den Wunsch, ein Mörder zu sein oder eine Heilige. Es wäre absurd, das zu verleugnen. Auch in Ihnen steckt die Sehnsucht, Blut an den Händen zu haben oder aber einmal jemanden so zart zu berühren, daß Sie sich selbst damit verwunden."

Ich hatte nicht darauf geantwortet.

„Warte hier", sagte ich zu Helen. Ich ging ins Bad und ließ Wasser in die Wanne. Das Schaumbad war blau und duftete. Ich ließ mir Zeit. Einmal sah ich kurz ins Zimmer. Sie saß reglos. Das Haar fiel blauschwarz über ihre Schultern. Unter dem dünnen Stoff zeichneten sich ihre Schulterblätter ab.

Ich kam zurück.

„Steh auf, Helen, und sag mir, was du möchtest."

Sie stand auf, mit gesenktem Blick. Sie öffnete den Mund, setzte zum Sprechen an, aber sie sagte nichts.

„Ich kann dich nicht verstehen."

„Ich ..." Ihre Stimme war sehr dunkel, und sie zitterte. „Ich möchte, daß Sie mich ausziehen."

Ich lächelte, als ich mich wieder in den Sessel setzte.

„Das ist schön, Helen, aber ich möchte, daß du dich selbst ausziehst."

Sie mochte es, daß ich mit ihr sprach. Ich sah es an der Art, wie sie die Knöpfe ihres Kleides öffnete, still und langsam. Ich sah es daran, daß sie die Augen die ganze Zeit gesenkt hielt, auch, als sie die Strümpfe nacheinander abstreifte. Ich sah es an der Art, wie sie dann vor mir stand und ihre fast durchsichtige Haut erschauerte.

Was in dieser Nacht passiert ist, war unmöglich, würde sie Jahre später zu mir sagen. Es war, als ob wir gewußt hätten, was alles bedeutet: der zarteste Unterton in der Stimme und die leiseste Regung im Gesicht. Hast du den Mond gesehen, würde sie hinzufügen, er war dünn wie eine Nadel. Als ob er jeden Moment bricht. Aber er ist ganz geblieben. Und so was gibt es nicht. Das Spiel war nichts Fremdes, würde sie sagen. Wir waren uns fremd, aber das Spiel stand still und vertraut zwischen uns, es streifte die Haut. Unsere Körper haben reagiert, als ob es nur einer wäre. Die Sekunden haben ineinander gegriffen wie Zahnräder, und der Augenblick lief und lief und verging einfach nicht.

In diesem Moment aber schwieg sie.

Ich sagte: „Möchtest du, daß ich dich wasche, Helen?"

Sie lauschte still auf meine Stimme, den Kopf ein bißchen schräg. Ich saß im Sessel und sah sie an. Ihre weiße Haut, die flache Brust. Die Rippenbögen darunter. Sie war so zerbrechlich.

„Ja, ich möchte, daß Sie mich waschen ..." Schweigen. „... Bitte."

Ich trat hinter sie. Ich legte eine Hand in ihren Rücken, die andere in die Kniekehlen. Sie hielt ganz still. Ich schlug mit der Handkante sanft zu. Ihre Beine knickten, und ich hob sie hoch. Sie war ganz leicht.

Ich dachte kurz ans Schreiben.

„Diejenigen, die schreiben, sind immer Liebende. Sie lügen ...", hatte Elise zum Abschied gesagt, „... weil jeder für so viele Leben geschaffen ist, aber nur eins lebt. Deshalb muß man schreiben. Wenn Sie es schaffen, sich von der Vergangenheit zu lösen, dann lösen Sie sich auch von Begriffen wie Lüge und Wahrheit. Lassen Sie keine Vergangenheit zu. Lassen Sie nur Erinnerungen zu."

Elise, Sie sind seit Jahren fort. Ich habe Ihnen nicht sagen können, daß es nicht die unerfüllten Wünsche sind, die einem das Herz aufreißen. Es ist die Unvermeidlichkeit der Erfüllung! Deshalb muß man schreiben. Um sich die tiefsten Wünsche unerfüllt zu erhalten.

Der Schaum bedeckte sie vollkommen. Ich hatte ihr das Haar mit zwei Nadeln hochgesteckt. Sie sah sehr fremd aus, beinah wie eine andere Frau. Es war so still. Kerzenwachs lief über den Wannenrand. Über ihr Gesicht fielen Schatten. Der Rotwein im Glas war fast schwarz. Meine Hand hing im Wasser. Ich hob ihr das Kristall an die Lippen. Sie wollte danach greifen.

„Nein, beweg dich nicht. Laß deine Arme unter Wasser."

Sie öffnete sanft die Lippen, und ich flößte ihr den Wein ein. Ich hielt das Glas so schräg, daß etwas ihr Kinn hinabrann und in den Schaum tropfte. Sie hob die Hand nicht, um den Wein wegzuwischen. Ich legte meine nasse Hand um ihr Kinn und strich mit dem Daumen über die Spur. Ich strich über ihre Nasenflügel, die Brauen und dann über ihre Lippen, die sich leicht öffneten. Mein Daumen ging in ihre Mundwinkel und tastete über die feuchte Innenseite der Unterlippe. Sie schloß die Augen.

Sie lag reglos, hingegeben, die Hände unter dem Schaum, während mein Daumen ihre Mundhöhle erforschte, den Gaumen, die Zahnreihen und sich schließlich auf die Zunge legte. Ich drückte leicht zu, bis sie zu saugen begann. Sie atmete tiefer und schlug schließlich die Augen auf.

Ich verließ ihren Mund und griff nach dem Lappen.

„Sprich mit mir, Helen."

Schweigen. Ihr Blick ging über die weiße Wand, den Spiegel und blieb in meinem Gesicht liegen. Ich wartete.

„Bitte ... waschen Sie mich", flüsterte sie. Ihre Stimme hatte sich verändert. Sie klang dünn und sehr jung.

„Was soll ich waschen? Deine Brüste, den Bauch, die Arme?"

„Ja."

„Was ja?"

„Bitte waschen Sie ... meine Brüste."

Ich seifte den Lappen ein. Mit einem Arm griff ich unter ihren Rücken hindurch und hob sie ein wenig aus dem Schaum. Sie versteifte sich kurz.

„Laß dich fallen", flüsterte ich. Da wurde sie weich.

In der anderen Hand hielt ich den Lappen und seifte ihre Brüste ein. Ich umrundete sie langsam, ließ aber die Brustspitzen dabei aus. Sie wurden fest und stießen flüchtig gegen meine Handkante. Nach einer Weile ließ ich den

Lappen weg und legte meine Hände über die seifigen Brüste. Ich spürte die Spitzen an den Handflächen. Ich strich mit den Daumen darüber. Sie atmete tief und schloß die Augen. Sie wurde schwer und wollte unter Wasser sinken. Ich hielt sie oben. Ich legte meinen Mund an ihr Ohr: „Laß die Augen auf." Sie gehorchte.

Mein Arm hielt sie fest, die Hand fuhr fort, ihre Brustspitzen zu streicheln. Die andere tauchte unter, ging über ihren Bauch, unter ihren Nabel und tiefer. An den Fingerspitzen spürte ich das Haar. Sie seufzte. Ich hielt die Finger still.

„Sag mir, was du möchtest, Helen."

Meine Hand lag auf ihrer Brust. Ihr Herz unter meinen Fingern. Sie sagte nichts.

„Sprich mit mir. Umsonst bekommst du gar nichts. Sprich, oder ich bin in einer Minute vor der Tür!"

Sie sah mich an und schluckte.

„Gehen Sie ein bißchen tiefer", sagte sie leise.

Meine Hand wanderte durch das Haar.

„Ich mag es, wenn es lange dauert. Nehmen Sie nur die Fingerspitzen, bitte", flüsterte sie, und ich glitt zwischen ihre Beine und berührte ihre Lippen. Solange, bis sie unter Wasser zu zittern begann. Dann hielt ich die Finger still.

„Sprich mit mir, Helen."

Sie flüsterte: „Öffnen Sie mich", und ich spreizte sie mit zwei Fingern, daß das Wasser eindrang.

„Was jetzt, Helen?"

„Gehen Sie hinein. Nehmen Sie nur einen Finger. Bitte, tun Sie es langsam." Ihre Stimme bebte. Sehr vorsichtig führte ich nur den Mittelfinger in ihr Geschlecht ein, zog ihn wieder heraus, ging wieder hinein.

„Sprich!"

„Legen Sie Ihren Daumen auf die Stelle oben. Aber bewegen Sie ihn nicht." Sie wollte es langsam. Ganz langsam. Und ich legte meinen Daumen auf ihre Klitoris und bewegte nur den Mittelfinger im Kreis, reizte mit der anderen Hand ihre Brustspitzen. Sie hob ihr Becken.

„Beweg dich nicht", sagte ich. „Halt still."

Sie konnte schon nicht mehr flüstern. Nur an ihrem Atem und an den unterdrückten Regungen ihres Beckens spürte ich, daß die Spannung wuchs. Ich drang mit jedem Mal ein wenig tiefer ein und wurde langsamer, wenn ihr Atem schneller ging. Ihre Brustwarzen waren rot. Sie biß sich auf die Lippen. Schließlich schluchzte sie erstickt: „Gleich –" Da hielt ich vollkommen still, bewegte die Finger nicht mehr, nur das Gewicht des Daumens übte noch Druck auf ihre Klitoris aus. Sie wurde ganz steif. Und dann kam sie. Die Muskeln schlossen sich um meinen Finger. Tief aus ihrer Kehle kam ein dunkler, erschreckender Laut, beinah tierisch. Ein unglaublicher Laut. Er nahm lange kein Ende.

Als ihre Stimme leiser werden wollte, setzte ich meine Finger wieder in Bewegung. Ich umschloß ihr Geschlecht mit meiner ganzen Hand, drang mit dem Daumen dabei tief in sie ein und reizte mit der anderen Hand ihre Brustspitzen, damit sie nicht mehr aufhörte mit diesem kehligen Laut. Ich hielt sie oben, damit sie nicht ertrank, und sie schrie und klagte wie ein Tier.

Später trocknete ich sie ab. Da stand sie schweigend, ließ ihre Arme einfach fallen. Ihre Augen waren wie erloschen. Ich kämmte ihr Haar. Ich cremte ihren Körper. Ich trug sie ins Bett.

Dort küßte ich sie, legte mich auf sie und spürte ihre Knochen. Ich wollte jeden Fetzen ihres Körpers spüren, ihr diese durchsichtige Haut herunterziehen. Ich wollte alle Schreie hören, die sie in sich hatte. Ich wollte …

Und das war der Anfang.

„Anfangen. Nicht Enden. Anfangen ist das Wichtigste."

Damit machte Elise einen Punkt für den heutigen Kurs. Sie und Sven standen auf und gingen gemeinsam zur Kantine. Franziska blieb sitzen. Die Arme auf den Knien, den Kopf auf den Armen. Ich stand auf. Sie hatte mitten im Kurs plötzlich angefangen zu weinen. Ich sah zu ihr runter. Ich wartete. Endlich hob sie den Kopf. Ich streckte die Hand aus: „Komm, laß uns was essen gehen."

Man drehte sich zu uns um, als wir in die Kantine kamen. Am Tisch wurden wir gefragt, was wir denn bei Elise heute gelernt hätten. Die anderen sahen mich an dabei.

„Schreiben, was sonst?" gab Franziska zurück.

Das war der Tag, an dem ich sie zum ersten Mal bemerkt hatte. Sie hatte meine Hand erst an der Essensausgabe losgelassen. Es war das einzige Mal in den drei Wochen gewesen, daß ich mit Franziska gesprochen hatte.

Der Morgen war kühl gewesen. Wir saßen unter dem Holzdach, es nieselte. Die anderen hatten frei, liefen von der einen Baracke in die andere, sahen zu uns rüber.

„Anfangen ist eine der Grundvorraussetzungen fürs Leben", sagte Elise gerade. „und fürs Schreiben. Wenn das Ziel in Sichtweite kommt, lachen Sie laut. Schlagen Sie einen Haken. Laufen Sie ihm an den ausgebreiteten Armen vorbei. Fangen Sie wieder neu an."

Wir bliesen in den Tee. Es war noch früh. Der Nebel hatte sich noch nicht ganz aufgelöst. Die ganze Zeit hat man etwas in sich, und dann kommt jemand und spricht es aus.

Zurück in Hamburg meldete ich mich beim Einwohnermeldeamt ab. Das war am Montag. Ich erledigte die Formalitäten an der Uni und den ganzen Trara mit dem Umzug. Die Wohnung hatte ich in einer Berliner Tageszeitung gefunden. Ich verabschiedete mich von Chris. Wir hatten uns gut verstanden. Sie trug mir nur Grüße an Clarissa auf, die in Schöneberg wohnte.

Fragen Sie mich jetzt bloß nicht, was Chris und Clarissa in diesem Buch zu suchen haben. Ich müßte mit den Schultern zucken und sagen: im Grunde nichts. Oder zumindest: fast nichts. Sie werden es vielleicht erfahren, wenn Sie warten können.

Am Freitag aß ich das erste Mal Abendbrot in meiner Wohnung in Prenzlauer Berg. Die Wände waren rissig. Die Scheuerleisten verrottet. Der Putz bröckelte. Wenn ich mit dem Fuß gegen die Schwelle stieß, stoben Silberfischchen hervor. Aber vor meinem Fenster war der Wasserturm. Darunter die Cafés. Ich hatte den Haken geschlagen. Anfangen.

Dann begann ich, nach Elise zu forschen.

„Schreiben Sie die Unter- und Obertöne", fuhr Elise fort. Sie trank den heißen Tee in kleinen Schlucken. Das grüne Seidentuch fehlte an ihrem Hals. Sie beachtete mich nicht. Sie sah Sven und Franziska an. „Vermeiden Sie es, die Melodie wiederzugeben. Geben Sie das wieder, was Ihnen als erstes in den Sinn kommt: einen scheinbar banalen Gedanken, einen Geruch, ein Geräusch. Eine Anekdote. In der Spontaneität der Assoziation liegt das Wesen. Beobachten Sie nicht mit dem Kopf. Beobachten Sie mit den Sinnen. Wenn Sie das tun, dann verstehen Sie mich auch. Es gibt Menschen, wissen Sie, die haben blaue Herzen und eine Haut, die nach Zimt riecht. Ihr Herz spiegelt alle Leben der Welt wider, und ihr Leib ist Verlockung. Es gibt Menschen, die halten mich für eine Betrügerin. Aber sie verzehren sich nach dem, was ich zu sein wage. Ich bin die einzige Frau, die den Ansprüchen ihrer Fantasie genügt."

Da fing ganz plötzlich eine der Teilnehmerinnen an zu weinen.

„Was ist mit Ihnen, Franziska?"

Franziska?

„Sie meinen wirklich Lügen?" schluchzte sie. „Ich verstehe Sie, Elise. Unterlassungen heißen Lüge. Und etwas hinzuzufügen heißt Lüge, nicht wahr? Meinen Sie das mit Unter- und Obertöne, Elise?"

„Nein!" sagte ich scharf. Meine Stimme war leise. „Elise meint, daß es Lüge gar nicht gibt. Es gibt nur unterschiedliche Arten, das Leben wahrzunehmen. Es heißt ja auch wahrnehmen, nicht falschnehmen. Also muß jede Art von Wahrnehmung richtig sein."

Elise streifte mich nur mit einem kurzen Blick. Dann sah sie Franziska an.

„Niemand kann Ihnen da eine Antwort geben. Sie müssen es selbst herausfinden", sagte sie. Es war der siebte oder achte Tag, und diese Frau und Sven waren die einzigen, die Elises Kurse ebenfalls besuchten, und ich hatte nicht mal gewußt, daß sie Franziska hieß.

Und natürlich wußte ich noch lange nichts von ihrem Bruder.

Dabei wäre es dieser.

Wenn ich auf Männer stehen würde. Es wäre genau dieser.

Am Anfang fand ich Alexander ätzend. Ein Schnösel, erfolgreich und arrogant. Er hatte nur eine Handvoll Interviews gegeben, und die waren gräßlich. Nie hätte ich mich mit seiner Person beschäftigt, wäre mir nicht der Artikel über seine Sinfonie aufgedrückt worden. Er hatte einen bedeutenden Preis bekommen, war nicht mal dreißig, aus dem Osten, das Übliche eben. Ich ging ohne Enthusiasmus an die Sache. Eine Pressekarte, Reihe Fünf.

Es war brechend voll. Nach der halben Sinfonie war ich stinksauer. Einen Preis für einen geblähten Luftballon! Hatte die Jury kein Gehirn? Diese Sinfonie war Verschwendung in jeder Hinsicht. Völlig aus der Zeit gefallen. Sie wies nicht über sich hinaus. Das war nichts als ein jämmerliches Schwelgen in Gefühlen.

Er scheute ja nicht mal vor Harfen zurück, um eine Waldidylle herzustellen. Wald und Nymphen! So was darf man heute nicht mehr ungestraft machen. Leben wir im neunzehnten Jahrhundert oder was? Ich sog scharf die Luft ein, als plötzlich eine ganze Batterie Waldhörner einsetzte. Ich sah mich im Publikum um. Die Hörner riefen zur Jagd. Die Harfen ließen die Rehe, Hasen und Nymphen springen. Die Klarinetten zwitscherten in den Bäumen. Ich wollte das Theater gerade demonstrativ verlassen, als …

… als ich ohne Vorwarnung zu einem fünfjährigen Mädchen schrumpfte. Mein Vater las mir *Brüderchen und Schwesterchen* vor. Die Erinnerung war fast mit Händen greifbar. Und Brüderchen verwandelte sich in ein Reh, als er von der vergifteten Quelle trank. Und Schwesterchen lebte mit dem Reh im Wald, bis der Prinz kam. Die Leute starrten nach vorn, als gäbe es auf der Bühne etwas zu sehen. Ich war fünf, ich starrte auch. Ich starrte bis zum Schluß.

Draußen, vor dem Theater, wurde ich wieder erwachsen. Wie konnte dieser Alexander so etwas wagen!

Ich schrieb einen Verriß. Ich ersparte ihm nichts. Kein Bezug zu etwas Aktuellem, zu Politik, zu Gesellschaftsproblemen. Einfach Wald, Nymphen und Märchen. Und er meinte es ernst! Die Schlagzeile erschien am nächsten Tag: *Musik, die klebt.* Er wäre der Andrew Lloyd Webber von Berlin, geschmacksverbildend, intelligenzverkleisternd, schrieb ich. Er ließe das Publikum in einem Sumpf aus schwülstigen Gefühlen herumtaumeln. Verantwortungslos. Kopflos. Marktorientiert. Es sei enttäuschend, daß ein Künstler mit so viel Talent seine Kräfte nicht nutze, setzte ich hinzu.

Der Artikel blieb nicht ohne Folgen. Eine Flut von Leserbriefen überschwemmte die Redaktion. Ich brachte Stunden damit zu, mir Beschimpfungen durchzulesen, einige intelligente Auseinandersetzungen mit dem Thema Ästhetizismus und wenige Zustimmungen. Alexander war eben ein Star. Er war beliebt. Der Artikel führte dazu, daß auf der Feuilletonseite der Zeitung ein Forum eingerichtet werden mußte, wo täglich zwei ausgewählte Leserbriefe abgedruckt wurden. Ich hatte einen Stein ins Rollen gebracht. Die

Alexander-Leserbrief-Schwemme brach nicht ab. Ich war amüsiert. Doch eines Tages hatte ich einen Brief von Alexander persönlich auf dem Schreibtisch liegen.

Er nahm mir den Wind aus den Segeln. Ich hätte vollkommen recht, meinte er. Das alles sei nichts als Illusion. Er hätte gar kein Interesse daran, etwas „Realistisches" zu schreiben. Aber dann: Ich hätte überhaupt nichts begriffen. Die Sinfonie wäre mehr als Illusion. Er hätte unbedingt Interesse daran, etwas Realistisches zu schreiben. Wobei er mich im gleichen Atemzug fragte, was ich mit realistisch denn genau meinte. Und ob eine Idylle wirklich unrealistisch sei, wenn ich in Betracht zöge, daß so viele Menschen damit anscheinend etwas anzufangen wüßten, daß seine Vorstellungen immer ausverkauft seien, daß er diesen Preis bekommen habe. Außerdem fände er Andrew Lloyd Webber schon immer hinreißend. Es hätte ihn also sehr gefreut, so bezeichnet zu werden. Und danke. Aber er glaube trotzdem, er sei besser. Die Sinfonie sei, so denke er, eins der ganz wenigen Musikstücke der heutigen Zeit, das den Begriff *realistisch* verdient hätte. Sie verkörpere nämlich das Realistischste, was er sich vorstellen könne: die Sehnsucht.

Ich legte den Brief weg und griff erst mal nach einer Zigarette. Ich zog den Rauch tief in die Lungen.

Sie blies den Rauch aus und sah der Wolke hinterher.

„Erzählen Sie mir von sich, Jördis."

So fing Elise immer an.

„Ich mag es nicht, von mir zu sprechen."

„Warum? Ich weiß, daß Sie zweiundzwanzig sind und aus Hamburg kommen. Sie haben Lyrik veröffentlicht. Sie werden bald einen Roman schreiben. Sie werden ihn *Berührung* nennen."

„Wie kommen Sie auf so was? Einen Roman? Niemals! Ich mache Lyrik. Dieser Verschleiß an Worten, sogar Lyrik ist schon zuviel. Dieser Zwang, immer noch etwas hinzuzufügen. Unerträglich!"

Wir liefen schweigend. Ein Reiher flog auf. Wir blieben stehen und sahen ihm hinterher. Dann gingen wir weiter. Sie hatte die Hände in den Taschen. Sie warf die Füße voran wie ein Mann.

„Ja, Sie haben recht", gab ich zu, „es gibt da etwas. Aber ich will es nicht berühren. Wenn ich einen Namen dafür hätte, würde es vertraut werden. Ein Makel."

„Was wollen Sie?"

„Nutzlose Worte ausschließen. Es ist Zeit."

„Wofür?"

„Anzufangen, den Mund zu halten."

„Am Anfang, Jördis, am Anfang ist nicht das Wort. Am Anfang ist die Erinnerung. Sie haben etwas in sich, sagen Sie. Ein Geheimnis? Und Sie wollen es nicht berühren? O doch, Sie wollen es berühren. Und wie. Sie wollen es aussprechen. Sie werden ein ganzes Buch darüber schreiben. Das Wort ist am Ende. Wenn Sie schweigen wollen, dann geben Sie diesem Schweigen endlich eine Stimme. Sonst wird man es nicht hören!"

Darauf hatte ich nichts erwidert.

„Du hast *was*?"

Franziskas Stimme klang hysterisch.

„Abgelehnt."

Es klickte. London war zu einem Dauerton zusammengeschrumpft. Ich konnte ihr nicht mal sagen, daß es ein Irrtum war. Und was ging es sie eigentlich an? Es war doch meine Sache, die Chance meines Lebens abzulehnen. Ich legte den Hörer auf die Gabel zurück.

Ich hatte dieses Manuskript geschrieben. *Berührung.* Kein Mensch kannte eine Zeile daraus. Nur mein Verleger. Und der wollte es machen. Meine Ablehnung betraf nicht die

Veröffentlichung. Schließlich ist es gedruckt worden. Meine Ablehnung betraf etwas anderes.

Meinen Namen.

Und wenn es nur ein einziges Wort unter allen gäbe, das jemals die Erinnerung bezeichnen könnte, Elise? Und wenn es nur einen einzigen Moment unter allen gäbe, in dem diese Bezeichnung einmal mit der Sache zusammenfiele? „Sprache hilft", haben Sie gesagt. Und: „Es gibt eine Antwort, die auf alles paßt. Auf alles, Jördis!"

Aber da hatte ich mich ja schon weggedreht.

„Das samtrote Zimmer ist das einzige, woran du immer denken mußt. Weil du es nicht begreifst. Nicht das Rascheln der Worte hinter den Wänden. Nicht den Geruch in der Luft. Nicht den Geschmack, der auf der Zunge bleibt, wenn du sie aussprichst."

Ich werde Elise finden. Ich werde ihr das Buch in die Hand drücken und sagen: Hier, sehen Sie, das ist Ihre Schuld! Was ist das für eine Sprache? Das bin nicht ich.

„Wenn du an den Raum denkst, fallen deine Gedanken aus dir wie Blätter von den Bäumen. Glasblätter von Glasbäumen. Solche Worte gibt es nur dort. Sie trudeln zu Boden und klingen dabei. Dann hörst du das Rauschen, träge, als ob dickes Öl ans Ufer brandet. Es umspült dich. Dort kann niemand seine Gedanken zusammenhalten. Der Geruch der Worte wird intensiver, je länger du an den Raum denkst. Er bedrängt deine Nerven. Ein schwerer Geruch von Blut, der Ekel und Lust hervorruft. Und immer ist jemand hinter dir."

Elise, ganz am Anfang haben Sie gesagt: „Das, was Sie wirklich tun wollen, tun Sie es nie mit dem Gedanken, jemand könnte Sie dabei beobachten. Sehen Sie sich nur um, aber vergleichen Sie nicht." Sie haben gesagt: „Entwickeln Sie ein ungezwungenes Verhältnis zum Plagiat, werfen Sie alle Skrupel über Bord!" Ich habe gehüstelt. Sie hatten gefragt: „Aber wo liegt denn der Unterschied zwischen Original und Kopie?" Und ich hatte erwidert: „Natürlich in der Zeit. Was zuerst da war, ist original." Sie haben geantwortet: „Das ist nur zur Hälfte wahr. Der Unterschied zwischen Original und Kopie liegt nicht vordergründig in der Zeit, sondern im Gefühl. Alles, was Sie ohne Gefühl machen, ist vollkommen wertlos. Wenn Sie aber einen Satz wiederholen, den jemand vor Ihnen geschrieben hat, und diesen Satz aufs Tiefste fühlen, dann ist er ein Original. Manchmal", haben Sie behauptet, „manchmal ist das Original erst an zweiter Stelle da." Was sollte ich darauf erwidern?

„Deine Gedanken klicken gegeneinander wie Murmeln, Glasgedanken, und zersplittern. Du stürzt vorwärts in die Vorstellung des samtroten Raums, eine weiche, weiche Vision, ein Federbett, in das alle Scherben hineinsinken und sinken und sinken und nicht mehr auftauchen."

Elise, Sie haben mich damals gefragt: „Wollen Sie mir nicht einfach alles sagen; ich kenne Ihr Geheimnis." Und sofort herrschte Schweigen. Ich darf mein Geheimnis nicht preisgeben, denn ich würde mich selbst damit verraten.

Ich saß in der Redaktion. Ich schrieb Alexander zurück, daß ich seine Ideen für außergewöhnlich hielt. Ich fragte, ob er sich für ein Interview mit unserer Zeitung zur Verfügung stellen würde. Er war dafür bekannt, der Presse aus dem Weg zu gehen. Vergiß es, der hat was zu vertuschen, lachten alle in der Redaktion. Als niemand mehr damit rechnete, kam der Anruf.

Wir trafen uns in einem ruhigen Café. Wir saßen schon eine Stunde. Er war sympathisch. Dann passierte etwas Sonderbares. Die Tür ging auf, und Franziska kam rein. Das war natürlich nicht sonderbar, schließlich kannte sie das

Café. Nein, merkwürdig war, daß sie, kaum drin, plötzlich zu grinsen anfing und zu unserem Tisch stürzte. Ich wollte Alexander gerade auf Franziska vorbereiten, da stand sie schon vor ihm. Nein, sie flog auf ihn zu. Sie umarmte ihn. Befremdlich. Offenbar hatte sie mich nicht bemerkt. Sie sah sich nicht mal um. Sie plapperte los. Und plapperte. Und plapperte. Meine Gedanken gingen durcheinander. Wie in unsere Urlauben, dachte ich noch, wie in ...

Und dann kamen die Bilder aus dem letzten Spanienurlaub dazwischen.

„... willst du immer nur für dich sein", nörgelte Franziska rum. „Das geht mir auf die Nerven. Wozu fahren wir gemeinsam weg, wenn du dich so abschottest? Ich will Spaß, und zwar mit dir!"

Ich bestehe auf zwei Einzelzimmer. Franziska macht gute Miene zu vermeintlich bösem Spiel. Ihre Taktlosigkeit ist legendär. Sie kann einem ununterbrochen auf den Wecker fallen, ohne es zu bemerken. Vor allem in den Ferien. Sie stürzt alle zehn Minuten in mein Zimmer. Ohne anzuklopfen.

„Wie kannst du da drin hocken und lesen?"

Sie gibt keine Ruhe. Draußen sind 38 Grad. Mir ist heiß. Ich laufe nah an den Häuserwänden. Ich sehe mich nach Schatten um. Franziska spaziert durch die Mittagshitze und plappert, ohne Luft zu holen. Sie sei Frühchen gewesen, sagt sie. Ich sehe am Ufer ein paar Bäume. Schatten, Gott sei Dank. Sie hätte Wochen im Brutkasten zugebracht, ruft sie zu mir rüber und schlägt ihre Decke mitten in der Sonne auf, jetzt seien Sommer unter 37 Grad nur noch ein Witz. Ich stürze mich sofort ins Wasser. Sie stürzt hinterher. Sie liebe Urlaube im Sommer, schwatzt sie, während wir nebeneinander schwimmen. Warum ich grundsätzlich im Winter wegwolle, fragt sie beim Abtrocknen. Das sei doch schön hier, oder? Ich lege mich auf meine Decke in den Schatten, stöpsele mir Kopfhörer in die Ohren und schalte Franziska aus. Wir könnten doch zweimal im Jahr Urlaub machen, meint sie abends beim Essen. Einmal Winter, einmal Sommer, wie wäre das denn? Wir trennen uns vor ihrem Zimmer. Sie sieht erpresserisch sauer aus. Aber sie sagt nicht: „Komm rein." Sie beantwortet auch mein Gute Nacht nicht, sondern wirft ihre Tür zu. Im Bett habe ich Kopfschmerzen. Ihr Plappern verfolgt mich bis in den Traum ...

... Teller klirrten, Besteck klapperte. Ich wischte mir über die Augen. Franziska hockte vor ihm. Sie hatte seine Beine umklammert. Ihr Kinn lag auf seinem Knie. Und sie redete wie ein Wasserfall. Sie kam überhaupt nicht auf die Idee, sich mal umzudrehen und zu sehen, ob Alexander vielleicht nicht allein war. Ich saß auf dem Sofa und beobachtete sie. Ich kannte Franziska jetzt schon sehr lange. Sie hatte mir nie gesagt, daß sie mit dem berühmten Musiker Alexander befreundet war. Alexander hörte ihr noch eine Weile zu. Man konnte Franziska nicht einfach so unterbrechen, wenn sie in ihrer Wasserfallquatschlaune war. Das wußte ich ja auch. Dann räusperte er sich. „Franziska", er wies auf mich. „Das ist Jördis vom *Stadtspiegel.* Wir machen gerade ein Interview." Und zu mir gewandt: „Jördis, das ist Franziska, meine Schwester.

Man müßte alles vergessen können.

Sich einmal die Zeit nehmen, hinsetzen und alles gründlich vergessen. Alles, was je über Liebe gesagt wurde. Vergessen.

„Wahr ist nur, woran Sie sich erinnern, Jördis."

Elise und ich gingen um den See. Das war Jahre vorher. Sie war mir nah. Ihre Jacke berührte meinen Ärmel. Ich sah durch das Gestrüpp aufs Wasser.

„Man müßte alles vergessen können", habe ich geantwortet. Und im stillen hinzugefügt: Dann könnte ich akzeptieren, daß ich Sie liebe, Elise. Denn das zuzugeben, wäre das größte Plagiat.

Sie blieb abrupt stehen, packte mich an den Schultern und schüttelte mich:

„Sagen Sie, was Ihnen als erstes in den Kopf kommt. Denken Sie nicht nach. Los!"

„Was ... ich ... lassen Sie ... ich weiß nicht."

Ich schüttelte sie ab. Ihr Tuch lag grün am Boden. Sie ging einen Schritt zurück, sah mich eine zu lange Sekunde an, drehte sich dann um und ging mit großen Schritten den Weg zurück. Ich sah ihr hinterher. Am liebsten wäre ich gerannt.

Der Augenblick war schon vorbei.

Ich stellte den Kaffee hart auf die Untertasse. Es klirrte.

Franziska drehte sich um. Als sie mich erkannte, erstarb ihr Lachen. Ihre Augen weiteten sich. Vor Schreck? Sie sah aus, als hätte ich sie bei etwas Schlimmem ertappt.

„Na, das ist wirklich mal eine Überraschung", sagte ich zu Alexander. Ohne Eile nahm ich eine Zigarette aus der Packung. Ich rauchte ruhig. Keiner sagte was. „Dann sind wir sozusagen Familie. Darf ich vorstellen: Das hier ist Franziska, meine Geliebte."

Schweigen.

Ich trank und sah sie an. Ich wollte nicht, daß einer von beiden etwas erzählte.

„Erzählen Sie!" verlangte Elise jedes Mal, „Die Unwichtigkeiten", beharrte sie. „Das Nebensächliche!" Ich habe geschwiegen.

Elise ist unauffindbar. Ich habe sie jahrelang gesucht. In den Computern der Bibliothek. Im Telefonbuch. Im Internet. In den Listen des Einwohnermeldeamts. Ich habe nach Schierke in den Harz geschrieben. Die Stiftung schickte eine Biografie von Elise Hobusch. Aber es gibt keine Elise Hobusch!

Elise, ich will Sie wiederfinden. Ich will Ihnen alle Nebensächlichkeiten der Welt schenken. Ich habe Sie so gründlich zu vergessen versucht. So gründlich habe ich mich hingesetzt und Sie vergessen. Nichts ist geblieben als die Haut und die Ahnung. Es gibt nichts Tieferes! Ich habe danach gesucht. Nach Seele etwa oder irgendeiner Antwort. Aber was ist, ich frage Sie, was ist, wenn die Haut und das Ahnen das Tiefste in uns wären?

Elise, ich wünschte, ich könnte sagen, berühr mich nicht.

„Die Nebensächlichkeiten!" würde Elise also fragen. Und ich würde zum ersten Mal alle Belanglosigkeiten meines Lebens aufzählen:

Franziska war wie meine Mutter. Die hatte früher immer Zettel für mich hingelegt: „Heute gibt es Auflauf. Schneid doch bitte schon mal die Pellkartoffeln in Scheiben. Den Rest erledige ich."

Pellkartoffeln konnte ich aber nirgends finden. Ich mußte zu *Reichelt* um die Ecke und Kartoffeln kaufen. Und sie aufsetzen. Die Zeit verging. Sie kühlten ab. Ich pellte und schnitt. Keine Mutter weit und breit. Ich füllte die Auflaufform. Ich würzte. Ich wurde sauer. Ich lief wieder zu *Reichelt* und holte Sahne und Käse. Als meine Mutter kam, schaltete ich gerade den Ofen aus. Wenn sie Zettel schrieb, hieß das: „Mach du."

Franziska war genauso. Am Morgen sagte sie: „Wir dürfen nicht vergessen, meine Schuhe von der Reparatur zu holen." Am Abend war sie entrüstet: „Aber, ich hatte dich doch darum gebeten!" Sie hatte ein Faible für Absurditäten.

Reden war sinnlos. Sie hörte zwar zu, aber dann schlitterte sie in meinen Pantoffeln durch die Wohnung: „Ich will Rollerbladefahren lernen. O bitte, bitte, bitte, Jördis, wir müssen uns morgen unbedingt Rollerblades kaufen!"

„Jördis, wir sollten den Garten mal wieder düngen", hatte meine Mutter eines Tages gesagt, um danach für Stunden bei einer Freundin zu verschwinden. Ich stand allein im Dung.

Ich besorgte die Rollerblades. Am Abend sagte Franziska: „Mensch, ich habe gerade keine Zeit zum Fahren, aber lern du es schon mal, dann kannst du es mir beibringen". Ich wurde jeden Tag besser. Franziskas Paar steht noch heute unberührt im Schrank.

Franziska kaufte Farbe für die Küche. „Das Weiß überall – entsetzlich!" Ich kam von der Uni. Keine Franziska in der Wohnung. Vor der Tür standen zwei Eimer Himmelblau/Sonderangebot. Ich fegte die zwei Farbrollen weg und las den Zettel darunter: „Solltest du eher als ich zu Hause sein, fang schon mal an. Ich beeile mich ganz doll."

Vier Stunden später verschloß ich die Farbtöpfe. Die Tür flog auf: Franziska im weißen Jeansanzug.

„Jördis, du bist ja schon fertig. Mann, toll!"

Sie warf mir eine Kußhand zu. Soweit Franziskas Engagement. Ein Pinsel voll Himmelblau/Sonderangebot flog in ihre Richtung. Wir sollten, wir könnten, wir müßten – das hieß: Du sollst, du kannst, du mußt.

Meine Mutter war immer erst gekommen, wenn der Weihnachtsbaum schon fix und fertig geschmückt, wenn der lästige Besuch an der Tür abgewimmelt oder der Garten umgegraben war. Auf Fremde wirkte sie immer etwas, nun sagen wir bizarr, denn sie hatte so eine Art, einen verstört anzusehen, als ob sie drei Jahre alt wäre und gerade in den Swimmingpool gefallen und vor einer Minute erst wieder rausgezogen worden sei. Wenn meine Mutter und ich irgendwo auftauchten, versteinerten alle Männer. Wie hypnotisierte Kaninchen starrten sie meiner Mutter hinterher.

Die Öhrchen wackelten, die Barthaare zitterten, die Puschelschwänzchen zuckten. Reihenweise fielen ihnen das Herz und das Hirn aus den Augen.

Ich habe von dieser Mutter nichts mitbekommen. Diese ganze Theorie über angeborene Eigenschaften ist Unsinn.

Wie hatte Elise gesagt: „Nehmen Sie einen Menschen und streichen Sie alles Unbrauchbare aus ihm heraus. Bis er so banal und einmalig ist, wie er ist. Und dann schreiben Sie ihn." Aber ist das ehrlich? Gut, Elise, Sie wollten es so. Und ich will es versuchen. Ich will das sogenannte Wichtige aus den Menschen streichen. Bis sie so wesentlich sind, wie sie sind. Bis sie ein Fragment sind!

Mein Vater war ein echter Umstandskasten. Einmal im Frühsommer, als er uns in Schnakenbek besuchen kam – da waren er und meine Mutter schon zwei Jahre getrennt, trafen sich aber immer noch regelmäßig –, wollte er eine Art Vogelscheuche im Kirschbaum installieren. Ich sah zu, wie er mit Lineal und Schere sorgfältig fünfzig Zentimeter lange Streifen aus blauen Müllsäcken zu schneiden begann, denn „Blau vertreibt die Vögel, Jördis, das merk dir!" Meine Mutter saß im Gras und flocht Kränze aus Gänseblümchen, Löwenzahn und Margeriten, die ich sowieso nicht aufsetzen würde und die dann auf einem der Nägel unter dem Dach, die für die Zwiebeln da waren, innerhalb der nächsten Stunde verwelken würden. Mein Vater pinnte unterdessen die Müllsackstreifen im Abstand von fünf Zentimetern mit Reißzwecken an ein vorher mehr schlecht als recht zusammengezimmertes Kreuz aus Sperrholz, kletterte dann auf die Leiter und band das Kreuz im Baum fest. Die blauen Bänder flatterten. Der Kirschbaum sah aus wie ein Maibaum. Meine Mutter staunte und klatschte in die Hände.

„Und stell dir vor, am Nachmittag sitzen Jördis und ich im Garten, Georg war die Straße rauf zum Bäcker gelaufen, um Kuchen zu holen, als plötzlich die Vögel kamen." Meine Mutter kicherte mit einer Freundin am Telefon. „Ja, die ganzen Tage davor hatten sie die Kirschen nicht entdeckt!

Aber jetzt mußten die leuchtendblauen Streifen ihre Aufmerksamkeit geweckt haben. Und denkst du, die hätten Respekt gehabt davor? Nicht die Bohne! Zu Heerscharen saßen sie auf den Ästen und ließen es sich schmecken." Sie prustete in den Hörer.

Meine Mutter hatte auch im Garten gelacht, keinen Finger gerührt und den Vögeln zugesehen. „Sieh dir das mal an, Jördis. Die machen es sich so richtig gemütlich da oben zwischen den blauen Bändern. Das ist ja zum Kaputtlachen."

„Und dann kommt Georg, sieht die Vögel, und, na, du kannst es dir ja vorstellen, er läuft brüllend wie ein Stier auf den Baum zu und schwenkt den Kuchenbeutel. Zum Schreien, sag ich dir. Wie? Jördis? Was soll die schon gemacht haben? Zugeguckt hat sie natürlich."

Er war rot im Gesicht gewesen. Die Ader an seiner Stirn geschwollen. Er fluchte. Meine Mutter schenkte kichernd den Kaffee ein. Die Ader schwoll noch ein paarmal, während wir den zerbröselten Kuchen aßen.

„Und dann landet so ein besonders fetter Star elegant auf dem Holzkreuz. Das wackelt. Der Ast knackt. Und das ganze blauumflatterte Gestell knallt aufs Gras. Und fällt auseinander. Der fette Vogel hopst beleidigt eine Etage höher, und ..."

Ich wußte, was dann kam: Mein Vater war brüllend aufgesprungen. Sie hatte den Kaffee aufs Tischtuch geprustet. Ich hatte die Zimmertür geschlossen, um ihr Gekicher nicht länger ertragen zu müssen. Ich ahnte, warum sie sich getrennt hatten.

Vater flippte selten aus. Ich erinnere ihn als ernsthaften Menschen, der völlig unpraktisch war und alles, was es auch war, mit zwei linken Händen anfaßte, der immer auf Tischmanieren Wert gelegt hat und zwei Paar Pantoffeln besaß: eins, das ihn vom Hausflur über drei Treppen bis zur Wohnungstür begleitete und dort ausgezogen wurde, und eins, das er nur in der Wohnung trug.

Mein Vater war Dolmetscher im Auswärtigen Amt. Als Kind hatte er mich manchmal mit in die Botschaft genommen, aber ich hatte mich dort zu Tode gelangweilt. Er war viel unterwegs und ich oft mit Mutter allein zu Hause. Er kämpfte um jede freie Minute. Die widmete er dann seinen Hobbys, die ich als Kind nicht gänzlich uninteressiert, aber aus sicherer Entfernung beobachtet hatte: Mineraliensammeln zum Beispiel. Er hielt im Urlaub immer nach Steinen Ausschau. Dann: Insektenfotografie. Er hatte verschiedenfarbigen Ordner für die Fotos. Jedes Käferbild versah er mit einer Kleinstbiografie. Dann: Zierfischehaltung in Aquarien in allen Zimmern. Immer wieder versuchte er mich oder Mutter für seine Hobbys zu begeistern. Mutter gähnte nur und schloß die Augen, wenn er den Unterschied zwischen Sulfiden, Karbonaten und Molybdaten erklären wollte. Ich sah kurz hin und las dann weiter. Er betrieb seine Hobbys mit einer solchen Inbrunst, als handelte es sich dabei um eine besonders lasterhafte Ausschweifung. Mutter hatte mehrfach versehentlich die Mineraliensammlung weggeworfen. Sie irrte sich oft in der Tür und riß die Dunkelkammer auf, wenn Vater gerade darin beschäftigt war. Die Zierfische waren zwangsläufig verhungert, wenn er dienstlich länger unterwegs und ich im Pfadfinderlager war und sie nicht füttern konnte.

Wollten Sie das hören, Elise? Das sind die Kleinigkeiten, die meine Erinnerung besetzen. Angelernt oder angeboren ist Unsinn.

Anerinnert – ja, das könnte stimmen!

„Es gibt einen Weg in den samtroten Raum. Den Weg der Worte, die deinen Leib begreifen. Sie brechen ihn mit ihrer Schmiegsamkeit. Sie brechen ihn auf."

Mein Pseudonym ist sicher. Der Verlag schweigt wie ein Grab. Ich gebe keine Lesungen. Ich gebe keine Interviews. Ich bin Jördis Sigel. Die Lyrikerin. Niemand sonst.

„Die feuchte Wärme des Raums führt dich in Versuchung. Düfte entströmen ihm. Gewürze atmen. Gewächse rauschen. Der Raum ruft dich. Hinein in die Wärme. Hinein in den trübweichen Schein. Hinein ins Erinnern. Du bleibst auf der Schwelle. Im Dämmerlicht machst du Gestalten aus. Langsam bewegen sie sich. Die Luft ist schwer von den Lauten der großen Vögel in den Gewächsen. Es tropft. Das Verweilen. Es gibt einen samtroten Weg, der flüsternd sich deiner Zunge entrollen will. Du kannst ihn nicht berühren. Aber du betrittst ihn schon."

Das Buch ist mir fremd. Ich habe es geschrieben, aber es ist mir fremd.

„Dein Blick wird von den Papageien fortgezogen und fort von dem aufgequollenen Laub auf dem Boden, hinein in das Dämmerlicht des Raums. Du bist in Versuchung, dem Blick zu folgen, einzutreten und tief einzuatmen. Nebelwärme, die deine Gedanken schwer und weich eintrüben würde. Doch fort wird dein Blick gezogen, fort von den langsamen Wesen, noch tiefer hinein, und dann entdeckst du sie: die Frau."

Es gibt eine Art zu schreiben, die mich verstört. Es gibt eine Art zu sprechen, die …

„Auf samtroten Wegen schlummern langsame Worte, die du aufliest und in gläsernen Kästchen sammelst."

Niemals werde ich mein Pseudonym lüften, Elise.

Nicht mal für Alexander. Obwohl er mir alles anvertraut. Obwohl ich wüßte, daß es nirgends besser aufgehoben wäre.

Alexander gehört zu den Menschen, die mit offenen Augen an einem vorbeilaufen. Er würde einen nicht mal erkennen, wenn man mit roten Fahnen winkt. Ich saß gerade in unserem Café, als er auf dem Bürgersteig vorbeischlenderte. Die Hände in den Taschen und den Blick auf dem Boden. Ich wollte schon gegen die Scheibe klopfen. Da hörte ich das Signalhorn eines Krankenwagens. Alexander blieb stehen und sah konzentriert auf die Straße. Er stand genau vor mir. Uns trennten zwei Meter. Ich kam mir schon indiskret vor. Der Krankenwagen näherte sich. Die blauen Lichter blinkten. Die Autos wurden langsamer und fuhren rechts ran. Der Krankenwagen raste vorbei. Es war der Bruchteil einer Sekunde.

Die Autos fuhren wieder an. Ich verließ das Café. Er stand noch genauso konzentriert da wie vorher. Ich tippte ihn auf die Schulter. Er schrak zusammen.

„Jördis! Mensch, wo kommst du denn so plötzlich her?" Er klang verschnupft. „Das ist mir jetzt aber peinlich." Er druckste ein bißchen rum. „Ich weiß gar nicht, woran das liegt. Ich habe schon als Kind geheult, wenn ein Krankenwagen kam und alle Autos Platz machten. Da hat plötzlich alles geklappt: Hilfsbereitschaft und Mitgefühl, meine ich. Und das, obwohl keiner den Kranken kennt. Ja ja, du lachst. Ich weiß, daß es ein Gesetz gibt. Helfen ist Pflicht. Ich vergesse das immer. Ich sehe nur noch was Menschliches."

Da wußte ich es: Alexander war ein ganz besonderer Mensch. Er schafft das absolut Unnütze. Das scheint das Ehrlichste zu sein, was es gibt. Das hat Helen sofort erkannt, glaube ich. Lange vor mir. Und auch Franziska. Ja, Franziska. Sie hat gedacht, sie könnte es vor mir verstecken. Aber ich habe es immer gewußt: daß sie ihn liebte. Mehr als sie dürfte. Ihren Bruder! Aber ich verstehe sie. Jemanden, der das absolut Unnütze schaffen kann, muß man lieben.

Liebe ist Reaktion, und Franziska weiß es. Helen weiß es. Wahrscheinlich wissen es alle. Trotzdem nennt man es Schicksal. Es gibt kein Schicksal! Es gibt nur Reaktion.

Alexanders Musik ist Illusion. Nicht mehr, aber auch nicht weniger. Und die Leute reagieren darauf. Die Juroren, die Alexander diesen Preis für seine Sinfonie zugesprochen haben, sie haben einen langen Augenblick geliebt. Es sollte selbstverständlich sein, einen Preis dafür zu bekommen, jemanden lieben zu lassen. Ich habe es immer gewußt: Jeder Mensch, der lieben kann, ist ein Lügner. Nicht mehr, aber auch nicht weniger.

Alexander sagt: „Stürz dich in jede Illusion wie eine Verdurstende. Vergiß alles, was vorher war. Vergiß, was danach kommen könnte. Hör einen langen Augenblick einfach auf, deine Gefühle mit den Gedanken gefangenzunehmen. Das ist schwierig, aber es kann funktionieren, Jördis. Nicht verstehen wollen, das ist die größte Herausforderung, die es gibt. Sich eben einfach hineinzustürzen in den Augenblick. Vielleicht kommt er nie wieder."

Ob er mich für feige hält? Ich kann es auch. Es gibt dieses Buch. *Berührung*. Nur meinen Namen habe ich weggelassen.

Alles ist Reaktion. Alexander hatte behauptet: „Nimm dein Herz, reiß es auseinander, wirf die Fetzen in die Luft, und mach daraus ein Lied. Mach dich total verwundbar. Vielleicht glauben dir die Leute dann. Vielleicht spüren sie, was Liebe ist."

Was Liebe ist?

Die Dinge kommen alle zueinander, Elise. Oder man beschäftigt sich gerade mit einer bestimmten Idee, und überall findet man plötzlich Spuren. Aber ich will nicht von großen Sachen sprechen. Nicht von dem Erfolg meines Buches, das Sie vorausgesagt haben, nicht von meiner augenblicklichen privaten Situation, nicht einmal von meiner Arbeit, sondern von …

… ja, warum eigentlich nicht von dem Abend in der Bar?

Helen hat mir plötzlich aus der Hand gelesen. Ich amüsierte mich. Sie gab sich Mühe. Das Witzige an der Sache ist, daß sie es fast traf. Einen kurzen Moment fühlte ich mich sogar ertappt.

Ich habe nicht mehr daran geglaubt, daß noch irgendwas in meinem Leben passieren könnte, was nicht Wiederholung wäre. Und dann kommt eine Helen und schlägt ohne Absicht einen ganz neuen Weg frei. Und sie wußte es nicht mal. Was bot sich mehr an, als ihr Bild von mir einfach zu akzeptieren?

Als Franziska von der Tanzfläche kam, ging alles sehr schnell.

Franziska und ich waren offiziell getrennt. Sie schaute zu mir, dann zu Helen. Ich kannte sie ja nur von dem einen Mal in der Unibibliothek. Aber das wußte Franziska nicht.

Psst, fragen Sie nicht nach. Wundern Sie sich nicht. Wer sagt denn, daß eine Liebesgeschichte nur einen einzigen Anfang haben darf?

Ich dachte, es wäre ganz einfach.

Ich zog Helen näher. Ihre Hände waren kalt, als Franziska sich neben sie setzte. Franziska tat nichts. Sie griff nach meinen Zigaretten und rauchte. Helens Haar ist lang und schwarz. Es lädt ein, hineinzugreifen. Es lädt ein, es um die Hand zu wickeln. Die Handkante dann gegen ihren Nacken zu drücken. Ihre Wimpern lagen schwer auf den Wangen. Die Lippen hielt sie geschlossen. Ich beugte mich über sie, leckte über diesen Mund. Er gab nicht nach. Ich nahm ihre Unterlippe gefangen und biß leicht hinein. Sie seufzte und öffnete sich für mich. Ihre Zunge kam sanft und tief. Wir bewegten uns kaum aneinander. Ich strich mit der Handfläche leicht über ihre Brust. Da hoben sich ihre Wimpern. Kein Mensch öffnet beim Küssen die Augen. Sie tat es. Ihre Augen waren braun. In diesem Moment hörte ich wieder ihre leise Stimme, die mir erklärte, ich solle Proust lesen.

Etwas Verrücktes ist passiert.

Liebe ist das einzige, was ohne Gründe auskommt.

Sie traf mich unvorbereitet. Hinterrücks. Ich unterbrach den Kuß. Ich strich ihr übers Gesicht und küßte sie noch einmal, kurz und nur auf die Lippen. Dann stand ich auf und ging.

Denn weitaus tragischer als unerfüllte Wünsche sind erfüllte Wünsche, nicht wahr, Elise? Ich habe es Ihnen nur nicht mehr sagen können.

Das ist eine dieser Kleinigkeiten, die Sie wohl meinten: Liebe.

Aber es gibt nichts, das unmöglicher wäre, als eine Liebesgeschichte zu schreiben. Es sei denn, zwei Liebesgeschichten zu schreiben. Liebe ist Andacht. Man kann nicht mit jemandem schlafen, den man liebt. Das hieße, Andacht und Lust miteinander zu vermischen.

Das ist ein Problem, ja. Vielleicht müßte man einfach noch einmal anfangen? Und dann einen anderen Weg einschlagen. Eine Romanfigur aus Helen machen? Also gut, probieren wir es doch. Schließlich ist das ein Buch. Da haben wir für alles mindestens zwei Versuche.

Helen hat mir plötzlich aus der Hand gelesen. Ich fand es amüsant. Und sie traf es fast. Ich hielt ihre Hand fest und strich mit dem Daumen über ihre Handfläche. Was bot sich mehr an, als ihr Bild von mir einfach zu akzeptieren? Sie begann zu zittern. Ich lächelte. In diesem Moment kam Franziska von der Tanzfläche.

Dann ging alles sehr schnell. Sie schaute erst zu mir, dann zu Helen.

Es war viel einfacher, als ich gedacht hatte.

Ich zog sie näher. Franziska setzte sich neben Helen. Sie griff nach meinen Zigaretten und rauchte. Helens Haar war lang und schwarz. Es lud ein, hineinzugreifen. Es lud ein, es um die Hand zu wickeln. Ich preßte die Handkante gegen ihren Nacken und zog sie näher. Ihre Wimpern lagen schwer auf den Wangen. Sie hielt die Lippen geschlossen. Ich beugte mich zu ihr runter, leckte über diesen Mund. Er gab nicht nach. Sie krallte sich ins Polster. Ich sah zu Franziska.

Wie auf ein Signal drückte sie die Zigarette aus, rückte näher, schob die Hände unter Helens Hemd und strich mit der Handfläche leicht über ihre Brüste. Helen sank ins Polster und gab auf. Franziska sah mich an. Intensiv. Ich beugte mich wieder über Helen und nahm ihre Unterlippe gefangen. Ich biß leicht hinein. Sie seufzte und öffnete sich. Ihre Zunge kam sanft und tief. Wir bewegten uns kaum aneinander. Franziska reizte Helens Brustwarzen. Sie mußte gut darin sein, denn Helen fing an, leise in meinen Mund hineinzustöhnen. Ich unterbrach den Kuß und lehnte mich zurück. Ich sah zu.

Helen ließ die Augen geschlossen. Franziskas Daumen teilten anscheinend einen exakt berechneten Reiz aus, denn Helens Lippen öffneten sich einen Spalt, und sie begann, schneller zu atmen. Ich zog eine Zigarette aus der Schachtel. Franziska streifte Helens hingegebenen Körper mit einem Blick und sah dann wieder zu mir. Ihre Lippen waren schmal und verzogen sich zu einem Lächeln, während ihre Daumen immer tiefer kreisten. Es war kein warmes Lächeln. Es lag etwas darin, was ich gut kannte. Es stieß ab und erotisierte zur gleichen Zeit. Etwas Triumphales. Ich rauchte und sah zurück. Franziska nahm den Blick nicht von mir, als sie gezielt den Reiz ihrer Daumen verstärkte und beschleunigte. Und folgerichtig begann Helen leise, ganz leise zu seufzen und ihre Brüste den Berührungen entgegenzudrängen. Franziska selbst blieb völlig unbeteiligt. Sie beschäftigte sich mit Helen wie mit einem Untersuchungsgegenstand. Sie schätzte präzise den Grad ihrer Erregung ein, zog eine Hand unter dem Hemd hervor und strich mit dem Zeigefinger über Helens leichtgeöffnete Lippen. Helen reagierte sofort auf den neuen Reiz, indem sie den Finger einsaugte. Folgsam. Ich drückte meine Zigarette aus. Franziska sah mich die ganze Zeit an.

Ich legte meine Hand auf Helens Knie. Sie öffnete sofort die Augen und sah mich an. Sie wollte etwas sagen. „Still!" zischte Franziska und legte ihre Hand auf das andere Knie.

Ich soll mein Leben erzählen? Lust gehört zum Leben dazu, aber Lust hat keine Sprache, die nicht sofort jemanden in Geschrei ausbrechen läßt. Deshalb kann ich mein Leben nicht erzählen. Um korrekt zu sein, müßte ich Lust ausklammern. Wäre das ehrlich erzählt? Es geht nicht darum zu begehren. Es geht darum, auch darüber sprechen zu können.

Franziska legte die Hand zwischen Helens Schenkel. Helen atmete tief ein. Sie begann sich unter der Berührung zu bewegen und preßte sich gegen die Hand. Sie unterdrückte ein Schluchzen. Ab und zu lief jemand vorbei, warf einen kurzen Blick zu uns, verstand augenblicklich, lächelte leise und verschwand wieder. Auch der Kellner hatte sich nicht mehr sehen lassen. Franziskas Knöchel drückten mittlerweile fest gegen die Naht der Jeans. Helen atmete lauter. Ihre Hand suchte meine. Sie drückte sie, und ich hielt sie fest. Franziska hob noch einmal den Blick und sah mir in die Augen. Dann beugte sie sich über Helen, legte die Lippen auf ihren Mund und erstickte den Schrei.

„In dem samtroten Raum leben die Schreie. Sie tanzen wild durch die Wände und klingen. Es gibt einen Sonnenfleck dort, der nie verblaßt. Aus samtroten Tapeten wachsen die

Worte. Hier weißt du wieder, daß Worte einst aus Buchen gemacht waren. Wenn man hinhört, rauscht der Wind noch in den Blättern und streicht über die Rinde. Der Sonnenfleck breitet sich über der Rückenlehne des alten Sessels aus. Märchensessel. Erinnerst du dich? Früher hast du dort oft gesessen."

Ich lese mein eigenes Buch immer wie zum ersten Mal.

„Deine Worte ahnen nichts mehr vom Leben des Harzes. Nichts von der Baumseele. Schattenlos hast du sie auf papierene Bleiche gebannt. Papier brennt wurzellos. In der Asche der Wälder jedoch keimen die Triebe."

Elise, ich habe dieses Buch für Sie geschrieben. Sie haben uns alle angelogen! Niemand kennt Ihren Namen. Ich dachte, ich könnte Sie zurückholen.

„Bevor du deine Wohnung verläßt, nimmst du die Masken von den Wänden. Du stülpst sie nacheinander über Augen und Mund. Wenn du redest, setzt du eine nach der anderen ab und hältst uns ein wechselndes Schweigen entgegen. Hier, im samtroten Raum, erinnerst du dich. Du hast die Stäbe geschnitten. Die Stäbe der Buchen. Der Herzschlag der Worte pulsierte in deinen Händen. Einmal warst du zu Hause im samtroten Raum. Einmal bist du Herz an Herz mit dem Sonnenfleck gelaufen. Du hast die Stäbe geschnitten. Die Stäbe der Buchen."

Elise, wer sind Sie wirklich? Sie wollten immer die Kleinigkeiten. Meine Erinnerungen, die ich nie jemandem erzählt hatte, wollten Sie hören. Sie haben mir einmal gesagt, alles habe zwei Gesichter. Wer schroff sei, trüge immer etwas in sich, das sehr zart sei. Ich habe für Sie dieses Buch geschrieben. Wenn Sie zurückkommen, werde ich Sie am Kragen packen. Ich werde Sie anschreien. Ich werde Ihnen weh tun müssen. Ich werde ...

„Heute folgst du einem Sonnenfleck in deiner Wohnung, der sich immer von dir wegbewegt. Und wenn es zu dämmern beginnt und das Licht fahl wird, drückst du dich mit deinem Gewicht gegen die Wand. Doch jeden Tag ist die

Wand zu fest, und die Sonne verschwindet, ohne sich aufhalten zu lassen. Du wünschst dir ein Haus mit Mauern so dünn, daß man hindurchgehen kann."

... meine Hände in Ihrem grauen Haar vergraben und ganz zart Ihren verwundbaren Mund küssen. Ich werde Sie nie wieder gehen lassen, Elise.

„Die Buchenstäbe sind gestorben. Aber die Buchstaben sind geblieben. Jeden Tag verblaßt der Sonnenfleck an der Wand in deiner Wohnung. Du hältst ihn nicht auf. Nur ein Wort kann das. Und das Wort, das Licht gebiert und sterben läßt, hast du vergessen."

Hören Sie mich, Elise? Ich werde alles erzählen.

Ja, alles über Franziska werde ich erzählen.

Auf ihre maßlose Art war Franziska ein inspirierender Mensch.

Als die drei Wochen in Schierke im Harz vorüber waren, begann sie einfach, mir zu schreiben. Ich habe zurückgeschrieben. Nicht weil es Spaß machte, sondern weil es sich gehörte, auf Briefe zu antworten.

Nach ein paar Briefen mit den üblichen Floskeln war zum ersten Mal das Wort „Spiel" gefallen. Laß uns doch so tun, als ob wir uns kennen, schrieb sie, denn wenn man nichts ausprobiert, weiß man nicht, wie weit man gehen kann. Da bekam ich Lust, ihr zu schreiben. Warum nicht spielen? Es gab kein Wort mehr, vor dem man zurückschrecken mußte. Natürlich würden wir uns nicht sehen. Allein der Gedanke an ein Treffen war mir zuwider.

Neugier ist die Motivation zum Leben. Der Neugier kann man alles verzeihen, nur nicht ihr Fehlen.

Doch irgendwann wird alles Routine. Nach einem Jahr waren ihre Briefe ein einziges atemloses Trubeln. Tausend Pläne auf jeder Seite. Wasserfallenthusiasmus. Ich war gelangweilt; meine Antworten wurden immer kürzer. Sie schrieb, nie sprichst du mit mir. Wie soll man denn noch sprechen, wenn jemand vorher alles ausspricht? Nach einem Jahr war es genug. Ich habe nicht mehr geantwortet. Die Wochen vergingen. Sie hatte noch zweimal geschrieben, dann herrschte Schweigen. Es war vorbei.

Doch dann passierte etwas, woran ich nicht mehr geglaubt hatte.

Ich hatte auch Jahre vorher nicht daran geglaubt, als ich im Harz mit Elise darüber sprach. Aber es passierte.

„Sagen Sie mir", hatte ich Elise gefragt, „was ist für Sie das Wichtigste beim Schreiben?"

Alle Runzeln lachten.

„Die ideale Liebe." Sie spitzte den Mund dabei. Es klang nicht wie Liebe. Es klang wie Lübe. Sie schwieg eine Weile. „Was meinen Sie, Jördis, kann man jemanden lieben, den es nicht gibt?"

„Natürlich nicht!"

„Sehen Sie, dann müssen Sie noch eine Menge lernen, bevor Sie anfangen, Ihren Roman zu schreiben."

„Ich schreibe keinen Roman! Was soll ideale Liebe sein?"

„Ich habe mein ganzes Leben lang jemanden geliebt", fing sie an, „den ich erfunden habe. Gut, es gab wirklich jemanden aus Fleisch und Blut, der so hieß wie meine Erfindung. Aber ich liebte die Erfindung. Eine Weile bildete ich mir ein, den Menschen zu lieben. Ich hatte seine Nähe gesucht. Und seinen Körper. Aber jede Begegnung endete in einer Enttäuschung. Der ganze Zauber war weg, wenn wir beieinander waren. So habe ich schließlich jedes Zusammentreffen vermieden. Ich war bereit, auf den Menschen zu verzichten, niemals jedoch auf die Erfindung, die ich liebte. Denn alle meine Bücher habe ich nur aus Liebe geschrieben." Sie spitzte wieder die Lippen dabei. „Wissen Sie, Jördis, es ist einfacher, mit den wirklichen Dingen zu brechen als mit unseren Erfindungen. Es zerreißt uns das Herz, wenn unsere Träume kaputtgehen. Sehen Sie, so wenig Wirklichkeit ist in uns!"

Nach einer langen Weile fügte sie hinzu: „Wenn das Glück es gut mit Ihnen meint, dann werden der erfundene und der echte Mensch irgendwann einmal eins. Aber das passiert so gut wie nie. Und wenn es doch mal passiert, dann hört die ideale Liebe auf, ideal zu sein."

Nach den drei Schweigemonaten schrieb ich Franziska eine Karte mit nur einem Satz: „Laß uns einfach so tun, als ob wir uns nicht kennen würden."

Ich fischte ihre Antwort ein paar Tage später aus dem Kasten.

Sie siezte mich.

Da passierte etwas Absurdes: Ich hatte die Idee für einen Roman.

Das Allerabsurdeste jedoch war, daß ich mich in sie verliebt hatte.

„Liebe Jördis,

was passiert mit der Zeit, hatte ich Sie im letzten Brief gefragt, und seitdem schweigen Sie.

Es gab einmal einen Fuchs, den hatte der kleine Prinz gefragt: ‚Was heißt Zähmen?' Und der Fuchs hat geantwortet: ‚Das ist eine in Vergessenheit geratene Sache. Es bedeutet, sich vertraut machen.' Drei Monate sind vergangen, und Sie schreiben mir nicht mehr. Ich bin nicht verletzt. Warten Sie darauf, scheu zu werden? Denn das passiert mit der Zeit und mit dem Schweigen, nicht wahr?

Ja, ich bedauere, daß wir uns je geduzt haben. Was ist ein Du? Die Unterstreichung der Flüchtigkeit von Fremdheit und selten mehr, oder? Das Du stürzt einen in Vertraulichkeit wie in kaltes Wasser. Aber wenn man sich schüttelt, stellt man fest, daß alle Vertraulichkeit nur äußerlich ist. Sie und ich wußten es, und trotzdem haben wir weitergelogen.

Einmal will ich die Wahl haben. Einmal will ich alles vergessen. Den angeschwemmten Berg an verlorenen Worten will ich abtragen, bis nichts mehr zu tun übrig bleibt, als sich seinen Anfang selbst zu wählen.

Deshalb das Sie, Jördis. Nennen Sie es nicht einen Schritt zurück. Woher nehmen wir nur die Arroganz, so etwas zu behaupten? Woher wollen wir wissen, in welche Richtung wir gehen, wo rückwärts und wo vorwärts ist? Gibt es tatsächlich eine Skala? Und warum sollte man sich danach richten? Man müßte alles ganz und gar vergessen. Das ist der einzige Weg, Jördis."

Was heißt Liebe? Liebe ist die einzige Frage, die sich mit keiner Antwort begnügt. Vielleicht habe ich nicht die Wahrheit erzählt.

Aber was ist schon wahr? Elise wollte meine Erinnerungen. Nichts anderes. Vielleicht habe ich ja gar nicht drei Monate geschwiegen? Je länger ich darüber nachdenke, desto klarer wird es. Ja, ich habe Franziska ganz sicher einen Brief geschrieben. Ich habe ihn nur nie abgeschickt:

„Liebe Franziska,

Sie meinen, es sei möglich, sich ein Leben und eine Liebe zu erdenken? Ja, wir erfinden uns. Sie sagen, Ihre geschriebenen Worte schaffen eine Art „geträumtes Leben". Woher aber wissen Sie, was Traum und was Wirklichkeit ist? Spielt das eine Rolle? Sie schreiben, daß Sie oft denken: Das ist jetzt nur ein Traum, ich kann alles tun, was ich will. Keiner aus meinem wirklichen Leben wird es erfahren. Warum fragen Sie nicht: Das ist jetzt nur Wirklichkeit, ich kann alles tun, was ich will. Keiner aus meinem geträumten Leben wird es erfahren? Es ist im Prinzip dasselbe. Natürlich ist es wichtig, unsere Fantastereien und Erfindungen ernstzunehmen. Aber ich möchte Ihnen sagen: Das Schwerste ist, damit aufzuhören, wenn jemand kommt und Ihren Verstand beschwört, weil Verstand das Höchste sei. Wir beide, Sie und ich, schätzen den Verstand über alle

Maßen, nicht wahr? Streben Sie nicht ebenfalls danach, Ihre Ekstasen im nachhinein zu *verstehen*? Sie benutzen nur andere Worte. Sie glühen, wenn Sie Ihren Verstand einsetzen, aber in Flammen sind Sie nur, wenn Sie ihn verlieren.

Wie sehr ich Ihr unbeherrschtes, fantastisches, rücksichtsloses Wesen schätze!

Wo beginnt der Unterschied zwischen Liebe und Verliebtsein, fragen Sie. In der Zeit? In der geplanten Intensität?

Ich werde von jetzt an schweigen. Das ist die Antwort auf Ihre Frage. Ich hoffe, daß Sie mich verstehen, denn diesen Brief hier werden Sie nie zu Gesicht bekommen.

Liebe ist deshalb selten, weil sie Reaktion verlangt. Es ist so viel verzehrender als Sex, einfach zu gestehen: Ich möchte, daß Sie mich berühren; ich möchte von Ihnen geliebt werden. Man hat nicht so viele Lieben im Leben, wie man wählt. Eine Liebe kann man nicht allein wählen. Sie können mich nicht wählen, Franziska! Was man jedoch wählen kann, ist *zu lieben*. Und wenn Sie mir schreiben, Ihre Briefe schaffen eine Art „geträumtes Leben“, dann geben Sie mir zu verstehen, daß Sie wählen *zu lieben*. Es ist ein Irrtum, glauben Sie mir, zu denken, daß Sie eine Liebe damit schaffen können. Sie haben es nicht in der Hand. Sie können mich nicht zwingen, auf Sie zu reagieren.

Ich nannte Sie in einem Brief einmal aggressiv, und Sie fragten mich, was ich damit meinte. Ich sage es Ihnen jetzt: Aggressivität ist die Abwesenheit von Subtilität.

Ich werde Ihnen drei Monate lang nicht schreiben. Weil ich Ihnen den Unterschied zwischen Liebe und Verliebtsein zeigen will. Aber ich muß Ihnen gestehen: Diese ganzen Briefe schaffen etwas. Dies hier ist ein Brief, den Sie nie erhalten werden. Deshalb will ich es einmal aufschreiben: Lassen Sie uns niemals miteinander leben! Lassen Sie uns zusammen *überleben*! Wahren Feinden begegnen. Hindernisse überwinden. Nur auf diese Weise kann es Liebe sein. Und ich möchte Sie lieben, Franziska!“

So muß es gewesen sein. Ich erinnere mich jetzt gut an diesen Brief. „Schreiben Sie doch mal etwas, das nur aus den Dingen besteht, die man in Büchern gewöhnlich ausspart", hatte Elise gesagt, „Und Sie werden sich wundern, wie viele Widersprüchlichkeiten plötzlich ans Licht kommen."

Ich schreibe also mein Leben auf. Aber alles verläuft symmetrisch. Gerade die Gefühle. Es gab diesen Brief auf jeden Fall. Es gibt für alles mehr als einen Anfang. Aber Elise, das macht es nicht leichter, diese Geschichte hier zu erzählen.

Wissen Sie, was immer wieder passiert? Die Leute lesen ein Buch und glauben, alles sei echt. Zum Beispiel dieses hier. Es ist völlig egal, was hier steht – jedesmal wenn das Wörtchen „ich" auftaucht, wird es mit der Autorin, wenn nicht gleichgesetzt, so doch zumindest verglichen werden. Es ist vollkommen egal, welche Extreme ich wählen würde, Sie würden immer annehmen, es wäre etwas Wahres dran, oder?

Stellen Sie sich aber mal vor, ich würde so anfangen: Ich bin tot.

Das wäre komisch, nicht wahr? Aber ich muß sogar so anfangen. Ich bin die Erzählerin, und ich bin tot, weil es mich nämlich gar nicht gibt. Ich bin ausgedacht! Dies hier ist ein Buch, ein zusammengestellter Haufen Erfindung.

Sie glauben trotzdem, es gäbe tatsächlich eine Gestalt wie Jördis, eine Gestalt wir Franziska, und zwar außerhalb dieses Buches? Gut. Dann gehen wir doch noch einen Schritt weiter und stellen uns vor, der obige Brief wäre von dieser echten, außerhalb des Buches existierenden Jördis an diese echte, außerhalb des Buches existierende Franziska geschrieben worden, mit einem echten Stift auf echtes Papier. Und nehmen wir jetzt an, ich, als Erzählerin, wäre einfach so frech gewesen, diesen echten Brief hier in dieses Buch einzufügen, das ja von vorn bis hinten erstunken und erlogen ist. Was würde dann mit der

Authentizität des Briefes geschehen? Welche Jördis wäre wirklicher? Die echte oder die in diesem Buch? Und wenn die unechte Franziska in diesem Buch der unechten Jördis in diesem Buch später in einem Brief schreibt: „Ich schreibe an einem Roman, und ich füge Sätze aus meinen Briefen an dich mit ein, verzeih mir, aber niemals Sätze aus dem Buch in meine Briefe", was wäre dann authentischer? Wäre ihr Buch dann ein fortgesetzter Brief? Wären die Briefe ein unvollständiges Buch? Oder muß man ganz anders fragen? Aber ich sehe schon, Sie werden ungeduldig. Lachen Sie einfach darüber. Sie hören sowieso nur Gespenster. Sie glauben mir doch nicht etwa? Meine Stimme existiert gar nicht. Ich bin tot. Ich bin eine Erfindung der Autorin! Aber – ha! Die Autorin ist auch eine Erfindung von mir.

„Mir können Sie es erzählen, Jördis. Ich weiß Bescheid über Sie."

Es war der Tag, bevor ich Elise weggestoßen hatte. Sie trug noch ihr grünes Tuch.

„Ich erzähle nie von meiner Familie."

„Dann erzählen Sie was anderes. Erzählen Sie über, nun, über – Ziele. Ja, erzählen Sie was von Ihren Zielen!"

Sollte das ein Ost-West-Gespräch werden? Ich war schon satt, bevor ich anfing.

„Ziellosigkeit ist das Schlimmste", sagte ich. „Alles, was ablenkt, muß man ausschließen. Nur dann kann man sich steigern."

„Auch die Liebe, Jördis? Kann man auch die damit steigern? Das wäre mal ein interessanter Gedanke."

„Man kann. Man muß die Entscheidung dazu treffen. Mit der Entscheidung für etwas kann man alle Kräfte darauf richten und alles andere ausschließen."

„Und dann wächst unweigerlich eine Liebe daraus?"

„Ja."

Elise schwieg.

Zu der Zeit hatte ich Helen noch nicht gekannt. Und Franziska war nur ein Name.

Franziska hatte kein Ziel. Außer vielleicht, berühmt zu werden. Wenn sie das Wort Entscheidung hörte, rannte sie meilenweit. Sie hatte tausend Ideen, aber kein einziges Ziel. Sie fuhr überallhin, aber sie verwechselte später Peking mit Bangkok und Nowosibirsk mit Reykjavik. Sie begann, russisch zu reden, fiel unverhofft ins Französische und endete englisch. Nie hätte ich sie unterbrochen. Sie merkte ja nicht mal, daß ihr Gegenüber längst abgeschaltet hatte. Ich habe sie auch nie gefragt, warum sie überhaupt wegfuhr, wenn sie sich sowieso nichts merkte. Manchmal zeigte sie Fotos von ihren Reisen. Sie verdrehte alles. Sie verkaufte mir das Mittelmeer für den Indischen Ozean. Eine Maorifamilie waren Indianer. Ich stellte das nie in Frage. Was spielt es für eine Rolle? Dinge auszuschließen, um eine größere Energie auf einige spezielle zu setzen, sah sie schlicht als Reduktion.

Franziska war etwas, das ständig explodierte. Wir konnten gerade beim Abendbrot sitzen, da erklärte sie aus heiterem Himmel, daß sie nach Rom fahren würde. Wann? Morgen. Keine Rede mehr davon, daß wir morgen Besuch von ihren Bekannten aus Chemnitz bekamen. Ich würde also allein mit denen dastehen. Ich habe es immer hingenommen. Sie wäre sowieso gefahren. Sie war andauernd unterwegs.

Was heißt schon Liebe? Franziska war oft boshaft, aber sie lebte. Und zwar ohne angezogene Bremsen. Sie war genauso egoistisch wie freigebig. Sie war in einer Sekunde ein verspieltes Kind und in der nächsten eine sexuell aggressive Frau. Sie hatte ebenso viel Dunkles wie Helles in sich. Sie war gewiß nicht anders als jeder andere Mensch. Der Unterschied war allerdings, daß sie nichts versteckte. Sie stellte die Symmetrie der Gefühle offen zur Schau. Sie hatte keine Freunde außer Helen, sie vergraulte jeden. Mich nicht. Nur eins kann mich anhaltend erregen: das Leben. Franziska war das Leben.

„Gefühle sind trainierbar. Ich bin überzeugt davon", sagte ich zu Elise. „Vor allem Liebe. Liebe ist trainierbar. Ich sehe mir einen Menschen an und entscheide mich. Dann liebe ich."

„Aber was bedeutet Entscheidung genau?" hakte Elise nach. „Wie stellen Sie fest, daß die Entscheidung getroffen ist? Wann ist sie nicht mehr rückgängig zu machen?"

„Wenn ich sie ausgesprochen habe!"

Elise erwiderte nichts. Lange. Sie lief nur neben mir her. Wir machten gleichgroße Schritte – ich habe selten mit jemandem einfach so gehen können. Die meisten sind zu langsam. Dann blieb sie stehen und griff nach meinen Schultern, so wie einen Tag später, als sie mich durchgeschüttelt hatte. Aber dieses Mal war der Griff noch sanft. Sie sah ernst aus:

„Sie werden versuchen, ausschließlich zu leben, nicht wahr, Jördis? Sie wollen alles intensivieren, indem Sie Ihre Liebe planen. Das ist nicht unmöglich. Das ist sogar so sehr möglich, daß es schon gefährlich ist. Wahr ist, wofür man sich entscheidet, meinen Sie? Ich sehe, ich brauche Ihnen dazu nichts mehr zu sagen. Nur das: Sie sollten vorsichtig sein, weil Sie mit Menschen umgehen, Jördis. Menschen sind keine Maschinen. Sie funktionieren nicht. Menschen haben Gefühle. Das dürfen Sie nie vergessen. Opfern Sie keinen Menschen dabei! Denn das Höchste, Jördis, ist nicht einfach nur zu lieben. Das Höchste ist, Dauer schenken zu können, die Liebe dabei jedoch nicht zu verlieren."

Dann ließ sie mich los, und wir wanderten weiter durch das nasse Gras rund um den See.

Das Interview mit Alexander kam genau zur richtigen Zeit.

Ich habe immer gewußt, daß Liebe trainierbar ist. Aber erst mit diesem Interview kam mir die Idee, wie dieses Training aussehen konnte.

„Ja, die Sinfonie ist das absolut Unnütze", gab er zu. „Ich nehme nichts zurück", erklärte er. „Ich persifliere nichts, ich schreibe das alles mit totalem Ernst."

„Auch den Wald und die Harfen?" hakte ich gleich nach.

„Ja, auch die. Ich will die Illusion gar nicht brechen. Ich will sie sogar noch vertiefen. Wenn ich komponiere, gebe ich alles, was ich habe. So was macht natürlich verwundbar", gab er zu. „Aber dieses Risiko gehe ich ein. Ich möchte eine Illusion schaffen, die so echt ist, daß die Leute für die Zeit, die die Sinfonie dauert, vergessen, daß es eine Illusion ist. Ich möchte, daß sie träumen."

„Aber so etwas Verträumtes", gab ich zu denken, „paßt nicht mehr in unsere Zeit. Das macht die Leute weltfremd, es bildet nicht, es verbildet."

„Aber nein", warf er ein, „wie kommen Sie denn darauf? Träumen – das heißt, mit geschärften Sinnen durch die Welt zu gehen. Wenn Sie die Träume auslöschen wollen", fuhr er fort, „dann hieße das, daß alle Menschen irgendwann nicht mehr weiter sehen würden als bis zur nächsten Mahlzeit, bis zum nächsten Schlaf, bis zum nächsten Geschlechtsakt. Die Träume auslöschen – das heißt, auch die Liebe auslöschen", schloß er.

„Sie sagen also, Ihre Musik bringt die Menschen dazu zu lieben", fragte ich.

„Das weiß ich nicht", gab er zu, „aber ja, ich versuche es, ich möchte, daß die Menschen träumen und lieben."

„Das nennt man Kitsch", warf ich ein.

„Wo beginnt für Sie der Unterschied zwischen Kitsch und Romantik?", antwortete er brüsk, „Ich glaube, ich schreibe romantisch. Denn für mich", fügte er hinzu, „beginnt der Kitsch, wenn ich mit meiner Musik etwas abbilden würde, was um uns passiert. Meine Musik aber möchte zeigen, was in uns passiert. Unsere Sehnsüchte. Und Sie?" griff er mich plötzlich an, „Wonach sehnen Sie sich denn? Wenn Sie morgens aufwachen, ist es dann Ihr heißester Wunsch, einen richtig alltäglichen Tag zu erleben? Weiter reicht Ihre

Sehnsucht nicht? Wollen Sie immer nur eine Platte hören oder ein Buch lesen, die nur wiederholen, was erlebbar ist? Wozu brauchen Sie zwei alltägliche Wirklichkeiten? Eine reicht doch aus, oder? Das, was nicht möglich ist, das was hinter den Grenzen des Erreichbaren liegt, geht denn nicht dahin immer die Sehnsucht? Ach", sagte er, „ich bin es leid, mich immer zu erklären. Deshalb gebe ich auch kaum mehr Interviews." Und wie um das Ganze abzuschließen, fügte er hinzu: „Ja, meine Musik ist natürlich unrealistisch, wenn es das ist, was Sie hören wollen. Ein absolutes unnützes Spiel. Aber ein sehr ernsthaftes, unnützes Spiel."

Das war es! Die Möglichkeit, anhaltend zu lieben. Er hatte ja keine Ahnung, was er da gerade gesagt hatte!

Man muß ein völlig unnützes Spiel spielen. Sich Steine in den Weg legen, ist zum Beispiel so unnütz, daß es schon lächerlich ist. Etwas, was niemand freiwillig spielen würde. Nur Franziska. Ein falsches Wort, und es wäre vorbei. Aber sie würde mitspielen. Unser Briefwechsel nach dem Kurs in Schierke hatte insgesamt drei Jahre gedauert. Bis wir uns in Leipzig zu der Schreibwerkstatt begegneten. Dort fing unsere Beziehung an.

Liebe ist absurd. Schon nach einem Monat mit Franziska veränderte sich alles. Es stimmt, Elise, es sind niemals die großen Dinge, an denen die Liebe kaputtgeht. Es sind die kleinen.

Es waren Fußnägel auf den Badfliesen und ein von Essensresten verstopfter Küchenausguß. Es war die rätselhafte Existenz eines blonden Haarbüschels im Klo am Morgen. Es waren die Taschentücher, die plötzlich überall in der Wohnung rumlagen. Es waren die in Blumentöpfen ausgedrückten Zigaretten. Es war das Geräusch, das Franziska beim Cornflakesessen machte.

Die Unkenntnis ihrer Alltäglichkeit ist es, die eine Frau begehrenswert hält. Sie haben recht, Elise. Daß Begehren eine so banale Grundlage hat! Franziska und ich waren nur einen Monat zusammen, und schon verflachte alles.

Was kann man tun, wenn die Alltäglichkeit das Begehren frißt? Sogar Sie hatten darauf keine Antwort, Elise. Sie sind einfach vor dem Menschen weggerannt, um Ihre ideale Liebe zu erhalten. Aber muß man sich wirklich gleich den Kopf abhacken, wenn nur ein Zahn weh tut? Es gibt eine Lösung, Elise. Haben Sie nicht daran gedacht? Es ist so einfach.

Man muß Alltäglichkeit zum Geschenk machen. So daß man sie nicht nur erträgt, sondern sogar mit Begeisterung auskostet. Bauen Sie Mauern, haben Sie gesagt. Sie haben ein Leben lang das Bild eines Menschen geliebt. Aber Sie haben dafür auf den Menschen aus Fleisch und Blut verzichtet. Es gibt eine bessere Möglichkeit, Elise. Was wäre, wenn man die Alltäglichkeit eines Menschen nur eine begrenzte Zeit erleben dürfte, und man wüßte es? Wäre sie dann nicht plötzlich eine Art Privileg? Weil sie eben nicht unbegrenzt zu Verfügung steht?

Ich ging zu Franziska. Sie wollte immer den Thrill. Um Gottes willen nur keine Trägheit. Sie würde mitspielen, weil es um alles ging.

Ich verlangte die Trennung.

Denn ich glaube nicht an Schicksal. Ich glaube an Pläne!

Sie würden gern wissen, von wo aus Jördis hier spricht? Nehmen wir doch der Einfachheit halber an, sie wäre jetzt sechzig, säße ganz abgeklärt in ihrem Schaukelstuhl und überblickte das ganze damalige Geschehen. Würde Ihnen das gefallen? Nein?

Dann stellen wir uns vor, sie wäre fünfunddreißig, säße in einer Szenekneipe bei hipper Musik, und die ganze Sache läge noch gar nicht lange zurück.

Das ist alles nicht wichtig. Darüber ist schon so viel geschrieben worden. Ich möchte einmal ein Buch lesen über die Dinge, die man nur mit den Augenwinkeln wahrnimmt. Die man bei der leisesten Bewegung des Kopfs wieder vergessen hat. Wie die Träume.

Franziska bekam einen Wutanfall. Ich war darauf vorbereitet.

„Ich habe mich eben geirrt. Es tut mir leid, Franziska. Wir passen halt doch nicht zusammen."

Sie war außer sich. Sie fing an zu schreien, rannte in die Küche, riß die Schränke auf und fegte mit einer Armbewegung sämtliche Tassen und Teller auf den Boden. Und die Gläser. Und die Schüsseln. Und die Vasen. Ich tat nichts. Dramatik. Das war typisch. Ich blieb im anderen Zimmer und schaute in die Küche. Nach einer Weile war es still. Da erst ging ich zu ihr. Sie saß inmitten der Scherben und weinte. Danach hat sie nie wieder vor meinen Augen geweint. Sie tat mir leid. Wirklich. Aber das gehörte dazu. Ich hätte sie nicht in meine Pläne einweihen können. Ihr sagen, daß es doch nur ein Spiel war. Daß ich nur ein paar Steine zwischen ihr und mir aufbauen wollte. Liebe ist wie Hürdenlauf. Über weite, freie Strecken zu laufen ist todlangweilig und verbraucht Kraft und Konzentration. Hindernisse im Weg zu haben, aber heißt, aufmerksam zu bleiben. Ich tat nichts. Sie mußte den richtigen Satz sagen. Auf den wartete ich.

„Jördis, wir kennen uns jetzt vier Wochen. Wie kannst du nach vier Wochen schon sagen, daß du dich geirrt hast?"

„Nein, Franziska." Ich stand an der Tür. Ich ging nicht zu ihr. Ich nahm sie nicht in den Arm. Es gab mir einen merkwürdigen Kick, sie hinzuhalten. „Wir kennen uns viel länger. Wir kennen uns über drei Jahre. Die drei Jahre, in denen wir uns geschrieben haben, hast du die etwa vergessen? Vielleicht ist alles anders, als ich es mir vorgestellt habe? Du weißt ja selbst, wie das ist: Man kann sich jahrelang schreiben, und trotzdem weiß man nur sehr wenig voneinander. Weil man immer nur etwas Zensiertes bekommt und etwas Zensiertes wegschickt. Ist es nicht so, daß man unbequeme Dinge in einem Briefwechsel sorgsam ausspart? Im Brief ist alles still und rein. Wann hört man im Brief eine Toilettenspülung gehen? Riechen die Seiten etwa mal penetrant nach Knoblauch? Im Brief trägt man nie die ausgebeulten Haushosen und hat auch keine Fetthaare, oder? Vielleicht bin ich auf diese Alltäglichkeiten ja nicht vorbereitet gewesen?"

Sie sah zu mir hoch. Sie wollte, daß ich zu ihr kam. Ich blieb, wo ich war. Geruhsam zog ich meine Zigaretten aus der Tasche. Sie wollte, daß ich sie jetzt berührte, ihr sagte, daß alles nur Spaß war. Sie würde natürlich nie darum bitten. Ich begann zu rauchen.

„Und deshalb wirfst du jetzt alles über den Haufen? Ohne uns die Chance zu geben, einander richtig kennenzulernen?"

Endlich. Der Satz!

„Also wenn ich ehrlich sein soll, ich weiß auch nicht, ob ich hier das Richtige tue. Aber ich weiß, daß ich keine Lust habe, aus Trägheit mit jemandem zusammen zu sein. Wenn wir jetzt zusammenblieben, wäre es so. Ich würde nicht mal mehr von meinem Buch aufsehen, wenn du ins Zimmer trittst. Du würdest anfangen, über Einkaufszettel und die Badezimmergarnitur deiner Freunde zu reden. Sehr bald würden wir uns nicht mehr zuhören oder uns genervt anschreien. Das ist Zeitverschwendung. Das ist nicht meine Vorstellung von Beziehung. Das Wichtigste in einer Beziehung ist die Konzentration. Man muß sich aufmerksam ansehen. Solche Dinge wie Kakteendünger und Fleckenreiniger gehören eben nicht dazu. Die muß man ausschließen. Hast du mir nicht selbst mal geschrieben, daß du dir wünschst, auf einer Party immer wie in der ersten Minute auszusehen? Frisch, duftend, lockig und perfekt geschminkt? Und daß es dich ankotzt, wie du nach der Party aussiehst, um vier Uhr morgens: zerknautschte Klamotten, schlaffes Haar, müde Reste des Lippenstifts, fettige Haut, Ringe unter den Augen? So was meine ich. Ich will eine Beziehung, die immer so aussieht wie in der ersten Minute."

„Aber so was gibt es doch nicht. Das ist voll unrealistisch, Jördis!"

„Das weiß ich. Ich bin ja nicht blöd. Aber ich glaube nicht an ewige Liebe. Ich glaube an ewige Trägheit. Deshalb möchte ich auch, daß wir uns trennen. So habe ich das ganze Drama wenigstens nicht miterlebt."

„Dann kannst du überhaupt keine Beziehung führen. Niemals! Das ist doch bescheuert! Wir haben noch nicht mal angefangen, und du willst schon aufhören. Wie kannst du so verkopft sein? So nüchtern über Gefühle sprechen? So wie du redest, sieht es aus, als gäbe keine einzige Möglichkeit, miteinander zu leben und sich zu lieben dabei."

Sie machte es mir wirklich einfach.

„Nein, das stimmt nicht. Es gibt einen Weg. Aber den kann man nicht gehen."

Sie straffte sich. Ich kannte ihren Willen aus den Briefen zur Genüge.

„Welchen Weg meinst du?"

„Den kann man nicht gehen! Es ist der Tod. Man muß den Tod vor Augen haben."

„Den Tod?"

„Ja, den Tod. Stell dir vor, du hättest eine unheilbare Krankheit und wüßtest, daß du nur noch ein Jahr zu leben hättest. Keine schlimme Krankheit, nein. Keine Schmerzen, keine Anfälle, nichts dergleichen. Aber nach einem Jahr würdest du eben einfach sterben müssen. Stell dir das mal vor. Fiktiv. Wenn wir beide das wüßten, daß wir nur noch ein gemeinsames Jahr hätten, dann würde die Beziehung, die wir führen würden, sich doch sehr von der unterscheiden, die wir jetzt vor uns hätten, nicht wahr? Würden wir nicht viel aufmerksamer sein? Hätten wir nicht zwangsläufig eine Abneigung gegen Zeitverschwendungen jeder Art? Würden uns banale Ärgernisse wie Steuererklärungen noch kümmern? Wir würden sie ganz automatisch außen vorlassen. Und alberne Mißverständnisse? Glaubst du, wir würden uns wegen Nichtigkeiten streiten, wenn wir wüßten, daß jede Minute zählt? Jeder Tag dieser Beziehung wäre der erste."

„Willst du mir was Bestimmtes damit sagen?"

„Ja. Die einzige Möglichkeit, immer aufmerksam zu bleiben, ist, den Tod vor Augen zu haben. Ich habe nur eine Alternative. Auf die wirst du aber nicht eingehen. Kein vernünftiger Mensch würde darauf eingehen. Ich würde darauf bestehen, nur ein einziges Jahr mit dir zu leben. Von heute an ein Jahr lang. Danach gehen wir auseinander. Unwiderruflich. Ohne zu klammern. Eine gesetzte Frist. Der selbstgewählte Tod. Aber wie gesagt, kein vernünftiger Mensch würde sich auf so was einlassen!"

Danach herrschte Stille. Das war ein besonderer Moment. Franziska war so gut wie nie einfach nur still. Sie sah an mir vorbei, in das andere Zimmer. Lange. Schließlich antwortete sie:

„Ich glaube, ich bin kein vernünftiger Mensch, Jördis. Was haben wir heute für einen Tag? Den elften April? Ich werde in einem Jahr, am elften April, den Kühlschrank voller Sekt haben. Damit wir auf den Tod trinken können. Auf den Tod! Denn er verlängert das Leben."

Sie ist verrückt, hatte ich gedacht.

Da bin ich extra aus Hamburg in den Osten. Weg von dem ganzen Konkurrenzmist an der Uni, weg von meinen verrückten Eltern. Dann treffe ich auf Franziska, und sie ist noch verrückter als meine Eltern. Sie sah in mir ihre ärgste Konkurrentin, nur weil ich auch schrieb. Es ist alles so lächerlich.

Elise, hätte Sie das denn interessiert:

Mein Vater hat immer nach meinen Zensuren gefragt. Meine Mutter scherte sich um nichts. Wenn Mutter von der Arbeit kam, telefonierte sie mit Freundinnen und verschwand dann bis nachts. Ich war die ganze Zeit mit Vater allein. Als sie sich getrennt hatten, änderte sich nichts. Meine Mutter und ich fuhren ihn am Wochenende besuchen. Er fragte nach dem Zeugnis; sie aß Schlumpfeis. Nach meinem Einzug in die WG mit Chris hatte ich die beiden in größeren Abständen besucht. Mein Vater fragte nach dem Studienabschluß. Sie hatte mich zu Partys eingeladen.

Man muß das alles vergessen.

Irgendwann kommt ein Moment, da fragt man sich, ob man denn jetzt festgelegt ist. Ob jede Veränderung bereits vorbestimmbar ist. Da war ich achtzehn. Mein Vater war stolz und schenkte mir einen Computer. Ein paar Wochen später hörte ich mit dem Informatikstudium auf und fing in einer Tischlerei an. Er war enttäuscht. Ein halbes Jahr sägte und hämmerte ich, dann fing Mutter an, vor ihren Freundinnen anzugeben, ich sei wie sie. Ich hätte ihren Mut, einfach das Studium hinzuschmeißen. Ich hörte bald bei der Tischlerei auf und ging zur Uni zurück. Sie zuckte mit den Schultern. Zwei Semester Anglistik. Mein Vater schlug mir auf die Schulter und zeigte mir sein Zeugnis. Ich gab die Exmatrikulation ab. Ich fing bei *Netto* an und packte Kisten. Bei meinem nächsten Besuch schwieg er; sie freute sich. So ging es. Hin und her. Von einer Stimmung in die nächste. Von ihm zu ihr. Von Hamburg nach Schnakenbek. Von der Großstadt ins Dorf. Zwischendurch schrieb und veröffentlichte ich Lyrik.

Man verändert sich und verändert sich, und es bleibt doch alles beim Alten. Die größten Ängste gehen immer in Erfüllung.

Man muß das alles vergessen. Diese Eltern. Diese Verrücktheiten. Diesen Konkurrenzscheiß. Die ganzen Erwartungen. Vergessen! Man kommt nicht raus. Einer lobt, einer meckert. Ich bin es satt, in fremden Fußstapfen zu laufen. Mal in die eine, mal in die andere Richtung, aber immer in den Stapfen, nie daneben. So satt.

„Entscheide dich!" Er.

„Entscheide dich!" Sie.

Ich habe mich längst entschieden. Es flüchtet sowieso alles. Das einzige, was immer bleibt, ist Zeit. Dann kam die Einladung in den Harz. Der Schreibkurs im Osten.

„Schreiben? Du bist verrückt. Genau wie deine Mutter!" Vater lief im Zimmer hin und her. Ich saß im Sofa und rauchte. „Wann weißt du endlich, was du willst? Das ist nicht normal, Jördis."

Da war ich zweiundzwanzig.

„Warum gehst du nicht als Au Pair nach Amerika oder Frankreich?" Meine Mutter lag mit einem Buch in der Hängematte. Ich saß im Gras. „Laß das mit der Uni doch sein. Im Ausland kannst du viel mehr lernen, mit Kindern oder so. Oder ein Praktikum?"

„Nö, ich fahre in den Osten, nach Schierke. Ich habe ein Stipendium bekommen."

Sie sah nur kurz auf: „Du mußt mal einen Weg finden, Jördis. Sei nicht so verbohrt wie dein Vater."

Das einzige, was immer bleibt, ist Zeit. Ich weiß genau, was ich will: Anfangen!

Wir waren durch den Park spaziert. Vor dem Haus, in dem Helen wohnte. Helen wohnt in Henningsdorf. Henningsdorf ist wirklich das letzte. Da gibt es nichts. Nichts außer Hunde. Die allerdings in rauhen Mengen. Franziska meinte mal, wer da hinziehe, müsse entweder achtzig sein und sich zur ewigen Ruhe niedersetzen wollen oder so verrückt sein wie Helen. Wir hatten uns was zu Essen vom Asiaten geholt und waren gemütlich zurückspaziert.

„Helen, du machst nie Vorschläge für irgendwas. Fällt dir das auf? Ist das, weil hier nie was los ist?"

Wir saßen in ihrer Wohnung und lasen. Nicht, daß es mir etwas ausgemacht hätte. Ich mag ruhige Abende. Ich hatte genug zu tun mit Franziska. Deren Unmassen an Vorschlägen zu bewältigen oder abzuwehren, reichte mir.

Mit Helen konnte man zusammensein und trotzdem schweigen.

Ich hatte erwartet, daß sie wie sonst auch nur einsilbig antworten würde, aber Helen schreckte aus ihrer Zeitschrift auf. Sie sah mich an und begann zu reden. Erst langsam, dann immer schneller. Ich war überrascht und unterbrach sie nicht.

„Es ist ganz anders. Ich habe ein verdammt langes Jahr in London gelebt. Ich habe alles mitgenommen, was ich kriegen konnte. Ein halbes Jahr Kreuzberg danach hat mir den Rest gegeben. Was meinst du, warum ich gerade in diesen Randbezirk gezogen bin? In London hatte ich permanent das Gefühl, etwas zu verpassen, hatte keine Ruhe zu Hause, war nur auf Achse. Überall schrie mich etwas an, das mitgenommen werden wollte, ein paar hungrige Augen, Lippen, der Geruch von Lust. Kreuzberg ist dasselbe. Man denkt immer, das Leben fängt erst morgen an, morgen wird es ernst, morgen beginnst du, über alles nachzudenken und dein Leben zu planen. Was heute passiert, ist ja morgen schon wieder vergangen. Aber das ist eine Flucht vor deinem Erwachsensein. Du steckst mitten drin. Das Leben ist jetzt, und das Wichtigste im Leben ist die Reaktion darauf. Das hat mich fast verschlissen. Partys, Filme, Theater, Disco, Joints, LSD, Sex. Ich hatte nur noch Hunger. Es war der Ruin, psychisch, physisch, finanziell. Kreuzberg wäre auf Dauer der Tod für mich. Hier habe ich die Illusion, daß nicht viel passiert. Ich bin fähig, Ruhe zu genießen, und das hat mir lange gefehlt. Ich reagiere auf das, was um mich passiert. Hier ist Ruhe um mich, also reagiere ich mit Ruhe. Ich gehe ins Grüne und entspanne mich. Wenn ich Lust habe, setze ich mich in die Bahn und fahre nach Kreuzberg. Ich weiß, was ich tue, Jördis! Ich kenne mich schon recht gut. Etwas in mir wartet immer auf ein Stichwort. Berlin – das wäre mein Todesstoß. Es quillt über vor Stichworten. Und ich bin so haltlos bei bestimmten Dingen. Ich trinke zuviel, rauche zuviel, kiffe zuviel, liebe zuviel, wenn ich mir die Gelegenheit gebe. Ich bin da ein totaler Genußmensch. Steck mich in eine Wohnung aus weißer Schokolade und Nougat, und ich esse die Möbel innerhalb von drei Tagen bis auf den letzten Krümel auf. Ich kann nichts aufsparen. Ich warte nur auf Stichworte. Ich muß mich auf etwas konzentrieren können. Das Wichtigste im Leben ist die Reaktion darauf, aber wenn du mitten drin stehst und tausend Stichworte auf dich einstürzen, wie willst du da noch reagieren? Da kannst du nur noch schreien. Deshalb bin ich hierhergezogen."

Als wüßte sie, wie ich denke.

Ich starrte Helen an, aber sie hatte sich schon wieder über ihre Zeitschrift gebeugt. Was traf sich da nur? Ich trat hinter sie und griff unter ihr Haar in den Nacken. Sie war so zart. Sie schmiegte sich in meinen Griff. Wie grob meine Hände waren. Ich konnte sie so leicht zerbrechen, doch ich wollte nichts, als sie beschützen.

Elise hatte auf einem unserer Spaziergänge um den See erzählt: „Wenn ich mit meinem Mann unterwegs bin, kann ich den Augenblick nicht mehr richtig aufnehmen. Etwas davon verliert sich immer. Ich habe ständig das Gefühl, etwas zu verpassen. Mein Mann kommt mir in unseren Urlauben immer verzerrt vor. Ich nehme ihn wie ein Rauschen und Flimmern in einem Film wahr, den ich mit Spannung verfolgen wollte."

„Das klingt nicht sehr angenehm", hatte ich damals gesagt.

„Ach, es ist nicht so schlimm, wie es sich anhört. Die Gegenwart eines Menschen nimmt man meistens erst dann wahr, wenn er weg ist. Was meinen Sie, wie er mir fehlt, wenn wir getrennt sind. Jetzt zum Beispiel. Jetzt wünsche ich mir, er könnte das hier alles sehen, aber das sage ich nur so", Sie lachte, „Ich wäre sofort gräßlich genervt. Er geht immer so gemächlich." Sie machte es vor, indem sie den Hals vorrückte und die Hände hinter dem Rücken verschränkte. „Und dann hat er so eine Art, sich immerzu die

Hände zu reiben, wenn er spricht, und zu allem will er meine Meinung. Huah!" Sie grinste. „Aber ich habe ihn sehr, sehr gern. Nur eben nicht immerzu. Ich sage Ihnen mal was, was niemand gern hören will: Liebe geht selten an großen Dingen kaputt. Es sind die kleinen."

„Ich bin ein Gruppenmensch", beharrte Franziska im Urlaub.

„Ich nicht. Und mir geht es trotzdem gut", sagte ich.

„Du! Es würde hier überhaupt nichts passieren, wenn ich mir nicht immer was überlegen würde!"

Sie schmiedete im Urlaub ununterbrochen Pläne und riß mich in den Strudel ihrer Aktivitäten hinein. Sie gönnte mir keine Pause.

Franziska will im Sommer an den Strand. Franziska will Leute kennenlernen, Beachvolleyball spielen, nachts die spanischen Discos besuchen. Du und dein Gepaddel, sagt sie, das ist langweilig. Im Winter will Franziska nach St. Moritz, Glühwein in rammelvollen Skihütten trinken, sich ins dickste Touristengewimmel stürzen und auf ausgetretenen Loipen fahren. Und Schweden? Pah, Schweden! Viel zu teuer, der Alkohol unbezahlbar. Franziska will immerzu Gekreische, Neonreklame, heiße Rhythmen. Nie liefen wir nebeneinander, ohne zu reden.

„Kennen Sie das, Jördis", hatte Elise Jahre vorher gefragt, „Man will alleinsein können, ohne sich dafür zu entschuldigen. Dann ist es manchmal besser, jemanden nur in Gedanken herbeizuzitieren. Man muß nicht alles ganz original miteinander teilen. Man kann auch teilen, wenn man davon erzählt. Mein Mann und ich haben jahrelang den Fehler gemacht, zusammen in Urlaub zu fahren, und sind uns ständig auf die Nerven gegangen. Da wäre fast die Liebe dran gestorben, denn ich hatte nur den einen Wunsch: einmal all das verlorengegangene Schweigen nachzuholen. Kennen Sie das?"

Die einzig mögliche Art, sein Leben zu erzählen, ist vielleicht wirklich, nur die Kleinigkeiten preizugeben. Alles andere außer Acht zu lassen. Aber es wird immer Lücken geben, Elise!

Als ich in den Osten gezogen war, hatte ich nur Studenten kennengelernt, die genau fünf Jahre studierten. Nicht länger, nicht kürzer. Jeder saß hochkonzentriert in den Vorlesungen. Jeder wollte fertig werden und in den Beruf springen. Das hatte ich zwar erwartet, aber es war trotzdem komisch. War das eine Fähigkeit, von der ich nichts wußte? Oder war es nur ein Mangel an Entscheidung?

Helen hatte darauf in ihrer ruhigen Art erwidert:

„Woran mißt du Fähigkeit oder Mangel? Auf so eine Frage will ich gar nicht antworten. Du hast ja schon ein Bild in dir, und daran bemißt du die Menschen. Das nennt man Vorurteil. Du kannst das natürlich nicht verstehen, Jördis. Du bist nicht hier großgeworden. Zu viele Möglichkeiten zu haben, ist genauso bedrohlich wie gar keine Möglichkeit zu haben. Man verliert sich ganz schnell im Chaos. Natürlich hätte ich alles probieren können, was in der DDR nicht möglich war. Aber wahrscheinlich hätte ich irgendwann das Gefühl gehabt, es nur getan zu haben, weil ich es vorher nicht konnte, aber nicht, weil ich es wirklich wollte. Ich habe Informatik studiert, weil ich 1990 mit dem Studium angefangen habe. Hätte ich 1989 angefangen, hätte ich Mathematik und Physik studiert, um dann Systemelektronikerin zu werden. Ich glaube nicht, daß die Leute aus Angst nicht spontan sind oder keine Entscheidung treffen. Ich glaube, sie wollen, so wie ich, nicht auf die abwegigsten Entscheidungen zurückgreifen, nur weil die jetzt möglich oder nicht verboten sind. Es gibt einen Unterschied zwischen Mut und Übermut."

Dann las sie ihr Buch weiter.

Franziska hatte auf dieselbe Frage aufbrausend reagiert:

„In der dritten Klasse haben wir uns das erste Mal schriftlich für einen Beruf entschieden. Danach ging jedes Jahr so ein Zettel rum. Da hat jeder seinen Berufswunsch draufgeschrieben. Wahrscheinlich sollten wir uns einfach nur Gedanken um unsere Zukunft machen, uns vergewissern, den alten Wunsch überdenken und so weiter, ist ja auch eine schöne Idee, aber weißt du, was ich immer gemacht habe: Ohne groß nachzudenken, habe ich jedes Jahr hingeschrieben, was ich im Jahr zuvor und zuvor und zuvor und zum ersten Mal in der dritten Klasse aufgeschrieben habe: Deutschlehrerin. Und ich sage dir, ich wäre garantiert Deutschlehrerin geworden. Je öfter man es aufschreibt, desto wirklicher wird es. Niemand hat mir gezeigt, daß man darüber nachdenken könnte. Wenn das aber Entscheidung ist, dann will ich nichts damit zu tun haben. Ich habe gedacht, das würde sich ändern nach der Wende, aber nein, es ist jetzt sogar noch schlimmer. Ich fühle mich überhaupt nicht frei. Ich will mich nicht ständig entscheiden, wo bleibt denn da die Spontaneität, wenn ich alles vorher durchdenke. Und da geht so viel verloren dabei. Da geht die Kunst zu leben in der Entscheiderei und Vorausplanerei kaputt. Okay, du sagst, meine Rumreiserei zeigt nur meine Abhängigkeit vom Entscheidenmüssen, indem ich davor abhaue. Das stimmt auch. Aber immerhin, ich tue es für mich."

Dann hatte sie die Tür zugeknallt.

Und Alexander, was tat der? Er hat überhaupt nicht geantwortet, sondern die Frage gleich zurückgegeben:

„Wie kannst du überhaupt mit Mitte dreißig immer noch studieren? Seit ich dich kenne, bist du an der Uni. Und du hast doch schon in Hamburg studiert, nicht? Das sind schon über zehn Jahre jetzt, oder?"

„Es sind elfeinhalb Jahre. Ich höre erst auf, wenn es an der Zeit ist. Und ja, wenn du das meinst, ich werde keinen Abschluß machen."

„Aber warum?"

„Weil es Stärke bedeutet, etwas zu unterlassen."

Er hatte mich zweifelnd angesehen.

„Das ist eine merkwürdige Einstellung, findest du nicht?"

„Wieso? Was ändert sich für mich, wenn ich Magistra bin oder ein Diplom habe? Ich habe keine Lust, in irgendeinem Büro eine Arbeit zu machen oder anderswo vierzig Stunden in der Woche zu verplempern. Etwas abzuschließen beweist mir keine Charakterstärke, sondern nur die Sucht nach Sicherheit."

„Aber sieh mich an. Ich hätte nie soweit kommen können, wenn ich mein Studium nicht mit Auszeichnung bestanden hätte. Glaubst du, man hätte irgendein Stück von mir aufgeführt, wenn es anders gewesen wäre?"

„Aber sicher!"

Daraufhin schwiegen wir eine Weile.

„Du meinst ernsthaft, Aufhören ist Schwäche?" fragte er.

„Na ja, ganz so rigoros würde ich es auch nicht sehen. Aber etwas zu unterlassen, was man selbst oder was andere sich von einem ganz dringend wünschen, das hat mit Stärke zu tun. Mit echter Stärke. Sag mal, hast du einen Wunsch, der ganz schwer zu erfüllen wäre?"

„Ja! Eine Karte für *Parzival* in Bayreuth. Man kommt einfach nicht ran."

„Wieso?"

„Es ist nicht nur der horrende Preis. Den würde ich zahlen. Es ist einfach so, daß die Oper Jahre im voraus ausgebucht ist, und um an eine Karte zu kommen, muß jemand sterben und dir die Karte vererben oder was weiß ich."

„Gut, dann stell dir vor, du hast diese Karte. Dann kommt der Tag. Du wachst mit dieser Vorfreude auf, wie Weihnachten, nur besser. Der Tag vergeht ganz langsam. Die Spannung dehnt sich. Endlich wird es Abend. Du ziehst dich sorgfältig an. Es ist ja eine einmalige Gelegenheit. Also: das weiße Seidenhemd, die glänzende schwarze Hose, Smoking. Ja, warum nicht mal Smoking? Dann stehst du vor dem Theater. Überall Gemurmel. Alle sind feierlich. Die Frauen sehen bildschön aus, in Samt und Seide und Tüll und mit Fächern und aufwendigen Frisuren, goldgepuderte Dekolletés überall. Dann werden endlich die Türen geöffnet, und die erwartungsfrohe Masse setzt sich in Bewegung. Du bist mittendrin. Aber kurz vor dem Eingang drehst du dich um. Du gehst zum Taxi und läßt dich zurück ins Hotel fahren. Du setzt dich einfach in den Sessel und hörst Radio. In der Oper gibt es dann einen einzigen leeren Platz. Und du siehst und hörst *Parzival* nicht."

„Aber das ist entsetzlich!"

„Ja – und darum ist Unterlassen eine Stärke. Man trainiert die eigene Erwartung. Nicht die Erwartung darf dich lenken, du selbst mußt die Erwartung lenken. Nur dann kannst du nicht enttäuscht werden. Nirgends sonst als in solchen Situationen habe ich erfahren, daß ich mein Leben selbst in der Hand habe. Daß nur ich es bin, die zu einer Situation Ja oder Nein sagen kann. Daß ich mir, nur weil ich eine Karte habe und schon vor der Oper stehe, *Parzival* trotzdem nicht ansehen muß und die Karte zerreißen kann. Ich kann mich dagegen entscheiden. Da erst spürt man seine Stärke."

Es war eine Entscheidung zu lieben.

Wenn sie abwesend war, war mir Franziska am nächsten. War sie da, vergaß ich sie. Ich weiß nicht, ob ich das schade finden soll oder ob es im Grunde egal ist.

„Du und deine Rhythmen", schimpfte sie gleich am ersten Abend ihrer Rückkehr aus London. Der Koffer stand noch unausgepackt in ihrem Zimmer. „Glaubst du, ich bin hier, um in der Stube rumzuhocken? Ich sehe doch, wie du um die Hifi-Anlage schleichst. Du stellst sie doch nur nicht an, weil ich klassische Musik zum Kotzen finde. Ich wette, du sitzt jeden Abend zu Hause rum."

Das stimmte nicht, aber Franziska übertrieb aus Prinzip.

Sie schleppte mich zum Billardspielen. Wir gingen in den Zoo. Franziska wollte unbedingt das neue Nilpferdhaus und den jungen Elefanten sehen. Wie ein Kind. Oder wie meine

Mutter. Wir gingen ins Theater. Natürlich nicht, um ein gutes Schauspiel zu sehen, sondern ein albernes Musical. Sie erklärte, daß sie ja nur kurz in Berlin bliebe. Diese Zeit gelte es, gemeinsam zu verbringen. Jeder getrennte Abend sei Verschwendung. Seit die Mauer weg war, reiste Franziska. Da risse etwas an ihr, sagte sie. Sie hätte es vorher nicht gespürt, erst jetzt. Und immer deutlicher. Ich könne das nicht verstehen. Diese entsetzliche Ahnung, immer was zu verpassen, sagte sie. Immer habe sie das Gefühl, sie sei an der falschen Stelle. Sie schleppte mich seit vier Abenden zu irgendwelchen Veranstaltungen. Ich streikte.

„Du und deine Rhythmen! In Wirklichkeit bist du doch froh darüber, daß ich dich mal aus deinen eingefahrenen Bahnen reiße."

Ich hätte sie freundlich und bestimmt aus meinem Leben ausschließen können. Auf der Stelle. Das war vielleicht der Augenblick.

Es wäre einfach zu behaupten, ich hätte den Moment zu gehen mit Absicht verpaßt, weil es Stärke bedeutet, einer Neigung nicht nachzugeben. Aber es war nicht so.

Ich hätte gehen können. Aber verdammt! Warum bekommt man die Neugier nicht tot?

Liebe, hatte Elise gesagt, ist die einzige Antwort, die zu jeder Frage paßt.

Aber Liebe ist auch die einzige Frage, die sich mit keiner einzigen Antwort begnügt.

Warum sollte ich also eine geben?

„Die Frau liegt auf einem Kissen aus goldenem Brokat, mitten im Moos."

Es steht auf der letzten Seite meines Buchs.

„Natürlich hat sie rotes Haar. Obwohl sie die Augen geschlossen hält, weißt du, daß sie grün sind, moosgrüne Augen, die tausend Blicke getrunken haben. Etwas am Anblick der Frau ist erschütternd. Etwas daran will dich hineinziehen in den Raum und hinein in den Glutkreis der roten Locken um das Kissen. Sie sieht dich nicht an, ihre Wimpern sind schwer. Sie spricht dich nicht an, ihre Lippen schmiegen sich aneinander. Sie regt nicht die Glieder, ihr Leib ist still. Und doch ist dir, als riefe sie dich, als gingen ihre Augen verführend durch den Raum, als reckte der Körper sich deinen Berührungen entgegen."

Daß ich so was geschrieben habe! Elise, ich habe Ihnen immer gesagt, daß Konzentration das Wichtigste ist. Ich habe gelacht, als Sie behauptet haben, ich würde einen Roman schreiben. Ich reduziere, habe ich erklärt, ich möchte nur das das Gerüst. Ich mache Lyrik.

„Üppigkeit. Ein Wort. Es fließt dir in die Sinne. Ihr Leib blüht schwellend. Ihre Wangen sind voll und strahlen eine Wärme aus, die nach Herbst zu riechen scheint, nach Sonne im Laub und nach Halmen auf nackter Haut. Sie ist keine brennende Schönheit, sondern eine glühende. Ihre Glut schwelt leise, träge, doch stetig. Ihre Leidenschaft wallt hinter ihrem Schlummer, kein Stich, sondern ein ziehender, immerwährender Schmerz, süß und betäubend, schwer und schwerer werdend mit reifender Erregung. Ihre Lippen zeigen einen lustvollen Schwung, Herbstmund, blutvoll. Du erahnst die Süße der Früchte hinter ihrem Kuß. Du kannst das Traubenaroma des seidenen, inneren Lippenfleischs vorausschmecken, berauschend. Wein, so schwer wie ihr volles Haar auf dem Kissen und rot wie die Schatten im Raum. Diese Langsamkeit …"

Es gibt eine Art zu sprechen, die jeden in Frage stellt, haben Sie gesagt, Elise.

„Diese Sehnsucht, an ihren Traubenlippen zu nippen, dich sattzutrinken an ihr und deinem Geist aus Verweilen ein Kissen zu formen. Diese Sehnsucht, dich in die Glut zu begeben und dein Auge zu wärmen, die Schnüre ihres erdbraunen Mieders zu lösen, die nach draußen drängenden Brüste aus der Enge zu befreien, die Hände auf das schwellende Weiß zu legen, um den weichen Herzschlag und das Knospen des Busens an deinen Handflächen zu spüren. Niemand spricht. Nicht sie, nicht die Gestalten im Raum, nicht du. Niemand spricht. Es ist der Raum, der ruft. Es ist die schwere, süße Luft. Ein träges Tropfen höhlt den Geist und füllt ihn mit Langsamkeit. Das Vergessen überwuchert alles."

Ich verstehe das nicht mehr. Dieser Überfluß an Worten! Dieser Brokat! Wenn man so schreibt, ist die Fallhöhe viel zu groß. Wenn ich so schreibe ...

„Du ahnst, daß du verloren bist, wenn sie die Augen öffnet. Du würdest im Moos versinken. Nackt und namenlos würdest du in ihren Blick hinuntertrudeln, würdest dich in ihren Tiefen verlieren und niemals mehr finden. Jede Berührung, auch die der Gedanken, wäre Lust, jeder Schritt ein Schwimmen im Moor, ein Taumeln in Wärme und Nebelgrund. Du würdest wurzeln hier. Deine Füße streben in den Boden, dein Körper wird schwerer, um dich in die Erde zu drücken, gegen den Leib der Frau, in ihre Weichheit, in ihren Schlaf. Du würdest wurzeln und immer tiefer treiben, Früchte und immer wieder Früchte bilden, die deine Äste mit ihrer Schwere bedrohten. Du kannst nicht bleiben. Aber dich quält die Vision einer hinter Heckenwucherungen gefangenen und sich langsam in den Tod schlafenden rotgelockten Frau. Du kannst nicht bleiben."

Elise, Sie müssen mir verzeihen! Ich habe keine andere Möglichkeit mehr gesehen. Seit zu vielen Jahren suche ich Sie. Dieses Buch ist nur für Sie, und jetzt ist es in aller Munde. Ich will, daß Sie zurückkommen. Ein Buch wie dieses konnte ich unmöglich unter meinem Namen veröffentlichen. Es gab nur ein einziges Pseudonym, das paßte: *Elise Hobusch.*

„Du würdest alles vergessen, um dich in den Leibern deiner Sehnsucht zu verirren. Diese Frau ist nicht Zeus, der

Leda verführte. Sie ist nicht Leda, die Zeus verführte. Diese Frau ist das, was beide verführte. Du schließt die Tür sehr leise."

Es gibt eine Art zu sprechen, die mich verstört, Elise! Es gibt einen Raum aus rotem Samt. Träume sind Räume. Es gibt einen Traum aus rotem Samt. Ich kann mich dort nicht mehr finden. Ich verlaufe mich in einer labyrinthenen Verrückung. Und keine Ariadne, die mir einen Faden, herzblutgetränkt, in die Hände legt. Ich frage mich, wer ich in diesem Raum bin.

Ich rede nie über meine Träume. Niemals!

Doch die Dinge, die man niemals tun würde, man tut sie im Wahnsinn oder in der Liebe. Ich glaube, ich werde wahnsinnig. Ich habe geträumt. Es gibt eine Wunde, mitten im Gesicht. Ich habe im Traum versucht, sie zu öffnen. Ich habe durch die Öffnung gesehen und einen Blick auf das Innere erhascht. Es war ausgeschlagen mit rotem Samt. Weicher, feuchter, roter Samt.

Ich weiß nichts. Ich weiß nichts, als daß mein Mund … als daß mein Mund … mein Mund … eine Wunde ist. Ein wunder Mund. Wundermund. Mein Mund ist eine Wunde.

Und ich frage mich, ich frage mich immer aufs neue, wer ich in Wirklichkeit bin.

***

Lassen Sie uns einfach so tun, als würden wir uns kennen.

Kommen Sie. Sehen Sie in meine Augen, aber fragen Sie nichts. Berühren Sie mich. Folgen Sie dem Rausch der Schleier. Da ist eine Frau, die Sie begehren werden wie niemanden sonst. Trinken Sie. Trinken Sie doch von meinen Lippen! Es gibt einen Wein, der berauscht wie kein anderer. Ich werde für Sie tanzen.

Nehmen wir an, Sie hätten sie irgendwo getroffen. In Ihrem Kopf. Im nächtlichen Klageruf Ihres Geschlechts. Im Café, am Nachbartisch. Erinnern Sie sich! Das Gedächtnis lebt in Ihren Händen. Sie weiß ein Wort. Gehen Sie zu ihr. Lachen Sie ohne Scheu. Nehmen Sie ihr Gesicht in beide Hände, und sehen Sie ihr in die Augen. Spüren Sie dem Schwung ihrer Brauen nach. Schweben Sie auf ihren Nasenflügeln. Legen Sie die Fingerspitzen an ihre Schläfen, und erlauschen Sie den Herzschlag darunter. Lauschen Sie.

Lauschen Sie auf das Klingeln meiner Reifen. So tanzen Sie doch! Nehmen Sie sie bei den Händen, und tanzen Sie. Tanzen Sie mit ihr auf den Hängen. Fragen Sie nichts. Erinnern Sie sich! Sie weiß ein Wort. Das Gedächtnis lebt in Ihren Händen. Ziehen Sie sie ganz nah zu sich heran. Legen Sie die Hand auf ihren Busen. Aber sagen Sie nichts. Riechen Sie sie? Riechen Sie ihren Körper?

Atmen Sie den Duft meines Haars ein! Saugen Sie den Wein von ihren wundgetanzten Füßen. Haben Sie keine Angst. Sie werden sie begehren.

Hasten Sie sprachlos durch ein verwunschenes Schloß, aber fragen Sie sich nicht, wer hinter Ihnen ist. Hasten Sie sprachlos durch ein verwunschenes Schloß diesem Schatten dort nach, der sich fragen wird, wer Sie sind.

Lassen Sie uns einfach so tun, als würden wir uns kennen.

Folgen Sie mir!

Alexander

Dieses Schwein! Ich konnte mir nie vorstellen, jemanden abzustechen, doch wenn sie anruft, kommt nur noch kalte Wut hoch.

Sie ruft oft an. Ich möchte die Finger um ihren Hals legen und zudrücken. „Komm her", flüstert sie. Dieses Stimmchen erwürgen. Dann lacht sie. Gedämpft. Wie der gräßliche Fritsch. Wenn der im Geschichtsunterricht wütend war, ist seine Stimme immer leiser geworden. Bis er schließlich explodiert ist.

„Weißt du, wie spät es ist, Helen?"

Klick. Und Dauerton. Wie immer. Es hat keinen Zweck, zurückzurufen. Sie geht nicht ran.

Helen ist ein Schwein. Warum hab ich sie damals nicht einfach zum Schweigen gebracht? Ihr Prügel angedroht? Ach, Scheiße, ich hatte doch keine Ahnung.

Ich hieve mich aus dem Bett und ziehe Jeans und Pulli über. Es ist zwei Uhr früh. Und ich fahre zu ihr. Wie jedesmal. Ich muß.

Ich soll mein Leben erzählen?

Aber der rote Faden in meinem Leben ist ein Fluch, und schön ist das alles nicht! Ist das denn eine gute Idee: das Leben erzählen, wenn man enttäuscht ist? Oder besser: wütend! Ja, ich bin wütend. Das geht doch daneben. Aber gut, ich will es trotzdem probieren.

Warum ich wütend bin? Da fängt es ja schon an mit dem Fluch. Wie soll ich das erklären? Das versteht doch sowieso nur, wer mal was Ähnliches erlebt hat. Kennt das jemand, daß die ganze innere Kraft sich ändert, sobald sich das Gefühl ändert? Das klingt total unmännlich, ich weiß, aber Himmel – als ob Männer keine Gefühle hätten!

Also, um es gleich vorwegzunehmen: Ich hab Franziska nicht geliebt. Aber ich war fasziniert von der Vorstellung, meine eigene Schwester zu lieben. Und da stehe ich auch zu. Das würde ich laut sagen, wenn ich es könnte.

Ich darf es nicht. Man weiß doch, was dann passieren würde. Das ganze moralische Geschrei und so weiter. Es wäre das Ende. Aber daß gerade Helen so eine miese Erpressergeschichte veranstalten würde. Wer konnte das auch ahnen?

Ist ja nicht grundlos? Das ist völliger Quatsch! Inzest? Ja und? Es mußte Franziska sein! Ich wollte es genauso. Reicht das?

Ich muß also doch die ganze Geschichte erzählen. Aber es ist wirklich nicht so, wie man denken könnte. Spektakulär sind doch nur die Begriffe.

Inzest. Notzucht. Blutschande.

Meine Güte, gräßlich! Man spricht sie und möchte am liebsten gleich jemandem den Hals umdrehen.

Dabei muß man sich alles einfach nur ganz genau vorstellen, dann versteht man es auch: Kein Mensch durfte was wissen. Wir haben uns heimlich angerufen, heimlich berührt, heimlich geküßt. Das war … das kann man nicht beschreiben. Das Beste an einem Höhepunkt in deinem Leben ist doch, wenn du vorher darüber nachdenkst, wie es denn sein würde, wenn, ja, wenn es dann passiert, oder?

Jetzt seien Sie nicht pikiert. Sollte die Essenz eines Buches wirklich ausschließlich Korrektheit sein? Wohltemperiertheit? Einvernehmlichkeit mit der allgemein akzeptierten Lebensvorstellung? Was meinen Sie: Jedem alles rechtzumachen, wenn man sein Leben erzählt, bedeutet das nicht zwangsläufig, die eigene Geschichte nicht nur fadenscheinig, sondern auch noch fad zu machen? Also – seien Sie nicht pikiert.

Du wachst morgens auf, und überall ist Geheimnis. Du weißt, du gehst gleich zum Briefkasten, und da ist vielleicht ein Brief drin, den du gut verstecken mußt, damit niemand ihn zufällig in die Finger kriegt.

Wenn wir zusammen ins Kino gegangen sind, dann haben wir uns so gut wie nie angefaßt und wenn doch, dann war eine Heidenangst dabei, daß einer mir von hinten auf die Schulter tippt und ruft „He, Alex, wie geht's?" Im Café haben wir unterm Tisch Hand gehalten. Und man hat immer so ein Gefühl wie – ja, wie Blumen vom Grab klauen vielleicht. Man hat ständig Schiß, daß irgendwas Schreckliches passiert. Dabei weiß man genau, daß es Quatsch ist. Es bringt kein Unglück. Alles bloß Gerede. Trotzdem.

Aber ich hab's gewußt. Ja, ich hab vorher genau gewußt, wie es sich anfühlt, wenn man mit der eigenen Schwester zusammen ist. Einfach irre nämlich, weil du höllisch aufpassen mußt, was du sagst und wem du es sagst. Vor allem wenn du was getrunken hast, dann sitzt dir die Zunge doch recht locker im Mund. „Ein Fremder in der Welt" – so hat mich mal ein Journalist in einem Artikel genannt, ganz am

Anfang, als ich noch Interviews gegeben hab. Ziemlich schmalzig, aber das trifft es ganz gut. Doch wie gesagt, das kann nur jemand verstehen, der so was mal erlebt hat. Es ist, hm, wie soll ich's sagen: berauschend.

Warum ich dann wütend bin? Nein, nicht, weil wir aufgeflogen sind. Das ist Quatsch. Das hab ich vorhergesehen. Sonst hätte ich mich auch gar nicht erst auf dieses Spiel eingelassen. He, ich weiß Bescheid! Ich *wollte* irgendwann auffliegen. Wütend bin ich, weil alles viel zu schnell Routine geworden ist. Kann das jemand verstehen?

Es ist entsetzlich, wenn genau das passiert, was man sich immer gewünscht hat: mit so einer tollen Frau wie Franziska zusammenzusein.

Immer gehen meine Wünsche in Erfüllung. Aber ich bin es so satt. Früher, und da fand ich das auch noch toll, haben alle gesagt, ich wäre eben ein richtiges Glückskind.

Wenn es auch bekloppt klingt: Genau das ist mein Fluch!

Alles ist wie gestern und vorgestern und vorvorgestern. Heute ist die dreizehnte Nacht. Ich hab die Schnauze voll! Helen sitzt und wartet und wippt mit dem Fuß. Ich gieße mir ein Bier ein. Dann nehme ich das Notizbuch und fange an zu lesen:

„Ich weiß Bescheid. Mir braucht keiner was erklären. Ich hab von Anfang an gewußt, daß es mal passieren wird. Ich war vorbereitet. Mich überrascht nichts. Nur Franziska kommt nicht klar damit. Typisch. Dabei hatten wir Regeln festgelegt. Wenn wir auffliegen, ist Schluß. Wer hat schon Bock, sich lächerlich zu machen? Ich jedenfalls nicht. Und jetzt sind wir eben aufgeflogen. Ehrlich gesagt bin ich ganz froh darüber. Sie ist mir langsam auf die Nerven gegangen mit ihrem …"

Helen setzt sich abrupt auf. „Stop! Sofort aufhören!"

Mist. Ich hatte mich gerade warmgelesen. Was ist es denn diesmal? Ihr Fuß wippt nicht mehr. Doppelter Mist.

„*Das* …", sie klingt angeekelt, „… ist gequirlte Scheiße, Alexander! *Das* will ich nicht hören! Ich will das ganz anders. Nicht so, so … fies und berechnend!"

Am liebsten würde ich ihr dieses blöde Notizbuch ins Gesicht werfen. Ich hab die Nase voll von diesem Spiel.

„Was willst du eigentlich von mir, Helen? Genau so, wie ich es erzähle, so ist es eben. Das wolltest du doch: wissen, wie alles ist?"

„Nein verdammt, ich will hören, wie alles *war*. Wie oft soll ich das noch sagen? Gib dir gefälligst Mühe, Alexander!"

Sie zeigt auf die Tür. Ich werfe sie zu, als ich draußen bin.

Es hat schon viel früher angefangen, aber in der Schule ist es mir zum ersten Mal richtig aufgefallen.

Ich war immer der Beste. Ich wußte überall Bescheid. Ich hab nicht nur die zehnte Klasse, sondern auch das Abitur und das Studium mit „Ausgezeichnet" abgeschlossen. Ja, da hat mir niemand was vormachen können. Später nicht mal mehr die Dozenten.

Das ist bis heute so geblieben. Ich weiß alles. Ich kann alles. Ich hab massenhaft Erfolg. Ich bin perfekt. Könnte ja richtig nett sein, wenn nicht …

Verdammt, es ist entsetzlich! Nein, ich bin nicht verrückt. Ich hab es darauf angelegt, alles zu erreichen, aber es ist gräßlich, wenn man wirklich *alles* erreicht. Doch ich weiß endlich, wer Schuld daran ist. Man sollte seine Fans nie unterschätzen. Das hab ich jetzt gelernt. Vor allem nicht die verrückten. Die, die bei jeder Aufführung dasitzen. Denn da steckt immer was dahinter. Was Teuflisches.

Ich war nie zufrieden. Nie.

Ich bin verflucht! Und diese Groupie-Oma ist Schuld an allem. Sie hat mein Leben verpfuscht!

Nein, das ist kein Märchen. Wie soll man das erklären? Ich wollte schon immer das haben, was man nicht bekommen konnte. Warum? Weil es eben nicht ging. Ich weiß noch ganz genau, wie verrückt ich mit Vierzehn nach einer Quarzuhr war. Aber eine Quarzuhr in der DDR! Das war etwa so, wie Aprikosen am Nordpol pflücken zu wollen. Kein normaler Mensch kam an eine Quarzuhr ran. Und ich wußte das doch.

Aber ich bin krank geworden. Hohes Fieber, und gegessen hatte ich auch nichts mehr. Nicht, daß es Absicht gewesen wäre. Ich kann gar nicht aus Berechnung krank werden. Es ist eben einfach passiert. Der Arzt hatte mit dem Kopf geschüttelt. Die Nerven, meinte er nur zu meinen Eltern. Meine Güte, meine armen Eltern! Kurz und gut, zur Jugendweihe hatte ich ein längliches Päckchen auf dem Geschenketisch. Schon als ich die Strahlegesichter meiner Eltern sah, hatte ich keinen Bock mehr, es überhaupt noch auszupacken.

Sie war dunkelblau, genau wie ich sie mir gewünscht hatte. Und schon war sie vergessen. Gräßlich, ich weiß. Ich fand mich ja selbst Scheiße. Ich hab keine Ahnung, woher meine Eltern sie hatten und welchen horrenden Preis sie dafür bezahlt haben. Es interessierte mich auch nicht mehr. Diese blöde Uhr war mir einfach egal. Undankbar? Nein, mit Undankbarkeit hat das gar nichts zu tun.

Es ist immer so gewesen. Fächer wie ESP und Chemie haben mich angenervt, aber ich hatte mir eines Tages in den Kopf gesetzt, der Beste zu sein. Und zwar in allen Fächern. Und nicht nur der Beste in meiner Klasse, sondern gleich der Beste an der ganzen Schule!

Ich hab dann angefangen zu pauken, hab meine ganze Freizeit in der Bibliothek verbracht, bin sogar zu meinen Lehrern nach Hause gefahren, um mir alles noch mal ganz genau erklären zu lassen. Franziska hatte mir immer einen Vogel gezeigt. Franziska war nie gut in der Schule. Anfangs waren unsere Eltern ganz froh über meinen plötzlichen schulischen Eifer; sie witterten wohl schon einen weiteren Arzt in der Familie. Wenn Franziska mal keinen Hausarrest hatte, ist sie Fahrradfußball spielen gegangen oder hat in alten Scheunen rumgekokelt. Ich wäre froh gewesen, mal Hausarrest zu haben. Bald bekamen meine Eltern nämlich Angst um meine „psychische Gesundheit".

„Kind, du treibst Raubbau mit der deiner Gesundheit, geh spielen!" Das war ihr Standardsatz. Mit dem schoben sie mich einfach zur Tür raus. Aber ich brauchte die Zeit doch zum Lernen! Meist bin ich dann aufs Schuppendach geklettert und durch Franziskas Fenster wieder ins Haus rein, durch das sie, wenn sie Hausarrest hatte, sowieso längst getürmt war. Sie hatte ihr Zimmer vorsorglich von innen abgeschlossen, und ich ging an ihren Schulranzen, nahm mir ihre Schulbücher heraus, wir hatten ja dieselben, nur ihre waren eselsohrig, aber egal, es stand dasselbe drin wie in meinen. In regelmäßigen Abständen machte ich ein bißchen Krach, als ob ich Franziska wäre. Warf ab und zu einen Stuhl um. Dribbelte fünf Minuten mit dem Ball durchs Zimmer. Knallte ihn gegen die Decke und die Wände. Drehte das Radio auf, bis Papa endlich an die Tür pochte und sein „Na, na, na, Franziska!" hören ließ. Dann setzte ich mich wieder hin und lernte weiter.

Kurz vor dem Abendessen klopfte es leise ans Fenster, und ich ließ Franziska rein und sprang dann übers Schuppendach in den Hof runter, rannte einmal volle Pulle zum Fluß und zurück, beschmierte mich unterwegs ein bißchen mit Dreck, ließ mich kurz ins Gras plumpsen, damit Mutti wieder über die Flecken schimpfen konnte, und kam zehn Minuten später verschwitzt und außer Atem zurück ins Haus.

Ich hab in der Schulzeit so fleißig gearbeitet wie niemand sonst, das ist keine Übertreibung, aber wenn die Einsen dann unter den Klassenarbeiten standen, waren sie mir total egal.

Ich war überall der Beste. Aber zufrieden? Zufrieden war ich nie.

Es ist kalt, und warum springt das verfluchte Auto nicht an? Also langsam habe ich genug. Am Anfang war diese Erpressergeschichte ja noch lustig. Aber was will sie denn noch? Sie weiß doch jetzt alles! Das Ganze kotzt mich allmählich an. Als ob ich nichts anderes zu tun hätte, als jeden Abend zu Helen zu fahren und ihr albernes Spiel mitzuspielen.

Dieser Scheißmotor! Jetzt muß ich auch noch laufen. Und meine Zigaretten habe ich auch liegenlassen.

Dabei ist Helen jetzt die einzige, der ich erzählt hab, was ich wirklich von dieser Sache halte. Daß ich froh bin, daß die ganze Geschichte mit Franziska vorbei ist. Was will sie noch hören?

Kein Mensch kann sich vorstellen, wieviel Blut ich dabei gelassen hab. Endlich hab ich wieder eine ordentliche Wohnung! Und dieses ganze Getue immer, das ist jetzt auch vorbei, zum Glück. So zerstreut in der Welt rumzulaufen, ins Essen zu aschen oder ständig alles zu verlieren. Peinlich! Und es ist wirklich nicht leicht, so was ganz natürlich rüberzubringen. Das muß man üben, ehrlich. Um die horrenden Kosten des Schlüsseldiensts zu sparen, hab ich mir dann sechs Schlüssel nachmachen lassen. Für den Fall nämlich, daß ich mein ganzes Bund mal wieder versehentlich auf dem Tisch im Café liegenlassen oder den Schlüssel in den Gully vor der Tür fallenlassen würde. So in der Art: verrückter Künstler. Völlig durchgeknallt. Meine Güte. Was tut man nicht alles, um an eine Frau ranzukommen. Total zum Heinz gemacht hab ich mich! Aber Franziska stand auf so was. So in der Art: Wahnsinn und Leidenschaft sind sowieso dasselbe, und je verrückter, desto erotischer. Aber wofür das Ganze? Ja, ich war verrückt nach Franziska. Und jetzt? Jetzt bin ich wie immer enttäuscht. Als ob ich das nicht vorher gewußt hätte. Ach Mist!

Ich muß den Umweg nehmen. Bloß nicht an Franziskas Wohnung vorbei. Man muß sie sich vom Leib halten. Sie würde sich garantiert nicht an die Abmachung halten, wenn sie mich zufällig sehen würde. In letzter Zeit ist sie richtig anstrengend geworden. Hat angefangen zu klammern. Hat sogar vorgeschlagen, in eine gemeinsame Wohnung zu ziehen! Aber mich haut man nicht so schnell übers Ohr. Vor allem Franziska nicht. Ich weiß Bescheid. Mit Franziska kenn ich mich aus. Sie ist sozusagen ein offenes Buch. Man muß ihr nur dramatisch kommen, und schon läuft alles wie am Schnürchen.

„Es gibt einen Durst, der nicht zu stillen ist", hatte ich gemurmelt und ein bißchen geseufzt, als wir im Park spazieren waren und sie aus dem Blauen heraus plötzlich mit dieser Umzugsidee kam. Das kann ich jetzt gut: murmeln und seufzen. Sie fand es romantisch, garantiert. Sie hatte ausnahmsweise mal nicht losgequatscht, sondern ist einfach nur neben mir gelaufen. Und nach einer Weile sagte sie ganz leise: „Ja, du hast recht: ein Durst, der mit Wirklichkeit nicht zu stillen ist." Ich hab ihre Hand in meine Jackentasche gezogen, und dann war erst mal Ruhe. Gott sei Dank. Diese Klippe war umschifft. Es ist doch immer das gleiche. Da denkt man: Hier ist eine, die anders ist. Aber von wegen!

Mit Worten hab ich sie immer rumgekriegt. Da war sie weich wie Butter, wenn man den richtigen Ton traf. Und das kann ich: immer den richtigen Ton treffen. Na ja, jedenfalls hab ich das bis jetzt angenommen. Seit Helen plötzlich so rumzickt, bin ich mir nicht mehr sicher.

Meine Eltern wollten nie, daß ich was mit Musik mache. Wir sind eine medizinische Familie. Meine Mutter ist Zahnärztin, mein Vater Physiotherapeut, dann gibt es noch zwei Tanten, die als Hebammen arbeiten, eine Krankenschwester-Kusine, eine andere ist Gynäkologin, und mein Onkel ist Apotheker. Ich sage nur: Familienfeiern! Die Gesprächsthemen sind schier unerschöpflich.

Meine Eltern hätten es jedenfalls gern gesehen, wenn wir Kinder die Praxis übernommen hätten. Sie haben uns nie dazu gedrängt, das stimmt. Aber als Kind kriegst du so was trotzdem schnell mit. Du stellst plötzlich fest, daß du lauter *Warum Weshalb Wieso*-Bücher hast, worin erklärt wird, warum man Schluckauf bekommt, weshalb es unterschiedliche Augenfarben gibt und wieso Tollwut so gefährlich ist. Du merkst genau, daß deine Eltern nicht vor Begeisterung Partys feiern, wenn du anfängst, dich für das alte Klavier zu interessieren.

Ich hatte dann alles daran gesetzt, Klavierstunden zu bekommen und Geige zu lernen. Völlig blödsinnig! Wer lernt schon mit sieben freiwillig ein Instrument, wo man doch viel besser draußen rumstromern könnte? Wie Franziska. Oder eben lesen. Wie Eva, meine ältere Schwester. Das fragten mich meine Eltern. Aber ich hatte Rotz und Wasser geheult, das Essen verweigert und keine Ruhe gegeben, bis sie ich endlich Klavierunterricht nehmen durfte. Wahrscheinlich hatten sie gehofft, daß diese Macke schnell wieder verginge, wenn sie ganz und gar desinteressiert bleiben würden. So ein Kind, das braucht schließlich jede Menge Anerkennung. Aber ich hatte das sofort durchschaut. Daß sie nie nachfragten, welche Fortschritte ich machte, und nie wollten, daß ich ihnen was vorspielte, das hieß nur, daß sie dagegen waren. Und wenn jemand wollte, daß ich irgendwas nicht bekommen sollte, dann wollte ich es erst recht. Koste es, was es wolle.

Ich will, daß jemand mich versteht. Es hat doch bestimmt jeder schon mal von durchgeknallten Fans gehört? Groupies, die einem in die entlegendsten Winkel des Landes folgen. Die sogar dasitzen, wenn ich, wie vor zwei Jahren, weil unsere Familie durch Eva polnisch verschwägert ist, in einem polnischen Fünfzig-Seelen-Dorf, in einem Hühnerstall zusammen mit der dortigen Blaskapelle zum sechzigsten Geburtstag des Bürgermeisters aufspiele. Ich habe also so einen Fan. Aber das Merkwürdige ist, daß sie nicht erst kommt, seit ich Erfolg habe, sondern daß sie von meiner allerersten Aufführung an dabei ist. Da war ich gerade mal elf Jahre alt. Seitdem hat sie nie gefehlt. Ich bin jetzt neunundzwanzig. Man muß sich das mal vorstellen. Und jetzt habe ich weit mehr als fünfzig Auftritte im Jahr.

Als ich mit Fünfzehn anfing, Preise zu bekommen – erst die regionalen auf Kreisausscheiden und dann überregionale – gaben meine Eltern den Traum von einem Augenarzt oder Orthopäden oder Krankenpfleger in der Familie auf. Mit Neunzehn begann ich mein Musikstudium. Da meinten sie dann noch ein letztes Mal hoffnungsvoll, daß ich wohl bestimmt Interesse an der Arbeit des Musiktherapeuten hätte. Das hatte ich aber rigoros zurückgewiesen. Künstler wollte ich sein, ja! Da ließen sie mich endlich in Ruhe. Aber so ganz haben sie es wohl nie verwunden. Vor allem, weil ja auch Franziska der Medizin nichts abgewinnen konnte. Aber egal, schließlich ist Eva Psychologin geworden.

Ja klar, hab ich viel erreicht. Aber verdammt, wenn es mir doch mal was bedeuten würde!

Wenn ich nur geahnt hätte, wie mies Helen ist. Daß sie mich mal erpressen würde! Und vor allem auf diese Weise. Und ich Idiot habe mich sogar noch gefreut, daß sie uns nach Australien nachgeflogen kam.

Ich gehe ihr aus dem Weg, wo ich kann, aber sie schafft es immer wieder. Wir begegnen uns auf einer Party. Oder im Kino. Natürlich inmitten ihrer Freunde. Sie kommt auf mich zu, mit diesem blöden Grinsen, wirft sich mir vor aller Augen um den Hals und flüstert mir ins Ohr: „Komm heute abend." Am liebsten würde ich ihr ins Gesicht spucken. Richtig reinrotzen. Ja ja, ich weiß. Entschuldigung. Ich schiebe sie zurück und lächle sie an. Dann tauschen wir Floskeln. Und immer steht irgendwer dabei.

Sie war in die Höhle runtergekommen, in der ich Mittagsschlaf machte. Das war in Coober Pedy. Die Opalgräberstadt. Draußen waren achtundvierzig Grad. Die ganze Stadt besteht aus Erdhöhlen. Man hält es oben nicht aus. Sogar die Hotels sind unter der Erde. Sie legte die Hand auf meine Wange und drehte meinen Kopf rum. Sie mußte ganz nah über mir sein, denn ihr Haar kitzelte.

„Was'n los?", murmelte ich. Ich öffnete ein Auge und war sofort hellwach.

„Ich will, daß du was für mich tust, Alex. Hör mir genau zu."

Am nächsten Tag traf ich mich mit ihr. Heimlich, denn Franziska hätte sofort Lunte gerochen. Da fand ich das Ganze sogar noch witzig. Helen war doch immer nett gewesen, und schließlich – was konnte sie schon wissen?

Okay, ich gebe es zu, ganz so locker war ich nicht drauf; mir war schon ein bißchen mulmig, ja, ich hatte sogar damit gerechnet, daß sie die Story zwischen Franziska und mir auf den Tisch packen würde. Um ehrlich zu sein: Ich hatte es darauf angelegt, daß wir endlich auffliegen, weil – na ja, ich hab ja schon gesagt, daß sie mir langsam auf die Nerven ging. Aber was dann kam, war der Hammer.

Wenn ich einmal ein Schwein haben sollte, Helen, dann bekommt es deinen Namen.

An der Uni war es am Anfang nicht leicht. Ich war es ja gewohnt, überall Bester zu sein. Aber dort war ich eben nur einer unter vielen. Ich sah mich schon sitzen: im Hallenser Jugendorchester, irgendeine Geige, völlig unerkannt. Gräßliche Vorstellung. Ich wollte da auf jeden Fall raus. Aber zwei Jahre lang hat sich erstmal gar nichts getan.

Und dann gab es diese Ausschreibung für Kompositionen. Da war ich gerade zwanzig. Ich hatte beschlossen, mitzumachen, aber meine Professoren sagten: „Ach, lassen Sie das mal, das ist ein renommierter Preis, das packen Sie nie. Machen Sie doch lieber beim Klavierwettbewerb an der Uni mit, Alexander." Und das war der berühmte Tropfen. Ich wollte unbedingt. Und ich wollte gewinnen!

Ich will nicht mehr darüber nachdenken, was mich das Ganze gekostet hat. Wenn ich sage, ich hätte Blut und Gehirn geschwitzt, bis endlich diese Sinfonie fertig war, dann übertreibe ich nicht. Am Ende hab ich pro Tag nur noch drei Stunden geschlafen und war abgemagert bis auf die Knochen. Als die Sinfonie aufgeführt wurde, hatte ich Fieber.

Und dann – ja dann war ich mit einundzwanzig über Nacht berühmt.

Ich hab den höchsten Preis gekriegt, den man bekommen konnte, und das alles war mir so egal wie ein Loch im Strumpf!

Die vierzehnte Nacht.

Eigentlich ist das Nötigung. Kann man jemanden dafür nicht anzeigen? Für, nun sagen wir: für geistige Vergewaltigung? Was anderes will sie also hören. Verzweifelter? Nun gut. Ich nehme mein Notizbuch vor und fange an.

„Als wir aus Australien zurück waren, bin ich zu Jördis, und sie meinte: „Was ist denn mit dir passiert?" Und schon war ich wieder mitten drin. Es ist leichter, mit allem weiterzumachen, als aufzuhören.

„Ich weiß nicht, Jördis", fing ich an, „Ich glaube, ich werde verrückt." Hm, klang gut.

„Wieso das denn? Ihr habt euch gestritten, ihr drei, oder? Ja ja, Urlaube mit Freunden und Familie. Das geht meist daneben. Ich habe nur einen Blick auf Helen geworfen. Die sieht ja aus wie das lebendige Elend."

„Na ja, nicht direkt gestritten, aber doch, es ist was passiert. Ach, ich kann dir jetzt nichts davon erzählen. Nur –

Franziska und ich, wir sehen uns deswegen jetzt nicht mehr. Und ich halte das nicht aus. Sie fehlt mir so."

„Was heißt das, ihr seht euch nicht mehr? Ihr klebt doch immer zusammen wie Pech und Schwefel!"

Ich hatte nur ein bißchen geseufzt. Franziska war mir zwar seit Australien schnuppe, ich bin sogar froh, sie los zu sein, aber das mußte ich Jördis ja nicht auf die Nase binden.

„Weißt du, Jördis, da gibt es was Komisches. Erinnerst du dich noch an die Nächte, wenn wir zu dritt ausgegangen sind? Ich hab neben euch gesessen, wenn ihr euch geküßt habt, und glaub's mir oder nicht, ich hatte das Gefühl, als ob ich selbst plötzlich geküßt wurde. Ich hab deine Hand in meinem Nacken gespürt. Das ist doch komisch, oder?"

Jördis sah mich an, zog eine Augenbraue in die Höhe, sagte aber nichts.

„Ich hab mich manchmal schon gefragt, ob ich vielleicht unnormal bin. Du, jetzt lach nicht, ich hab sogar mal eins von Franziskas Kleidern angezogen, aber das war es nicht. Ich fühlte mich nur albern. Aber irgendwas war da. Nur was?"

War das zu dicke? Jördis hüstelte, dann sagte sie kurz: „Na ja, du bist eben Musiker. Sensibel und so. Das erklärt 'ne Menge, oder?" Dann wechselte sie das Thema.

He – ich bin großartig. Sogar Jördis fällt immer darauf rein. Ich weiß eben Bescheid. Man darf sein Ziel nicht aus den Augen verlieren. Die Leute wollen ja, daß man sie anlügt! Ich bin sicher, daß sie genau wissen, daß nicht immer alles so gemeint ist, wie es klingt, meine Musik zum Beispiel, aber sie wollen es trotzdem hören. Man muß dramatisch sein. Außergewöhnlich. Von mir aus. Ich vermeide alle Medien: Interviews, Porträts, Fernsehauftritte. Aus Prinzip, denn es ist gut fürs Image."

„Schluß! Aus! Es reicht jetzt, Alexander." Ich kann gar nicht so schnell reagieren, da reißt Helen mir das Notizbuch aus der Hand.

„He! Ich erzähle dir hier, was ich noch nie jemandem erzählt hab. Kapierst du das eigentlich? Überhaupt finde ich diese ganze Show hier ziemlich entwürdigend. Es ist nämlich peinlich für mich. Nicht nur dir reicht es. Mir reicht's schon lange. Endgültig! Außerdem hab ich dir jetzt alles erzählt. Minutiös. Es gibt nichts Neues mehr. Vierzehn Nächte, meine Güte, Helen! Ich bin fertig mit Erzählen, okay? Das war's dann. Wir sind jetzt quitt." Ich stehe auf. Sie weicht keinen Schritt zur Seite. Sie geht mir gerade bis zur Brust. Ihre Hand schnellt nach vorn.

Meine Wange brennt. Ich schnappe sie am Kragen. Ich ziehe sie hoch. Mich schlägt niemand einfach so. „Das reicht jetzt, Helen!" Sie steht auf Zehenspitzen. Ich schüttele sie. Sie krallt sich in meinem Hemd fest. Irgendwo reißt eine Naht.

„Paß auf", zischt sie zurück, „Du nimmst das Ganze nicht ernst genug, scheint mir. Seit zwei Wochen liest du mir nur Scheiße vor. Du weißt genau, was ich von dir will. Also, du hast noch eine letzte Chance. Morgen nacht. Wenn du die vermasselst, geh ich zur Presse und verrate dein kleines Geheimnis. Also denk drüber nach, ja, denn *ich* meine es ernst!"

Mit Schwung reißt sie die Arme hoch und schlägt gegen meine Unterarme, die gleich auseinanderfliegen. Wahrscheinlich so ein schmerzhafter Trick aus dem Selbstverteidigungskurs. Sie rückt ihre Sachen zurecht, als ob nichts passiert wäre.

Dabei war ich mir sicher gewesen, daß das, was ich eben vorgelesen hatte, ihr gefallen müßte. Schließlich war es unangenehm für mich. Und das wollte sie doch, oder? Sie wollte doch, daß es mir unangenehm ist. Sie schiebt mich zur Tür. Dieses Miststück. Als ob ich nicht freiwillig ...

Ich stehe schon draußen. Morgen nacht. Verdammt!

Wenn mich heute jemand fragen würde: „Was wünschst du dir lieber: absolute Schönheit oder absolute Begabung?"

dann würde ich sofort das erste nehmen. Ja klar, auch als Mann! Als ob Männer Schönheit zwangsläufig blöd finden müßten! Und außerdem ist es scheiße, superbegabt zu sein.

Das gehört nämlich zu meinem Fluch. Das war der erste große Wunsch, der sich erfüllt hat: die Superbegabung.

Was soll denn in deinem Leben noch passieren, wenn du mit einundzwanzig bereits alles hast? Ich hab mich zu Tode gelangweilt. An der Uni kannten sie mich alle. Jeder Professor und Dozent grüßte mich. Wenn ich im Seminar mal was sagte, war es total ruhig danach. Keiner traute sich, was zu erwidern. Entsetzlich. Man bot mir an, hierfür und dafür was zu komponieren. Aber ich hatte keine Lust.

Wenn ich Jördis zu der Zeit schon gekannt hätte, hätte sie mir garantiert geraten, einfach was Neues anzufangen. Das mit der Musik einfach sein zu lassen. So machte sie es ja auch. Sie fing so viele Dinge an. Verrückt. Aber ich kannte Jördis da noch nicht. Die einzige Idee, die ich hatte, war, die Uni zu wechseln und dahinzugehen, wo mich noch niemand kennt.

Und so bin ich von Halle nach Berlin gekommen.

In Berlin hab ich dann einfach immer meinen Nachnamen weggelassen, damit bloß keiner auf die Idee kam, mich mit dem Wundertypen aus Halle gleichzusetzen. Ich hab immer gesagt, „Alexander", das sei mein Künstlername. Eines Tages sind sie natürlich dahinter gekommen, und mein Ruf hatte mich wieder. Aber so weit sind wir noch nicht.

Moment, da fällt mir noch was ein. Ich hab doch vorhin von den verrückten Fans erzählt. Von dieser Frau. Sie war sogar in Berlin bei uni-internen Auftritten dabei. Ich hab immer so getan, als ob ich sie nicht erkennen würde. Ich glaube, sie war der einzige Mensch, der gewußt hat, daß der Hallenser Alexander und ich ein und dieselbe Person waren.

Ich war also in Berlin und studierte noch immer Musik, aber Lust, etwas Außergewöhnliches zu schaffen, hatte ich immer noch nicht. Es gibt sehr wenig, was mich wirklich packt, das stimmt. Damals gab es gar nichts. Ich hatte keine Wünsche. Eigentlich wollte ich nur noch so vor mich hinleben, ohne Veränderungen. Freunde? Nach all den Enttäuschungen etwa? Liebe? Meine Güte. Es ist doch sowieso immer dasselbe: Freunde und Geliebte wollen dich besitzen, sie wollen etwas berühren, was dir allein gehört. Was heißt berühren? Haben wollen sie es! Auf so was hatte ich keine Lust mehr. Gefühle investieren und Zeit, wozu denn? Ich hätte sowieso alles gekriegt, was ich wollte, ohne diese blödsinnige Anstrengung.

Wieso soll das komisch sein? Das mit der Quarzuhr damals, das ist doch logisch. So was gab es eben nicht. Fast genauso selten waren gute Tischtennisschläger oder ein FDGB-Ferienplatz an der Ostsee. Ja, in meiner Kindheit, da hatte ich viele Wünsche. Und wenn man Wünsche hat, dann hat man auch Kraft, um sie sich zu erfüllen. Aber was passiert, wenn alles käuflich oder wenn man selbst so begabt ist, daß einem keine Wünsche mehr bleiben? Oder wenn man nur mit der Wimper zucken muß, und schon hängen sich die Frauen an einen? Nein, wenn man keine Wünsche mehr hat, dann ist man nicht glücklich.

Ich kriege alles, was ich will. Ich kann alles. Ich bin alles. Mir geht es gut!

Und *das* ist ein Fluch.

Aber ich weiß jetzt, wer Schuld hat. Dabei hatte ich sie schon fast vergessen.

Das Verrückte ist nämlich, wenn man keine Wünsche mehr hat, dann hat man auch keine Kraft mehr.

„Ich habe da was Interessantes entdeckt, Alexander."

Ich hatte nicht richtig hingehört. Es war heiß. Wir liefen ein bißchen durch Coober Pedy. Die Straßen waren wie ausgestorben. Hier kamen die Menschen erst abends aus den Höhlen. Das ist eine Pseudostadt, hatte ich gedacht. Hier lebten nur die Opalgräber und Leute, die die Opale an- und verkaufen. Helen sah gut aus in dem kurzen Kleid. Seit ich sie kenne, trägt sie Rot. Eigentlich hatte ich Lust auf ein Bier. Ob ich sie überreden konnte, in das Café dort drüben zu gehen? Oder besser: in die Cafèhöhle?

„Was *richtig* Interessantes, Alexander. Und ich rede jetzt nicht davon, daß du ein Verhältnis mit deiner Schwester hast. Obwohl, das wäre wahrscheinlich mal was anderes, wenn die Presse Wind davon ..."

Ich blieb so abrupt stehen, daß sie stolperte.

„Au, mein Arm!" quiekte sie, „Quetsch nicht so!" Ich riß sie noch näher ran. Sie grinste.

„Was sagst du da?"

„Zeltwände", lachte sie auf, „sind nicht sehr dick. Meinst du, ich würde jede Nacht mit Ohropax schlafen?"

Dieses Miststück!

„Aber eure erotischen Neigungen sind mir ehrlich gesagt egal. Weißt du, was ich viel interessanter finde: Franziska ist achtundzwanzig. Und du hast diesen Preis für das Tanzstück bekommen. Hm, schön und gut. Aber erinnerst du dich, daß die Teilnahme an diesem Wettbewerb auf bis zu Fünfundzwanzigjährige beschränkt war? Ihr seid Zwillinge, also bist du am selben Tag geboren wie deine Schwester, und im Moment der Preisverleihung warst du leider schon zwei Wochen zu alt. Es hat niemand mitgekriegt, schließlich stimmt dein Jahrgang, aber trotzdem: Du hast zwei Wochen unterschlagen. Das ist zwar ein lächerlicher Zeitraum, nicht wahr, aber das ändert nichts daran, daß du schlicht und einfach betrogen hast, Süßer!"

O Scheiße!

„Weißt du, Alexander, was mich mal interessieren würde: ob du deinen Preis zurückgeben mußt, wenn das publik wird."

Sie hatte sich aus meinem Griff herausgewunden.

„Das wirst du nicht wagen!"

„So, und was macht dich da so sicher?" Sie lachte.

Wer hätte das auch ahnen können? Mann, an alles hatte ich damals gedacht, nur nicht an so was.

„Was willst du? Geld?"

„Nein." Sie grinste wieder. „Mir schwebt da was ganz anderes vor. Und ich glaube, es wird uns beiden Spaß machen."

Was meinte sie?

„Sex?"

„Viel besser, Alexander, viel besser."

Ich sagte gar nichts mehr.

Sie saß auch im Publikum, als ich elf war und im Hallenser Kulturhaus zur Adventszeit so eine schreckliche Etüde von Chopin vorspielte. Es war ein Bezirksausscheid. Meine Eltern konnten nicht kommen, wie immer. Franziska war krank. Aber wenigstens war Eva dabei.

Ich war, ich weiß nicht mehr genau, ich glaube Vierzehnter geworden. Von zwanzig. Jedenfalls hatte ich ein relativ schlechtes Prädikat bekommen. Aber ich schweife ab.

Diese Frau also. Zum Schluß war sie nach vorn gekommen und hatte mich angesprochen. Mich! Nicht die Sieger. Sie drückte mir eine Blume in die Hand und sagte „Sie" zu mir. Sie siezte mich mit elf! Das war schon lustig. Ich hielt Ausschau nach Eva. Aber die stand weit weg und quatschte mit ihrem Lehrer. Sie winkte nur einmal kurz. Ich hatte keine Ahnung, wer die Frau war, wußte nur, daß ihr Gesicht mir irgendwas sagte, und dachte, bestimmt ist sie von der Musikschule aus Leipzig. Aber dann sagte sie etwas Schreckliches:

„Sagen Sie, Alexander, wenn Sie sich einen Wunsch erfüllen dürften, was wäre das?"

Da war ich mir sicher, daß sie von der Zeitung war und daß es wichtig sein könnte, was ich sagte. Ja, das dachte ich mit elf, mein Gott, man guckt sich doch immer ab, was die Erwachsenen machen. Und dann lief im Fernsehen gerade die Serie *Die schöne Arabella*, und ich dachte, zaubern, das wäre vielleicht nicht schlecht.

„Zaubern?" vergewisserte sie sich noch mal.

„Ja, dann könnte ich mir nicht nur einen Wunsch, sondern alle erfüllen!" Ich war auch noch stolz auf mich gewesen, ich Idiot. Sie lächelte sehr freundlich, gab mir die Hand und sagte danke. Dann ging sie. Komisch. Sie hatte einen langen schwarzen Rock an mit roten Rosen drauf. Oder war er rot mit schwarzen Rosen? Ich hab's vergessen. Aber ich weiß noch genau, daß sie knallrotes Haar hatte.

„Wer war denn diese alte Frau, vorhin?" fragte Eva auf dem Heimweg.

„Alt? Ich fand sie schön."

„Na ja. Also, von der Presse war die jedenfalls nicht. Die haben alle in der ersten Reihe gesessen. Was wollte sie denn?"

„Sie hat gefragt, ob ich zaubern möchte."

„Was?" Eva lachte ungläubig.

„Ja, und dann hat sie noch gesagt, daß jetzt alles in Erfüllung geht, was ich sage."

„Die hat'n Schaden. Zaubern! Sie sah schon aus wie Dornröschens dreizehnte Fee, so gefärbt und aufgedonnert!"

Eva war cool. Überhaupt war es cool, daß meine siebzehnjährige Schwester mit mir mitgekommen war, wenn schon die anderen nicht konnten. Hätte ihr ja auch peinlich sein können. Schließlich war ich ein Stippi und hatte außerdem noch schlecht abgeschnitten. Nichts, worauf man stolz sein könnte.

„Und was wünschst du dir jetzt, großer Zauberer?" fragte sie später, „Frieden auf der ganzen Welt, einen Sack Westgeld oder, hm, willst du ein großer Künstler werden?"

Genau!

„Ja, der allerbeste Künstler! Da fallen Mutti und Papi um."

Hätt ich mir doch lieber die Zunge abgebissen! Wir lachten und quatschten den ganzen Heimweg.

Das war das Ende. Ich habe es nicht gewußt, aber das war mein Ende.

„Hör zu", sagte Helen, „alle Welt behauptet, man kann heute keine Liebesgeschichten mehr erzählen. Man kann vor allem keine mehr schreiben. Stichwort Verlogenheit. Aber das glaube ich nicht. Was heißt denn *heute*? Wenn man heute keine Liebesgeschichten mehr erzählen kann, dann kann man es doch immer noch gestern oder morgen. Und außerdem ist das totaler Schwachsinn. Alles ist immer schon da: das Vergangene und das Zukünftige und die Gegenwart sowieso. Es liegt alles ineinander. Und verlogen? Nenn mir mal irgendwas hier, was nicht verlogen wäre!"

Hier? Hier gab es nichts als roten Sand und Staub und achtundvierzig Grad. Was wollte sie von mir? Hatte sie einen Sonnenstich? Oder war sie etwa eifersüchtig wegen Franziska? Wollte sie mir deshalb ein Ding reindrehen? Oder hatte sie ihren Sentimentalen? Vielleicht konnte ich mich ja aus dem Schlamassel retten, wenn ich einfach mitspielte?

„Die Sehnsucht, glaube ich. Die ist nicht verlogen."

Ja, das klang gut. Schön schmalzig. Die meisten stehen auf so was, echt. Frauen besonders.

„Quatsch. Ehrlich ist nur das, was bleibt", unterbrach sie mich. „Aber Sehnsucht, pah! Die gehört ja wohl zu den wankelmütigsten Gefühlen. Wenn Sehnsucht ehrlich wäre, müßte sie immer so sein, als wäre sie nie erfüllt worden."

Nicht schlecht, dachte ich.

„Ehrlich ist gerade das, was sich verändert, glaube ich, Helen."

Ich war besser. Was heißt besser? Ich war klasse! Ich schlug mir innerlich auf die Schulter.

„Gut, wenn du meinst. Dann will ich, daß du etwas veränderst."

„Was meinst du?"

„Dein Leben. Ich will, daß du mir eine Liebesgeschichte erzählst. Nein anders: Ich will, daß du sie mir vorliest. Aber nicht irgendeine Geschichte. *Deine* Geschichte! Und du wirst so lange daran schreiben, bis sie hundertprozentig stimmt."

Das meinte sie nicht ernst! Ich lachte.

„Darf ich dich daran erinnern, daß ich Musik mache, keine Bücher?"

Sie reagierte gar nicht darauf.

„Du solltest jetzt schon anfangen. Wenn wir zurück sind, wirst du zu mir kommen, zum Lesen."

„Du willst, daß ich dir eine Geschichte erzähle? Mehr nicht?"

„Frag lieber: Weniger nicht?"

„Kein Geld?"

„Vielleicht wirst du dir ja einmal wünschen, lieber Geld zu bezahlen."

Ich weiß nicht genau, womit das Ganze angefangen hat. Diese Sache mit Franziska, meine ich. Möglicherweise ja schon damit, daß meine ganzen vorherigen Beziehungen den Bach runtergegangen waren? Denn verrückt war das schon: die tollsten Frauen, und immer ist alles in die Brüche gegangen.

Oder: in die Binsen, wie der alte Fritsch immer gesagt hat. Aber, ich schweife schon wieder ab. Und beim Erzählen muß man immer bei der Sache bleiben. Sonst wird's Blödsinn.

Ja gut, ich kann nicht behaupten, daß ich jemals todunglücklich auf dem Trockenen gesessen hätte. Im Gegenteil.

Da ist schon was dran, mit Erfolg und sexy und so. Und außerdem bin ich nicht gerade häßlich. Das liegt in der Familie. Mir sind die Frauen jedenfalls regelrecht nachgelaufen. Aber die wollte ich nicht. Das haben meine Kommilitonen nicht kapiert. Aber, meine Güte, es ging eben nicht. Wenn ich wußte, sie will mich, dann hat sich bei mir überhaupt nichts mehr geregt. Erobern ist typisch Mann? Das ist totaler Schwachsinn! So sind alle. Manche mehr, manche weniger. Franziska war so, Helen sowieso und Jördis auch. Jeder will einen anderen Menschen erobern. Es reden bloß nicht alle drüber.

Ich hab mich in die verrücktesten Frauen verguckt. Eine Straßenbahnfahrerin, fast vierzig, große Nase, Raubtiergebiß, zum Beispiel. Oberarme hatte die! Sie mußte Kraftsport machen. Dagegen war ich ein halbes Hemd, und ich bin wirklich nicht schlecht gebaut! Die hat mich Nächtevoll Schlaf gekostet. Ich hab echt alles versucht, um an sie ranzukommen. Hab sie nach Dienstschluß mit einer Rose überrascht. Sie ließ mich abblitzen. Na ja, war vielleicht zu plakativ. Ich hab dann ihre Nummer rausgekriegt und sie angerufen, nein, noch schlimmer: Ich hab ihr was auf der Gitarre vorgespielt! Sie hat nur gelacht und dann aufgelegt. Ich hab später sogar eine Nacht vor ihrer Tür auf dem Abtreter verbracht. Das ganze Repertoire eben. Das ging Wochen so.

Angenervt? Aber nein. Ganz im Gegenteil! Ich war fast ein bißchen enttäuscht, als sie endlich zugesagt hatte und mit mir ausging. Aber eben nur ein bißchen. Doch dann passierte es: Als ich sie im Auto das erste Mal geküßt hab, war alles weg! Die ganze Lust, alles. Wir sind noch zweimal ausgegangen, und schon wenn ich ihr breites, durchaus sympathisches Lächeln sah, war da keine Spur mehr von Erregung. Ich hab es dann sein lassen. Sie ist sowieso viel älter, dachte ich damals. Aber daran lag es nicht.

So ging es nämlich immer. Ich hab mich in eine ganz junge Lehrerin verknallt. Die sah aus, hm, wie gar nicht von dieser Welt. Regelrecht ätherisch. Langes, dünnes, rotblondes Haar, das sie immer geflochten trug, so richtig altmodisch. Ich war hin und weg. Ich weiß nicht, ich glaube, ich erinnere mich an Menschen immer nur in Form eines Leberflecks, einer Schulter oder eben eines Zopfs. Oder so. Nie im Ganzen. Aber ich komme schon wieder ins Erzählen. Also Fagottspielen kann ich jetzt nur wegen ihr. Sie hat nämlich Fagott unterrichtet.

Oder die eine Kellnerin mit dem hinreißenden Lispeln und diesen irren Locken, und ja: die Frau aus dem Internetcafé mit ihren vielen Piercings, oder die eine vom Havariedienst, von der ich im ersten Moment dachte, es wär ein Mann. Und so weiter. Sinnlos, alle aufzuzählen. Es ist völlig egal, wie sie aussahen oder wie sie waren, ob ungeschlacht, feinfühlig, sportlich, intellektuell, träge, interessant oder alles zusammen – es endete immer gleich. Jedesmal hat es heftig angefangen, ja, es hat mich immer total aus dem Gleis geworfen, aber schon nach kurzer Zeit sind mir alle langweilig geworden.

Es war genauso, wie wenn du früher ewig auf ein bestimmtes Lied im Radio gewartet hast, mit der Hand am Kassettenrekorder sozusagen, damit du es gleich aufnehmen kannst. Gab es ja nirgends zu kaufen. Du hast also mit gespitzten Ohren und gespannt wie ein Flitzbogen gesessen und gewartet. Manchmal wochenlang. Du hast immer gedacht, das kann doch nicht sein, es kann doch gar nicht so viele aktuelle Lieder geben, jetzt muß es doch endlich kommen. Aber es kam nie. Und wenn es dann gekommen ist, dann hast du garantiert den Anfang verpaßt, weil du es nicht gleich erkannt hast. In der Erinnerung hatte es anders geklungen, irgendwie, na ja, besser. Wenn du es dann auf Band hattest, dann hast du es dreimal angehört, und danach war es langweilig. Unverständlich, daß du dafür wochenlang deine Nachmittage geopfert hattest! Mir ging es jedenfalls so. Es kam sogar vor, daß ich die Kassette nicht ein einziges Mal gehört hab, nachdem das Lied drauf war. Ist das vielleicht unnormal?

Eine Liebesgeschichte.

Aber Liebe, mein Gott – als ob sich irgendwas damit bewegen ließe! Als ob man keine zwei Arme mehr bräuchte, um ein Haus zu bauen.

Eine Liebesgeschichte also. Nein, nicht irgendeine, sondern meine. O Mann. Peinlich ist das. Und als ob ich mich nicht schon vierzehn Tage lang damit rumplagen würde, eine Liebesgeschichte zu schreiben!

1. Tag: Nicht dramatisch genug!
2. Tag: Keine zweite Wirklichkeit, ich will Träume!
3. Tag: Viel detaillierter, Alexander!
4. Tag: Mit Gefühl, bitte!
5. Tag: Geheimnisvoller!
6. Tag: Nicht ablenken, beim Thema bleiben!
7. Tag: Da lebt ja eine Nonne aufregender!
8. Tag: Ernsthaft, bitte, ernsthaft, keinen Schwulst!
9. Tag: Eine Liebesgeschichte, keine Frustgeschichte!
10. Tag: Nicht einfach in der Mitte anfangen, ich will den ganzen Anfang!
11. Tag: Nein, nicht deine Kindheit, den Anfang deiner Liebe, ja ist denn das so schwer!
12. Tag: Ekstase, keine Langeweile!
13. Tag: Poesie, keine Betriebsanleitung für Sex!
14. Tag: Mein Gott noch mal! Ich möchte eine Liebesgeschichte, ich sage das jetzt zum letzten Mal, eine *Liebesgeschichte*, und dazu gehört ein bißchen Geheimnis, hörst du? Ein geheimnisvoller Anfang, ein geheimnisvolles Ende, Dramatik in der Mitte, eine Frage zum Schluß, auf die es

keine Antwort gibt. Ich will nicht deine wirkliche Geschichte hören, Alexander. Vergiß sie! Vergiß, was passiert ist. Erzähl mir das, was ich hören will. Ja, muß man denn alles vorher noch lang und breit erklären? Morgen, höst du, morgen ist deine letzte Chance!

Ich hatte eben einfach genug. Das kann man bestimmt verstehen. Wenn man ständig enttäuscht wird, dann kommt die Trübsinnigkeit hoch. Oder die Wut. Oder man verliert den Glauben.

Und ich war enttäuscht. Von allem ehrlich gesagt. Vom Leben, von diesem Land, das alles erlaubte und sich dann nicht dafür interessierte, und von den Frauen. Wozu sollte ich denn noch komponieren? Es forderte mich ja nichts und niemand heraus. Ich hab mich zu Tode gelangweilt. Und für wen sollte ich denn komponieren, denn eins wußte ich schon zu dieser Zeit ganz genau: Es muß immer einen Anlaß geben, sonst kommt nur Schwachsinn raus. Ein Anlaß – das kann ein Verbot sein oder eine tolle Frau oder eben irgendwas, wofür oder wogegen es sich zu kämpfen lohnt. Aber Verbote? In dieser Zeit? Und in Deutschland? Hier ist doch nichts so richtig verboten! Hier ist nur alles mehr oder weniger modern. Aber so was – und das ist eins dieser Dinge, über die gern geschwiegen wird – so was ist der kreative Tod!

Mach mal was als Künstler ohne Stopschild weit und breit. Wofür oder wogegen sollst du denn da noch Musik schreiben: für das zeitige Schlafengehen? Gegen Fahrpreiserhöhungen im Nahverkehr? Okay, ich übertreibe. Aber du fängst zwangsläufig an, an deinem Sinn zu zweifeln.

Und die Frauen, die waren eben auch keine Motivation mehr. Sie waren viel zu erreichbar. So ist das eben, hab ich gedacht: Sie geben zu zeitig zu viel, und dann wundern sie sich, wenn man das Interesse verliert. Aber vor allem: dieser ganze Aufwand ihretwegen. Wozu denn, wenn ich jedesmal dasselbe erlebte? Alles wiederholte sich. Es war ja schon alles Routine, bevor ich sie auch nur nackt gesehen hatte. Es gab nichts mehr, was mich dauerhaft, na ja, ist ein komisches Wort, aber trifft es schon ziemlich gut: beflügelte!

Ich war traurig. Nein, unmännlich ist das nicht, traurig zu sein. Das ist menschlich.

Der Wunsch, etwas Bestimmtes zu bekommen oder es kaputtzumachen, kann einen echt beflügeln. Aber ich hatte keinen Wunsch mehr. Weil sowieso alles eintraf. Wie so ein dummes Gör, das sich dauernd am Ofen verbrannt und es endlich kapiert hat. Ich hab mir eben nichts mehr gewünscht. Gar nichts mehr! Ich war einfach gelangweilt von mir selbst, glaube ich. Vielleicht hab ich ja schon gegähnt, wenn ich mein Gesicht im Spiegel gesehen hab.

Das war ein kritischer Moment. Da hätte man durchaus versumpfen können. Geht ja ganz schnell: ein bißchen Alkohol am Abend oder schon am Nachmittag, die Glotze an, Beine hoch, und vorbei ist es mit hochfliegenden Plänen.

Da fiel mir diese Frau ein. Mein verrückter Fan. Und plötzlich hatte ich eine Idee.

Nein, kalt läßt es mich nicht. Sie ist unberechenbar. Helen bringt es fertig und verpfeift mich tatsächlich. Sie sitzt und lächelt, als ich ankomme, und ihr Fuß wippt. Sie ist gutgelaunt. So was darf man nie als positives Zeichen deuten. Du denkst, sie sind nett und lieb, und dann hauen sie dir ihre Krallen in die Augen! Ich weiß doch Bescheid. Mir macht keiner was vor. Ich nehme einen Schluck Bier, öffne das Notizbuch und fange an.

„Es ist vor zehn Jahren passiert. Ich habe noch in Halle gelebt. Es war ein ganz normaler Sommertag. Ich war durch die Stadt gebummelt und bin plötzlich auf diesem Jahrmarkt gelandet. So ein mittelalterliches Ding, mit Buden, wo gewebt wurde, und Buden, wo man Tee aus einem großen Kessel bekam. Überall Wolle und Stoffe und Stroh, und ein paar Schafe waren auch angepflockt. Also, ich fand es witzig und bin ein bißchen rumgeschlendert. Wie aus dem Nichts war da plötzlich diese Zigeunerin. Sie kam aus ihrem Zelt herausgeschossen, schnappte nach meiner Hand und zerrte mich mit sich. Das alles passierte so schnell, daß ich mich nicht mal gewehrt habe."

Ich sehe kurz zu Helen. Sie sieht immer noch entspannt aus. Gut. Ich lese weiter.

„In dem Zelt war es dunkel. Es roch nach Fell und Räucherstäbchen und Kräutern. Ich sah mich erstaunt um. Erst nach einer Weile registrierte ich ihr Murmeln: „... wird etwas geschehen", sagte sie gerade, „etwas, das Sie nicht einordnen können, etwas, das sich außerhalb Ihres Lebens bewegt, einer jener Zufälle, die plötzlich auftreten und die viel mehr sind als flüchtige Augenblicke, auch wenn danach niemals etwas passieren mag, was in irgendeiner Weise damit zu tun hat. Es existieren Dinge, für die es in keiner Sprache Worte gibt."

Später stand ich verwirrt wieder im Freien, das Klingeln ihrer vielen Ketten noch im Ohr, und die Sonne tat in den Augen weh. Sie hatte nicht mal Geld verlangt. Ich ließ den Jahrmarkt hinter mir. Ich hetzte. Alles war zu bunt, alles so laut. Mein Herz raste. Aber warum eigentlich? Ich war doch gar nicht abergläubisch.

Ohne vorher um Erlaubnis zu fragen, hatte sie die Karten gelegt. Dunkel war ihre Stimme gewesen. Dunkel und weich. Als sie nach einer halben Ewigkeit den Blick gehoben und mich angesehen hatte, hatten ihre Augen geschimmert.

„Tiefgrün wird sie sein", hatte sie leise gesagt. Fast ein Flüstern.

„Was?", hatte ich erstaunt gefragt, „Was wird tiefgrün sein?"

„Die Erinnerung. Die verschüttgegangene Erinnerung an sie."

Und dann hatte sie mich abrupt aus dem Zelt geschoben, ohne meine beharrlichen Fragen weiter zu beachten. Als ich ihr verlegen einen Geldschein in die Hand drücken wollte, hob sie abwehrend die Hände. Nein, Alexander, sagte sie, und ich erschrak, weil ich mich ihr gar nicht vorgestellt hatte. Sie schob mich einfach aus ihrem dämmrigen Zigeunerzelt heraus und in mein Leben hinein, und ihre Hände waren sanft dabei, beinah zärtlich."

Ich sehe auf. Helens Fuß wippt immer noch. Auf einmal bin ich traurig.

„Mehr hab ich noch nicht." Mir ist schwer ums Herz. Ich bin durchgefallen. Ganz bestimmt. Morgen wird sie mich an die Presse verraten. Morgen ist alles aus. Meine Karriere zu Ende.

Helen lächelt.

„Das gefällt mir, Alexander. Der Anfang ist jedenfalls gemacht. Ich bin gespannt, wie es weitergeht." Sie nickt in Richtung Tür. Wenn ich jetzt was sage, rastet sie garantiert aus.

Lächerlich, ich mache mich total lächerlich, denke ich auf der Straße.

Es klingt komisch, aber der Inzest hat mir vielleicht das Leben gerettet.

Was für ein pathetischer Satz! Ich meine das ja auch nicht wörtlich, sondern übertragen. Der Inzest hat den Künstler in mir gerettet. Klingt immer noch nicht viel besser, ich weiß.

Ich muß wohl noch mal zurückgreifen.

Natürlich ist mir klar, daß ich nicht verflucht bin. Ich bin ja nicht blöd. Es klingt aber interessanter, wenn man so was behauptet. Sogar wenn's nur für einen selbst ist. Mir ist durchaus klar, daß diese ganzen Enttäuschungen etwas sind, was jeder kennt, nur mancher achtet eben mehr darauf und mancher weniger.

Ich weiß auch, daß nicht diese Frau schuld an dem Dilemma ist. Auch wenn sie seit Jahren meine Aufführungen besucht. Sie ist einfach eine durchgeknallte alte Frau. Wahrscheinlich sogar bedauernswert. Vielleicht hatte sie ja einen Enkel, dem ich ähnlich sehe und der ist gestorben? Möglich ist alles. Dennoch – die erste Variante gefällt mir besser. Und dann: Jedes Leben braucht einen roten Faden. Wie soll man es sonst erzählen, ohne sich hoffnungslos in Details zu verstricken? Mein roter Faden ist der Fluch. Das sagte ich ja schon.

Sie hatte, als sie mir die Blume gab, gesagt: „Wünsche sind das Allerwichtigste im Leben, Alexander. Weil sie Kraft in uns schaffen. Sie sind sozusagen unsere Energiequelle. Je größer der Wunsch, desto größer wird auch Ihre Kraft sein. Und vergessen Sie nicht: Das, was Sie sich mit Ihrer ganzen Seele wünschen, wird immer in Erfüllung gehen. Also stecken Sie Ihre ganze Seele in Ihre Wünsche."

Oder so ähnlich. Aber: Wow! Das ist natürlich echt beeindruckend, wenn man gerade mal elf Jahre alt ist und eine Erwachsene einem so was sagt.

Als ich mit zweiundzwanzig an diese Worte zurückdachte, waren sie nicht weniger beeindruckend. Denn endlich wußte ich, was ich machen konnte, um aus dem Scheiß-Dilemma rauszukommen. Ich meine das „Wünsch-dir-was-und-wenn-du-es-erreicht-hast-langweilt-es-dich-zu-Tode-Dilemma".

Die Lösung war ja kinderleicht! Man muß sich einfach etwas wünschen, was man auf gar keinen Fall bekommen kann. Dann wird man natürlich auch nie enttäuscht sein und nie gelangweilt, weil es schließlich immer unerreichbar bleibt. Wie hatte sie gesagt: Je größer der Wunsch, desto größer wird Ihre Kraft sein.

Mein Gott, der Zweck heiligt doch die Mittel. Das war schon immer so. Und jeder andere hätte an meiner Stelle dasselbe getan. Mir soll bloß keiner so scheinheilig daherkommen. Ich wollte wieder komponieren! Das sollte als Grund doch genügen, oder? Was nützt alles Talent, wenn du keine Kraft mehr hast, irgendwas damit anzufangen? Goethe hatte schließlich auch ständig Frauengeschichten. Und noch mit siebzig oder so. Ich weiß warum. Der war clever. Fliegender Wechsel, damit er sich nicht zu Tode langweilte. Damit er immer um eine neue kämpfen konnte. Und wie kämpft ein Goethe? Indem er schreibt natürlich. Ich wollte genau diese Kraft. Ich wollte mir nichts Erreichbares mehr wünschen, sondern etwas, das unendlich weit weg war. Aber nicht, um es zu kriegen, sondern, um eine unendliche Kraft zum Komponieren zu haben. Nein, das ist überhaupt nicht um die Ecke gedacht! Schließlich hab ich während dieser Zeit tatsächlich dieses Tanzstück geschrieben. *Berührung*. Und hab ich etwa nicht alle anderen damit aus dem Feld geschlagen und den Nachwuchspreis bekommen?

Aber warum?

Tja, das hab ich nie jemandem verraten, woher ich die Kraft für all das hatte.

Ich kannte eben etwas, das zwar in meiner unmittelbaren Nähe, aber trotzdem unerreichbar war, so daß ich alle Kraft der Welt aufwenden müßte, um es zu erobern.

Meine Schwester Franziska.

Wie macht man aus nichts eine einzigartige Liebesgeschichte? In dem man auf Bleistiften rumkaut? Ich bewundere Jördis. Der fällt immer was ein. Ich bin total fantasielos. Meine Güte, warum lasse ich mich auf diesen Müll überhaupt ein?

Ich hab die Sache doch in der Hand. Ich könnte heute abend zu Helen gehen: „Überraschung! Es ist alles Quatsch.

Du kannst mich gar nicht erpressen. Weil es nicht stimmt." Und ich könnte es sogar schwarz auf weiß beweisen.

Das Blöde ist, daß diese Sache mit Franziska und meinem Alter ein viel größeres Geheimnis verdeckt. Wenn ich das Mißverständnis aufkläre, dann verliere ich nichts, das stimmt. Nichts als ein absolut unnützes Geheimnis.

Sie murren ja schon wieder. Sie kommen nicht mehr mit? Aber wie soll man denn ehrlich erzählen? Alexander gibt sich hier wirklich Mühe, bei seinem roten Faden zu bleiben.

Was meinen Sie, wie schnell es passiert, daß man was vergißt. Etwas Wichtiges. Das muß dann zwischendurch noch reingeschoben werden. Ja, das ist nicht die eleganteste Lösung, aber jetzt sagen Sie mal ehrlich, Sie kennen das doch auch: Wenn Sie etwas erleben, dann passiert so viel allein in einer einzigen Minute – ich meine zum Beispiel: Auffangen eines flirtenden Blicks, schneller Herzschlag, trockenes Gefühl im Mund, drei Gedanken im Kopf, etwas fällt Ihnen aus der Hand, jemand spricht Sie von der Seite an, und das alles im gleichen Moment –, und nun müssen Sie genau diese Minute erzählen! Was geschieht da? Sie müssen plötzlich langsam sein und alles hintereinander sagen. Aber so ein Hintereinander, ist das nicht strenggenommen schon eine Lüge, wenn die Dinge doch gleichzeitig stattgefunden haben? Das ist das Schwierige am Erzählen.

Alexanders Idee mit dem roten Faden ist doch im Grunde eine ganz gute Erzählkrücke. Man vergißt vielleicht weniger als sonst. Und hier geht es nicht um eine einzelne Minute, sondern um ein ganzes Leben! Also schimpfen Sie Alexander nicht gleich in Grund und Boden. Oder zeigen Sie mir mal, wie man es besser macht.

Helen hat am Telefon verlangt, ich soll heute abend was von Franziska einfließen lassen. Einfach so, aus Neugier, meinte sie. Aber zart.

Zart? Es ist mir leichter gefallen, zart zu schreiben, als ich angenommen hab. Aber nicht leicht. Nein, keinesfalls leicht. Wie macht Franziska so was nur? Man muß sich selbst vergessen, hat sie mir immer erklären wollen, und das geht bei mir überhaupt nicht. Helens wippender Fuß hängt in meinen Augenwinkeln, als ich anfange.

„Es war in den Blue Mountains, als es plötzlich angefangen hatte zu regnen. Es hörte gar nicht mehr auf. Die größten Regenfälle seit zwanzig Jahren. Und wir waren mitten drin. Innerhalb von einer Stunde waren die wenigen Straßen vollkommen unterspült, gepflastert waren sie dort nicht. Unsere Karte war sinnlos geworden, die Wegemarkierungen hatte das Wasser restlos weggeschwemmt. Unsere zwei Zelte standen erhöht unter einem Felsvorsprung, kleine, gelbe Trutzburgen mitten im Weltuntergang, aber trocken war es auch dort nicht. Als wir dann nach vier Tagen endlich bis in die Olgas weiterfahren konnten, hatte die Wüste geblüht. Überall waren diese winzigen Falter. Um die Seen, die sich in Felsspalten gebildet hatten, explodierte das Leben: Frösche, Quappen, Pilze, Farne. Zwei Tage nur, dann war alles weg und ausgetrocknet und die Hitze zurück. Nur die ewigen Fliegen waren geblieben. Aber ich gehe schon wieder ins Detail. Das ist uninteressant. Wichtig war der Regen. Also zurück in die Berge: Ein Feuer zu machen erwies sich als fast unmöglich. Wer denkt auch an ununterbrochene Regenfälle mitten im Februar in Australien?"

Ich sehe auf. Helen sagt nichts dazu und nichts dagegen. Wir waren nicht von den Blue Mountains in die Olgas gefahren, sondern von den Olgas in die Blue Mountains. Und Regenfälle hatte es nirgends gegeben. Sie weiß es genau: Die Blue Mountains waren klar und blau gewesen, und wir waren den ganzen Tag gewandert.

„Tagsüber sind wir durch die Gegend gestiefelt. Unter den Füßen hatte das Wasser geschmatzt. Am Nachmittag waren wir dann trotz Regenklamotten durchgeweicht und sind früh schlafen gegangen. Im Zelt war es dunkel und klamm, und ich hätte nicht sehen wollen, welche Geschöpfe der Feuchtigkeit durch heimliche Ritzen im Zelt oder über einen nicht ganz dichten Reißverschluß den Weg ins Innere gefunden hatte. Minutenlang lagen wir schweigend nebeneinander, als Franziska dann gesagt hatte: „Hörst du? Dieses Tropfen? Sogar die Vögel sind still. Das ist gruselig." Und der Regen trommelte unaufhörlich gegen die Zeltwände, und draußen gluckste und tropfte es. Wir hatten nirgends mehr einen trockenen Faden, geschweige denn am Leib. Die Schlafsäcke waren nach drei Tagen endgültig feucht, und ich dachte gerade, die trocknen nie wieder, wir werden uns alle jämmerlich erkälten, als Franziska die Finger im Dunkeln nach mir ausgestreckt und gesagt hatte: Es ist so kalt, Alexander ..."

Ob das zart genug ist?

Darf man eigentlich was von Geschlecht sagen, wenn man eine Liebesgeschichte erzählt? Von Franziskas regloser Hand auf meinem Schenkel beispielsweise, wenn wir Auto fuhren? Und bei jedem Holper war die Hand ein bißchen höher gerutscht, bis sie plötzlich auf meinem Reißverschluß lag. Von ihrer Geschicklichkeit, mit der sie mich durch den Stoff hindurch zu massieren begann, und wie Franziska die ganze Zeit unbeteiligt geradeaus auf die Fahrbahn gesehen hat. Von ...

„Franziskas Mitbewohnerinnen hatten mich immer in ihr Zimmer gelassen. Machmal hatte es lange gedauert, bis sie nach Hause kam. Aber ich habe gern gewartet und bin an ihr Bücherregal rangetreten, in dem genau dieselben Bücher standen wie in meinem. Keins fehlte, keins war zuviel. Einmal habe ich das zerlesene *Wuthering Heights* in die Hand genommen. Mein Lieblingsbuch."

Helen würde garantiert ausflippen, wenn ich jetzt erklären würde, daß ich es ja darauf angelegt hatte, daß unsere beiden Zimmer sich aufs Haar glichen. Daß ich Franziskas Zimmer genau unter die Lupe genommen hatte, die einzelnen Buchtitel aufgeschrieben und dann Großeinkauf beim Antiquariat um die Ecke gemacht hatte. Himmel, wenn ich noch daran denke, wie Franziska das erste Mal nach meinem Umzug in mein Zimmer gekommen ist und fast umfiel vor Überraschung: „Das gibt's doch nicht, Alexander! Du liest genau die gleichen Bücher. Sogar *Oxygenien*. Und hier: *Detektiv Pinky*!" Sie zog das Kinderbuch vor, in das ich nicht mal reingeguckt hatte. Es war nicht leicht gewesen, das zu kriegen. Das Antiquariat hatte ein paarmal rumtelefonieren müssen. Darüber werde ich schweigen. Ich fahre fort.

„Selbst jetzt noch passiert es manchmal, daß ich mich frage, wieso wir einander denn nur so ähnlich sind, wieso Franziska beispielsweise sogar *Wuthering Heights* so gern zu lesen scheint wie ich. Kein Mensch, den ich kenne, liest freiwillig viktorianische Romane! Und noch dazu im Original. Selbst jetzt noch erscheint mir das Zusammentreffen derart vieler Gemeinsamkeiten unheimlich."

Nach langer Zeit klappe ich das Notizbuch zu. Ich hab viel geschrieben. Helen sieht mich an und sagt: „Schön. Und fast zart."

Okay, ich gebe es zu. Meine Weste ist vielleicht nicht weiß, wenn man mir mit Moral kommen würde. Aber Moral! Jetzt mal ehrlich: dieses ganze Gerede um sogenannte Tabus. Wenn man mal ganz genau über Tabus nachdenkt, merkt man, wie blödsinnig sie sind. Ich hab nichts Ungewöhnliches getan.

Und ja – ich hab Franziska ein bißchen beschummelt. Das wollte sie doch. Ich hab sie nie geliebt, aber ich hab's einfach behauptet. Jeder will schöne Worte hören. Nicht nur die Frauen. Jetzt soll mir bloß keiner mit Gewissen und so einem Scheiß kommen. Ich hab sie nicht geliebt! Ich war verrückt nach ihr. Aber eins kann ich beschwören: Ich hätte sie gern geliebt, obwohl das alles nur noch komplizierter gemacht hätte.

Ich sitze mit einem schlechten Gewissen da, das Notizbuch in der Hand. Ich hab nur eine halbe Seite.

„Also, was passiert jetzt, Alexander?"

Als ob ich das wüßte! Von Franziska wollte Helen heute nichts mehr hören. „Wie geht die Geschichte mit der Zigeunerin weiter", hatte sie am Telefon gefragt. Aber ich hab nur diese eine halbe Seite geschrieben, mehr ist mir einfach nicht eingefallen, und ich weiß nicht mehr als das, was auf dem Blatt steht.

„Also", räuspere ich mich und fange an zu lesen, „Ich bin dann nach Berlin gezogen. Na ja, man kann nicht wirklich Umzug dazu sagen. Ich hatte nur eine Reisetasche bei mir. Keinen Möbelwagen voller Vergangenheit. Auf dieser Bahnfahrt ist etwas Sonderbares passiert. Ich habe noch nie jemandem davon erzählt.

Es war Wochenende, und die Einzelabteile quollen über vor Menschen. Fahrräder standen überall. Hunde lagen apathisch auf dem Boden. Es gab irre viele Gepäckstücke, die im Weg rumstanden. Ich bin an den Einzelabteilen vorbeigelaufen, die waren sowieso rappelvoll, weiter durch die schmalen Gänge, bin über Koffer gestolpert und an aus Reisetaschen hervorstechenden Schirmen hängengeblieben. Weiter. Hinter mir keifte jemand. Ein Baby brüllte. Weiter. Ein Hund schnappte aus Langeweile nach meiner Hose. Weiter! Und da war endlich ein Großraumabteil, ebenfalls überfüllt. Stimmengemurmel. Stickige Luft."

Ich unterbreche. Helen hat sich zurückgelehnt. Mehr hab ich nicht. Okay, ich geb's zu. Das ist nicht die Wucht. Aber was soll ich denn machen? Ich bin eben kein Schriftsteller!

Wenn Füße freundlich wippen können, dann hab ich jetzt einen vor mir. Gut, ich werde das Notizbuch jetzt einfach zuklappen.

„Meine Augen gingen auf Reise ...", lese ich auf einmal weiter, aber ich sehe nicht mehr in die Seiten. Helen bemerkt nicht, daß ich sie anschaue, weil sie die Augen geschlossen hat. Und ich lese. Ihr blasses Gesicht, mein Gott, sie ist ja so blaß! Ich höre meine Stimme aus der Ferne. „Meine Augen gingen auf Reise, durch die Reihen und dort ..." Helen sieht eigentlich nicht so aus, als würde sie jemandem das Messer in den Rücken rammen. Ihre im Schoß verkrampften Hände, so schmale Hände! Vielleicht hab ich mich geirrt? Und ich lese. „Meine Augen gehen auf Reise, durch die Reihen und dort, zwischen ein paar Schülern ..." Ihre Gesichtszüge werden immer weicher. Warum tut sie das alles? Aus Bosheit? Ich weiß nicht, irgendwie kann ich mir das gerade nicht ... Und ich lese.

„Meine Augen gingen auf Reise, durch die Reihen, und dort, zwischen ein paar Schülern, war tatsächlich noch ein leerer Platz am Fenster. Ich hievte die Reisetasche aufs Gepäcknetz, entschuldigte mich bei jemandem, dem ich auf den Fuß getreten war, und endlich saß ich. Aufatmend sah ich aus dem Fenster. Bäume, Zäune, Wiesen. Irgendwo zwischen Halle und Berlin. Der Zug fuhr durch Nebel. Ich war von einer Moormelancholie umsponnen. Das Stimmengemurmel im Zug versank langsam im trägen Fluß meiner Gedanken. Ich sah aus dem Fenster, und die Bäume wuchsen aus dem Nebel wie aus einem zart wabernden Wasser. Der Erdboden war von ihm verschluckt, und sogar das Licht war feucht und grau."

Was erzähle ich denn da? Hab ich ein Buch verschluckt oder was? So ein Gesülze! Hm, in meiner Klasse gab es so einen, der hatte ein fotografisches Gedächtnis, der konnte ganz lange Texte auswendig vortragen. Aber ich hab mir doch gar nichts eingeprägt vorher! Vor allem nicht so was, na ja, Schmalziges. Das ist doch nicht normal. Den Mund aufmachen und sprechen, als wäre das nichts...

„... ist die Wildheit in meinen Träumen, dachte ich, als ich aus dem Zugfenster sah. Man müßte sich Träume an die Sohlen nageln können. Dann hat man den Himmel unter den Füßen. Und in den Pfützen fliegen die Tauben.

Mein Blick ging zurück ins Abteil. Über die Köpfe, durch die Reihen. Es war ein Blick, der vor Behagen gepfiffen hätte. Ein Blick, der gemütlich vor sich hinbummelte. Ein Blick, der weit ausschwärmte und dann, ganz zufrieden, wieder zurückkehrte. Doch plötzlich – ein Holpern, ein Stolpern des behende wandernden Auges. Ein Aufschrei, wenn ein Blick Schreie ausstoßen könnte. Ein Schreck, der mich durchfuhr und meine Kopfhaut überzog mit unsichtbaren Blasen, die nacheinander platzten.

Ihre Augen!

Mein Blick stürzte in ihre Augen. Seegrüne Augen. Taufunkelnd aufglänzende Pupillen, ein einziges lockendes Augenmoor, in das mein Blick hinabtrudelte wie ein Sumpfrosenblatt, hinab, hinab in diese unsägliche Tiefe, aus der mir tausend ertrunkene Blicke entgegenspiegelten. Ich starrte in diese Augen, die mich fest umschlossen und wieder freiließen.

Zurück!

Ich riß mich zurück. Fort von diesen Augen, zurück auf meinen Sitz, aufkeuchend. Ein Schrei in mir, den ich nicht ausgestoßen, eine Stimme in meinen Tiefen, die ich nicht kannte. Ein Echo, tiefgrün."

Ich höre auf. Mein Mund ist trocken. Was rede ich da? Ist das echt aus meinem Kopf gekommen? Das ist doch irre! Gleich wird Helen in Lachen ausbrechen, ich weiß es, gleich... Wie schön sie ist. Sie öffnet die Augen.

„Daß du so schreiben kannst", sagt sie.

„Ich ..."

Aber ich sage nichts.

Etwas passiert hier. Etwas ist total komisch. Am besten, ich rufe Jördis an.

„Sag mal, du schreibst doch. Mir passiert im Moment was, äh, Sonderbares. Ich schreibe gerade so eine kleine Geschichte auf, halb echt und halb ausgedacht, und ..."

„Du schreibst?" unterbrach sie mich.

„Na ja, nicht so, wie du denkst. Ich schreibe ein bißchen, äh, Tagebuch oder so ..." He, das war die Superidee: Tagebuch! „... weil, na ja, weißt du, Helen hat gemeint, ich sollte das mal ausprobieren, und jetzt mach ich das eben, und ..." Meine Güte, kann ich denn keinen vernünftigen Satz mehr bilden? „... also, ich schreibe nicht genau das auf, was passiert ist, verstehst du, das wär mir zu langweilig, ich hab's schon probiert. Da krieg ich einen Kollaps, wenn ich alles nur wiederhole. Also es ist vielleicht gar kein richtiges Tagebuch, sondern so eine, na ja, wie soll ich's sagen, so eine Art erfundenes Tagebuch, verstehst du, und jetzt passiert so was Komisches. Ich weiß ja, daß es ausgedacht ist, aber ich hab plötzlich das Gefühl, daß es stimmt, Jördis. Als ob ich das tatsächlich schon mal erlebt hätte. Ist das nicht ein Ding? Und du schreibst doch auch, und ..."

„Warum rufst du mich deswegen an, Alexander? Erinnerst du dich nicht mehr, was du mir damals bei unserem Interview gesagt hast? Du willst keine Musik machen, die zeigt, was um uns passiert, sondern in uns? So ist es mit dem Schreiben auch. Es ist völlig egal, worüber du schreibst. Sogar wenn du schreibst, du wärst ein Hund und frißt Frösche, es würde immer so ein bißchen stimmen, weil es ein Stückchen von dir ist, sobald es dir einfällt. Es passiert in dir."

„Nee, das meine ich nicht!" Mist, sie versteht mich nicht. „Es ist ganz anders. Ich habe da zum Beispiel was von meinem Umzug geschrieben, damals von Halle nach Berlin. Ich bin ja mit meinem Auto umgezogen und einem kleinen

Anhänger, und ich war ganz allein. Jetzt hab ich aber was anderes erzählt, äh, geschrieben meine ich, und jetzt wird der richtige Umzug immer unwirklicher. Ich vergesse ihn. Ich sehe den falschen Umzug immer deutlicher, wie ich in so einem überfüllten Zug bin, und na ja, das spielt ja keine Rolle, aber ..."

„Du meinst, das ausgedachte Bild überdeckt das echte?"

„Genau!"

Sie sagte eine Weile nichts. Dann antwortete sie leise.

„Weißt du, Alex, du bist mein bester Freund, und ich will dir etwas verraten: Ich habe vor langer Zeit eine Frau gekannt; von der habe ich nie jemandem erzählt. Diese Frau hat mir genau dasselbe zu erklären versucht wie du gerade. Sie hat gesagt: Schreiben Sie nicht das, was ist, sondern das, was sein könnte. Dann schreiben Sie ehrlich."

Schweigen.

„Wer war das?"

„Das ... das kann ich dir leider nicht sagen. Es hängt zuviel daran. Aber komm doch einfach heute abend vorbei, und wir quatschen ein bißchen."

„Tut mir leid, Jördis, ich bin leider schon, äh, verabredet."

Wenn man sein Leben erzählt, muß man dann immer beim Elternhaus anfangen? Bei der kleinen Stadt an der Prißnitz, dem Haus direkt am Fluß, den wochenendlichen Ausflügen nach Prag, wo ich meine erste Jeans gekauft hab? Muß ich wirklich davon erzählen, wie schwierig es für Franziska und mich war, unser Verhältnis geheimzuhalten? Es gibt heutzutage nur wenig Sachen, die tabuisiert sind, und der Inzest gehört dazu. Er ist sogar illegal. Aber ich hab gerade keine Lust, das alles durchzukauen. Ich will jetzt keine Gespräche über Moral führen. Darum geht's nicht. Mir geht's um was ganz anderes.

Um den Fluch nämlich. Damit man sein Leben richtig erzählen kann, muß man schließlich beim Faden bleiben. Diese alte Frau also: Ich bin ihr später so oft begegnet. Ich erinnere mich nur nicht richtig daran. Ich erzähle keine Storys. Es stimmt wirklich, daß ich sie vergessen hab. Und es kostet eine ganze Menge, bis man alles vergessen hat. Es kostet die Erinnerung. Aber verdammt. Ich soll mein Leben erzählen. Und sie ist mein roter Faden. Ich muß mich erinnern. Ich muß...

Wir haben bestimmt sogar miteinander geredet. Auch das hab ich vergessen. Es kam mir wahrscheinlich nicht wichtig vor. Und wenn jetzt einer mit dieser Gedächtnis-und-Sieb-Sache kommt, dann will ich aber mal wissen, wie der das denn macht; sich alles zu merken, was später mal wichtig sein könnte, meine ich. Man muß sich das doch nur mal vorstellen: Jeden Tag begegnest du auf der Straße so vielen Leuten, aber du beachtest sie überhaupt nicht. Sie spielen ja auch keine Rolle. Aber, ha, wenn du dir einen Film anguckst, da siehst du dir alle Figuren ganz genau an, und sobald eine alte Frau ins Bild läuft mit rotem Haar und einem schwarzen Rock mit roten Rosen drauf, wirst du wachsam und merkst dir das ganz genau, weil du denkst: Das hat doch was zu bedeuten, die taucht bestimmt noch mal auf. Die könnte vielleicht sogar Hauptfigur werden.

Ich soll mein Leben erzählen? Aber ich hab die Frau vergessen! Wie soll das denn gehen?

Und wenn Vergessen und Erinnern dasselbe wären? Und wenn man Erzählen und Lügen austauschen könnte? Wenn es ganz egal wäre, was wirklich passiert ist, weil letztendlich doch nur das Gefühl entscheidend ist? Das Gefühl nämlich, daß es genau so hätte passieren können? Seien Sie nicht verärgert. Sie lesen doch nur ein Buch! Das ist keine Abbildung der Realität. Das hier ist Unsinn.

Ob mein Leben anders verlaufen wäre, wenn ich sie einfach nach ihrer Adresse gefragt hätte? Oder wenn ich einfach irgend jemanden nach seiner Adresse gefragt hätte? Ja, wie wäre das wohl: einfach auf jemanden zuzugehen, den man gar nicht kennt, jemand von den Tausenden, die jeden Tag an einem vorbeilaufen? Sich einen davon rauspicken und ihn festhalten? Für immer? Ihn zur Hauptfigur machen? Meine Güte, jeder Mensch kann die Hauptfigur im Leben sein! Man hat es doch in der Hand.

Ich möchte das gemacht haben. Ich möchte, daß diese alte Frau mit mir geredet hat. Immer wieder neu. Ich möchte, daß sie mir einmal gesagt hat: „Lieben ist das Schwierigste, Alexander, weil es so einfach ist und weil die einfachsten Dinge uns am schwersten fallen. Es heißt nämlich, eine Gewohnheit zu durchbrechen. Und das ist es schon. Eine Gewohnheit zu durchbrechen bedeutet nichts weiter, als einen Menschen festzuhalten, an dem Sie sonst vorbeigegangen wären! So einfach ist das, Alexander."

Ich will, daß mir jemand so was gesagt hat! Ich will, daß *sie* mir das gesagt hat! Ich will eine Hauptfigur in meinem Leben. Ich hab zu viele Sätze nicht gehört. Zu viele Worte sind mir verlorengegangen, weil ich niemanden angesprochen hab. Aus Trägheit? Aus Blödheit? Aus Schiß? Aus ... was weiß ich. Die alte Frau, womöglich hätte sie mir gesagt: „Liebe ist erschreckend einfach, Alexander. Man sucht sich einen Punkt im Universum aus und umkreist ihn." Ja, solche Worte meine ich.

Vielleicht wäre ich jetzt Amerikaner, wenn ich einfach mal eine Jill angesprochen hätte? Vielleicht würde ich mit einem Mann leben, wenn ich nicht immer eine Maike, Franka, Christa oder Michaela, sondern einen Maik, Frank, Christian oder Michael angeguckt hätte? Kann man so was auch im nachhinein noch tun? Ich möchte jemanden für immer festhalten. Vielleicht ist es ja dieses Unvermögen, das mich gerade so auspowert? Ich will eine Antwort.

Am liebsten will ich die alte Frau an ihrem roten Haar zurückzerren!

Womöglich hat Helen genau das erkannt.

Scheiße, was passiert hier überhaupt? Sie erpreßt mich! Sie will mich kaputtmachen. Sie ist ein Schwein! Sie hat sich zwischen Franziska und mich gedrängt und zwingt mich, irgendwelche Märchen zu erzählen!

Aber es stimmt doch sogar: Ich kann die Wahrheit nicht aussprechen. Hat sie das etwa gespürt? Ich kann die Wahrheit nicht aussprechen; ich ziehe Märchen vor. Nein, Liebe, würde die alte Frau es nennen. Es macht mir langsam Spaß, diese Geschichte zu erzählen. Das ist doch völlig bekloppt! Ich halte das Notizbuch auf den Knien, als ich lese.

„Ich sah wieder aus dem Fenster. Aber mein Herz raste. Was war das? Ich war doch sonst nicht so, na ja, so emotional? Woher kam dieses Verlangen, ihre Finger zu umfassen und sie an die Lippen zu führen? Woher wußte ich, wie sie schmecken würden?"

Darf man in einer Liebesgeschichte wirklich nicht von Geschlecht reden? Ich will eine Antwort. Ich brauche eine Antwort. Schnell!

„Meine Hände verkrallten sich im Stoff meiner Hose. Ich hielt sie zwanghaft still. Ich war in einem Zug! Es war kaum zu ertragen. Meine Finger zuckten; sie wollten ein Muster nachzeichnen. Ein uraltes Muster mitten auf meinem Körper. Ja, ich kannte die Spur ihrer Hände. Spuren von Nägeln. Lange weiße Striemen, quer über der Haut. Eine flüchtige Berührung ihrer Lippen auf meinen Schenkeln. Finger, die mein Schamhaar durchkämmt hatten. Eine Zungenspitze, auf der Spitze meines Glieds. Feuchte Spuren überall. Ein Biß auf der Brust. Eingegraben. Alte Verwundungen, die wieder schmerzten. Sie war keine Fremde. Woher kannte ich sie?"

Was les ich da nur? So redet doch kein Mann! Meine Hand zittert. Meine Güte, wo führt das hin?

„Helen, ich kann jetzt nicht weiterlesen." Ich glaube, ich bin rot. Mein Kopf fühlt sich zumindest heiß an. Ich sehe sie an. Sie sieht auf meinen Schritt. Ich senke gleich wieder den Blick. Peinlich! Ihr Fuß wippt, aber ihre Stimme bebt ein bißchen, als sie antwortet:

„Warum?"

„Weil, äh, lach nicht, aber ich fange an, mich an alles zu erinnern."

Es war der Semesterball. Da waren wir zweiundzwanzig. Wir waren beide hingegangen. Es war aber nicht abgemacht.

Franziska hatte einen schwarzen Anzug und ein weißes Hemd an. Ich trug das gleiche. Das war wieder ein kurioser Zufall. Sie kam etwas später, und ich sah sie sofort. Ich beobachtete sie von weitem.

Die Party war todlangweilig. Schlechte Musik, und die Stimmung war unter aller Sau. Ich hatte gerade überlegt zu gehen, als Franziska reinkam. Klar, hatte ich mich gefreut, sie zu sehen. Ich ging zur Bar und bestellte zwei Sekt. Man kann mit seiner Schwester doch mal einen Sekt trinken, oder? Dann schlenderte ich zu ihr.

„Mein Blick schwamm durch die Reihen zurück zu ihr, ein schillerndes Wimperntier, und sank dann sanft über sie."

Komisch, es gibt jede Menge Sätze, die findet man einfach nur bescheuert, bis sie einem selbst über die Zunge kommen.

„Ich betrachtete sie. Rötlichgraues Haar, ruhige Hände, ein faltiger Hals. Doch ihre Kleidung, alterslos. Geeignet für eine Zwanzigjährige oder – für sie."

Ja, Himmel, wie alt ist sie? Ich koche mir erst mal einen Kaffee. Helen wird Fakten wissen wollen heute nacht. Fünfundsechzig? Siebzig? Noch älter? Meine Güte, das ist ja grotesk. Wieso denn so eine alte Schrulle? Das muß ich streichen.

Oder nicht?

Schließlich ist es *meine* Geschichte!

„Sie hob die Augen. Und wieder dieses Gefühl ihrer Spuren auf meiner Haut. Spuren, die ein fordernder Mund hinterlassen hat, Spuren einer unbezwinglichen Zunge, Spuren ihrer grabenden Zähne. Bisse, die nach innen gewachsen sind.

Sie sah mich an, eindringlich. Ihr Blick spannte sich über die Reihen. Tiefgrün. In diesem Moment war er begreifbar geworden. Als könnte ich, wenn ich die Hand ausstreckte, einfach nach diesem Blick greifen, wie nach einem Faden. Dann – die knarrende Stimme des Zugführers durch den Lautsprecher: In wenigen Minuten würden wir Berlin erreichen.

Sie riß den Blick entzwei, wendete sich ihrem Gepäck zu, wurde geschäftig. Der Faden hing noch in der Luft. Und sank herab. Langsam.

Sie griff nach ihrem Mantel. Kurz, elegant, grün. Makellose, tiefgrüne Haut."

Ich trinke einen Schluck und verbrenne mir die Zunge dabei. Verdammt. Aber weiter. Ja, wie ging's weiter?

„Sie verließ das Abteil. Ich erhob mich ebenfalls. Ich stand hinter ihr, an der Tür. Sie war schlank, hochgewachsen. Am Ausgang war es eng, und ich schob mich näher an sie heran. Noch fuhr der Zug; noch waren wir nicht im Bahnhof. Ich sah sie an. Ihr Haar war mit einer silbernen Spange zusammengehalten. Die Erinnerung an eine tizianfarbene Verlockung. Meine Hand ging bereits in die Höhe, hob schon eine zarte Haarwelle auf, betastete sie. Da drehte sie sich um und sah die Locke in meiner Hand. Sah, wie ich zusammenzuckte. Die Locke fallenließ. Ertappt. Verlegen.

Völlig unerwartet kamen die Worte. Sie sprach langsam, als würde sie erst nach dem Sinn suchen.

Sie hatte die Stimme einer Zwanzigjährigen, Dreißigjährigen, Vierzigjährigen …

„Meinen Sie, mich zu kennen?"

Ich sehe sie nur an. Und mein Herz schlägt wie verrückt."

Ich klappe das Notizbuch abrupt zu und starre auf den Deckel.

Das gibt's doch nicht! Das ist doch alles nur ausgedachter Unsinn. Aber genauso war es. Ihre Augen, tiefgrün wie sonstwas! Und ein schwarzer Rock mit roten Blumen, oder war er rot mit schwarzen Blumen? Ich kenne das alles. Ich schiebe das Notizbuch an die äußerste Ecke des Schreibtischs.

Was Helen davon halten wird? Ich muß ihr das unbedingt vorlesen. Warum ruft sie nicht an? Es ist schon weit nach Mitternacht.

Ich kämpfte mich mit dem Sekt durch die Massen. Und als ich endlich vor ihr stand, flüsterte sie plötzlich: „Laß uns so tun, als ob wir uns nicht kennen würden."

Es war unser Kindheitsspiel. Wir haben, wenn wir im Urlaub in einer fremden Stadt waren, manchmal so getan, als ob wir Fremde wären, die sich gerade kennenlernen. Wir hatten ganz dramatische Auftritte geübt mit Ohrfeigen und Anbrüllen und so. Auch später, wenn wir gemeinsam von Berlin nach Hause zu unseren Eltern gefahren sind, haben wir dieses Spiel noch gespielt. Manchmal aus Zufall, manchmal aus Berechnung. Ich bin fünf Minuten eher zum Bahnhof gegangen, und wenn Franziska dann ankam, ließ sie den Koffer effektvoll aus der Hand gleiten, griff sich ans Herz und stieß einen kurzen, aber wirkungsvollen Schrei aus. Alles starrte uns an. Ich stürzte daraufhin auf sie zu, rang die Hände und rief laut: „Julia, ich dachte, du bist tot.

Mein Gott, Julia, zehn Jahre! Und du lebst!" Oder so ähnlich. Es war köstlich. Niemand hat diese Spiele so perfekt zu spielen gewußt wie Franziska. Sie fiel in meine ausgebreiteten Arme und schluchzte laut an meiner Schulter: „Lars-Olof, ich wollte dich vergessen, und jetzt das. Ach, Lars-Olof!" Wir waren jedenfalls immer der Mittelpunkt sämtlicher Aufmerksamkeit.

Laß uns so tun, als ob wir uns nicht kennen würden.

Ich hätte doch aufhorchen müssen! Das war einer der Momente, an dem die Uhren stehenzubleiben pflegen. Warte bis Mitternacht, schiele, während die Uhr schlägt, so doll, daß dir die Augen weh tun, und sprich eine Lüge aus. Dann bleiben die Augen und die Uhren stehen. Für immer.

Aber das ist Quatsch. Wir haben es als Kinder probiert. Nichts ist stehengeblieben.

Ich hatte nichts erwidert, und auch sie schwieg, als sie das Glas entgegennahm. Sie stand sehr gerade, sie ist genauso groß wie ich, und ihr Lächeln war hinreißend. Wir stießen an, und dann hob sie das Glas und trank es in einem Zug leer. Und als sie es abstellte, begann sie zu lachen, ein unfaßbares Lachen, und sah mir dabei tief in die Augen.

„Wollen Sie tanzen, meine Dame?" hatte ich gefragt, und sie nickte. Ich reichte ihr meinen Arm und führte sie zur Tanzfläche. Es war so leicht. Es paßte alles zusammen. Vielleicht hätte ich meinen absurden Plan ganz schnell vergessen, wenn es diesen Abend nicht gegeben hätte. Den Plan, meine Schwester zu verführen, meine ich. Man gibt die meisten Dinge doch noch vor der Ausführung wieder auf. Aber mit solchen Glücksfällen wie jenem Abend, das hatte ich sofort gewußt, wird man nur geizig beschenkt. Es wäre eine unverzeihliche Blödheit gewesen, nicht durch die Tür zu gehen, wenn sie einem so überraschend weit aufgemacht wird.

Wir hatten noch nie vorher zusammen getanzt. Keine Ahnung, warum. Als ich feststellte, daß wir sehr gut harmonierten, fragte ich sie: „Können Sie Tango?" Und sie nickte. Also ging ich nach vorn und bat darum.

Ich weiß nicht, weshalb alles funktionierte. Sie hatte den Kopf gehoben und sah an mir vorbei. Ich betrachtete ihr Profil aus den Augenwinkeln. Einige kleinere Locken hatten sich aus dem strengen Knoten gestohlen und zeigten wild in verschiedene Richtungen. Als ob man im Dunkeln in einen Spiegel sieht, dachte ich. Die Locken bildeten einen anziehenden Kontrast zu ihren kantigen Zügen. Franziska ist ausgesprochen schön. Aber wie hatten wir dieses Haar früher gehaßt! Schafe, hatte Eva immer gesagt, wir haben zwei Schafe in der Familie. Jetzt haben wir uns mit dem Gewölle ausgesöhnt, das man nie bändigen konnte, es sei denn, man ließ sich die Haare raspelkurz schneiden.

Ihr Mund war zusammengepreßt, doch sie tanzte unglaublich gut. Keine Drehung machte Mühe. Keine Unsicherheit zwischen uns. Dabei muß man so was doch lange üben? Sie gab sich meiner Führung vollkommen hin. Das war eine ganz neue Seite. Ich hatte halb erwartet, daß sie wie immer und überall die Führung übernehmen würde. Warum also nicht auch beim Tanzen? Als ein neues Lied einsetzte und die Tanzfläche sich wieder füllte, löste sie sich von mir und trat zurück. Ich ging einen Schritt auf sie zu, aber sie wich mir aus.

Die merkwürdige Spannung zerriß erst, als mich Henry plötzlich von hinten ansprach. Das war das berühmte Schlüsselerlebnis, denn von diesem Moment an hatte ich immer Schiß vor Henrys Stimme oder seiner Hand auf meiner Schulter. Ich drehte mich um und grüßte grinsend. Es war ja auch nichts weiter passiert, als daß ich mit meiner Schwester getanzt hatte. Als ich wieder zu Franziska sah, war sie verschwunden.

So fing alles an. Vielleicht. Jedenfalls würde mir das so gefallen.

„Diese Frau vorhin – ihr seht euch ziemlich ähnlich", sagte Henry später. Wir standen an der Bar.

Ich schwieg eine Weile und trank mein Bier. Franziska war eine auffallende Erscheinung. Henry war neugierig, schließlich hatte ich schon seit längerem nichts mehr laufen. Eigentlich wollte ich nichts dazu sagen, aber er wartete. Und die nächsten Worte waren so leicht wie, hm, so leicht wie Seifenblasen vielleicht.

„Kein Wunder." Ich nahm einen tiefen Schluck. „Sie ist meine Schwester. Wir sind, na ja, Zwillinge."

Mitten in der Nacht knallt es. Ich schrecke auf. Es ist stockdunkel und kalt. Ich taste herum. Ich liege auf dem Boden. Neben mir liegt der umgefallene Stuhl. Was ist hier los?

Am Schreibtisch eingeschlafen? Wann ist mir so was denn das letzte Mal passiert?

Ich rappele mich auf, und alles tut weh. Mein linkes Bein ist eingeschlafen. Ich schlurfe in die Küche und sehe auf die Uhr. Vier Uhr früh, und Helen hat nicht angerufen! Das ist das erste Mal seit der ganzen Geschichte. Was soll dieser Mist? Will sie mich erst um fünf oder so aus dem Haus zitieren? Oder hat sie etwa angerufen, während ich geschlafen habe?

Nein, der Anrufbeantworter blinkt nicht. Komisch.

Ich hasse solche unplanmäßigen Überraschungen. Sie führt bestimmt was im Schilde. Ich weiß doch Bescheid. Mir macht keiner was vor!

Ob ich einfach ins Bett gehe? Hm, damit sie mich dann rausklingelt, wenn ich gerade fünf Minuten schlafe? Ich bin doch nicht blöd. Das ist bestimmt nur 'ne neue Strategie. Ich koch mir jetzt einen Kaffee und werde einfach warten!

Ich kann ja auch noch ein bißchen weiterschreiben. Schadet ja nichts. Wo war ich gleich stehengeblieben?

„Meinen Sie, mich zu kennen?"

Ich kann ihre Stimme fast hören. Interessant. Machen wir weiter:

„Und ich – ich schwieg. Ich streckte meine Hände aus. Sie griff zu. Ohne zu zögern, ohne Befremden, einfach so. Sie hielt meine Hände in ihren, den alten, faltigen, fuhr mit den Daumen über meinen Puls, und dann, übergangslos, preßte sie mich an die Wand, die Gelenke fest in ihren Händen, und beugte sich über mich.

„Wenn Sie einen Namen für die Nacht brauchen, dann nennen Sie mich Elise", sagte sie rauh. Sie war so stark! Ihre Lippen lagen fast auf meinen, während sie sprach. Und ich hörte nicht mehr, was sie sagte, ich spürte es. Die Worte lagen auf meinen Lippen. „Elise", sagte sie wieder. Und ich sprach einfach mit: Elise. Dann schob sie ihre Zunge in mich, als ob sie den Namen hineinschieben wollte. Sie strich mit ihren schlanken Händen über meine Brust, krallte sich dann in meinem Rücken fest."

Ich knalle den Stift auf den Tisch, und er rollt herunter. Mein Gott! Was schreib ich da? Da ist doch was faul. Mich legt keiner rein. Mich nicht! Ich stürze den Kaffee hinunter. Elise?

Daß ich mich nur schreibend erinnern kann!

Das gibt's doch nicht. Ich nehme die Brille ab und wische mir über die Augen. Ich bin einfach nur übermüdet. Das wird's sein. Ich stütze den Kopf in die Hände und starre in die Luft. Überreizte Nerven. Der Schlafmangel, ist ja auch kein Wunder.

Aber nein. Nein!

Ich war mir so sicher gewesen, daß ich mir endlich verziehen hätte.

Ich hatte doch alles vergessen. Vergessen wollen! Ich hab den Namen schließlich nicht mehr ausgesprochen, hab nicht mehr an sie gedacht. Ich hab sie ausradiert aus meinem Leben. Elise! Ich hab meine Hauptfigur zu Tode geschwiegen.

Ich erinnere mich wieder, wie Sie mir damals eine Karte geschrieben haben, Elise, kurz nachdem ich diesen Preis für meine Sinfonie bekommen hab.

„Das einzige, das nie altert, das einzige, dessen Schönheit die Zeit nie zu schmälern vermag, ist die Erinnerung. Vergessen Sie das nie, niemals, Alexander!"

Ich hab die Karte weggeworfen. Ich hab Sie weggeworfen. Ich wollte Sie nicht! Aber Sie haben nie aufgegeben. Sie sind immer wieder gekommen. Bei jeder Aufführung waren Sie dabei. Und ich hab Sie immer sitzen sehen. Aber ich hab mich weggedreht und mit Bekannten geredet, wenn Sie nach der Vorstellung auf mich zukommen wollten. Sie wollten, daß ich Sie anspreche, nicht wahr? Mein Gott. Können Sie mir das jemals verzeihen, Elise?

Ich ... ich hatte einfach nur Schiß.

Denn was wäre, ich frage Sie, was wäre, wenn es nur ein einziges Wort gäbe, eins unter allen, das einen, sobald es ausgesprochen wird, verwunden könnte?

Ich hab einen Satz im Ohr, aber ich erinnere mich nicht mehr, woher ich ihn kenne.

„Schicksal gibt's nicht, Liebster, es gibt nur ein Eingesperrtsein in Worten."

Wer hat das mal gesagt?

Man müßte sich erinnern können.

Erinnern an den Abdruck meines Blicks auf ihrer Haut. An mein jähes Luftholen, als ich sie erkannt hatte. An die Tonlage ihrer Seufzer, die aus ihr heraustrieben, später.

Man müßte sich erinnern können ...

Sie war alt. Sie war verlebt. Sie hatte schon keine Zukunft mehr. Aber das spielte keine Rolle. Eine Rolle spielte nur ihr Haar. Und wie es duftete und meinen Mund lockte. Und der Klang ihres Namens auf meiner Zunge dann, der sich auflöste wie ein Sahnebonbon: Elise ...

Jetzt ist es aber genug? Die dritte Elise. Das ist der Zufälle zuviel? Kann ich denn etwas dafür, daß sie gerade Elise heißt? Und außerdem: Das ist doch das Tolle an Büchern: Man kann die Zufälle ballen.

Es stimmt also. Sie war nicht alt. Sie war nicht alt! Ich will mich erinnern.

Ich hebe den Stift auf und schreibe hastig, automatisch, ohne anzuhalten.

„Als ich die Augen schloß, erkannte ich sie: ihren blühenden Leib, cremefarben, biegsam und lauernd, ihr rotgoldenes Haar, das sich auf meinem Bauch gelockt hatte, wenn ihre Zunge in meine Achselhöhle gegangen war und sie sich darin festgesaugt hatte. Wenn sie dann weiterwanderte, über die Brust und in den Bauchnabel. Sie wollte, daß ich mich nicht bewege. Launisch war sie immer, ließ die Augen und die kleinen Zähne blitzen, wenn etwas gegen ihren Willen passierte. Entweder auf ihre Weise oder gar nicht. Sie tänzelte mit ihren Nägeln rund um meinen Bauchnabel, und reflexartig wollte ich nach ihrer Hand greifen. Bleib still, hatte sie gesagt, oder ich gehe auf der Stelle.

Bleib still, wenn ich nur eine Hand in ihr Haar legen wollte. Wenn ich ihre Brüste oder die Lippen berühren wollte. Bleib still, wenn sie über mir hockte und mich in sich einführte. Gleichgültig, wie nebenbei. Bleib still, wenn ich dann in ihr war. Wenn sie anfing, sich langsam, ganz langsam zu bewegen und mir ihren Rhythmus aufzwang. Immer sah sie mich an dabei, tiefgrüne Augen, hochkonzentriert, und ich durfte mich nicht bewegen. Ich spürte nichts von ihrem Körper, nichts als ihr Geschlecht, denn sie hockte über mir, nur auf den Fersen, berührte mich nicht, hatte die Beine weit gespreizt. Bleib still! Und dann nahm sie meine Hand und küßte sie, biß leicht in den

Ballen, ging mit der Zunge zwischen die Finger, legte sie dann auf ihre Brust, drückte leicht zu, ließ wieder locker, drückte wieder zu, bis ich den Rhythmus gefunden hatte, den sie von meiner Hand verlangte. Aber meine Lenden mußten reglos bleiben und blieben es auch, bis auf die unwillkürlichen Zuckungen, ein kaum merkliches Heben und Entgegenkommen, das ich noch nie kontrollieren konnte.

Später nahm sie meine Hand von ihrer Brust und führte sie an sich herab, ließ sie in das rote Haardreieck gehen, griff sich meinen Zeigefinger, führte ihn über ihr Geschlecht, machte ihn naß daran, und dann strichen wir gemeinsam über das Stück von mir, das in langsamen Abständen aus ihr auftauchte und wieder in ihr versank, in dem Rhythmus, den sie mit ihrem Becken vorgab. Langsam, sagte sie, als sie meine Finger zu ihrem Geschlecht zurückführte, dorthin, wo die Lippen in der kleinen, festen Perle zusammenliefen. Langsam, und ließ mich dort allein. Und ich weiß nicht, was es war – vielleicht diese Freiheit, mit der sich einfach das griff, was ihr Lust bereitete, ohne daß ich jedoch Einfluß nehmen durfte, diese Bestimmtheit, mit der sie dann ihren nassen Finger auf meine Unterlippe legte, darüber hinwegstrich und sie befeuchtete, doch sofort wieder wegzog, als ich ihn einsaugen wollte, ja eben diese Selbstverständlichkeit, mit der sich alles nahm, was ich ihr geben konnte und noch ein bißchen mehr – ja, vielleicht wußte ich deswegen, auf welche Weise sie zu berühren war, und konnte es auszuhalten, mich nicht willkürlich in ihr zu bewegen, obwohl es eine Qual war, sie nicht zu durchbohren, nicht ihre Hüften zu packen und mich in sie hineinzustoßen, und obwohl ich genau das wollte: mich bis ins Herz zu ihr durchstoßen, schneller und viel schneller. Aber nein, sie bestimmte die Dauer und Tiefe und Schnelligkeit, stützte sich dann rechts und links neben meinem Kopf auf, beugte sich nach vorn und hielt vollkommen still. Eine Ewigkeit verging so. Es war unerträglich. Aber wenn ich einen Ton sagen oder einen vorsichtigen Stoß wagen würde, wäre sie weg, das wußte ich. Es war zu oft passiert, als daß ich dieses Risiko noch einmal eingehen würde.

Sie schien in sich hineinzulauschen, starrte auf mich herunter, aber sie sah durch mich hindurch. Und unvermittelt begannen sich die Muskeln ihres Geschlechts zu bewegen. Als hätte sie dort einen Mund, der erst schwach, dann immer stärker an mir zu saugen begann, mich wegstieß, mich wieder heransaugte. Sie selbst blieb vollkommen still, nur ihr Geschlecht war in Bewegung. Und meins reagierte, rieb sich in ihr, schien in sie hineinzuwachsen.

Ich hab nie darüber nachgedacht, daß es Menschen geben könnte, die perfekt zueinanderpassen, aber für diesen einen Augenblick war alles perfekt. Sie war es, zu der ich paßte. Mein Geschlecht, das in ihres sich einfügte. Das war keine Frage von Mann und Frau; das war eine Frage des Augenblicks. Auf einmal begann sie zu zittern. Überall. Ihr Haar fiel mir ins Gesicht, aber es störte nicht, es kitzelte nicht. Ich nahm ja schon nichts mehr wahr als zwei Geschlechter in- und umeinander, die Nässe an meinem sanft kreisenden Finger und ihren Schweiß, der auf mich tropfte. Nichts als ihre Stimme, die mir stoßweise bis ins Rückenmark ging und mich wahnsinnig machte, und die mir leise befahl, weiterzumachen, genau so weiterzumachen. Später nichts mehr als ihren keuchenden Atem. Dann gab es nur noch den Samen, der aus meinen Hoden aufzusteigen begann. Und zuletzt einzig und allein – mich."

Ich …

Ich hab ihr alles gegeben. Rückhaltlos.

Elise fehlt mir so.

Ich hab nie darüber nachgedacht, daß Menschen oder Geschlechter perfekt zusammeneinander passen könnten. Ein Orgasmus ist letztendlich etwas Einsames. Man schmilzt in der Liebe nicht zusammen. Das ist ein Irrglaube.

Man bleibt immer zwei. Bis zum Schmerz, immer nur zwei. Es ist sieben Uhr morgens. Ich gehe ins Bett.

Erst auf dem Semesterball war mir die Idee gekommen. Es ist verrückt, aber alles, was ich mir vorher theoretisch durchdacht hatte, ist tatsächlich eingetroffen. Wie immer. Ich hatte mich in Franziska verliebt. Vorsätzlich. Ich wollte sie! Ich wollte sie unbedingt. Jemand, der auf diese Art tanzte …

Aber es war ja ganz ohne Sinn, darauf zu hoffen, schließlich war sie meine Schwester, und genau das war es, was ich gesucht hatte: Begehren um der Kraft willen, die dabei entsteht. Ich hatte endlich meine Inspiration.

Noch am selben Abend setzte ich mich zu Hause hin und schrieb den Anfang eines Tanzstücks. In Gedanken an Franziska schrieb ich. Das Stück würde – natürlich – mit einem Tango beginnen. Die Tänzer würden aufeinander zugehen, aber berühren dürften sie sich nicht. Sie sollten einander nur umtanzen, und zwischen ihren Körpern würde immer ein Abstand bleiben. Grausam. Aber leidenschaftlich! Ich begeisterte mich immer mehr. Während ich mit dem Bleistift zwischen den Zähnen am Klavier probierte und verbesserte und schrieb, geriet ich langsam in dasselbe Fieber, das ich von der Sinfonie noch kannte.

Es gab da ein Buch, von dem neuerdings alle schwärmten. Von einer Elfriede oder Elvira oder Ella Hobusch oder so ähnlich. Es hieß *Berührung.* Ich hatte es nicht gelesen, aber ich wollte mein Tanzstück genauso nennen: *Berührung*. Nein, ich mußte es. Denn darum ging es: um die Unmöglichkeit einer wirklichen Berührung.

Daß es ein Erfolg sein würde, hatte ich mir ja gedacht. Aber nicht, daß es eine solche Furore machen sollte! Die Presse überschlug sich beinah und schrieb von beunruhigenden Obsessionen, die von dem Stück ausgingen.

Aber ich weiß jetzt, daß es noch besser sein könnte. Elise, ich erinnere mich, es gibt immer einen Tanz, der noch obsessiver ist. Ich hab ihn so sehr zu vergessen versucht.

Helen ruft nicht an!

Was soll das? Es ist jetzt die vierte Nacht ohne Vorlesen. Das hat doch was zu bedeuten! Ich hab auch die letzten beiden Nächte noch geschrieben. Und das soll jetzt auch gelesen werden! Wozu mach ich mir denn die ganze Mühe?

„Sag mal Helen, bist du krank?"

„Warum rufst du an?"

Sie klingt so, na ja, gleichgültig.

„Willst du denn die Geschichte nicht weiterhören?"

„Wieso? Hast du noch was geschrieben?"

„Viel mehr, als du denkst."

Schweigen.

„Und wenn ich nichts mehr hören will?"

Hä?

„Was heißt das, du willst nichts mehr hören? Die Geschichte ist doch noch gar nicht zu Ende!"

„Ach, Alex, du bist dumm. Die perfekten Liebesgeschichten sind immer die, die ein ganz unvermutetes Ende haben. Denk doch mal nach! Romeo und Julia – die sind auf der Hochphase ihrer Liebe einfach gestorben. Klasse. Danach wäre sowieso nur noch Abfall gekommen. Luise und Ferdinand – Gift! Und die kleine Seejungfrau, was wäre denn aus der geworden, wenn sie den Prinzen gekriegt hätte? Nein, Alex, es ist vorbei. Es genügt mir. Du bist frei!"

Was? Aber ich …

„Na endlich! Das ist klasse, Helen, echt. Und unser kleines Geheimnis?"

„Bleibt natürlich unter uns. War doch so abgesprochen. Na dann, bis irgendwann mal, Alex." Ihre Stimme klingt müde, ich bin mir ganz sicher.

Und Klick.

Aber das gibt's doch gar nicht. Sie hört einfach so auf? Vielleicht ist das nur eine andere Taktik? Aber sie klang so ernst. Komisch. Hm, frei. Ich bin frei! Ist doch Klasse, wirklich, ha. Und wofür hab ich jetzt noch so viel geschrieben? Also wenigstens den Rest hätte sie sich noch anhören können. War ja auch Arbeit. Man schwitzt das nicht einfach so aus den Rippen. Na ja. Merkwürdig ist das schon. Soll ich die Geschichte jetzt so lassen, wie sie ist? So, so unvollständig? Aber ja doch, was denk ich da überhaupt nach? Es ist gebacken, die Story ist vorbei. Ich bin frei!

Das Telefon!

„Wie heißt sie, Alex? Du hast doch bestimmt einen Namen …" Schweigen. „… nach vier Tagen."

Ich hab mich noch nie so gefreut, ihre Stimme zu hören.

„Helen! Na klar hat sie einen Namen. Sie heißt Elise. Das mußt du dir anhören, wirklich!"

„Elise! Wann war das? Wann ist diese Geschichte eigentlich passiert?" Sie klingt wach. Sehr wach.

„Als ich zwanzig war, hab ich doch gesagt."

„Nein …" Ihre Stimme wird wieder müde. „… ach, nein, da war sie schon tot."

Wovon spricht sie? Es ist still. Leg jetzt nicht auf. Bitte, leg jetzt bloß nicht auf.

„Also, dann – komm heute abend, Alex. Komm, und erzähl mir von deiner Elise!"

Ja, ja, ja! Dann legt sie auf. Bin ich krank oder was?

Ich muß mit jemandem reden, verdammt! Ich bin verflucht, und Elise ist Schuld. Ich will mit Elise reden.

Reden Sie mit mir. Sofort!

Es hat immer diese Übereinkunft zwischen Franziska und mir gegeben, Elise, aber das wissen Sie ja. Nur: Ich bin müde geworden. Keine Wünsche, keine Kraft, Sie hatten recht. Am liebsten möchte ich nur noch schlafen. Nichts mehr sagen. Wenn ich mich ans Klavier setze, fällt mir nichts ein. Ich hab eine kurze Idee, ich spiele sie an, und dann geht sie kaputt.

Das Schreckliche sind die Träume. Es gibt sie nicht mehr. Manchmal hab ich wochenlang von Franziska geträumt.

Jeder außer Ihnen würde jetzt fragen: „Sie fehlt dir, Alexander?" Aber Sie allein wissen, daß alles ganz anders ist. Nicht Franziska fehlt mir. Mir fehlt ihr Fehlen.

Elise, alle Romane und Filme wollen mir weismachen, daß man das Begehren des anderen begehrt. Man würde angeblich alles dafür geben, daß der andere einen begehrt! Aber das stimmt nicht. Es geht viel tiefer. Das Begehren des anderen zu begehren ist doch nichts als ein Vorwand, alles nur oberflächliches Getue, denn letztlich geht es um einen selbst. Und das wußten Sie von Anfang an, Elise, nicht wahr? Ich wollte Franziskas Begehren nie. Ich wollte ja gerade, daß sie mich nicht wollte. Ich hätte sehr viel dafür gegeben. Es war schließlich nur ihr Begehren, das später alles zerstört hat, was ich an Leidenschaft für sie hatte.

Elise, sagen Sie mir doch, was ich machen kann! Sagen Sie mir, daß ich einen Defekt habe. Daß ich verrückt bin, weil ich immer etwas begehren muß, was ich nicht kriegen kann. Weil ich alles verlieren muß, wonach ich mich verzehre, damit ich komponieren und es auf diese, nur auf diese Weise für mich bewahren kann. Sagen Sie mir einfach, daß ich nie glücklich sein kann. Dann kann ich vielleicht aufhören, daran zu glauben.

Sagen Sie mir doch, daß ich der einzige Mensch bin, der nichts mit der so sehr begehrten Frau anzufangen weiß, wenn sie neben ihm steht. Daß ich der einzige bin, der vollkommen ratlos ist, wenn er die Geliebte einen ganzen Abend lang für sich hat, der dann nicht weiß, was er tun soll mit all den schönen Stunden und mit ihr. Ich hab darüber so viel komponiert, aber ich weiß nicht, wie man Musik lebt.

Elise, ich bitte Sie, sagen Sie mir, daß es niemanden neben mir gibt, der nicht die begehrte Frau bis zum Wahnsinn vermißt, sondern ihr Fehlen! Sagen Sie mir doch, daß ich unnormal bin, daß ich der einzige auf der Welt bin, der auf diese Weise leiden muß.

Ich will normal sein, wissen Sie, ganz normal!

Sagen Sie mir einfach, daß ich nicht lieben kann. Vielleicht kann ich dann aufhören, darauf zu hoffen.

Elise, oder sagen Sie mir, was ich tun kann. Reden Sie mit mir. Helfen Sie mir doch. Bitte. Bitte, nehmen Sie diesen Fluch von mir.

Elise, ich wünschte, ich könnte sagen, berühr mich nicht.

Ich hab es gleich gesagt, es geht daneben, wenn ich mein Leben erzähle. Man muß nämlich immer beim Faden bleiben. Und mein Faden ist eben dieser Fluch. Elise. Die hat mich nämlich verflucht. Der Inzest ist nicht mein Faden. Der gehört einfach dazu. So ist das.

Wie? Das ist Ihnen zu langweilig? Sie wollen viel mehr vom Inzest hören, wenn es ihn schon mal gegeben hat? Stimmt schon, passiert ja auch nicht alle Tage. Eigentlich würde ich ja auch gern – aber sehen Sie, ich muß mich auch mit dem begnügen, was Alexander preisgeben will. Jeder hat eben seine eigene Art, sein Leben zu erzählen. Das muß man akzeptieren. Also hören Sie jetzt mal auf, immerzu „Franziska! Franziska!" zu rufen. Wir sind hier doch nicht bei „Wünsch dir was"! Sie verunsichern Alexander. Also Ruhe jetzt.

„Menschen sind einander schön, wenn sie sich verloren sind", hatte Elise mal gesagt. Oder könnte sie mal gesagt haben. Das ist im Prinzip egal. Das ist jedenfalls mein Fluch. Ich suche immerzu nach etwas Verlorenem. Und ich darf es nicht finden, denn dann ist es nicht mehr verloren. Sondern nur noch langweilig.

Franziska?

Herrgott noch mal, sie war nicht die Hauptfigur in meinem Leben! Franziska ist doch nicht überall der Dreh- und Angelpunkt. Sie war eine von vielen. Ja, sicher ist sie meine Schwester, aber das hebt sie nicht hervor, wenn ich den Punkt Inzest mal außen vor lasse. Das ist doch sowieso immer nur für andere spektakulär. Für mich, also um ehrlich zu sein, für mich hat sich auch Franziska sehr schnell in die enttäuschenden Erfahrungen eingereiht. Schwester hin oder her. Das war nur am Anfang aufregend. Da hab ich ja auch plötzlich die Motivation gehabt, das Tanzstück zu schreiben. Und das wollte ich doch. Nichts anderes.

„Menschen sind einander schön, wenn sie sich verloren sind."

Ja, das soll Elise mir mal gesagt haben. Und auch: „Dieses Sich-Verlorensein muß man jedoch erst mal finden, Alexander. Vor allem in dieser Zeit und in diesem Land, wo alles greif- und erreichbar ist. Suchen Sie es! Wenn es sein muß, auch in einem einzigen intellektuellen Irrtum. Und wenn Sie es gefunden haben, dann nehmen sie es an. Das ist Liebe."

Das ist paradox? Aber das ganze Leben ist paradox! Deshalb ist es so schwer zu erzählen.

Was ich nämlich mehr als alles bedauere, ist, daß meine ganze kreative Motivation sofort verpufft ist, nachdem ich Franziska erobert hatte. Aber das hatten wir schon. Alles ist

Wiederholung. Aber ohne sie, das stimmt, ohne Franziska als Muse würde es dieses Tanzstück nicht geben. Es wird überall aufgeführt und ist hochgelobt. Und das ist Franziskas Verdienst. Wenn man es denn Verdienst nennen will, von jemandem begehrt zu werden.

Trotzdem.

Ich glaube, ich weiß jetzt, warum ich Elise nie angesprochen hab, obwohl sie bei allen Aufführungen war. Sie hat mir garantiert was sagen wollen, was ich nicht hören wollte.

„Eine Flüchtigkeit", hätte sie vielleicht gesagt, „nichts als eine Flüchtigkeit! Und *Berührung* haben Sie es auch noch genannt! Das ist nicht recht. Sie haben Talent, Alexander, aber Sie haben nur die oberste Haut der Nacht berührt. Sie haben die Ader des verbotenen Tanzes nicht angestochen. Sie sind nicht in sein Pulsieren hinabgetaucht." Ja, ich höre ihre Stimme genau. „Haben Sie denn vergessen, was ich Ihnen zu den Wünschen gesagt habe?" würde sie womöglich gefragt haben, wenn ich mich nicht immer weggedreht hätte. „Sie sind unsere Energiequelle, die Wünsche. Denken Sie in Zukunft daran. Sie waren gut, aber nicht gut genug. Die Struktur der Zwänge ist kompliziert aufzubauen aber einfach zu durchbrechen. Sie haben sich immer noch nur das gewünscht, was im Bereich des Möglichen liegt. Seien Sie besser! Wünschen Sie sich, was darüber hinausgeht. Dann erst werden Sie anders komponieren können."

Helen empfängt mich in der Tür.

„Setz dich!" sagt sie und weist auf den Ohrensessel. Ich setze mich. Sie stellt sich hinter mich.

„Dreh dich nicht um!" sagt sie. „Und fang an zu lesen!"

Was ist denn jetzt in sie gefahren?

„Helen, sag mir nur eins vorher", denn das will ich wirklich mal wissen. „Warum hast du das ganze Theater veranstaltet? Wolltest du mich wirklich verpfeifen?"

„Was willst du denn jetzt hören? Daß ich dich von Anfang an gehaßt habe? Daß ich nie kapiert habe, warum die Leute wie hypnotisierte Kaninchen nach vorn starren, wenn eins deiner Musikstücke aufgeführt wird? Ihre blödsinnig verklärten Blicke, sobald sie dich auf der Straße erkennen."

Scheiße, ich hab mich reinlegen lassen. Sie *ist* ein Schwein! Sie hatte nie vorgehabt, mit dem Spiel aufzuhören. Sie plant was, ich hab's doch gewußt. Was ganz Mieses. Aber ich dreh mich nicht um. Nein. Ich bleib einfach so sitzen.

„Daß ich die Nase voll davon hatte, in den Zeitungen Fotos von dir zu sehen, auf denen du jedesmal die Augen so schön bestürzt aufreißt, als hätte man dich gerade zu Tode erschreckt. Oder wie ein waidwundes Reh. Sehr effektvoll, wirklich!"

Was will sie von mir? Und was soll ihre Hand in meinem Nacken?

„Daß es mich anekelt, in allen Zeitungen immer wieder die beliebte Story aufgerollt zu bekommen: wie du mal mitten in einem deiner seltenen Interviews angefangen hast zu heulen? Daß ich wußte, daß das alles eine miese, aber durchaus verständliche Strategie war? Das willst du doch hören, nicht wahr? Aber das ist alles Quatsch, Alexander. Ich wollte, daß du dir Sätze mit ihrem Namen ausdenkst. Das war es schon."

Sätze mit ihrem Namen? Mit wessen Namen? Elises? Was soll das schon wieder? Ihre Hand ist warm.

„Na, lies schon."

Ich räuspere mich. Ich lese das erste Mal, ohne sie dabei anzusehen:

„Sie stieß mich zurück. Ich stolperte gegen die Zugwand. Ich sah sie an, und sie sah zurück. Sie brauchte nichts mehr zu sagen, denn ich hatte ihre Stimme bereits erkannt, die süße, verführende. Nur: In meiner Erinnerung war sie unzerstört vom Alter. Ich erkannte auch ihre Finger, die sich über meiner Haut gespannt hatten wie Flügel. Elise.

Sie war das Wilde in meinen Träumen. Alles erkannte ich wieder. Das feuchte Glänzen auf den Gliedern. Ihren Geschmack von Schweiß in meinem Mund. Meinen Samen auf ihren Fingerspitzen. Ihre Zunge, eine beharrliche Schlange, die sich auf meinem Körper gewunden hat. Und ihren Raubtiergeruch, wenn meine Lippen sich in die feuchte Wildnis zwischen ihren Schenkeln senkten.

Die Einzige. Die Verlorene. Die immer Vermißte.

Der Zug wurde langsamer und fuhr in den Bahnhof ein."

Helens Hände liegen auf meinen Schultern. Ich höre auf zu lesen. „Weiter", sagt sie. „Lies weiter!" Ich schlage die Seite um und fahre fort.

„Der Zug hielt. Sie wollte sich abwenden. Ich mußte sie aufhalten!

„Wer sind Sie?" Ich flüsterte nur.

Da öffnete sie schon die Zugtür und ließ die Geräusche des Bahnhofs ein. Sie stieg die drei Stufen hinab. Ihre Hände streckten sich mir entgegen, als sie unten stand. Ihre Stimme ging mir in den Kopf wie Wein.

„Nein, fragen Sie mich nicht, wer ich bin!"

Da war etwas an ihr, das mir gehörte. Es war unter ihrem Lächeln.

„Sie wollen wissen, nicht wahr? Es hat zwar keinen Zweck, aber dann fragen Sie sich lieber, wer ich war ..."

Sie hatte da etwas von mir! Es war in ihrem Blick.

„... oder wer ich sein werde ..."

Sie hatte etwas an sich – den Beweis, daß ich existierte? Den Wechselschritt meines Pulses?

„... aber fragen Sie sich niemals, wer ich bin!"

Ich stieg die drei Stufen zum Bahnsteig hinab, und sie hielt mich fest dabei. Und als ich unten war, drehte sie sich wortlos um und verschwand im Menschengewühl am Ausgang. Hinter mir drängte eine Traube von Menschen aus dem Zug, quoll über den Bahnsteig, stieß mich, riß an mir. Die Reisetasche rutschte mir aus der ermüdeten Hand. Jemand eilte vorbei und warf sie um. Ich hob sie nicht auf.

Elise war verschwunden. Einfach so. Weg! Und was war mit mir? Sie hatte etwas, was mir gehörte!"

Helens Hand rutscht über meinen Hals in mein Hemd. Ich halte den Atem an.

„Helen, was ..." Was soll das? Sie ist doch mit Jördis ...

„Was ist Liebe? Los, sag's mir!"

Ihre Hand geht über meine Brust. Liebe? Wenn ich das wüßte. Ihre Hand fühlt sich gut an. Liebe? Darauf zu verzichten wahrscheinlich. Das meine ich wirklich. Ich sag's nicht. Oder doch? Da knöpft sie aber schon das Hemd auf, und ich bleibe die Antwort schuldig. Ich greife nach ihr, will mich umdrehen, sie zu mir ziehen. Aber sie schlägt mir die Nägel ins Fleisch und sagt: „Bleib so, dreh dich nicht um. Rühr dich nicht, oder du stehst in einer Sekunde vor der Tür!"

Und während sie mir das Hemd von der Schulter streift und mit den Nägeln sanft über meine Oberarme fährt, fällt mir ein, was Elise einmal gesagt haben könnte: daß genau die Dinge, die man nicht verdient hat, das Schönste im Leben sind. Das Allerschönste.

So, jetzt machen wir die Tür zu. Kommen Sie! Hier ist Schluß.

Sie sind jetzt sauer? Unmotiviertes Zusammenkommen? Jetzt sehen Sie sich aber mal in Ihrem eigenen Leben um, und erzählen Sie mir nicht, daß Sie immer schon Jahre im voraus wußten, wann Ihnen was zustoßen würde.

Außerdem wissen Sie schon, was geschieht. Sie haben doch jetzt den Überblick: Alexander wird sich morgen wieder langweilen. Oder übermorgen. Wozu sollten wir ihn das Ganze hier noch aufrollen lassen? Das ist doch zum Gähnen. Lassen wir also einfach das Ende weg. Denken Sie bloß nicht darüber nach, warum Alexander nur so wenig Seiten gekriegt hat. Weil er ein Mann ist? Weil ihm nichts mehr eingefallen ist? Alles Quatsch! Wie wäre es damit: Weil es schön endet so ohne Ende! Sonst hätte Alexander die nächsten zwanzig Seiten nämlich nur noch rumgelabert, wäre von Helen enttäuscht und so weiter. Die alte Leier eben. Der sogenannte Fluch. Das alles habe ich Ihnen hier also erspart. Ist doch schön, oder? Ich darf das. Ich darf einfach zwanzig Seiten streichen. Womöglich hätte er ja noch sein kleines Geheimnis ausgeplaudert! Das bleibt Ihnen Dank mir nun erhalten.

Es gibt also kein Ende dieser Geschichte. Wie? Sie sind trotzdem unzufrieden?

Aber hören Sie mal! Das hier ist ein Buch, das ist doch alles sowieso nicht echt. Hier können wir endlich mal zwanzig Seiten weglassen. Können Sie das im Leben? Na, sehen Sie!

Also gut, wenn Sie unbedingt darauf bestehen, aber ich übernehme dafür nicht die Verantwortung. Soll er eben noch was Abschließendes sagen. Aber nur was Kurzes. Ich hätte es ja weggelassen.

Als die Zigeunerin damals den Blick von den Karten gehoben hatte, hatten ihre Augen geschimmert.

„Tiefgrün wird sie sein", hatte sie gemurmelt und mich dann aus ihrem Zelt geschoben. Beinah zärtlich. Es existieren Dinge, für die es in keiner Sprache Worte gibt.

Etwas wühlt in mir. Etwas will Schlag sein und Schrei. Aber es kommt nicht raus. Es kommt einfach nicht raus.

Meinem Leben fehlt nichts.

Das hat sie mir vielleicht sagen wollen.

„Nichts als etwas Nutzloses, Alexander."

Sie sieht mich an und lächelt, als sie auf dem Bahnsteig steht.

„Nutzlos?" könnte ich gefragt haben.

„Absolut nutzlos! Eine vollkommen unsinnige Leidenschaft zum Beispiel, für die man alles, einschließlich sich selbst, einfach wegwerfen könnte. Oder: die Fähigkeit, etwas total Überflüssiges anzubeten. Die Lust, an etwas durch und durch Entbehrlichem zu arbeiten, am Dachgestühl eines Hauses vielleicht, das in drei Wochen abgerissen wird."

Dann könnte sie sich umgedreht haben und leichtfüßig im Menschengewühl verschwunden sein. Ich will, daß es so war! Ich erinnere mich doch. Ich sehe mich noch stehen, auf dem Bahnsteig Berlin Zoologischer Garten. Ich sehe mich ihr hinterherstarren, bis meine Augen brannten.

Elise. Ich habe endlich den richtigen Wunsch gefunden!

Ich wünsche mir mit meiner ganzen Seele, Sie zu finden. Weil es vollkommen unnütz ist. Weil es Sie überhaupt nicht gibt. Und weil Sie mir einmal gesagt haben könnten, daß es nur das Nutzlose ist, das einem Leben erst Sinn gibt.

Das Absurde am Lieben ist, daß es scheinbar nur einen einzigen Menschen gibt, den man für immer und ewig lieben kann: den Menschen, den man sich erfunden hat. Denn das einzige, was niemals altert, Elise, da haben Sie recht, das einzige, dessen Schönheit die Zeit nicht zu schmälern vermag, ist die Erinnerung.

Aber ich frage mich, ich frage mich jetzt jeden Tag, ich frage mich unentwegt, wer ich nur bin.

***

Bleiben Sie nicht stehen! Die Nacht ist lang.

Folgen Sie mir ins Zelt! Lassen Sie uns doch so tun, als ob wir leben würden.

Wenn der Vorhang sich hebt, beginnt das Leben. Fragen Sie nichts. Womöglich ist die Zeit zwischen den Auftritten ja ein Halbschlaf nur, ein tiefes Atemholen des Lebens, das erst erwacht, wenn es das Holz der Bühne unter sich spürt? Lachen Sie einfach.

Und das Publikum, was meinen Sie: Kommt es aus der Alltagshektik in ein Zelt hinein, um bei Zirkus und Tricks Entspannung zu finden? Oder entströmt es gar einem Spielkasino, um, am Eingang sich drängelnd, endlich herauszutreten in das weite Leben – in das Leben unter diesem Zelttuch? Kommen Sie.

Nehmen wir an, sie stünde plötzlich auf der Bühne. Saugen Sie an ihrem Anblick. Es gibt einen Wein, der berauscht wie kein anderer. Sie weiß ein Wort. Und sie tanzt es. Sie halten die Fäden in der Hand. Sie können sie bewegen. Schon dreht sie sich für Sie, hebt Arme und Beine und wirft sich zu Boden, wann immer Sie wollen. Doch bedenken Sie, die Fäden sind nur an ihre Glieder geknüpft. Ihr Mund ist frei. Frei, das Wort zu formen, das Ihnen fehlt.

Lassen Sie sie schweben. Aber geben Sie die Hoffnung auf. Von Ihren Blicken getragen, hängt sie im Raum. Sperren Sie sie in einen Kasten. Zerbohren Sie ihre Haut mit langen Dolchen. Zersägen Sie ihre jungfräuliche Mitte. Fürchten Sie nichts. Sie werden sie begehren. Halten Sie sie klein, zersägt und schwerelos in Ihrem Besitz. Sie halten nicht das Wort. Das Wort schlüpft durch jeden Gitterstab, schlängelt sich unter der Säge hindurch und bleibt unzerteilt und mächtig. Um sie ganz zu besitzen und ganz zu zerstören, müssen Sie sie gehen lassen.

Sie werden sie töten.

Es wird Zeit, die Lippen zu verriegeln und die Augen zu löschen. Es wird Zeit, das Messer zu schärfen.

Lauschen Sie auf das Flüstern meiner Schleier. Trinken Sie magische Worte. Gehen Sie den Verlockungen meines Haares nach. Hören Sie auf, mich zu verfolgen. Folgen Sie mir.

Lassen Sie uns doch so tun, als ob wir leben würden.

Franziska

Das alles ist eine Täuschung.

Ich werde hier wegmüssen. Es wird nicht mehr lange dauern. Ich weiß es.

Ich mache mir etwas vor. Es gibt kein Zuhause. Ich fühle mich nicht wohl hier. Das kann gar nicht sein. Das rede ich mir nur ein.

Es wird der Tag kommen, bald, sehr bald, vielleicht schon morgen, und dann wird das Fieber wieder da sein und die Angst sowieso, und ich werde hier wegmüssen. Augenblicklich. All das hinter mir lassen. Abhauen. In eine völlig neue Gegend. So weit weg, wie es weiter nicht mehr geht. Etwas Lebendiges zum Anfassen finden. In einer anderen Sprache reden. Etwas Unbekanntes mit den Augen verschlingen, schnell, gründlich, endgültig. Und es dann aussprechen.

Es wird der Tag kommen. Ich weiß es. Aber jetzt noch nicht. Nein, jetzt noch nicht.

Mein Herz geht wieder langsamer. Übermorgen kommt Helen.

Meine Hand liegt warm in deinem Haar vergraben. Warum schläfst du gerade in dieser Minute? Warum hält dich nicht das gleiche wach wie mich? Warum setzt du dich nicht auf, nimmst mich nicht in den Arm, sagst nicht:

„Wohin willst du nach dem hier denn noch gehen? Das hier ist das Fremdeste. Nach Australien gibt es nichts mehr."

Davon sprichst du nicht. Davon hat nie jemand geredet.

Australien ist jetzt ein Geräusch von Wind und Tieren hinter der Zeltwand.

Es ist dunkel hier, ich kann nichts sehen, aber ich taste mich durch dein Haar und sage leise deinen Namen.

Alexander.

Alexander? Bist du wach?

Das Leben erzählen? Als ob das so einfach wäre. Kann man Leben überhaupt erzählen?

Feindbilder sind meine wirksamste Lebensmotivation. Das klingt sonderbar, ich weiß. Doch seit ich denken kann, suche ich nach Feinden mehr als nach Freunden. Feinde sind viel schwerer zu finden.

Ja, es stimmt, ich will keine Liebe mehr. Ich will Ekstase. Wenn Liebe wirklich nichts als Gewöhnung ist, dann will ich Haß, denn Haß ist eine Form der Ektase. Neben Haß verblaßt der Rest der Welt. Und wenn Liebe das nicht kann, dann tut es mir leid. Ich will Ausschließlichkeit.

Ich hatte Jördis im Künstlercamp im Harz kennengelernt. Das ist zehn Jahre her. Ich war damals bereits zum zweiten Mal angenommen worden. Es war ein Camp mitten in den Bergen, vier Holzbungalows, eine Küche, Lärchen und Kiefern. Wir wurden von drei gestandenen Autoren betreut.

Ich haßte Jördis von der ersten Sekunde an. Das ist so selten wie die berühmte Liebe auf den ersten Blick, und es hat genau so seichte Gründe. Aussehen, Geruch, eine Ähnlichkeit mit jemandem? Ich kann es nicht mal mehr sagen. Haß auf den ersten Blick gehört zu den Glücksmomenten, die am seltesten erkannt werden.

Damals war ich achtzehn, sie zweiundzwanzig. Sie kam aus dem Westen, aus der Großstadt, ich aus dem Osten, aus einem Dorf im tiefsten Sachsen. So was spielte damals eine Rolle. Jördis hatte, was ich nicht hatte: Souveränität und Coolheit. Ihre Selbstüberzeugung war unfaßbar. Außerdem war sie unglaublich attraktiv. Sofort fühlte ich mich in meine kindlichsten Komplexe zurückgeworfen. Ohne daß sie nur einen Finger gerührt hätte, war bereits mein ganzes Selbst in Frage gestellt. Und das war nicht ihre Schuld, ich gebe es zu. Ich hatte es mir so gewünscht.

Müssen es immer solche Momente sein, in denen man wahrnimmt, wie groß der Hunger ist, den man tagtäglich mit sich herumträgt? Ein Erlebnishunger, der mich aufzehrt. Ein Hunger nach Gefühlen und Worten jenseits aller Lauheit.

Sie hatte ja nicht mal einen Satz sagen, ich ihr nicht einmal in die Augen sehen müssen. Alle ungesagten Worte und der eine Blick, der nicht getauscht wurde, hatten schon genügt, sie zu verabscheuen. Und doch schwang bereits im ersten Moment eine Lust in alledem mit, die mich nicht mehr losließ. Später erst sah ich sie mir richtig an, ihren sensiblen, aber meist zusammengepreßten Mund. Ihre großen Hände und die Finger mit den spateligen Kuppen, die überhaupt nicht zu ihr paßten. Bauernhände, hatte ich gedacht und das Wort dann leise vor mich hingeflüstert – Bauernhände –, denn solche Hände hatte ich niemals gesehen. Auch diesen hintergründigen Augenausdruck nicht, der mich fast zum Wahnsinn bringen sollte. Diesen Augen konnte man nichts abringen. Jedes Eingeständnis von Wärme war nur scheinbar, ein einziges Wimpernzucken führte es ad absurdum. Viel später hatte ich ihre Stimme bemerkt. Und zum Schluß erst ihre Worte.

Ich mache mir nichts vor: Tief innen hatte ich das alles genau so gewollt. Ich wollte diesen Haß. Ich wollte, daß der Haß zu dieser Frau mich packte wie eine Krankheit, an der nichts mehr heilen kann. Vor allem nicht mehr das Herz.

Ich war einen Tag später in das Camp gekommen. Alle waren folglich schon miteinander bekannt und hatten die allseits beliebten kleinen Gruppen gebildet. In eine durch einen Tag miteinander verschweißte Gemeinde zu kommen ist kein netter Gedanke. Aber es war eben nicht zu ändern. Am Anreisetag hatte der Rundfunkchor seinen großen Auftritt in Dresden, und dafür hatten meine Eltern fast ein Jahr lang geprobt. Bei so einem Ereignis konnten Eva, Alexander und ich natürlich nicht fehlen. Zudem hat nicht jeder berühmte Sänger als Eltern.

Als ich mit meiner Reisetasche ganz allein von der Bushaltestelle zum Camp gelaufen war, immer den schwankenden Lichtflecken auf dem bemoosten Waldpfad hinterher, und dabei den aufsteigenden Geruch der Erde wahrnahm, war mir, als könnte ich einfach meine achtzehn Jahre Leben hinter mir lassen. Als hätte der sich entfernende Bus all meine Gewohnheiten mitgenommen und mich nackt abgesetzt. Während ich langsam ging, und die Baumkronen rauschten und die Spechte hämmerten, als gäbe es nichts anderes als einen Himmel und Bäume darunter, atmete ich tief ein, um die Lungen in dieser unglaublichen Waldluft zu baden wie in einem Rausch. Dann sah ich von weitem das Camp.

Es wird etwas passieren. Etwas passiert gerade jetzt. Es passiert die ganze Zeit.

Aber noch schlafen die Begriffe.

Diese verdammte Nacht. Etwas hält mich wach. Übermorgen kommt Helen.

Du liegst neben mir, meine Hand geht in deine Halsbeuge, und dein Körper verrät sich, dein Kopf schmiegt sich in meinen Griff.

Ach, weißt du noch, dieses Spiel, das wir als Kinder gespielt haben? Als wir quer übers Getreidefeld gerannt sind, schneller und noch viel schneller, der Atem ist geflogen dabei und das Herz erst, und wir durften uns nicht umdrehen, nur rennen, denn die Hexen waren hinter uns. Und erst, wenn das Feld überquert war, konnten wir uns ins Gras fallen lassen und anfangen zu lachen. Weißt du noch, Liebster?

Als wir vom Schuppendach gesprungen sind? Du hast es nie zugegeben, aber du hattest Schiß. Ich habe es immer gewußt, denn denkst du, mir ging es anders? Aber wir haben uns an den Händen gefaßt und sind einfach losgerannt. Niemals umdrehen. Niemals anhalten. Augen zu und springen. Das ist der einzige Weg. Denn hinter uns waren die Hexen. Erinnerst du dich?

Als ich dich einmal gerettet habe, weil du alle Fensterscheiben der Turnhalle eingeworfen hast? Jemand hatte dich dabei beobachtet und erkannt, und du solltest bestraft werden, denn jetzt war es endgültig genug, schließlich hattest du schon den Schulgarten zerstört und die alte Scheune am Dorfausgang abgefackelt. Jetzt wollten auch Mutti und Papa endlich hart durchgreifen, und du solltest ins Internat nach Dresden. Du hattest zu Hause in deinem Zimmer gesessen und nur geweint, immer nur geweint, denn nun gab es keinen Schlupfweg mehr, daraus konntest du dich nicht mehr retten. Ich aber, Liebster, ich habe im Zimmer daneben gehockt und an die Wand gestarrt, und jeder deiner Schluchzer dahinter hat mir das Herz zerrissen. Ich habe gewußt, wie ich dich da herausholen konnte.

Und daß nur ich es konnte. Ich allein.

Ich war's, habe ich am nächsten Tag zu unserer Direktorin gesagt. Ich bin ganz einfach in ihr Zimmer gegangen und habe behauptet: Ich war's, und der Alexander hat damit nichts zu tun. Und ich war's, habe ich geflüstert, die auch die Scheune abgefackelt hat. Ich war's, habe ich dann einfach weitergeredet, die den Schulgarten verwüstet hat.

Da haben sie dich aus dem Unterricht geholt und unsere Eltern von der Probe, und wir haben es wieder und wieder beteuert: Ich war's. Ich war's. Der Alexander, die Franziska hat damit nichts, absolut gar nichts zu tun. Und sie haben starr vor Schreck dagestanden: die Eltern, die Direktorin und später auch unser Klassenlehrer, und sie haben uns immer mehr gefragt: Die Fenster? Ich war's. Die verbogenen Kleiderständer im Physikraum? Ich war's. Die abgerissenen Vogelkästen im Wald? Ich war's. Die Beule im Wartburg von Herrn Mollweg? Das geklaute Rad von Frau Lomann? Die beschmierte Wand am Kulturhaus? Ich war's. Ich war's. Ich war's!

Ach, hätten Sie doch immer so weiter gemacht. Hätten sie uns doch viel schlimmere Dinge gefragt!

Wir haben alles zugegeben. Ausnahmslos. Ich war's, habe ich gesagt. Ich ganz allein, und der Alexander hat nichts damit zu tun. Und du hast gesagt: Ich war's. Ich ganz allein, und die Franziska lügt. Die Leute verwechseln uns immer, weil wir Zwillinge sind. Von weitem sehen wir gleich aus.

Da habe ich still gelächelt. Gab es denn nirgends einen Mord? Ich war's. Zweifellos!

Irgendwann haben sie die Tür aufgemacht. Sie haben nichts mehr gefragt. Nichts mehr gesagt. Haben uns einfach zurück in unsere Klasse gehen lassen. Wir sind den Flur langgelaufen, weißt du noch, Hand in Hand, und haben den ganzen Weg über geflüstert: Ich war's, ich war's. Und haben uns nicht umgedreht dabei, denn hinter uns waren ja die Hexen. Und erst in unserem Klassenraum haben wir uns losgelassen und angefangen zu lachen.

Weißt du das alles noch, Liebster?

Wach nicht auf, ich bitte dich. Wach nicht auf, wenn meine Finger deinen Hals entlang hinabgehen, über deine Schultern und die Arme, deren Muskeln und Sehnen ich so gern ertaste. Wenn ich mich über dich beuge, um mit der Zunge ganz leise deine Mundwinkel zu kosten. Wach nicht auf, wenn meine Finger deinen Bauch erst und dann ganz zart dein Geschlecht berühren. Bitte – wach niemals auf, wenn ich dich liebe. Oder tu so, als ob du schläfst. Laß einfach die Augen zu, wenn ich deine Hand zwischen meine Schenkel lege. Wenn ich meine Hand dann auf deine lege und dir im Schlaf einen Rhythmus vorgebe. Herzrhythmuserinnerung. Halte die Lider geschlossen und atme regelmäßig, wenn ich die Beine öffne, um deine Finger einzulassen, die mich berühren können, wie niemand es je verstanden hat.

Wenn ich dich in meine Hand nehme und du größer wirst in meinen Fingern und härter, dann halte die Lippen entspannt. Presse sie nicht zusammen, öffne sie nicht. Sag kein Wort. Wenn ich deinen Kopf sanft zu mir herumdrehe und deinen Mund küsse und öffne, wenn meine Zunge mit deiner duelliert, laß die Augen zu. Heb nicht die Hände und die Lider, umschling mich nicht mit Arm und Blick, halt mich nicht fest. Und deine Finger, die so unfaßbar gut wissen, was sie tun, laß sie kreisen und tanzen und stoßen in mir. Liebe mich. Aber tu so, als ob du schläfst, wenn ich zucke unter dir und in deinen Mund hineinatme und du dich dabei in meine Hand verströmst. Liebe mich, aber sag es mir niemals. Wach nicht auf. Dreh dich nicht um.

Wende dein Gesicht der Sonne zu …

Liebe mich.

… und lauf so schnell du kannst …

Lüge mich.

… dann fallen die Schatten hinter dich.

Denn die Hexen sind hinter uns.

Die Sonne stand hinter dem Zenit.

Es war gegen zwei Uhr nachmittags und für einen Maitag außergewöhnlich warm. Ich krempelte die Ärmel hoch und ärgerte mich, daß ich am Morgen die schwarze Jeans angezogen hatte und nicht das helle Kleid aus Jersey. Ich schwitzte. Nach einem kurzen Fußmarsch erreichte ich das Camp. Komisch, daß mir jeder Weg immer viel kürzer oder jeder Raum viel kleiner vorkommt, sobald ich ihn das zweite Mal betrete. Kaum, daß ich an dem hochgeklappten

Mastbaum vorbeigelaufen und ins Camp hineingelangt war, sah ich sie schon: drei Personen, die ich im letzten Jahr gehaßt hatte.

Feinde.

Es gab, so wie ich das überblickte, sechs neue Gesichter. Insgesamt waren wir also zu zehnt. Als ich ankam, hatten sie gerade einen Kreis gebildet und diskutierten. Offenbar war ich in einen Workshop reingeplatzt. In der Mitte saß Jördis.

Ich blieb an einem der Bungalows stehen und verfolgte von weitem das Geschehen. Es klingt seltsam, aber es gibt Momente, die sind wie Glasscherben. Man schneidet sich beim leisesten Atemzug. Dies war so ein Moment.

Binnen weniger Sekunden hatte sich mein Haß entzündet. Und das war eine Regung, die keiner Gründe bedurfte. Ein Haß, der sich selbst vollkommen genügte. Er flackerte spitz bei dem Anblick dieser Frau in der Mitte auf, fand Nahrung an jeder ihrer Bewegungen, sogar am Tonfall ihrer Stimme, und loderte hoch hinauf, eine weiße Flamme, ein Haß wie ein Stich und in einer Stärke, wie ich es vorher nicht für möglich gehalten hatte.

Manchmal scheint die Konstellation von Menschen nicht zu stimmen. Dann prallen sie aufeinander und splittern. Etwas stimmte nicht. Etwas war ganz und gar merkwürdig.

Ich stand entfernt und atmete diesen Haß ein und aus, und es schnitt in der Brust dabei, fast wie Liebe. Ja, es gibt Momente, die sind wie Glasscherben.

Auch dieser Abend war heiß und vom Kreischen der Vögel angefüllt gewesen wie ein Glas Cola mit ewig sich erneuernden Blasen. Mit der Dunkelheit ist dieses Kreischen verstummt, die Nacht hat es verschluckt wie einen bunten, schmackhaften Happen. Erst mit der Morgendämmerung wird es wieder einsetzen. Australien – ein vielstimmiger Schrei, der mich früh aus dem Schlaf reißt.

Ich lausche in die Nacht. Ich höre den Wind, die Grillen und ab und zu einen sonderbaren Klagelaut, und ich jage die Geräusche mit den Ohren. Ich kann nicht anders, dieses Jagen und Fangen hält mich seit Nächten wach. Vielleicht bin ich ein wenig durchgedreht, aber die Nerven in meinen Ohren sind zu Lippen geworden, die Gehörgänge zu Zungen und die feinen Härchen darin zu Zähnen. Meine Ohren saugen die unbekannten Geräusche von jenseits der Zeltwand auf, kauen sie mehrmals und schlingen sie schnell herunter. Danach forme ich im Dunkeln ein Wort und flüstere: Salzbuschsteppe. Oder: Kookaburra. Oder: Eukalyptusbaum.

Ich habe heute unter diesem Baum gesessen. Als ich ihn das erste Mal gesehen habe und mit den Fingern über die harten Blätter gefahren bin, eines abgerissen und es an die Nase gehalten habe – es roch wie die Hustenbonbons früher oder der Badezusatz, wenn wir krank waren –, habe ich lange nichts sagen können. Ich habe ganz still gehalten. Dann habe ich die Lippen gespitzt und flüsternd begonnen:

Eu–

Mein Herz hat schnell geschlagen dabei, und mein Finger strich über den Stamm.

Euka–

Der Stamm war gerade im Begriff, sich zu schälen wie ein Krebs, dem die Haut zu eng geworden ist.

Eukalyp–

Weiße, junge Haut, über die sich der Finger hinwegbewegt hat wie über eine harte Bauchdecke.

Eukalyptusbaum!

Dabei sollte ich mich doch langsam an all das gewöhnt haben. Ich bin jetzt seit einem halben Jahr in Australien. Doch es scheint Dinge hier zu geben, an die gewöhne ich mich nie.

Es ist Mitte Februar, Hochsommer. Ich habe heute lange auf dem Boden gesessen, in dem spärlichen Gras – Spinifexgras, habe ich dabei vor mich hingeflüstert, Spinifex, und das Wort hat geschmeckt wie herber Wein –, und habe dabei über den weiten Zeltplatz geschaut. Wir sind einen Katzensprung von Melbourne entfernt. Und morgen kommt Helen.

Wenn ich in den Spiegel sehe, erkenne ich mich kaum mehr. Die Frau, die vor sechs Monaten hier angekommen ist, hat anders ausgesehen. Damals hatte ich endlich mein Examen hinter mich gebracht, für das ich wochenlang gelernt hatte, immer nur gelernt, Tag für Tag für Tag für Tag. Diese Prüfung hatte Symbolcharakter. Es ist weniger der Nutzgedanke gewesen, daß ein beendetes Studium mir vielleicht eher zu einer gesicherten Existenz verhelfen könnte als ein abgebrochenes, was mich angetrieben hatte, das Examen schließlich in der Rekordzeit von sechs Wochen durchzuziehen, als vielmehr die Sehnsucht nach einer Bestätigung, die sich in Begriffen wie „Sehr Gut" und „Gut" ausdrückte. Die Bestätigung, endlich einmal etwas von dem abgeschlossen zu haben, was ich angefangen hatte. Ich habe nie etwas zu Ende bringen können. Und alles nur wegen dieser Unrast. Ich habe das Studium vielleicht einfach zu oft unterbrochen, bin zu oft ins Ausland gegangen, um dort ein paar Wochen zu jobben. Aber ich hatte es doch nicht mehr ausgehalten. Ich mußte weg! Wenn ich zurückgekommen war, hatte ich immer keine Lust mehr gehabt, das weiterzustudieren, was ich angefangen hatte.

Als ich nun aber das Examen beendet hatte, stand ich vor der allzu plötzlichen Freiheit wie damals als Kind vor dem ersten Schnee. Alles war weiß. Ich habe mich keinen Schritt vorwärts oder rückwärts getraut. Ich habe nicht mehr gewußt, wohin mit mir.

Und da war sie wieder: die alte, große Sehnsucht, fortzugehen, allem den Rücken zu kehren, ohne mich von jemandem zu verabschieden, in ein Flugzeug zu steigen und nie wieder in diese Straßen zurückzukommen, in denen ich jeden Baum und die Hunde beim Namen kannte. Mitten in der Nacht habe ich Alexander angerufen und nur zwei Sätze gesagt:

„Diese Stille – hast du auch diese unheimliche Stille in dir? Ich komme mir vor wie eine Höhle, in der nichts zu hören ist als das Tropfen von den Wänden."

Dann habe ich aufgelegt. Er kam sofort. Am nächsten Tag sind wir ins Reisebüro gefahren und haben den Flug nach Australien gebucht.

Da ist immer diese Stimme in mir.

Du liebst deinen Bruder!

Aber wie lange schon? Etwa schon als Kind, und ich habe es nur nicht gemerkt? Habe ich versagt, weil meine Vergangenheit mich eingeholt hat? Denn im stillen weiß es doch jeder: daß Zukünfte ihre Wurzeln nur allzu gern in der unmittelbaren Nähe von Vergangenheiten schlagen. Und daß jede Menge Kraft dazu gehört, die eigene Vergangenheit unfruchtbar für alles folgende zu machen. Man kennt es doch: diese sonderbare Herablassung ehrbaren Leuten gegenüber, die ein Haus gleich neben dem Haus der Eltern gebaut haben und bis ins Alter ihre Kindheit weiterleben. Und jetzt sogar ich. Ich hasse das alles.

Finger auf weißen und schwarzen Tasten.

Es hat mich immer magisch in die Wohnstube gezogen, wenn er seine stundenlangen Fingerübungen machte. Mein Leib ist schmal …

… und jeder Zentimeter weiß einen Ton, wenn er angeschlagen wird. Das Lied der Schläge. Fingerschläge, Augenschläge, Herzschläge. Seine Finger, weiß, die in schwarzen Wünschen tasten.

Weiße und schwarze Tasten.

Du liebst deinen Bruder.

Da ist immer diese Stimme.

Seit wir hier in Australien sind, hat meine Haut nach und nach die Farbe von dunklem Leder angenommen. Ich fühle mich so kraftvoll wie das zehnjährige Mädchen, das ich mal gewesen bin, mit blauen Flecken überall, mit aufgeschlagenen Knien und den Rotz hochziehend, weil es seine

Taschentücher immer verloren hat. Als Kind war ich jahrelang heiser, weil ich alle anderen Kinder beim Spielen überschrien habe. Ich war immer Anführerin.

Wir sind im Winter hier angekommen, es war Mitte September und kalt gewesen, aber als es Frühling geworden ist und ich unbedacht mit entblößter Haut ins Freie gegangen bin, habe ich mich sofort verbrannt, trotz der Sonnencreme mit dem Schutzfaktor 30. Als die Haut sich schuppte, so daß ich ganze Fetzen abziehen konnte, ist schließlich eine andere Haut darunter hervorgekommen, eine robustere, eine gegen die Sonne unempfindliche, und jetzt fühle ich mich wieder wie das starke Mädchen von früher. Haargenauso.

Damals hätte ich nicht sagen können, warum Jördis mir von Anfang an ein so starkes Gefühl ablockte. Sie hatte etwas an sich, das mich sofort um Jahre zurückwarf, in die Zeit der Ungeschicklichkeit, in die Zeit der aufflammenden Zorngefühle, in die Zeit meiner Kindheit. Sie strahlte eine derart unübersehbare Autorität aus, daß ich gar nicht anders konnte, als Kind zu sein und sie zu hassen.

Wer die Begierde kennt, der kennt auch die verhexende Anziehung von Dingen, die uns im Grunde abstoßen.

So, ich glaube, Sie verstehen ab hier, wie Franziska ihren Teil erzählen wird. Sie sehen sie also in Australien und in Deutschland. In der Vergangenheit und in der Gegenwart. Aber ich warne Sie schon vorweg: Es wird nicht so bleiben. Wir werden später ein bißchen rumspringen, sonst wird es ja langweilig. Und Franziska haßt Langeweile über alles, vor allem aber langweiliges Erzählen.

Geben Sie es ruhig zu, Sie wollen jetzt einfach den vierten Teil dieses Buches lesen, ohne größere Komplikationen. Sie wün-

schen sich, daß alles sich zusammenfügt? Daß Sie den großen Überblick bekommen?

Ich kann Sie ja verstehen. Eine Auflösung aller Widersprüche wäre nicht schlecht. Ich würde das auch vorziehen. Aber ich frage Sie: Glauben Sie, daß Leben einfach ohne Unstimmigkeiten erzählt werden kann? Wäre das denn ehrlich? Ich habe da jedenfalls meine Bedenken.

Wie sollte Franziska Ihnen etwas erzählen, wenn sie von vornherein das Gefühl hat, sich damit einzuschränken? Sie könnte ja erzählen, daß sie in einem Dorf an der Prißnitz, in der Nähe von Dresden aufgewachsen sei. Dann könnte sie ihre Kindheit aufrollen, ihre Jugend. Wäre das nicht ganz schön langweilig? Wo ist da der Pep? Es muß doch etwas geben, woran man sein Leben bemißt. Eine Lebensmotivation!

Vergessen wir also einfach alles, und lassen wir Franziska ruhig erzählen, daß sie in einem Dorf an der Prißnitz, in der Nähe von Dresden aufgewachsen ist. Lassen wir sie ihre Kindheit aufrollen und ihre Jugend, aber unter ihren Bedingungen. Sie wird ihr Leben an einer grundsätzlichen Motivation bemessen: am Haß.

Sind Sie wieder wach? Also gestatten wir Franziska, alle möglichen weiteren Lebensmotivationen aus dem Erzählen herausstreichen und beschränken uns auf den Haß. Ja, natürlich ist das eine Beschränkung. Aber manchmal, wissen Sie, manchmal liegt in einer Beschränkung eine unfaßbare Weite.

Ich wußte damals noch nicht, daß es Menschen wie Jördis waren, die ich insgeheim suchte, nicht nur, um Geist und Herz an ihnen zu schärfen, sondern weil sie die einzigen waren, die ich als ebenbürtig empfand. Warum hat mir nie jemand gesagt, daß ich normal bin? Daß es normal ist, jemanden zu hassen? Normal und gut. Heute fällt mir auch mein Vater ein, an dessen stoischer Beharrlichkeit die leidenschaftlichsten Argumente immer abgeprallt waren, weil er wie ein Fels war, ein Fels aus unerschütterlichem und nicht widerlegbarem Verstand, gegen den ich mit überschäumender Emotion nichts anrichten konnte. Meine ganze Kindheit hindurch habe ich mir gewünscht, diesen Vaterfelsbrocken mit meiner eigenen Meinung überspülen und endgültig abtragen zu können. Es ist mir nie gelungen.

Warum hat denn nie jemand zu mir gesagt: „Mach dir keine Sorgen. Es ist vollkommen in Ordnung, wenn du den Wunsch verspürst, einen anderen Menschen zu hassen. Aber denk daran: Du wirst nicht dadurch unabhängig und stark, indem du die Person zerstörst, die dich zum hörigen Kind macht, sondern das hörige Kind!"

Es wird etwas passieren, ich weiß es.

Helen wird morgen abend hier ankommen. Es wird jeden Tag heißer. Hoffentlich kriegt sie keinen Hitzschlag. Alexander taucht hinter dem Zelt auf. Er läßt sich schweigend neben mir am Stamm nieder. Das Eukalyptusholz an meinem Rücken ist steinhart, und als ich die Augen schließe, um die Umgebung mit den anderen Sinnen besser aufzunehmen, den Geruch der dünn nachwachsenden Rinde zum Beispiel, die Schreie der Papageien und den Kitzel, wenn ein aus dem Knoten entflohenes Haar meine Haut streift, als ich also die Augen schließe, taste ich nach Alexanders Hand, die sich um meine schmiegt, als sei sie darum gegossen worden.

Spiegelhand. Schwesterhand. Bruderhand.

Ich habe nie einfache Dinge gewollt. Kein einfaches Studium, keine einfachen Gedanken und vor allem keine einfachen Gefühle. Folglich ist nichts einfach gewesen. Überall und immer sind Widerstände aufgetaucht. Kleine und große Steine, die sich mir in den Weg gewälzt und die ich mit Freude und Elan immer wieder weggerollt hatte. Ich hasse Langeweile über alles. Nichts in meinem Leben ist je einfach gewesen.

Außer Alexander.

Alexander ist einfach dagewesen. Es hat keinen Widerstand gegeben, nichts. Als ob alles so sein müßte. Dabei ist es ein Irrsinn! Aber ich glaube, in jedem Menschen schlummert der Wunsch nach einer Tragödie im Leben. Vielleicht mußte es deshalb gerade er sein.

Als er zum Semesterball mit dem Sekt auf mich zukam, hatte ich einen Moment lang das Gefühl, in die Zukunft sehen zu können. Da war die verstörende Vision einer Nacht. Aber er war mein Bruder! Ich sah ihn kommen, und am liebsten wäre ich hingestürzt und hätte ihn fortgestoßen, raus aus dem Saal. Doch ich tat nichts. Ich stand wie festgenagelt und sah ihm entgegen. Er war so verwirrend schön für einen Mann. Wieso nahm ich das plötzlich wahr?

Da war diese Nacht vor meinen Augen. Ich sah mich unter seinen Händen, die mich wie die Tasten des Klaviers berührten. Ich beobachtete mich von außen, als ob ich eine andere betrachtete. Ich sah meinen Körper mit seinem zu einer Melodie erwachen, deren Vollkommenheit den Wahnsinn streifte. Er lag neben mir in den Laken. Er tanzte in meinem Atem. Meine Zunge tauchte in das Rot jenseits aller Worte und sagte „Körper" in einer unbegreiflichen Sprache. Es war die Vision einer Nacht, die es niemals geben konnte. Und durfte. Eine Sekunde nur. Dann war alles vorbei.

Er kam durch die Massen auf mich zu, den Hemdkragen hatte er ein wenig geöffnet. Ich hatte das Gefühl, mein Spiegelbild käme mir entgegen. Er lächelte mir zu, und ich lächelte zurück, doch etwas zersprang dabei in mir. Meine Hand zuckte zwischen meine Brüste.

Er stand vor mir. Alexander ist einer der wenigen Menschen, deren Schönheit nahezu tragisch ist. Er sagte nichts.

Was wäre passiert, wenn er plötzlich gesprochen hätte? Oder ich? Warum habe *ich* nichts gesagt? Hätte der vertraute Klang einer Stimme diese Situation nicht sofort aufgelöst? Vielleicht wäre er mein Bruder geblieben.

Er reichte mir den Sekt und sah mir in die Augen. Ich erwiderte seinen Blick, und wir stießen an. Kein Gedanke, daß ich hätte wegsehen können, kein Gedanke, daß es daraus einen Weg geben könnte. Ich wollte es so. Ich sah ihn einfach nur an, lächelte wie er und schwieg. Und als wäre nichts weiteres mehr möglich, als von den Spiegelbildern in anderen Augen zu leben, sah ich alles voraus: den Durst, der von nun an meine Kehle dorren würde, und alle Berührungen der Liebenden. Ich stürzte den Sekt hinunter. Und dann lachte ich über mich. Ich wußte seine Aufforderung zum Tanzen voraus.

In der Schule waren wir Tanzpartner gewesen. Beim Tanzstundenabschlußball sind wir bestes Paar geworden. Tanzen liegt uns im Blut. Kein Wunder also, daß unsere Körper sich sofort erkannten und jede Bewegung zueinanderfand. Wir waren uns so erschreckend ähnlich. Ich sah an ihm vorbei, doch alles verriet sich, die Wärme seiner Hand in meinem Rücken, das Schmiegen meiner Taille, und da wußte ich, wir waren immer noch dieselben: bereit, das Äußerste vom Leben zu erwarten, und bereit, das Äußerste dafür zu geben.

Ich ahnte all seine Bewegungen im voraus, den kaum spürbaren Druck seiner Hand beispielsweise, der eine neue Drehung ankündigte, oder eine schwache Bewegung der Hüften. Dann lächelte er mich an, und da konnte ich ihn plötzlich nicht mehr ansehen. Auf einmal waren da Skrupel, als ob ein Blick genügt hätte, alles zu begreifen und sofort darüber zu schweigen. Aber das war doch lächerlich, denn wir kannten uns seit zweiundzwanzig Jahren. Auch dieses Lächeln kannte ich seit zweiundzwanzig Jahren. Wir haben uns mit Sandschaufeln auf den Kopf geschlagen, sind zusammen auf Opas Traktor gefahren, haben uns gegenseitig verpetzt, wenn einer an die Prißnitz spielen gegangen war, obwohl unsere Eltern das bei Strafe verboten hatten. Jahrelang hätten wir nur ein Bett gebraucht. Eng aneinandergekuschelt sind wir eingeschlafen.

Es war nicht ich, die reagierte. Es war mein Körper. Er beugte sich jeder seiner Bewegungen entgegen, meine Hüfte schmeichelte seiner Hand. Mein Schenkel flüsterte mit seinem. Aber worauf reagierte mein Körper da? War das nicht nur eine Stimmung, die von ein wenig zuviel Alkohol, dem Geruch nach Linden, der durch die Fenster hereinströmte, vor allem aber von der Musik herrührte? Skrupel, immer stärker. Ich versuchte, mich mit Gewalt aus dieser Stimmung herauszureißen und mir Kindheitsbilder vors Auge zu holen, etwa, wie ich einmal einen klatschnassen und heulenden Alexander aus dem Fluß gezogen hatte, wie wir beide den Schulgarten in guter Absicht verwüstet hatten, wie wir als Zwölfjährige aus dem Ferienlager ausgebüchst und mit den Rädern durch die Elbwiesen gestrolcht waren und plötzlich auf dem Fluß einen Schwimmpanzer entdeckt hatten und den russischen Soldaten darauf solange vom Ufer aus zuwinkten, bis sie tatsächlich heranfuhren, uns raufhoben und dann einen halben Tag mit uns die Elbe rauf- und runterschipperten. Wir hatten stolz unsere Russischkenntnisse vorgeführt, jeder den anderen übertrumpfend. Umsonst. Mein Körper erschauerte. Da hatte ich das intensive Bedürfnis zu weinen, auf der Stelle, und ich schluckte an den Tränen und setzte die Schritte, ohne zu denken. Ich glitt einfach in die Musik, und jeder Schritt war der richtige. Und wenn ich einmal aufsah und seinen Blick suchte, dann lächelte er. Aber ich wußte es doch: Der Tanz ist ein Versprechen, das niemand halten kann. Oder wie eine Nacht, denn die kann auch niemand halten und horten, weil sie unablässig in den Uhren verrinnt.

Ich wußte das alles voraus. Er ist mein Bruder. Aber ich habe mich fester noch an ihn gekrallt, habe seinen Blick gesucht und nicht aufgehört zu tanzen. Wir haben gelächelt, weil wir es wollten. Wir haben uns nicht umgedreht, sind, wie damals, Hand in Hand bis an den Rand des Schuppendachs gerannt und einfach gesprungen. Und hinter uns pfiffen die Besen der Hexen.

Die Morgensonne liegt schwer auf der Haut. Unsere Hände sind ineinandergesunken, als ob sie schliefen.

Die Reisetasche wurde mir schwer; ich stellte sie neben mir ab.

Ich weiß nicht, warum ich nicht gleich zur Anmeldung gegangen bin, um mir meinen Schlüssel geben zu lassen. Ich blieb einfach stehen und beobachtete die Gruppe. Vielleicht war es nicht nur die Gelegenheit gewesen, die anderen heimlich zu beobachten, sondern auch der Wunsch, einen verstohlenen Blick auf mich selbst zu werfen, so wie ich möglicherweise von außen ausgesehen hätte, wenn ich auch dort sitzen würde. Wäre ich hervorgestochen, oder hätte ich mich unauffällig in den Kreis eingeordnet? Was wäre ich wohl gewesen: hassens- oder liebenswert?

Der Workshop war der letzte für diesen Tag, denn der Unterricht begann recht früh und dauerte gewöhnlich bis vierzehn Uhr. Die restliche Zeit konnten wir nach eigenen Vorstellungen verbringen, wenn wir nicht gerade die Aufgaben für den nächsten Tag vorbereiteten, ein Gedicht beispielsweise oder eine Kurzgeschichte zu einem bestimmten Thema.

Kurz vor Ende drehte sich der Mentor, ein bekannter Potsdamer Autor, der uns schon im letzten Jahr betreut hatte, plötzlich herum und entdeckte mich. Er verzog die Lippen zu einem Grinsen, denn er hatte mich gleich wiedererkannt, und rief mich in die Mitte des Kreises. Wie ich so was haßte! Mir fiel sofort eine Situation ein, als Alexander und ich, gerade mal achtjährig, während des morgendlichen Fahnenappells nach vorn gerufen und vor der ganzen Schule getadelt worden waren, weil man uns dabei erwischt hatte, wie wir sämtliche neugepflanzten Bäumchen in der Baumschule umgeknickt und abgesäbelt hatten. Dabei wollten wir nur Brennholz für arme Mütterchen sammeln, so wie wir es in *Timur und sein Trupp* gelesen hatten. Weil es aber in unserem Dorf nirgends ein derart bedürftiges Mütterchen gab, hatte man unserem Argument natürlich keinen Glauben geschenkt. Man hatte uns sogar mutwillige Lüge unterstellt, und unsere gute Tat wurde vor der ganzen Schule zur Boshaftigkeit erklärt.

Als ich in die Mitte des Kreises trat, fühlte ich mich ganz kurz so wie damals. Alle Augen lagen auf mir, und mir war, als müßte ich gleich zu einer Verteidigungsrede ansetzen, weil ich mit einem Tag Verspätung aufgetaucht war, da ergriff auch schon der Mentor das Wort und stellte mich vor:

„Also das ist Franziska. Sie hat in diesem Jahr beim Wettbewerb um den Jungautorenpreis den zweiten Platz belegt, wenn ich mich nicht irre." Er sah mich an, und ich nickte.

Dann stellte er mir alle anderen vor.

Drei davon kannte ich ja bereits vom letzten Mal, und bei den nächsten fünf hörte ich nicht genau zu. Mich interessierte ein einziger Name. Endlich hatten wir den Kreis abgewandert und wendeten uns der letzten Frau zu. Diese hatte, wohl aus Langeweile und weil der Workshop für diesen Tag ohnehin beendet war, bereits eine Zigarette entzündet und lag auf dem Rücken im Gras, die Augen geschlossen, reglos, und führte nur hin und wieder den Filter an die Lippen. Als Peter mich vorstellte, setzte sie sich nicht auf, sondern öffnete die Lider nur einen Spalt, so wie eine Katze es tut, wenn sie beim Dösen gestört wird. Das war eine Frechheit!

„Und das ist Jördis."

Mehr sagte er nicht. Weder erwähnte er, ob sie bereits veröffentlicht, noch, ob sie Preise gewonnen hatte, so wie er es bei allen anderen getan hatte. Nichts dergleichen. Einfach nur „Das ist Jördis."

Und hatte ich es vorher nur geahnt, so wußte ich es nun: Jördis war anders.

Ich finde keine Ruhe in dieser Nacht.

Im Zelt ist es heiß, und ich frage mich, was das noch werden soll, wenn wir erst einmal in der Wüste ankommen, in der wirklichen Hitze. Wir werden Helen morgen abend am Flughafen abholen, und am Tag darauf fahren wir los, die Great Ocean Road entlang bis Adelaide, dann nördlich bis Port Augusta, und dahinter würde schließlich die Wüste beginnen.

Wüste.

Ich spreche das Wort. Noch schmeckt es nach nichts. Ein hohles Wort. Es wird erst einen Sinn bekommen, wenn ich einmal Wüstensand zwischen den Zehen und Fingern gehabt habe, wenn ich ihn einmal gerochen und davon gekostet habe. Wie viele hohle Worte spricht man in seinem Leben?

Ich werde hier wegmüssen. Ich weiß es. Bald. Sehr bald. Es ist entsetzlich. Das ist das Ende der Welt. Jedes andere Ziel bringt mich wieder näher an den Anfang. Näher an meine Wohnung in Berlin, näher an mein Elternhaus in Sachsen. Nachdem wir die Wüste durchquert haben, was bleibt dann noch? Der Regenwald, ja. Den kenne ich noch nicht. Ein ganzer Wald, um hohle Worte zu füllen. Aber eines Tages werde ich alles gesehen und gesprochen haben, und dann werde ich wegmüssen, aber wohin?

Ich setze mich auf.

Alexander liegt einen halben Meter entfernt. Meine Augen haben sich an das Dunkel im Zelt gewöhnt, und ich kann die Umrisse seines Gesichts erkennen, das mir seltsam fremd vorkommt, jetzt, mit dem Ausdruck des Schlafs darin. Trotzdem ist es mir vertraut, so sehr, daß es schon weh tut. Ich sehe ihn an, und mir ist, als würde ich heimlich ein fremdes Tagebuch lesen. Ich tue etwas Verbotenes. Der Gedanke, jemand würde sich den Ausdruck meines Gesichts in einem Moment aneignen, an dem ich keine Kontrolle darüber hätte, erschrickt mich, weil er solche Lust bereitet. Ich möchte immer an deine Lippen denken, als ob ich sie nie geküßt hätte, Liebster.

Mein Bruder.

Es gibt nur einen Grund, warum ich ausgerechnet nach Australien gekommen bin. Den kann ich niemandem laut sagen. Man würde mich für verrückt halten: Ich habe Angst, meine Sprache zu verlieren.

Ich bin im Laufe der Jahre immer weiter weggefahren, um noch etwas zu finden, was ich noch nie gesehen habe. Nirgendwo sonst auf der Welt als hier gibt es zum Beispiel freilebende schwarze Schwäne. Auch in Berlin könnte ich „schwarzer Schwan" sagen, aber dort wäre es nichts als ein hohler Begriff. Ich möchte fühlen können, was ich sage. Ich kann es nur, wenn ich etwas Unvorstellbares mit meinen eigenen Augen sehe oder es ertaste oder höre oder schmecke oder rieche, und ihm dann den Namen gebe. Ich suche Originale. Ich will etwas richtig wahrnehmen und es mit der Zunge umarmen. Und ein schwarzer Schwan ist etwas Unvorstellbares.

Ich hatte mich weggerissen von ihm, war durch den Saal gehetzt und hatte Helen gesucht. Sie stand an der Bar und schien sich zu amüsieren. Sie hatte uns beobachtet, denn das erste, was sie sagte, war: „Wer ist denn das gewesen, mit dem du da getanzt hast? Ich glaube, er sucht dich."

Und tatsächlich, Alexander sah sich im Saal um, neben sich Henry, den ich im Geist küßte, weil nur er es mir ermöglicht hatte, mich davonzustehlen. Ich schnappte ihre Hand. Widerstrebend ließ sie sich mitziehen, weg von der Bar, fort von den Tanzenden, zur Garderobe. Ich warf ihr die Jacke zu, die sie anzog, nicht ohne zu protestieren. Aber natürlich tat sie, was ich wollte. Helen tut alles, was ich sage.

„Was ist denn nur in dich gefahren?"

Wir waren auf der Straße. Ich lief schnell. Helens Absätze klapperten auf dem Asphalt.

„Franziska!"

Da blieb ich stehen. Es war dunkel. Ich war Helen einige Schritte voraus.

„Franziska, ich gehe keinen Schritt weiter, wenn du mir nicht endlich sagst, was los ist! Wer war der Mann? Kennst du ihn?"

Da sprach ich endlich. Doch meine eigene Stimme war mir fremd.

„Ja. Wir sind sogar verwandt."

„Hab ich es mir doch gedacht. Ihr seht euch verblüffend ähnlich. Und wir ihr getanzt habt. Ist das dein Cousin? Ihr habt euch gestritten, oder?"

„Nein, wir haben uns nicht gestritten. Er ist ..."

Meine Worte waren so schwer wie Steinbrocken. Sie knallten auf den Asphalt.

„... er ist mein Bruder."

Dann schwieg ich.

Ich hatte einmal eine Katze. Sie war das schlaueste Geschöpf, das mich durch meine Kindheit begleitet hat. Den Beweis ihres Genies aber hatte sie erbracht, als ich sie vor einen Spiegel hielt. Ich trug sie im Arm und drehte ihren Kopf zum Spiegelbild. Vielleicht hatte ich erwartet, daß sie ihr Doppel anfauchen, daß sie einen Buckel machen und dem Bild einen Kratzer zu versetzen versuchen würde. Doch nichts davon passierte. Desinteressiert sah die Katze kurz in den Spiegel und dann daran vorbei. Schließlich hatte ich ein leises Entsetzen verspürt. Die Katze nahm ihr Spiegelbild nicht wahr! Der Spiegel mußte wie ein Glas für sie sein, sonst nichts. Und dann war sie aus meinem Arm und davon gesprungen. Ich hatte es immer wieder versucht, aber das Ergebnis war jedesmal dasselbe.

Ich sehe in Alexanders Gesicht. Es ist dasselbe Gesicht wie meines. Die gemeinsame Kindheit hat dort Wurzeln geschlagen, sich ausgebreitet und Spuren hinterlassen: Linien in den Augen- und Mundwinkeln, die vom Lachen herrühren, und vom Nachdenken die zwei steilen Falten über der Nasenwurzel. Dabei scheint ein Spiegelbild nichts als eine dieser sanften Täuschungen zu sein, die uns lebenslang folgen. Wir meinen etwas zu besitzen, das uns gleicht, aber nichts gleicht uns wirklich. Nichts und niemand.

Jördis kam aus Hamburg, und das machte sie sofort zu einem Fremdkörper.

Es war nicht so, daß ich noch nie jemanden aus dem Westen gesehen hatte –, ich kannte schließlich meine Verwandten aus Bayern und war gleich im November damals in Westberlin gewesen – aber ich hatte alledem schnell wieder den Rücken gekehrt. Zurückgetrieben zu den Verwandten oder nach Berlin hatte es mich so schnell nicht wieder.

Ich erinnere mich genau an den Berlinschock.

Es war anderthalb Jahre vor der Begegnung mit Jördis gewesen. Ende November. Unsere Schule hätte von diesem Monat an samstags schließen können, denn alle Klassen waren dann gelichtet wie Wälder nach einem Kahlschlag. Man fuhr übers Wochenende in den Westen. Und schließlich war auch ich aufgebrochen, ganz allein, um mir das andere Berlin anzusehen.

Darf man je die Erregung vergessen, die über einen hergefallen war wie ein Heer Ameisen über die neugierig in den Hügel sich bohrende Hand?

Farben, Formen, Gerüche, Geräusche – all das hatte ich nur noch als Ameisenbisse wahrgenommen, die überall und unaufhörlich brannten, und ich war von alledem weggestürzt, in den nächsten Bus hinein, auf den Busfahrer zu, der erst in mein verstörtes Gesicht und dann auf den hervorgefingerten blauen Ausweis sah und mich schließlich durchwinkte. Dieses beklemmende Gefühl, in einen Kinofilm gesprungen und für immer darin gefangen zu sein! Mein Mitbringsel aus Berlin war eine Kiwi gewesen, die niemandem geschmeckt hatte.

Dieselbe quälende Erregung hatte Jördis ausgelöst. Sie war anders. Ich bezweifle, daß jemand außer mir so viel über sie nachdachte. Jördis kannte die Bücher von Autoren, deren Namen ich noch nie gehört hatte. Das Erstaunliche war, daß sie mit allen DDR-Titeln, die wir ihr nannten, ebenfalls etwas anfangen konnte. Sie hatte Anna Seghers gelesen und Christoph Hein, kannte *Die Abenteuer des Werner Holt*, *Der Geteilte Himmel*, sogar *Ede und Unku* und wußte über Irmtraud Morgner, Johannes Bobrowski und Brigitte Reimann etwas zu sagen. Und doch wurde sie mir nicht liebenswürdiger.

Ich verlor meinen Unwillen nicht. Ganz im Gegenteil: Daß sie nicht nur ein außergewöhnlich gutes Allgemeinwissen hatte, sondern sich auch noch in Bereiche vorwagte, in denen ich mich zu Hause fühlen sollte, behagte mir nicht.

Wenn Jördis zu einer Diskussion etwas beisteuerte, blieb ein merkwürdiges Schweigen nach ihren Worten zurück, und die Diskussion setzte nur zaghaft wieder ein. Es war, als würde sie, wenn sie sprach, einen hörbaren Punkt hinter alles setzen. Ich glaube nicht einmal, daß sie es bewußt getan hat. Sie war zweiundzwanzig. Ich bin jetzt achtundzwanzig, doch wenn ich an die Jördis von damals denke, so wie ich sie wahrgenommen hatte, kommt sie mir abgeklärter und reflektierter vor, als ich es jetzt bin. Aber ich habe nicht richtig hingesehen, und das weiß ich. Das braucht mir niemand vorzuhalten und zu erklären. Ich habe mich von ihrem Erscheinungsbild bestechen lassen, und zwar mit Absicht. Dennoch muß ich hinzufügen, daß keiner von uns ihr so begegnete, wie wir uns selbst begegneten. Und das war unvernünftig. Womöglich haben wir sie ja in die Position des Außenseiters regelrecht hineingedrängt?

Egal, es spielt keine Rolle mehr. Wichtig war nur, daß ich sie haßte. Und alles: ihr unfaßbares Allgemeinwissen, die Art, wie sie sich ausdrückte, die Kleidung, die sie trug, oder einfach nur, daß sie sich kurzerhand über das Rauchverbot während der Workshops hinwegsetzte und Elise vollqualmte, die, wie wir alle wußten, eine strenge Nichtraucherin war, alles das und noch tausend Kleinigkeiten mehr waren es, die zu meinem Haß beitrugen. Und ich hütete mich gewissenhaft davor, auch nur ein einziges Vorurteil abzubauen und sie im geringsten verstehen zu wollen, denn das hätte diesen Haß zweifellos verkleinert.

Jördis hatte damals blondes Haar, das sie streng aus der Stirn bis zu den Ohrläppchen trug. Es gab so gut wie nie eine Situation, in der eine Strähne sich aus dieser Strenge davonstahl, und ins Gesicht zu tänzeln versuchte. Und als es doch einmal passierte, zuckte es mich in den Händen, diese Strähne einzufangen und auszureißen.

Sie war eine Frau, die ich heimlich als zweifellos bezeichnete. Eine Frau ohne Fragen, eine Frau ohne Bedenken. Und das Schlimme war, daß ich absichtlich annahm, sie hätte kein Gewissen.

Niemand weiß, daß Alexander und ich ein Spiel spielen. Und es ist schrecklich, denn wir haben uns schon viel zu lange in diesem Spiel verfangen, als daß wir jetzt noch damit aufhören könnten. Manchmal weiß ich selbst nicht mehr, was ich glaube. Ich habe mich so sehr in einer über die Jahre gewachsenen Täuschung verstrickt, die stärker und glaubhafter wird mit jeder Stunde, die wir unertappt verbringen, daß ich nicht mehr herausfinde. Ich kann nicht mehr aufhören zu lügen. Ich weiß nicht einmal, ob ich überhaupt aufhören will. Ich befürchte immerzu, daß jemand uns erkennen – und damit auch alles andere erkennen und aufdecken könnte. Ich hasse alles schon im voraus: die Tage, die dann folgen werden, die süffisanten Blicke der Leute! Und doch sind die Tage vergangen und dann die Jahre, und niemand ist gekommen, um uns als Lügner zu entlarven: kein Bekannter aus alter Zeit, kein

Familienangehöriger, niemand. Aber ich werde die Angst nicht los.

Daß ich meinen Bruder liebe, ist es nicht.

Es ist viel schlimmer.

Ich weiß nicht, warum ich im Camp von Katzen geträumt habe. Ich hasse Katzen, seit die eine, die mich durch meine Kindheit begleitet hat, gestorben ist. Ich habe damals sehr geweint. Ich war gerade vierzehn geworden, und ich bin weit in das Feld gelaufen, wo Alexander die Katze irgendwo vergraben hatte. Ich habe mich hineingeworfen, mitten in die Lupinen, und habe, ohne zu blinzeln, in den Himmel gesehen, bis er verschwommen ist. Ich habe die Sonne an meiner Haut herabbröckeln lassen, und das blaue Rauschen neben mir hat meine Erinnerung gefärbt. Kurz darauf hatte mein Körper eine Allergie gegen alle behaarten Haustiere entwickelt. Heute hasse ich Katzen.

Im Künstlercamp haben sie mich nächtelang mit ihrem beharrlichen Drängen und Reiben gequält. Sie waren um meine Beine gestrichen. Ihr Fell hatte geknistert dabei, und Funken sind blau durch die Nacht gesprungen. Katzen haben Augen, die nachts hell aufspiegeln, wenn ein Straßenlicht darauffällt. Diese Augen lagen auf mir, glänzend, gelb und riesengroß. Lautlos und nimmermüde folgten mir die Katzen durch die Nächte. Wenn ich vor Erschöpfung auf den Boden gesunken war, schlichen sie sich heran und streckten sich auf meinem Brustkorb aus. Die Berührung ihrer feuchten Nasen auf meinen Lippen hatte mich entsetzt. Unerträglich aber war der Ekel, den die Liebkosung ihrer rauhen Zungen hervorrief.

Die Katzenträume verfolgten mich. Doch seltsamerweise hatte ich langsam Genuß gefunden an der Angst, verfolgt zu sein, und an der Drohung der geschärften Krallen. Jeden Morgen war ich schweißnaß in meinem zerwühlten Bett erwacht. Wenn ich dann beim Haarekämmen in den Spiegel sah, waren meine Lippen geschwollen, und auf meinen Wangen blühte eine hektische Hitze. Meine Augen hatten wie im Fieber geglänzt, und meine Zunge schmerzte. Ich trug die Stigmata der Erregung.

„Was Sie verabscheuen, wird Ihre heimliche Lust sein", hatte Elise mir in der ersten Woche im Camp gesagt, nachdem sie mir meine Kurzgeschichte zurückgegeben hatte. Sie sagte einem in den Kursen meist nichts als einen einzigen Satz, und der traf. Womit aber hatte ich mich verraten? Was wußte sie von mir? Beim Mittagessen hatte ich mich dann neben sie gesetzt und ein Gespräch forciert. Wir hatten über alles Mögliche geredet: über diesen maßlos heißen Mai, der mit jedem weiteren Tag so tat, als würde es keinen Sommer mehr nach ihm geben. Über ihren Mann in Berlin. Über das Schreiben im allgemeinen und im besonderen. Zum Schluß, nachdem sie ihr Dessert aufgelöffelt und den Kaffee getrunken hatte, wendete sie sich um und sagte vollkommen aus dem Zusammenhang: „Machen Sie sich niemals Sorgen über die Art Ihrer Lebensmotivation, Franziska. Um schreiben zu können, werden Sie hassen müssen. Das ist nicht unnormal, glauben Sie mir." Damit legte sie ihre Finger auf mein Knie und streichelte sehr sanft darüber. Ich hatte mich vor Schreck an meinem Kaffee verschluckt. Doch bevor ich antworten konnte, war Sven an unseren Tisch gekommen und hatte sich zu uns gesetzt.

Ich hatte angefangen, die Katzenträume herbeizusehnen. Nachts lag ich in meinem Bett, die Bettdecke zwischen meinen Beinen zerknüllt, und starrte im dunklen Zimmer umher. Und wenn ich die Augen schloß und in den Schlaf hinüberzugleiten begann, fingen meine Brüste schon zu ziehen an. Der sanfte Schmerz schwellenden Fleisches lullte mich ein und führte meine Träume.

Ich habe es mir lange nicht eingestanden, aber einmal wollte ich von ihnen zerrissen werden im Traum. Doch wer die Krallen der Katzen will, muß auch ihre trügerische

Weichheit ertragen, ihr dunkles Gewicht auf der Brust und ihr Schnurren, das die Ohren zu rohen Nerven macht.

An die einzelnen Workshops erinnere ich mich wie an stille, sich täglich erneuernde Gefechte. Vor Jördis hat es nie einen Menschen gegeben, der in der Lage gewesen war, mich zu bestürzen. Sie aber hat es geschafft, mir mit einem einzigen Satz meine Worte im Mund abzubrechen. Ich kaue noch heute an den bitteren Resten all dieser abgebrochenen Worte. Aber ich wollte es genau so. Eine Liebenswürdigkeit hätte ich ihr nie verziehen.

Es gibt etwas Magisches zwischen Menschen; darüber wird viel geschwiegen. Menschen erscheinen einzeln wie in sich geschlossene Individuen mit voraussagbaren Handlungsweisen. Bringt man jedoch zwei Menschen zusammen, so verhalten sie sich wie chemische Substanzen: Entweder ergeben sie ein harmloses, unter Umständen sogar lebensspendendes Gemisch oder aber eine gefährliche Säure. Zwei Menschen in Beziehung zueinander offenbaren die überraschendsten und unvorhergesehensten Eigenschaften, die weit über die der einzelnen zwei Bestandteile hinausreichen können.

Die Fahrt zum Flughafen verläuft schweigend. Ich lenke den Wagen ruhig durch den Melbourner Verkehr. Fünfunddreißig Grad. In Sydney ist es bis zu unserem Aufbruch nie richtig warm gewesen, jedenfalls nicht so warm, wie ich mir das von Australien vorgestellt hatte. Trotzdem haben wir jeden Tag im Meer gebadet.

Das ist etwas, das ich anfangs kaum begreifen konnte: Mitten in der Stadt, mitten in Sydney, beginnt plötzlich der Strand. Von unserem Zimmer in Coogee sind wir keine fünf Minuten bis zum Meer gelaufen. Die Australier in Sydney haben den Eindruck überdurchschnittlich sportlicher Menschen gemacht. In der Mittagspause, wenn in Deutschland die Bürokräfte in ihren Kantinen sitzen oder zum Rauchen vor die Tür gehen, öffnen sich in Sydney reihenweise die Büros, und joggingbekleidete Frauen und Männer hüpfen auf die Straßen, oder ein ganzes Rudel von Angestellten läuft für eine Schwimmrunde zum Meer. Manche packen für die kurze Dreiviertelstunde sogar die Surfbretter aus. Wie gesagt: ein sportliches Volk.

Ich bin hier, um meine hohle Sprache aufzufüllen, und ich war mir nicht sicher, aber es stimmt wirklich: Australier erleben kann man nur in Australien. Australier irgendwo anders in der Welt sind nur hohle Worte. Man kann sie dort alles, nur nicht Australier nennen.

Ich könnte die Hand ausstrecken und sie auf seinen Schenkel legen. Ich könnte ihm durch die Locken fahren. Das würde jetzt nichts bedeuten. Ich könnte auch anhalten, mich zu ihm beugen, die Finger in seinem Haar vergraben, seinen Kopf zu mir herüberziehen und ihn küssen. Aber ich tue es nicht. Ich werde es erst tun, wenn Helen da ist. Heimlich, denn sie soll es nicht sehen. Heimlich, damit ich ein Wort für all das finde.

Ich werde ihn töten müssen, eines Tages. Es ist entsetzlich. Ich habe eine wahnsinnige Angst davor, mein Buch zu beenden, weil das der Moment sein wird, an dem sie alle sterben werden: Helen, Jördis, Alexander. Meine Verleger drängen mich, endlich fertig zu werden, schließlich schreibe ich schon eine Ewigkeit daran. „Denk daran", haben sie mir gesagt, „ein Publikum hat ein Kurzzeitgedächtnis." Aber wie soll ich so schnell schreiben, wenn ich doch immer erst ein Stück leben muß? Ich möchte etwas Lebendiges zwischen die Buchdeckel geben! Wenn ich lau lebe, kann ich nur lau schreiben. Ich rede von Gefühlen. Nicht von Autobiografien. Ich würde niemals über Jördis oder Alexander oder Helen schreiben, aber die Gefühle, die sie mir ablocken, sind notwendig, damit ich solche Worte wie diese finde:

„Aus den Ärmeln der Nacht ragt Kristall. Ihre Adern sind schwarz, das Eis klirrt und schlägt dem Herz zu. Hin und wieder schreit eine Frau. Wir lassen uns Krallen und Zähne wachsen und werden losgehen. Wir werden die Sterne ausreißen, Liebste. Den Mond werden wir totbeißen. Den Himmel werden wir aufbrechen und ihn austrinken. Und hin und wieder schreit eine Frau. Den Rachen werden wir aufreißen, und zitternd vor unserem Gebrüll wird die Nacht sich auf unsere Zunge legen. Wir zermalmen ihre Kristallarme und ihr dünnwandig gläsernes Herz. Wir lassen das Eis auf unserer Zunge blutschmelzen. Also komm, Liebster. Komm und folge mir. Alle Finsternisse, die Wolken und den Sturm werden wir zerkauen. Wir speicheln die Nacht ein und schlucken sie herunter. Eine Narbe werden wir auf der Welt hinterlassen. Also komm! Die Wirklichkeit trägt eine Wunde auf der Zunge. Und in uns schreit hin und wieder eine Frau."

Das ist mein neues Buch *Berührungen*. Ohne Jördis, Helen und Alexander würde es dieses Buch nicht geben. Aber ich weiß es: Das Buch beenden, heißt, sie alle zu töten, denn in diesem Moment werde ich sie hinter mir lassen können. Und müssen.

Eines Tages hatte Alexander diesen großen Preis für seine Sinfonie erhalten. Ich war so stolz auf ihn. Er hatte mir die CD geschenkt, doch ich traute mich nicht, sie zu hören. Die Musik lag wochenlang auf meinem Schreibtisch und wartete. Eines Nachts wurde ich schwach. Ich war allein. Ich öffnete eine Flasche Wein, zündete die Kerzen an und legte die Musik ein. Es läßt sich so vieles inszenieren. Ich drückte auf „Play", und dann geschah all das, wovor ich mich gefürchtet hatte.

Aber nein! Ich will aufhören, mich ständig zu erklären. Ich will, daß endlich mal jemand kommt und mir sagt, wer ich bin. Ich will, daß jemand eine Geschichte schreibt und beteuert, das hast du geschrieben, Franziska:

„Ich drückte den Knopf, und du warst im Raum. Die Töne flirrten durchs Zimmer, umspielten sich, tänzelten die Wände entlang und fielen über mich her. Jede einzelne

Note saugte ich auf. Ich hörte nicht zu, wie man Musik hört. Ich erlauschte eine Nacht darin, in der die Worte die Körper umflossen. Worte, die noch nie gesprochen worden sind, rote Worte, die aus den Poren sickerten und die Haut mit dem Schweiß einer verbotenen Erregung benetzten. Worte, die die Glieder zucken ließen, denn sie bargen das verführerische Wissen um einen Tanz, den man nur ein einziges Mal tanzen konnte, weil man daran sterben mußte. In diesen Tanz gebettet war das Geheimnis einer Nacht, in der die Körper sich zu einer verbotenen Musik drehen und die Glieder feucht im Mondlicht aufglänzen. Ich ließ die Musik durch mich gehen, und jeder Ton war verbunden mit dir, denn du hattest ihn erst erdacht und dann aufs Papier gebracht. Ich wußte das Verderben voraus. Aber ich konnte nicht mehr davon lassen. Die Musik war mir ins Blut gesickert, und mein Leib kostete sie aus wie den Harzgeschmack des giftigen Antiars."

Aber es gibt niemanden, der so was geschrieben, mich dann ganz nah an sich rangezogen und Auge in Auge und Mund zu Mund zu mir gesprochen hat: Du, Franziska, das hier ist ja deine Schrift!

Niemand berührt mich. Niemand überrascht mich. Immer muß ich das selbst tun. Ich kann nur Lügen sagen. Ich kann nur Lügen schreiben. Ist das die einzige Möglichkeit, ohne Scham *ich* zu sagen? Kein Mensch weiß, wieviel Blut mich dieses Buch bis jetzt gekostet hat.

Ich weiß nicht mehr, was ich glauben kann. Denn es war ja alles ganz anders. Ich hatte mir Alexanders CD angehört, und die Sinfonie war interessant, ja, aber doch nicht überwältigend! Er hatte in diesem Moment meine Ohren. Doch mehr auch nicht.

Elise hatte damals behauptet, Worte stimmen immer. Es komme nur auf den Moment an. Manchmal würden sie sofort stimmen, manchmal erst nach zehn Jahren. Aber wenn man sie einmal gesprochen oder geschrieben habe, gebe es kein Zurück mehr. Eines Tages würden sie eintreffen. Deshalb, hatte sie gesagt, deshalb seien Sie maßlos und vorsichtig mit dem, was Sie sagen und schreiben.

„Aber Elise", hatte ich triumphierend gefragt, denn ich dachte, ich hätte sie endlich mal an einer schwachen Stelle erwischt, „Kennen Sie denn nicht das Märchen von dem Fischer und seiner Frau? Was wäre denn, wenn ich mir wünschen würde, Gott zu sein?"

Sie hatte ganz beiläufig geantwortet.

„Ich verstehe Ihre Frage nicht, Franziska. Man muß sich so was doch gar nicht wünschen. Alle Menschen, die bewußt sprechen und sich dabei von Herzen etwas wünschen, sind Gott. Oder, nun ja, ich würde dazu sagen: Sie sind Zauberer. Sie sprechen magische Worte und erschaffen das Universum, oder etwa nicht?" Und damit ließ sie mich einfach stehen.

Wenn man mich fragen würde, was ich am allermeisten im Leben hasse, so würde ich sofort antworten: Langeweile! Alles, was man vorhersagen kann, ist langweilig. Alt werden ist langweilig, wenn man schon mit zwanzig alles planen und berechnen kann: die Menge Geld, die man später verdienen wird, in wie vielen Jahren man sich mal eine Reise nach Asien leistet und so weiter. Langweilig! Seien Sie maßlos und vorsichtig mit Ihren Worten, hatte Elise gesagt. Und ich wollte es ausprobieren. Ich wollte maßlos sein.

Manchmal stimmen die Worte sofort. Nachdem ich diesen Text über die Musik geschrieben hatte, hatte sich etwas verändert. Das war nichts Autobiografisches. Ich hatte etwas geschrieben, was erst danach eingetroffen war. Sofort danach. Und das war magisch.

Ich bin mir sicher, daß Elise das irgendwie anders gesagt hatte.

„Worte stimmen immer. Alles, woran wir einen Namen hängen, besitzen wir in gewisser Weise. Also seien Sie maßlos und vorsichtig mit dem, was Sie sagen und schreiben, weil das, was wir besitzen, immer auch uns besitzt!" Sollte ich das wirklich vergessen haben?

Ist es unnormal, sich ein Spiegelbild des eigenen Begehrens zu schaffen? Ich war einmal sehr fasziniert von Alexander. Und von Jördis. Es waren ihre Augen.

Jördis' Augen waren meist ausdruckslos, wenn sie mich im Künstlercamp angesehen hatte. Es war, als würde sie durch mich hindurchsehen. Die einzige, die Jördis sich richtig angesehen hat, war Elise gewesen. Sie schloß mich kurzerhand aus ihrer Wahrnehmung aus, und ich glaube, es war dieser, ihr grenzenloser Egoismus, der mich wahnsinnig machte.

Dieses schreckliche Verlangen nach Kenntnisnahme.

Ich wollte in diese Augen. Ich wollte, daß Jördis mich ansah. Damit einmal *ich* gleichgültig an ihr vorbeisehen konnte.

Bei Alexander wiederum hatte ich immer den Eindruck, seine Augen wollten mir was enorm Wichtiges sagen. So in der Art: „Ich weiß alles über dich, und ich hab es in der Hand. Paß nur auf. Du wirst schon sehen."

Beides elektrisiert einen, in beidem liegt ein großes sinnliches Potential. Es ist müßig, das zu verleugnen. Doch sowohl bei Jördis als auch bei Alexander handelte es sich um ihren ganz normalen Augenausdruck. Ich habe es zu spät herausgefunden.

Alles Mögliche habe ich gesagt bekommen: wie man Messer und Gabel hält, daß man rote Strümpfe nie zusammen mit weißer Unterwäsche wäscht und daß man sich nicht fönt, wenn man in der vollen Badewanne sitzt. Warum aber hat mir niemand gesagt, daß es gefährlich ist, Menschen mit den eigenen Illusionen und Träumen aufzuladen? Daß man, wenn sie daran entflammen, am Ende die Verratene sein wird? Daß das einzige, was dann bleibt, der Betrug sein wird? Das sind doch wichtige Dinge. Auf diese Art gestohlene Nächte werden schnell grau und zahnlos.

Wenn ich einmal Kinder habe, werde ich ihnen solche Sachen als erstes sagen. Was sie damit machen, bleibt ihre Entscheidung, aber ich werde es ihnen nicht vorenthalten.

Vielleicht wird es einmal möglich sein, jemandem zu sagen: „Ich will dich sehen, laß uns in die und die Bar gehen. Aber wir werden an unterschiedlichen Tischen sitzen, du mit einer Frau und ich mit einer Frau. Wir werden kein Wort wechseln, das wird nicht nötig sein, aber wir werden uns kurz anschauen und lächeln, wenn wir die Weingläser heben. Und das wird alles sein. Nicht weniger als alles."

Ich sehe kurz zu ihm, und er lächelt. Doch selbst in diesem Moment, wo er nur wenige Zentimeter von mir entfernt sitzt, fehlt er mir.

Helens Flugzeug hat Verspätung, und wir setzen uns noch ein wenig in das wuselige Flughafencafè. Ich mag das: Flughäfen und all die Unbequemlichkeit, die sie mit sich bringen. Diesen widerwärtig lauwarmen Kaffee, die Stühle, deren Rückenlehnen immer zu kurz sind und sich ins Kreuz einschneiden, wenn man den Fehler macht, sich anzulehnen, die gestreßten Serviceleute hinter dem Tresen, die mit überlegener Miene ein Trinkgeld einbehalten, das man gar nicht gegeben hat. Ja, ich mag das alles. Und ich freue mich auf Helen.

Alexander gefällt das hier nicht, das weiß ich, obwohl er nichts dazu sagt und steif sitzend seinen Kaffee trinkt. Er ist von klein auf extrem streßanfällig, und es sieht aus, als bekäme er gleich wieder eine seiner Kopfschmerzattacken, aber das ist mir egal. Ich finde es gut hier. Hier könnte ich Stunden in absoluter Glückseligkeit verbringen. Ich zucke nicht mal zusammen, als ein Tablett krachend zu Boden fällt und ein zotteliger Typ anfängt, laut loszuschimpfen. Ich mag auch Weißbrotkrümel und Scherben und Honig auf dem Boden. Ich nippe an meinem braunen Gesöff und feixe.

Helen hat den diskreten Charme des Gewöhnlichen.

Womöglich ist es das, was mich zu ihr treibt. Diese ganz spezielle Aura des Mittelmäßigen. Schon bald, nachdem wir Freundinnen wurden, war mir klar, daß Helen niemals die Erfüllung meiner erotischen Sehnsüchte sein würde. Anfangs hatte ich zwar noch eine gewisse Sinnlichkeit wahrgenommen, doch Begegnung für Begegnung hatte ich mich wegbewegt von dieser allzu dünnen Erregung.

Dieses Unsagbare.

Darf ich sprechen?

Man müßte ohne Zeugen reden können. Damit die Dinge nicht immer und immer wieder eintreffen. Nur einmal reden, ohne sich selbst als Ohrenzeugen dabeizuhaben.

Denn darf ich wirklich davon sprechen, daß Helens unfaßbare Ergebenheit nach einem Jahr nur noch zwei Reaktionen zugelassen hat: entweder Langeweile oder Haß? Sie ist mir über die Jahre immer langweiliger und schließlich todlangweilig geworden, aber ich hatte sie gebraucht. Am Anfang jedenfalls, als ich meinem Selbstbewußtsein noch nicht recht traute. Da war es wichtig, Helen bei mir zu haben, wenn ich in die Disco oder zu einer Party wollte. Sie war so ungeschickt und unscheinbar. Erst mit ihr konnte ich richtig strahlen. Das klingt fies, ich weiß, vielleicht ist es das auch, aber ich will mal den Menschen sehen, der niemals einen anderen mißbraucht hat!

Sie hat sich nie über etwas beklagt. Trotzdem – eines Tages ging es nicht mehr. Sie war einfach zu langweilig! Helen ist ein gräßlich schwerfälliger Mensch. Sie denkt alles fünfmal durch, bevor sie es dann doch nicht tut. Sie liest wochenlang ein- und dasselbe Buch, auch wenn sie es blöd findet. Und sie ist so bierernst. Mit ihr kann man einfach nicht scherzen, es sei denn auf die plumpeste Art, denn Spitzfindigkeiten bemerkt sie gar nicht. Bevor sie sich mal zu einer spontanen Handlung entschlossen hatte, war ich ja schon an Reizmangel vertrocknet. Schlimm, aber Helen konnte ich schließlich nur noch ertragen, wenn ich mich vorher betrunken hatte. Und sie nannte mich Freundin! Ob ihr überhaupt klar war, wie sehr sie mich angestunken hat? Zum Schluß konnte ich sie überhaupt nicht mehr sehen. Sobald Jördis Helens Namen nannte, bekam ich einen Wutanfall. Gerade Jördis. Die feinsinnige, zynische Jördis. Was fand sie nur an Helen?

Daß diese tumbe Helen es überhaupt gewagt hatte, sich an mich – gerade an mich! – zu hängen und dann auch noch an mir klebenzubleiben, war eine Frechheit. Sie war ein peinlicher Mensch. Sie bekam den Mund nicht auf, wenn wir mal zusammen weggingen. Sie ließ sich Witze immer erklären. Sie sah grundsätzlich häßlich aus, egal, wohin wir gingen, sie hat einfach keinen Geschmack. Nicht mal richtig schminken kann sie sich. Helen greift garantiert daneben. Sie hat nie begriffen, daß sie kraftvolle Farben braucht: dunkelrote Lippen und sattgrüne Lider. Aber nein, stoisch trägt sie, was sie scheinbar schon mit Vierzehn getragen hat: korallenfarbenen Lippenstift und Lidschatten in Perlmutt. Mit solchen Schillerfarben sieht Helen richtig lungenkrank aus. Wenn sie sich tatsächlich mal mit jemandem auf einer Party verstand, war das garantiert der letzte Loser. Und der sah dann auch so aus. Sie war einfach zu gutmütig, um diese Typen abzuwimmeln, und ließ sich lieber die ganze Party lang ein Ohr abkauen. Ja, Helen war peinlich. Alle grinsten über sie, und ich grinste auch, Helen bekam so was ja gar nicht mit. Und wenn doch, wäre es auch egal gewesen. Helen würde nie an so was leiden. Sie ist nicht der Typ dafür. Fürs Leiden fehlt ihr schlichtweg die Leidenschaft. Man bemitleidete mich schon hinter meinem Rücken. Ärgerlich!

Es reichte also. Ich wollte diesen Namen nicht mehr hören. Ich wollte diese Helen nicht mehr sehen. Sie war mir zuwider geworden. Und es gab keinen vernünftigeren Grund dafür als Langeweile.

Nein, nein, wundern Sie sich nicht. Und ziehen Sie nicht dauernd an meinem Ärmel. Ich kann Ihre Fragen jetzt nicht beant-

worten. Ich mische mich doch nicht ein, wenn jemand sein Leben erzählt. Das wäre ja gemein.

Sie sind gerade ratlos? Trotzdem. Ich darf Ihnen nicht sagen, wieso Franziska will, daß Helen nach Australien kommt, obwohl sie sie nicht leiden kann. Wieso sie sich auch noch darüber freut, daß sie kommt. Ich bin mir da selbst noch nicht so schlüssig. Ich hab nur so eine Ahnung. Warten Sie mal ein bißchen. Ich bin mir sicher, Franziska wird das noch erklären. Und wenn nicht gleich, dann vielleicht später.

Ich hatte ja gar keine Wahl, als mich vor Helen zu verstecken. Ich hab sie eines Tages einfach aus meinem Leben ausgeschlossen. Und Schnitt. Freundschaft adé. Ja doch, man kann es auch Verrat nennen, aber wer verrät wen, wenn ich wegrenne, um nicht was Schlimmeres anzustellen, und wenn Helen mir dann einfach folgt?

Denn es kann immer viel schlimmer kommen. Und die einzige Möglichkeit, die Langeweile zu überlisten, wenn man eben nicht gleich ganz verschwinden will, ist, die Grenzen zu weiten, habe ich gedacht. Und das habe ich dann auch getan, denn niemand ist gekommen, mir zu sagen: „So etwas ist nichts als ein Wettlauf mit der Zeit, den jeder früher oder später verliert. Die Routine holt alles ein. Alles, nur nicht deine Lügen, also hör nicht auf zu träumen."

Nein, davon hat nie jemand geredet. Und so habe ich nichts anderes gewußt, als die Grenzen zu weiten.

Aber es ist dasselbe, und das würde ich diesem Jemand, der nie mit mir geredet hat, gern sagen: Es ist dasselbe, die Grenzen zu dehnen oder zu lügen. Denn beides ist ein Spiel, mit dem man nicht mehr aufhören kann. Man setzt den ersten Stein, und dann gibt es kein Zurück. Man kann nur weitergehen. Immer und immer weiter. Aber wie weit sind Grenzen zu dehnen? Wie weit ist der Geist in einer Lüge zu biegen? Wann beginnt das Brechen? Und was kommt danach?

Ich will, daß ich endlich wieder schwach sein darf. Ich will, daß einmal *ich* von jemandem in den Arm genommen werde, daß jemand wieder seine Lippen in *mein* Haar legt und mir zuflüstert: „Sei ganz ruhig. Mach dir keine Sorgen. Lügen sind nichts als die Umstände, die man leben will." Kommen Sie zurück, Elise, bitte.

Ich fahre immer weiter weg. Ich begehre meinen Bruder. Ich beginne, die Menschen zu quälen, die mich lieben. Und alles nur wegen dieser entsetzlichen Langeweile. Um noch was zu fühlen. Und um noch etwas ehrlich beim Namen zu nennen. Aber was kommt danach? Ja, was soll denn nach all diesen Dingen noch passieren?

In einer Stunde wird Helen hier sein. Alexander sitzt mir gegenüber und liest Zeitung. Das alles kommt mir vor wie im Nebel, als würde nicht ich in dieser Flughafenhalle sitzen, sondern eine Fremde.

Es stimmt ja, ich lasse mich seit jeher auf verbotene Dinge ein, und jetzt sogar auf den Inzest, aber doch nur, weil ich diese Sehnsucht nach Ekstase habe. Ist das etwa ungewöhnlich? Ich will nicht Liebe, wenn Liebe Gewöhnung bedeutet. Das habe ich schon gesagt. Ich will Ekstase. Und ich will eben nicht nur Alexanders Kunst, ich will ihn ganz und gar, nicht nur die Hälfte, nicht nur das, was das Gesetz erlaubt.

Das hier mag Ihnen alles absurd erscheinen. Sie könnten jetzt das Buch zuschlagen und sagen: „Mir reicht's, dieser Roman ist abgedreht und unrealistisch." Und niemand würde Sie daran hindern. Ich auch nicht.

Aber dann hätten Sie Franziska nicht zu Ende angehört. Sie hätten ihr keine Chance gegeben. Etwas möchte ich Ihnen an dieser Stelle ganz nah ans Herz legen: Es gibt nur eines, das schwieriger und zugleich moralischer ist, als ein Urteil über Menschen zu fällen.

Kein Urteil über Menschen zu fällen.

Ich möchte einfach nur spüren, daß ich lebe. Ich stehe immerzu im Nebel. Aber manchmal ist es, als würde sich der Nebel kurzzeitig zurückziehen, und dann bleibt nichts als Banalität. Und mit Erschrecken stelle ich fest, wieviel Energie ich auf diese ganze Banalität in meinem Leben aufwende.

Ich habe das Gefühl, die Wirklichkeit immer um Haaresbreite zu verpassen. Als wären Alexander, Jördis und Helen lauter Märchen, Zufälligkeiten, die mir nicht wirklich nahegehen. Die ich sofort ohne Bedauern hinter mir lassen könnte. Ich glaube, ich bin unverwundbar. Ich glaube, wenn man mich aufschneiden würde, wäre da nichts. Es gibt nichts in mir zu finden. Das ist zum Weinen fürchterlich. Ich glaube, ich bin nichts als eine sehr dicke Oberfläche.

Selbst wenn ich Alexander bis zur Ekstase geliebt habe, oder nach einer Nacht mit Jördis, deren Spuren am Morgen wie Schmuckstücke auf meinem und ihrem Körper blühten, selbst dann hatte ich das Gefühl, ich würde nur etwas wiederholen, was ich mal geschrieben habe oder was irgend jemand mal geschrieben hat. Als wäre das alles nicht echt und fände außerhalb meines Einflusses statt. Selbst Helen, die ich einmal, ein einziges, aber sehr intensives Mal, nämlich nach dem Abend in der Bar, nicht geliebt, sondern gefickt hatte, als würde es kein Morgen mehr geben, selbst sie konnte mir nicht das Gefühl geben, im Hier und Jetzt zu sein. Und das, obwohl die Wirkung ihrer Ergebenheit auf meinen Körper erschreckend war, obwohl ich, wenn ich an diese eine Nacht denke, augenblicklich wieder ihren nassen Körper vor mir sehe und alle meine und Jördis' Worte höre, die ich nicht mehr aussprechen kann, wieder Helens zarte Gelenke in meinem Griff spüre und ihre riesigen Augen sehe, meine Finger überall auf ihr, in ihr, und ihren Körper, wie er so aufreizend vor mir zurückgeschreckt war, dieser weiße Körper, doch ein Blick hatte genügt, und Jördis hielt ihn reglos. Wieder erlebe ich Helens letzte Anstrengung, loszukommen von all dem, was sie gewollt hatte. Doch wenn sie es nicht wollte, hätte sie es eben nicht herausfordern sollen. Sie war sich doch immer so sicher, mich zu kennen. Jördis' Lächeln daraufhin. Helens Willen, der in meine Hand fiel, und brach. Ihr Schluchzen, das aufstieg wie Rauch und sank und nach einer Weile das Stöhnen. All das liegt nah beieinander, und sie hatte es provoziert, nicht wahr? Jördis' Stimme auf einmal: Das ist zuviel. Ich hatte nur gelacht. Ich hatte Helens Schenkel geöffnet und ihre Arme mit den Knien ins Laken gepreßt. Es gefällt ihr, siehst du, denn es bedurfte nur einer einzigen, rauhen Liebkosung, und meine Finger glänzten. Das Mondlicht war so bleich, und Helen sah aus wie im Tau eines noch ungeborenen Morgens gebadet.

Aber all das war vergebens. Diese Nässe überall und auch Helens Schluchzen, das Blut in meinem Kopf und diese ganze herzzerreißende Lust, die scheinbar unendlich weit zu steigern war. Vergebens auch Jördis' Zunge, die Helen beruhigte und aufreizte und wieder beruhigte, in den Momenten, wenn ich ihr garantiert weh tat, aber ein bißchen Schmerz gegen so viel Lust, das war mehr als fair, und alles kostet etwas, gratis bekommt man nichts. Aber nein – vergebens auch das Ziehen in meinem Unterarm und der Hand, mit der ich sie am liebsten zerfetzt hätte.

Und immer der Blickkontakt mit Jördis, die Helen fest im Griff hatte und ihre Reaktionen kontrollierte. Jördis' Augen, die mir sagten: Weniger. Oder: Aufhören, das ist zu viel. Oder aber: Es ist gut, alles ist gut, geh ruhig weiter. Und wenn ich nicht gleich reagierte: Geh schon!

Helen, die nicht in den Orgasmus glitt, sondern hineinlitt.

Was denken Sie, wird es einmal möglich sein, solche Dinge zu sagen oder zu schreiben, ohne pornografisch zu sein? Man muß doch darüber reden können! Es muß eine Sprache geben für das, was sich hinter den Grenzen der alltäglichen Sätze bewegt. Worte für die Dinge unter der Haut. Denn ist Verschweigen nicht nur eine subtilere Form der Lüge? Auch deshalb ist das Erzählen so schwierig.

Und trotzdem. Vollkommen umsonst sogar diese unfaßbar perfekte Zusammenarbeit: Jördis, die alles im Blick hatte, die jede verdächtige Regung von Helen und jedes Zeichen von Unwohlsein sofort wahrnahm, Jördis, die die Verantwortung übernommen hatte, die mich zurückhielt und dann weiter, immer weitertrieb, und ich, die ohne Grenzen existieren konnte, die nicht aufpassen mußte, weil Jördis mir das abnahm.

Aber all das war vergebens. Ich hatte die ganze Zeit den Eindruck, in ein Buch gesprungen zu sein. Und diesen Eindruck werde ich nicht los. Ich werde ihn einfach nicht los.

Ich habe das Gefühl, die Wirklichkeit immer um Haaresbreite zu verpassen, und es ist ganz und gar vergebens, die Grenzen immer mehr zu weiten. Ich bin sicher, ich könnte jemanden umbringen und hätte immer noch das Gefühl, daß nicht ich das tun würde, sondern jemand anderes. Werde ich jemals frei von Wiederholungen sein?

Ich spüre sehr deutlich, daß ich nur etwas Ehrliches sagen kann, wenn ich das liebe oder hasse, was ich sage. Hat Ehrlichkeit also mit Intensität zu tun? Ist alles, was ich nur lau empfinde, eine Lüge?

Die einzige, und das ist nahezu eine Unmöglichkeit, weil sie mein Leben nur kurz gestreift hat, aber trotzdem: Die einzige, die mir jemals das Gefühl gegeben hat, wirklich hier zu sein, Einfluß auf mein Leben nehmen zu können und der Gegenwart nicht immer nur hinterzurennen, war Elise.

Ach, Elise. Ich muß nur Ihren Namen sprechen, und schon höre ich wieder Ihre Stimme. Wie sehr Sie trotz allem anwesend sind. Wieviel Zeit ich mit Ihnen verbringe, obwohl Sie doch seit Jahren verschwunden sind. Wie ich noch immer das Rauschen Ihrer Röcke höre, oder ist es der Vorhang, der jetzt den Blick öffnet auf die Gegenwart? Diese Gegenwart hier in der Flughafenhalle in Melbourne, diese Gegenwart, die ich wie jedesmal so wahrnehme, als sei sie bereits vergangen.

Ich erzähle Alexander von Helen und lache, aber etwas ist falsch. Dabei war ich mir doch seit langem darüber im klaren, daß ich eines Tages kein Wort mehr sagen könnte, das nicht etwas, was ich liebe, zerstören würde. Ich wußte es doch. Aber ich habe es vorgezogen, mir wieder und wieder etwas vorzumachen. Elise, Sie wären die einzige, die mir sagen würde: „Das hier ist eine Flucht. Ihr ganzes Leben wird eine Flucht sein. Um schreiben zu können, müssen Sie vor der Gewöhnung flüchten."

Elise, wo sind Sie nur? Meine Augen sind noch warm von Ihnen.

Sie hat mit allem recht behalten. Ich flüchte vor den Dingen, die meine Augen zu oft schon berührt haben, als daß ich noch ohne Scham ihre Namen aussprechen dürfte. Ich flüchte vor den Gefühlen, die ich zu oft gespürt habe, als daß ich sie ohne Reue benennen könnte. „Blau", „Tal", „Schönheit" – das kann ich alles nicht mehr sagen, ohne mich befangen zu fühlen. „Heimat", „Vertrauen" und

„Liebe" – alles nur Wiederholungen. Tausendmal gesagte Worte. Ich bin umschlossen von Wiederholungen. Ich fühle nicht mehr, was ich spreche. Ich flüchte. Und jetzt bin hier. Am Ende der Welt.

Liebe zum Beispiel. Was soll das nur bedeuten? Ich bin so oft jemandem gefolgt und habe mir dabei gesagt: Ich liebe. O ja, ich liebe, und diesmal ist alles anders.

Aber das stimmte nicht. Nie war etwas anders. Eines Tages kommt man sich zu nahe. Man interessiert sich auf einmal dafür, was sich im Badezimmerschränkchen der Liebsten befindet. Welche Zustände in ihrem Tiefkühlfach herrschen. Womit sie den Boden wischt.

Eines Nachmittags wird man gemeinsam durch den Supermarkt gehen und Slipeinlagen, Sahnesteif und Kaffeeweißer kaufen. Man wird sich vor dem Katzenfutterregal darüber streiten, ob lieber Thunfisch oder Rind. Eines Tages wird ein Rommeéabend mit den Nachbarn das Aufregendste in der Woche sein.

Nein, nie war etwas anders. Einander kennenzulernen ist das Gefährlichste für die Liebe. Harmonie beginnt nicht umsonst mit „Harm". Ich habe keine Chance mehr in dieser Welt, ich weiß es, denn das Aussichtloseste ist wohl, sich selbst entfliehen zu wollen, aber ich möchte wenigstens auf den Grund der Dinge kommen.

Liebe müßte, um echt zu bleiben, vielleicht immer kurz und gestohlen sein. Um ihren Namen zu verdienen, müßte Liebe sein, als würde sie jeden Morgen das erste Mal die Augen aufschlagen.

Von jeher habe ich nur die richtigen Menschen getroffen. All meine Freunde und Freundinnen, meine Familie und meine Geliebten – lauter Richtige. Immer haben mich die Menschen zu verstehen versucht, sie haben mir all meine Wünsche und Träume von den Augen abgelesen. Meine Eltern haben nur das Beste für mich gewollt. Meine Geschwister haben mich stets verteidigt. Meine Freunde waren sofort für mich da, wenn ich sie brauchte. Und meine

Geliebten waren die Erfüllung schlechthin. Ich habe einfach zu viel Weitblick, um bei Menschen danebenzugreifen.

Warum ich mich über so etwas beschwere? Weil ich über die Jahre meine Sprache verloren habe! Ich habe immer nur die Richtigen getroffen, und mein ganzes Leben verlief einfach wunderbar, eine ausnahmslose Aneinanderreihung von glücklichen Wiederholungen, die mir zum Hals raushängen. Wie kann man denn noch das Wort „Glück" aussprechen und es fühlen wollen, wenn man jeden Tag bis zum Hals drinsteckt? Von „Liebe" ganz zu schweigen. So was auszusprechen und noch was Einmaliges damit zu meinen, ist schlichtweg unmöglich bei dieser Sammlung von liebevollen Partnern. Manchmal sind Worte wie Kaugummi. Mit der Zeit werden sie bitter im Mund.

Dann traf ich Jördis. Das war zu einer Zeit, in der ich nur noch bittere Worte ausgespuckt hatte. Ich möchte, daß das jemand versteht: Ich war achtzehn, und ich war dabei, meine Sprache zu verlieren! Jeden Tag verlor ich ein weiteres Wort, und ich wußte ganz genau, woran es lag! Es gab einfach zu viele Richtige in meinem Leben. Und Jördis war zur richtigen Zeit am richtigen Ort, und sie sah aus, als könnte sie die Falsche sein. Endlich einmal die Falsche!

Es gibt jetzt Momente, da möchte ich für all das büßen.

Ich will so gern glauben können, daß ich mich immerzu auf einer Brücke bewege. Einmal möchte ich ein Zelt auf der Brücke aufschlagen, allmorgendlich meine Sachen zum Trocknen über das Geländer hängen, daß sie bunt im Wind flattern, und beim Zähneputzen in weitem Bogen ins Wasser spucken.

Ich bin die ganze Zeit nur gereist, seit die Grenzen offen sind. Mein ganzes Geld – alles nur für Reisen. Immer weiter weg. Dorthin, wo ich noch nie war. Dorthin, wo ich noch sprechen kann. Dorthin, wo meine Worte die Dinge und Gefühle noch benennen können, weil ich sie zum ersten Mal sehe und spüre. Dorthin, wo die falschen Menschen sind. Menschen, die ich hasse. Oder Menschen, die mich hassen. Damit ich einmal das Wort „Liebe" sagen kann und mein Herz eine Minute, ach, eine Sekunde lang, schneller schlägt.

Es gab in dem Künstlercamp drei Leute, die uns betreuten. Peter, den wir vergötterten und dessen Enthusiasmus uns alle ansteckte, Mareile, deren Kurse alle gern besuchten, weil sie immer Kreativitätsspiele machte, und Elise. Elise war merkwürdig. Sie war alt, siebzig oder so, und niemand kannte sie als Autorin.

Ich habe nie geliebt, wenn ich zu lieben glaubte.

Das ist ein Zitat. Aber so was spielt niemals eine Rolle, denn ich habe nie geliebt, wenn ich zu lieben glaubte.

Als ich Elise das erste Mal sah, das war in der Kantine am Tag meiner Ankunft gewesen, gab es mir einen Stich ins Hirn. Das jähe Aufzucken einer Erinnerung, und ich war vor Schreck erstarrt. Ich hatte an der Tür gestanden – sie ließ sich an der Essensausgabe gerade ihr Tablett reichen –, und mein Herz begann ohne ersichtlichen Grund loszurasen.

Aber das ist doch verrückt. Ich habe nie geliebt. Und sie war so alt. Ich habe nie geliebt, wenn ich zu lieben glaubte.

Kennen Sie das auch: Es gibt Dinge im Leben, die möchte man immer zum ersten Mal erleben? Wieder und wieder zum ersten Mal. Aber das geht nicht. Das ist eine Tragödie. Alles wird schwächer beim zweiten Mal. Es ist wie Sprechen. Man lernt es einmal, und es ist genaugenommen ein Wunder, weil Dinge, die man benennen kann, immer auch gebannt werden können. Aber dann kann man es. Eines Tages hat man alle gehörten Worte selbst einmal gesagt. Doch den Zauber des ersten Mals erlebt man nie wieder. Oder nur sehr selten.

Ich sehe sie vor mir. Nach zehn Jahren. Diese Frau. Mit ihrem Tablett, und sie ertanzte sich ihren Weg bis zum Tisch! Ich öffne die Tür zur Erinnerung. Ich trete wieder in den holzgetäfelten Speiseraum und erlebe sie zum ersten Mal. Da sind ihre schlanken Finger mit den Altersflecken, als sie das Tablett entgegennimmt. Ihre langen Nägel. Und ja – da ist wie jedesmal ein pulsierender Rhythmus in meinem Ohr.

Es ist egal, daß die Geräusche des Flughafens gerade wieder Eingang finden, weil gleich zwei Meter neben uns zwei Gepäcktrolleys versehentlich zusammengestoßen sind. Alexander liest weiter in seiner Zeitung. Egal, daß beide Reisende anfangen, sich lauthals beieinander zu entschuldigen. Egal auch, daß die Kinder der beiden anfangen um die Tische dieses Cafés zu rennen; ich sehe immerzu Elises Tanz mit dem Tablett. Immer und immerzu. Wie eine Platte, die hängt und dieselbe Stelle wiederholt. Und wiederholt. Und wiederholt.

Ihre gerade Haltung. Das schneeweiße Haar. Die Figur einer Ballerina. Dieses Bild ist untrennbar mit Lust verkrallt. Und wieder – der Knall eines Absatzes auf dem Tanzboden! Die Spinnweben an der Decke zittern.

Ich weiß nicht, ob sie überhaupt noch lebt. Wenn ich an sie denke, ist sie immer die gleiche. Aber das ist unmöglich. Es gibt nichts Bleibendes, außer es ist tot, oder?

Und trotzdem. Da ist sie! Kaum denke ich ihren Namen, balanciert sie schon wieder ihr Tablett graziös in der Hand, geht zu ihrem Tisch am Fenster. Aber was heißt gehen! Die Augen aller Anwesenden folgen ihr, saugen sich fest. Das ist kein Gehen. Oder interpretiere ich das im nachhinein in diese Situation? Aber nein, ich sehe es genau: Sie geht nicht – sie tanzt! Und keiner sagt ein Wort.

Immerzu dieser Tanz. Immer und immerzu. Wie eine Platte, die hängt und dieselbe Stelle wiederholt. Und wiederholt. Und wiederholt.

Elise, aber in diesem Moment kenne ich ja noch gar nicht ihren Namen, also: Die alte Frau tanzt natürlich nicht wirklich. Es sind wahrscheinlich ihr wiegender Gang und die Art, wie sie stolz das Kinn hebt und eine unsichtbare Stelle an der Wand fixiert, diese Kleinigkeiten, die mich unwillkürlich an eine spanische Tänzerin erinnern. „Details", das hatte sie später zu Jördis gesagt, aber so laut, daß ich es hören konnte, „sind am leichtesten zu übersehen. Aber sie sind das, was einen am ehesten verrät."

Wie sie steht. Wie sie geht. Und wie sie sitzt. Sie sieht, es klingt merkwürdig, aber sie sieht intensiv aus. Wenn ich auch nicht mehr mit Gewißheit sagen kann, was sie anhat. Sie trägt Hackenschuhe mit Riemchen, das weiß ich noch. Und auch, daß ich mir damals plötzlich sicher bin, diese Schuhe schon einmal gesehen zu haben, genau wie ich sie selbst, diese Frau, zu einer wichtigen Stunde, an einem wichtigen Ort, unbedingt schon einmal gesehen habe.

Sie zu kennen.

Ich sehe immerzu diesen Tanz. Immer und immerzu diesen …

Sie schon einmal gesprochen und gespürt zu haben! Diese sturzflutartige Erkenntnis. Ein Déja-vù-Erlebnis.

Und hängt erneut und wiederholt. Und wiederholt.

Sie wirkt vollkommen in sich versunken, wie sie mit ihrem Tablett tanzt, und der Tisch, den sie ansteuert, scheint, obwohl nur drei Meter entfernt, ungleich weit fort. Überhaupt ist dieser ganze Moment vollkommen unwirklich. Sollte der Tanz die einzige Bewegung sein, Zeit und Raum vergessen zu machen? Ich entsinne mich an keinen einzigen Laut von den anderen Anwesenden, obwohl es mit Sicherheit nicht still gewesen ist, schließlich waren wir in einer Kantine.

Und hängt aufs neue …

Es gibt nur sie und das leise Klirren, als sie das Tablett auf dem Tisch abstellt, die zeitlupenhafte Bewegung, mit der sie sich nun in das weiße Haar greift, ein paar Locken über den Rücken wirft, sich dabei umdreht, und schließlich: den Schuß! Diesen Schuß aus ihren Augen. Die Aggressivität ihres Blicks. Die Wand in meinem Rücken.

Ich seufze. Mein Herz schlägt hart.

Ich zucke zusammen. Habe ich etwa laut geseufzt? Alexander liest Zeitung. Es ist nichts passiert. Gar nichts. Ich trinke einen Schluck Kaffee. Wie vorher hasten die Menschen an uns vorbei. Ich lehne mich zurück, atme langsamer. Ich schließe die Augen, was man hinter der Sonnenbrille ohnehin nicht sehen kann, und trete wieder in den Raum, spüre wieder Elises Augen.

Dieser Schuß also. Die Wildheit verrät sich immer im Blick. Die Augen sind das einzige, das nie zu zähmen ist. Elise streckte mich nieder. Lautlos. Angeschossen von der Gegenwart, von diesem Blick präzise getroffen, ging ich zu Boden. Nicht wirklich zu Boden, aber im Kopf. Ich erinnere mich.

Ich habe nie geliebt, wenn ich zu lieben glaubte.

Weil ich Gegenwart einfach nicht bemerke. Nicht dann, wenn sie stattfindet, sondern immer erst danach. Ich hasse es! Möglicherweise lüge ich mich selbst an, und meine Erinnerung ist viel stärker als alles, was wirklich passiert ist zwischen Elise und mir. Damals, in jenem zu heißen Mai im Harz, in den Stunden zwischen Nacht und Morgen, in meinem Zimmer, hinter Holzwänden, die ihr Geheimnis gut bewahrt haben.

„Sie werden eines Tages erinnern, was zwischen uns passiert ist, Franziska", hatte sie mir zum Abschied zugeflüstert. „Sie werden es sich ausdenken, wenn Sie Ihr Buch schreiben. Egal, was Sie schreiben, die Worte werden stimmen."

Wie sollte ich vergessen, Elise? Alles kann man vergessen. Jeden Menschen, jede Stunde, jeden Ort. Alles. Nur nicht die Bilder. Die Bilder dieses Menschen, dieser Stunde, dieses Orts. Die bleiben zurück. Und hängen. Und hängen wieder. Unablässig.

Wenn Ehrlichkeit objektiv sein bedeutet, dann bin ich eine Lügnerin. Erinnerungen sind niemals objektiv. Sie sind immer ein bißchen über- oder untertrieben. Aber macht das alles etwa weniger wahr? Ist es nicht egal, was man erzählt – das Erinnerte oder das Stattgefundene? Denn das Wichtigste, ist das nicht allein das Ausgelöste?

Ihr Blick. So verbissen mit meinem.

Jetzt erst weiß ich, daß ich in jenem Moment den heftigen Wunsch habe, von ihr berührt zu werden. Gehabt haben muß. Doch zurück. Ihr Blick also. Er geht an mir hinauf und herunter, unter mein Hemd wie eine Hand und streicht dabei über meine Brustspitzen. Wie kann sie! Meine Beine werden weich. Und das mir! Ihr Blick tastet mich ab, und ich schließe kurz die Augen, weil ich es nicht mehr ertrage. Weil er zu intensiv ist. Beinah augenblicklich – und auch das erscheint mir jetzt nahezu unmöglich – steht sie neben mir und faßt mich unter einen Arm. Ich zucke zusammen.

„Sie sehen blaß aus. Geht es Ihnen nicht gut?"

Elise siezte uns. Sie war die einzige.

Ich nicke nur schwach und murmle was von der Hitze draußen. Sie zieht mich von der Wand zu ihrem Tisch. Sie schiebt mir ihr Tablett zu und holt sich an der Ausgabe ein neues. Ich sehe ihr nach, und in einem anderen Leben, an einem anderen Ort, jedenfalls nicht dort, nicht dann, wäre ich ihr zu Füßen gesunken.

Kein Mensch hat mir je beweisen können, daß Zeit nur ein Begriff ist. Nur sie. Nur Elise hat es gekonnt. Sie hat es nicht erklärt. Kein einziges Wort hat sie darüber verloren. Die Fiktion von Zeit hat sie mit ihrer bloßen Anwesenheit bewiesen. Ihre Anwesenheit, die ein Déja-vù-Erlebnis war. Ich sah Elise und wußte, daß ich sie kannte, aber was ich noch nicht wußte, war, daß sie mich nicht an etwas erinnerte, was in der Vergangenheit stattgefunden hatte, sondern an etwas, was erst in der Zukunft passieren würde. Zehn Jahre später.

Am nächsten Tag stellte sie sich uns als Mentorin vor. Keiner hatte ihren Namen vorher gehört, und ein paar aus der Gruppe machten sich heimlich lustig über sie, weil sie so sonderbare Lehrmethoden hatte. Elise korrigierte unsere Texte nie auf Fehler. Sie gab auch keinerlei Hinweise, wie wir unseren Schreibstil verbessern konnten. Ihre Kurse waren im Gegensatz zu Mareiles und Peters völlig unspektakulär, und die meisten Teilnehmer meinten schließlich, man könne bei ihr nichts lernen, und blieben nach zwei oder drei Malen den Treffen fern.

Wir haben so lange miteinander gelebt, aber ich wußte Jördis nie einzuordnen. Unbestreitbar war sie ein Dorn, dort, wo die Haut am dünnsten und das Herz der Oberfläche am nächsten ist.

Ich weiß nicht, wie sie es zustande brachte – sie schien gänzlich ohne meine Anerkennung leben zu können. Durch Zufall entdeckte ich hier und dort Gedichte von ihr. Sie schrieb viel, gut und streute weit. Ich aber wollte wissen, woran sie arbeitete, wenn sie an ihrem Computer saß. Ich wollte teilhaben an dem Augenblick ihrer Kreativität. Sie schwieg sich aus.

Jördis schrieb mit einer unverständlichen Leichtigkeit und Geschwindigkeit. Es machte mich wütend. Je einfacher ihr die Dinge von der Hand gingen, desto zähflüssiger schienen meine Ideen und Worte zu fließen. Sie schreibe an ihrem Roman, warf sie mir wie nebenbei hin, als ich wie so oft allzu gereizt gefragt hatte und sie wohl endlich ihre Ruhe haben wollte. Ich schluckte und nickte. Dann ging ich in mein Zimmer. Dieselbe Wirkung hätte nur ein Schlag ins Gesicht gehabt.

Dieser Roman, an dem sie schon schrieb, seit wir uns kannten! Wie ich ihn haßte. Ich haßte ihn dafür, daß ich nie eine Seite davon gesehen hatte, daß ich nicht wußte, welcher Motivation er entsprang, daß es anscheinend etwas gab, von dem ich keine Ahnung hatte und das Jördis so sehr fesselte, daß sie seit Jahren daran arbeitete. Ich haßte ihn dafür, daß Jördis mehr Zeit mit ihm als mit mir verbrachte. Und ja, ich verfluchte den Tag, an dem sie ihn veröffentlichen würde.

Ich habe etwas in mir, von dem ich nie jemandem erzählt habe. Es ist ein Ideal. Ich trage dieses Ideal mit mir herum, lebenslang, ich bin geprägt und durchdrungen davon: von dem Bild des perfekten Menschen, und ich werde dieses Bild nicht los, es schwebt mir vor den Augen, schwimmt mir im Blut, und jedem Menschen, dem ich begegne, stülpe ich es über. Jeden Mann und jede Frau suche ich darin einzufügen und flehe sie stumm an, meinem Bild zu entsprechen, mich sanft anzulügen und mein Ideal zu sein. Ich möchte kämpfen können, mein ganzes Leben lang.

Elise, ich möchte Sie so gern noch einmal, wenigstens ein einziges Mal sehen. Einmal noch Ihre sanften Hände in meinem Haar spüren. Einmal alles loslassen können. Und dann möchte ich Ihnen eine Frage stellen. Könnte es normal sein, möchte ich Sie fragen, daß man zwar mit dem Menschen zusammenlebt, mit dem man sich gut verträgt, daß man aber in Wirklichkeit immer weiter nach jemandem suchen und verlangen wird, den man niemals ertragen könnte?

Ich verzehre mich nach jemandem, der mir seinen Haß schenkt.

Ach, Elise, ich ahne, was Sie geantwortet hätten.

Ich werde wegmüssen. Bald. Vielleicht schon morgen. In zehn Minuten landet Helens Flugzeug. Aber was bleibt mir nach alldem hier?

Ich hatte immer schon diese Sehnsucht nach Ferne.

Nein, das stimmt nicht. Ich will nur unterwegs sein, glaube ich. Es spielt keine Rolle, wohin ich fahre. Ich muß nur jedesmal woanders sein. Fremde Orte, die ich schnell wieder verlassen muß, damit meine Sehnsucht nach ihnen nicht stirbt.

Nach dem beschwingten Rhythmus von Paris.

Nach dem Wahnsinn von London.

Nach der Glutäugigkeit Roms.

Ich flüchte durch die Städte, und sie streifen meine Sehnsucht, einen Tag lang, vielleicht ein Wochenende, aber nicht länger. Niemals länger. Sie sind Träume. Sie sollen Träume bleiben. Ich nehme nichts mit aus fremden Städten. Ich lasse alles da. Jedes Souvenir würde mich festnageln. Ich will endlich mal in der Gegenwart leben! Ich will endlich mal sagen: Ich bin hier, und ich bin jetzt. Ein Traum flackert auf, er durchflammt eine Nacht, und wenn man aufwacht, ist er vergessen. Die Glut bleibt zurück.

In Berlin erdrückt mich früher oder später die Häßlichkeit meines Zimmers. Für solche Fälle habe ich Helen. Es gibt eine Abmachung. Jede von uns besitzt den Zweitschlüssel für die Wohnung der anderen. Ich rufe sie an, und sie weiß Bescheid. Ich steige aufs Motorrad und fahre zu ihr. Und wenn ich ankomme, ist sie ist fort. Weil sie in meiner Wohnung ist. Ich stecke den Schlüssel ins Schloß, und wenn ich die Tür öffne, bin ich plötzlich woanders. Einen Moment lang bin ich unterwegs. Einen Moment lang schwelge ich in der Täuschung. Aber eines Tages wird es nicht mehr funktionieren. Dann wird mir auch ihre Wohnung eine Bedrängnis.

Als könnte ich nur Heimat zu dem sagen, was ich mir stundenweise kaufen kann.

Eines Tages betrete ich ihre Wohnung, und das Gefühl des Teppichs unter meinen Sohlen, der Anblick des grünen Kachelofens und die tausend Kleinigkeiten, die das Zimmer mit Flüstern auszufüllen scheinen, all das ist mir plötzlich zuwider. Ich kann die Kuscheligkeit ihrer Wohnung nicht mehr ertragen. Es ist, als gäbe es nichts anderes als weiche Teppiche und grüne Kachelöfen und flüsternde Kleinigkeiten. Als hätte es nie etwas anderes gegeben. Als würde es nie mehr etwas anderes geben. Ich ersticke an meiner Fähigkeit, mich an alles zu gewöhnen.

Es ist verrückt, aber so etwas wie Frieden fühle ich nur, wenn ich in einem Zug sitze, im Auto oder im Flugzeug. Die Hektik einer Flughafenhalle macht mich unsäglich ruhig. Ich schlendere an den hin- und herhetzenden Leuten vorbei, stelle mich gemächlich am Schalter an und genieße alle dahinstürzenden Handyträger. Ich genieße es, von ihnen angerempelt zu werden und ihren eiligen, entschuldigenden Blick zu spüren, bevor sie weiterstürzen, den Hörer am Ohr. Ich koste die ewigen Lautsprecheransagen aus, das Hin und Her der Gepäcktrolleys und das Geschrei aufgebrachter Kinder. Ich atme das rundum platzende Reisefieber ein und auch die schlechte Laune zurückgekehrter Schulklassen. Ich atme die Aufgeregtheit und Nervosität in tiefen Zügen, und das alles erfüllt mich mit einer unglaublichen Friedlichkeit.

In den Urlauben in meiner Kindheit war ich immer die Schrecklichste von uns dreien, glaube ich. Ich konnte allen die Ferienstimmung vermiesen, wenn ich schlechtgelaunt war. Jahre später haben meine Eltern beteuert, daß ich der lebendiggewordene Terror gewesen sei, wenn etwas nicht nach meinem Sinn ging. Doch während der Fahrten war ich die Stillste. Da war ich glücklich. Aber nicht, weil es an die Ostsee ging und ich mich so freute. Es war das gleiche, wenn wir alle zu einem Auftritt meiner Eltern fuhren. Unsere Familie hatte damals als eine der wenigen in unserem Dorf ein Auto. Wir waren viel unterwegs; der Rundfunkchor hatte ja Auftritte überall in der DDR. Und da unsere Eltern nicht wußten, wohin mit uns, kamen wir immer mit.

Am Anfang hatten wir Kinder immer zu dritt hinten gesessen. Am Anfang war es noch ruhig im Auto. Alle fanden es spannend zu fahren, den Autos auf der Autobahn zuzuwinken, Spiele mit den Autokennzeichen zu machen, und ab und zu sangen wir Lieder. Aber bald war es mit der Harmonie vorbei. Dann begannen sich Eva und Alexander zu streiten – um den Malkasten, um das Bilderbuch, um die Limonade. Und es endete jedesmal damit, daß einer von beiden zu heulen anfing und den anderen zu treten und schlagen begann. Ein ohrenbetäubendes Gekreische setzte ein, unsere Eltern mußten anhalten, und die Plätze wurden gewechselt. Dann saßen entweder Alexander oder Eva vorn und unsere Mutter oder unser Vater hinten in der Mitte. Und derjenige von den beiden, der hinten sitzenbleiben mußte, war dann immer beleidigt. Aber wenigstens war es ruhig.

Ich selbst blieb die ganze Zeit still. Meine Eltern haben das nie verstanden. Sowie ich aus dem Auto war, wurde ich wieder ein Nervenbündel, ein unentwegtes Plappern und Fragen, aber sobald ich auf meinem Sitz saß, war ich ruhig. Wenn der Motor aufbrummte und wir stundenlang fuhren, war ich stumm und aufmerksam. Ich brauchte kein Bilderbuch und keine Stifte. Ich saß einfach nur da und sah aus dem Fenster. Denn jenseits der Scheibe flüchtete die Welt dahin, Bäume, Autos, Häuser, alles flüchtete, alles wurde zu einem Streifen, und in mir wurde es still und stiller, und selbst Alexanders und Evas Kreischen konnte dieses unbegreifliche Glück nicht zerstören.

Den ersten Abend verbringen wir wieder auf dem Zeltplatz von gestern, zehn Meilen von Melbourne entfernt. Wir sitzen auf zwei langen Holzbänken unter dem vor der Sonne schützenden Dach, direkt neben dem Barbecue. Helen sieht blaß aus und übernächtigt, aber ihre Augen sind riesengroß, und sie strahlt diese nervöse Erregung aus, in die nur die Berührung mit fremdartigen Dingen einen versetzen kann. Ich habe mich damals, kurz nach meiner Ankunft, ebenso fiebrig gefühlt. Manche Dinge erregen einen einfach, da kann man nichts dagegen tun: der schwere Geruch unbekannter Blüten etwa oder ein sonderbarer Schrei mitten in der Nacht, keine drei Schritte vom Zelt entfernt, ein Schrei, den ich weder Tier noch Mensch zuordnen kann. Es scheint dann, als schweben die Dinge direkt vor meinen Lippen. Als bräuchte ich nur den Mund zu öffnen und mit den Zähnen danach zu greifen. Ja, das Wort ergreifen!

Der mangelnde Schlaf hat Helen fahrig gemacht. Sie streicht sich dauernd durchs Haar und lacht viel. Ich nehme ihre Hand und halte sie fest. Augenblicklich wird sie ruhig.

Helen.

Ich denke immer nur an Rache. Ist es ein stilles, ein allen bekanntes Gesetz, daß Verlangen einen dritten Menschen braucht? Sie ist doch meine Freundin. Immer habe ich Elises Satz im Ohr: „Sie werden nur das begehren können, was sich Ihnen unaufhörlich entzieht. Aber das ist normal, Franziska. Ganz normal."

Was findet Jördis nur an Helen? Ich halte ihre Hand. Warum braucht Verlangen einen dritten Menschen? Das ist immer grausam für einen. Es ist still bis auf die Papageien und die Fliegen, und ich muß an all das denken, was ich über uns geschrieben habe. All diese Worte, die ich in meinem Reisetagebuch verloren habe. Ich möchte büßen! Helen, ich streichle deine Hand. Es ist kein gewöhnliches Reisetagebuch, es wiederholt nicht die Tage, die bereits vergangen sind. Es beschreibt die Tage, die noch kommen. Welches Kapitel werden wir wiederholen? Wiederholen müssen. Denn eines Tages stimmen die Worte, weißt du. In ein paar Tagen werden wir in Port Augusta ankommen. Die letzte Stadt vor dem Ende der Zivilisation. Ich werde darauf bestehen, ins Kino zu gehen, und du wirst mitkommen, und dann …

Ich möchte bereuen, Helen. Aber ich habe schon davon geschrieben. Es tut mir so leid. Es tut mir so leid, daß ich dich hasse, so wie ich alle hasse. Es tut mir leid, daß ich dich verschreibe. So wie ich alle verschreibe.

„Selbst im Kino ist es heiß. Sie hat wieder ihre Schlabbershorts an und das unmögliche lachsfarbene T-Shirt. Der Gedanke, daß die Berührung in einem Kino stattfinden wird, hat etwas von Genugtuung. Immer will sie mit mir allein sein. Ich rufe sie an, wenn irgendwo eine Party stattfindet. Und in all dem Trubel spüre ich dann ihre Blicke. Sobald ich sie erwidere, wird sie verlegen. Eine Sinnlichkeit stellt sich nur zwischen lauter Menschen her.

Sie sitzt neben mir wie gebannt und folgt dem Film. Selbst auf eine Waschmittelwerbung im Fernsehen kann sie sich einlassen und wie schockgefroren davor sitzen. Ich verstehe das nicht. Das ist etwas, was ich wirklich nicht verstehe. So was macht mich zornig. Ich lege den Arm um die Lehne ihres Sessels. Sie wird unruhig. Sie streicht sich über ihre Shorts. Ich tue ein Weile gar nichts. Ich sehe auf die Leinwand. Sie wird ruhiger. Meine Hand rutscht nach unten, reiner Zufall natürlich. Mein Daumen berührt ihre Schulter. Ich beobachte sie aus den Augenwinkeln. Sie legt die Hände ineinander. Meine Hand rutscht tiefer, ich umfasse ihre Schulter. Ihre Hände verkrampfen sich. Sie sieht zu mir. Ihre blauen Augen. Nichts an ihr ist schön, nur diese Augen. Ich hebe meine andere Hand und lege sie über ihre Hände. Sie sind eiskalt. Sie sieht mich immer noch an. Sie zittert. Daß sie so stark auf mich reagieren würde! Ich öffne ihre Faust und streiche mit dem Daumen über ihren Handteller. Ihre Lippen öffnen sich mit diesem unwiderstehlich leisen Laut."

Jedes Wort ist das falsche. Ich möchte bereuen. Aber wie lange muß das Schweigen dauern, bis man sprechen kann? Wie weit muß ich fortgehen? Wie viele Grenzen überschreiten? Wie viele Menschen zerstören? Einmal möchte ich lieben.

„Ich kann nicht anders. Ich fahre mit der Hand über ihr Haar. Ich vergrabe die Finger darin. Ihr Haar ist so weich. Ich lege die Finger um ihren Nacken. Er schmiegt sich in meine Handfläche. Alles paßt. Als hätte dieser Nacken nie woanders gelegen. Als gehörte er nur in meine Hand. Als könnte ich, als könnte ich Helen lieben. Sie seufzt leise. Meine Finger streichen über den weichen Flaum hinter ihrem Ohr. Sie dreht den Kopf leicht zur Seite und entblößt ihren Hals dabei. Doch ich verspüre nicht den Wunsch zu beißen. Ich beuge mich zur ihr, streiche ihr mit dem Finger über die Lippen, ganz leicht. Ich will ihr nur einmal in die Augen sehen, will wissen, ob sie mich ..."

Mehr habe ich nicht geschrieben, ich traue mich nicht. Eines Tages stimmen die Worte. Ich mache mich schuldig. Vergib mir, Helen.

Es wird etwas passieren. Ich spüre es, o Gott. Ich werde Helen, Alexander und Jördis aus meinem Leben ausschließen, wenn mein Buch beendet ist, damit ich endlich meinen Hunger nach Leere stillen kann, weil Abwesenheit alles ist, nur nicht enttäuschend. Mauern bauen, die diese Leere bewachen. Es gibt diese gräßliche Vetrautheit von Dingen, die man zu oft aus anderen Mündern gehört, zu oft durch andere Augen gesehen hat. Ich suche nach Originalen. Aber immer erinnere ich mich nur an etwas.

Aber es ist ja noch viel mehr als das.

Ich brauche Helen. Weil ich Jördis erst in dem Moment, wenn ich Helen berühre, wirklich nahekomme. Aber jetzt frage ich mich: Kann man einen Menschen jemals wirklich berühren? Kann ich ...

Helen berühren bedeutet nichts. Was ist das nur? Muß ich Jördis denn immer folgen? Wenn ich sie hassen will, muß ich wohl.

All ihre Affären habe ich mir nahegebracht. Es war wie ein Zwang, sie mir vertraut zu machen. Sie mit Worten zu umgarnen. Mit ihnen zu schlafen. Mit jeder einzelnen.

Ich habe Jördis' Freiheit immer gehaßt, diese Selbstverständlichkeit, mit der sie fremdgegangen ist. Aber ich habe sie um so mehr begehrt, wenn ich ihre Fremdgänge bemerkte. Treue hätte ich ihr nie verziehen. Und ja – ich hatte das Gefühl, die Gefahr bannen zu können, wenn ich ihre Affären kennen würde, den Geruch jeder Frau, den auch Jördis wahrgenommen hat, ihren Geschmack, ihr Gesicht, wenn die Lust es verzerrte. Wenn ich ihnen einen Namen geben konnte. Und dann Helen. Sogar sie. Gerade sie. Welchen Namen hat Jördis Helen gegeben?

Sie hat es nicht gewußt, aber ich habe jeden ihrer Schritte verfolgt. Überall, wo Jördis war, bin auch ich gewesen. Ich habe an dem Tisch in der Bar gesessen, an dem auch sie gesessen hatte. Ich habe ihr Glas an die Lippen gehoben. Jede Frau, die sie verführt hatte, habe auch ich verführt. Ich habe ihnen aufgelauert. Selbst wenn sie überhaupt nicht mein Typ waren, habe ich sie angesprochen, sie umworben, die Vorlieben jeder einzelnen herausgefiltert. Es war fast, als ob ich mit einem Teil von Jördis spräche. All diese Frauen hatte Jördis berührt. Sie hatten jetzt etwas von ihr, und genau das wollte ich haben. Alles wollte ich von ihnen wissen. Alles sehen. Aber sie mußten es mir freiwillig geben.

Es gab da ein Muster. Ich habe versucht, die heimlichen Wünsche dieser Frauen aufzuspüren und sie ihnen ein Stück weit zu erfüllen, ein Anklang von Erfüllung nur, der ihnen zeigte, daß ich alles von ihnen wußte, bis sie schließlich begannen, mir zu vertrauen und sich verwundbar zu machen, denn nichts ist berauschender als der Gedanke, daß jemand um die heimlichsten Wünsche weiß. Sie fingen an zu reden, zu flüstern, zu weinen. Ich habe alles daran gesetzt, sie mir gefügig zu machen, nicht nur ihren Willen, sondern auch ihr Herz zu brechen. Und dann habe ich sie fallenlassen, jede einzelne, wie eine heiße Kartoffel. Ich habe Nein zu ihnen gesagt. Einfach nur „Nein!" und habe mich umgedreht und sie stehenlassen. Ich habe alle Frauen zerstört, die Jördis begehrt hat. Es tut mir so leid. Es ging mir nicht um diese Frauen.

Manchmal möchte ich nur noch schreien, keine Worte mehr sagen, keine Worte mehr hören, nur noch schreien, bis zur Bewußtlosigkeit. Es gibt nichts, was tiefer geht als Worte. Nichts. Nichts. Nichts.

Nur noch schreien und die Worte töten.

In der ersten Woche war Elise abends in unsere Runde gekommen. Wir hatten alle ein einzelnes Zimmer in den drei Bungalows, aber abends saßen wir gewöhnlich in dem Kaminzimmer zusammen, erzählten oder spielten Karten. Elise stellte sich einfach in die Tür und sah mich an.

Kein Mensch nach Elise hat je wieder eine solche Wirkung auf mich ausgeübt. Nach einer Weile war sie wieder rausgegangen, ohne ein Wort gesagt zu haben. Keine Minute später stand ich draußen. Aber alles war leer.

Ich lief über den Pfad zu dem Tümpel. Irgendwo mußte sie ja sein.

Es war stockdunkel. Ich stand dann am Ufer und sah zur anderen Seite. Nichts. Alles still. Sie war in ihr Zimmer gegangen. Garantiert. Sonderbar, ich hätte schwören können, sie wollte was von mir.

Da legte sich eine Hand in meinen Nacken.

Alexander sitzt uns gegenüber, auf der anderen Holzbank, schweigend und abwesend. Am liebsten würde ich einsinken in diese Stille. Alles bereuen, was ich je gesprochen habe. Am liebsten möchte ich diese Stille in mir und zwischen uns verteilen. Ich möchte aufhören zu sprechen! Die Stille kauen, sie schlucken und langsam verdauen.

Ich lache laut auf und rede Helen an. Wieso fällt mir immer das am schwersten, was ich mir am meisten wünsche: einmal ganz still zu sein? Eins der wenigen Dinge, die mir weh tun können, ist, daß die Leute mich sogar in den Momenten, wenn ich ganz in mir ertrunken bin, immer noch für unerhört kommunikativ halten.

Wir reden.

Aber ich bin nicht ganz bei ihr. Ich mißbrauche sie schon wieder. Ich sollte mich schämen. Ich habe sie immer mißbraucht. Sie war nie etwas anderes als ein Mittel. Es ist mir egal. Meine Stimme ist bei ihr, quasselt und lacht und fragt. Keine Ahnung, wo das alles herkommt. Auch meine Ohren sind bei ihr und hören ihren Antworten zu. Das alles bedeutet nichts.

Wenn ich wählen müßte, würde ich Ohren und Nase und Zunge bedenkenlos verschenken, niemals jedoch, nein, unter gar keinen Umständen, meine Augen. Denn meine Augen gehören ihm, der sich jetzt auf der Bank ausgestreckt hat, den Hut im Gesicht wie in einer dieser unsäglichen Zigarettenwerbungen. Eine Hand baumelt auf dem Boden, die andere liegt auf seinem Bauch. Und ganz verstohlen wandert mein Blick über ihn. Helen verstummt. Merkt sie was?

Ich lege die Lippen aufeinander und forme still: B–

Nicht wundern. Warten Sie ab.

Ich brauche sie. Meine Augen verweilen auf seinem Bauch, der braungebrannt und vom täglichen Schwimmen durchtrainiert eine einzige Einladung ist, darüberzustreichen. Sie sieht mich an, ich spüre es. Sie merkt was. Ich reiße den Blick los. Ich sehe zu ihr und grinse. Sie sagt kein Wort. Das ist der Augenblick! Genau dieser. Und Helen ist nötig, damit er andauert.

Ich sehe ihr in die Augen und forme: Br–

Ich will Opfer gebracht haben. Ich will eine Tragödie in meinem Leben gehabt haben. Es soll etwas gegeben haben, an das ich mich nie gewöhnen kann!

Es war kalt, tagsüber war es zwar immer heiß, aber abends sanken die Temperaturen rapide, schließlich war es erst Anfang Mai gewesen, und ich fröstelte. Ich hatte mir natürlich keine Jacke drübergezogen. Die Finger in meinem Nacken waren lang.

Sie stand genau hinter mir. Sie legte eine Hand auf meinen Bauch und zog mich mit einem sanften Ruck an sich heran.

Sie war so verdammt schnell. Sie ist die einzige, die jemals schneller war als ich. Sie ließ mir keine Zeit, zog mein Hemd aus der Hose, schlüpfte mit der Hand darunter und legte sie auf meine Brust. Einfach so.

Ihr Mund lag schon an meinem Ohr, und sie begann zu flüstern, während ihre Hand über meine Brüste streichelte, immer wieder, erst mit dem Handteller, dann mit den Nägeln, und mir wurden die Knie weich, das war alles unfaßbar, keiner würde mir das glauben, aber es war so unglaublich sanft, und ich ließ mich unwillkürlich nach hinten fallen, sie hielt mich ja, streichelte meine Brüste, blies in mein Haar, küßte es.

„Elise, was … lassen Sie … ich …"

„Hören Sie zu, Franziska." Sie drückte sanft, aber nachdrücklich eine Brustspitze flach, ließ sie los, drückte wieder zu, und das alles so selbstverständlich, so präzise, es nahm mir den Atem. „Sie werden sehr oft erst dann spüren können, daß Sie etwas lieben oder hassen, wenn Sie davor weggelaufen sind. Aber das ist normal. Sie sind normal. Vergessen Sie das nicht."

Die Frösche quakten herzzerreißend. Ein Reiher stürzte sich ins Wasser. Und Sie sind die einzige, die es jemals geschafft hat, mich zu überraschen, Elise. Haben Sie das gewußt? Dieser Frühling, er war von einer so unfaßbaren, einer fast schon schluchzenden Schönheit gewesen. Das konnte doch nicht alles vergebens sein! Etwas in mir begann zu schmelzen. Vielleicht war es mein Herz, vielleicht waren es aber auch die Schalen der Worte, die ich nicht mehr gesagt hatte, ohne mich zu hassen dafür.

Ich möchte etwas für Sie sein.

Elise? Ich – ich liebe Sie.

Doch sie war schon verschwunden.

Elise, ich wünschte, ich könnte sagen, berühr mich nicht.

Ich wollte mein Buch *Berührung* nennen. Aber diesen Titel darf ich nicht verwenden. Es gibt bereits ein Buch, das so heißt. Keine Ahnung, von wem. Ich habe mich jetzt für *Berührungen* entschieden. Ich lasse mich doch nicht von einem Titelschutzgesetz in die Flucht schlagen! Es ist eben so: Manchmal tragen zwei vollkommen verschiedene Dinge denselben Namen, und es darf gar nicht anders sein. Es gibt manchmal keinen besseren Namen. Für keins der beiden.

Ich hatte nicht gedacht, daß es so lange dauern würde, dieses Buch zu schreiben. Sogar jetzt weiß ich noch nicht, wann es zu Ende sein wird.

Weil auch ihr dann beendet sein werdet.

Jördis, Helen, Alexander! Ich halte euch fest. Seit Jahren halte ich euch mit meinem Buch fest. Ihr wärt mir sonst längst aus den Augen geglitten. Ich hätte euch womöglich nie so lange in meinem Leben geduldet.

Elise, als Sie ab der zweiten Woche in Schierke Nacht für Nacht in meinem Zimmer erschienen, und mir dann jedesmal im Morgengrauen einen, den einzigen Satz als Austausch für diese Nacht hingeworfen haben wie einem Hund einen Knochen, habe ich nicht gewußt, welche Wirkung von den Worten ausgehen würde. Daß es Worte waren, die ich nicht mehr vergessen würde, weil sie erst mit den Jahren aufgehen.

„Es wird für Sie nur eine einzige Möglichkeit geben, Menschen nicht an die Gleichgültigkeit zu verlieren, Franziska. Nur eine einzige: indem Sie sie verschreiben."

Das war so ein Satz. Ich hatte aber mit geschlossenen Augen in den Kissen gelegen, der Platz neben mir war noch warm, Elise, und ich war schon in diesem Zustand zwischen Schlaf und Traum, in dem alles verwischt. Der Morgen hatte mit sich gerungen, die Augen zu öffnen, noch nebelverhangen die Iris. Der Wald war noch nicht mal ein Gähnen; er schlief, wenn Sie gingen, Elise. In den Kursen würden Sie mich nicht weiter beachten, das wußte ich, aber ich wartete auf die Zeit, wenn der Mond sich wieder in dem Tümpel spiegeln würde.

„Haben Sie Angst vor mir?" hatten Sie mich in der ersten Nacht gefragt, als Sie plötzlich mitten im Zimmer standen. Und ich hatte genickt, selbst erstaunt darüber, denn es war das erste Mal.

„Das ist gut", haben Sie gesagt, „dann werden Sie mich nicht wegschicken, nicht wahr?"

Ich hatte wieder genickt, und als Sie langsam Schritt für Schritt näher kamen, habe ich mich erinnert. An Worte, die ich auf einmal hätte aussprechen können, mit einem Lächeln auf den Lippen. Sie würden stimmen. Oder an einen Brief, den ich noch nicht geschrieben hatte, den ich jedoch Monate später, wenn ich wieder zurück wäre in Berlin, an Jördis schreiben würde. Diese Worte, Elise, die Worte haben Sie mir geschenkt.

Die Nacht, in der man sich das erste Mal an jemanden verschenkt, wird einem ewig am Körper haften, das wußte ich genau. Deshalb möchte ich, daß Sie es gewesen sind, Elise.

„Warum hast du mir erklären wollen ...", würde ich an Jördis schreiben können, „... meine Vorstellung vom Leben auf der Kippe sei kein Ideal, sondern unrealistisch? Ideale sind immer unrealistisch! Man kann sie nicht leben, aber man kann sie herausfordern. Denn sag mir, Jördis: Wovon sollten wir leben ohne Ideale? Ja, wovon würdest du leben, wenn nicht immer wieder jemand käme, dein Schweigen aufzubrechen und deinem zusammengepreßten Mund einen Kuß abzuringen? Ohne Ideale wären Bett und Herz immer schön warm. Ist es denn das Höchste, einmal mit dreißig ein wuschelweiches Herz zu haben? Ich halte viel von harten Herzen und scharfen Zungen. Ich möchte mein Leben lang auf einem schmalen Grat balancieren. Barfuß. Eines Tages, Liebste, werde ich kommen und die Schale deines realistischen Herzens knacken."

Diese Worte hätte es ohne die Nächte mit Ihnen nicht gegeben, Elise. Ja, ich erinnerte mich. Nicht nur an ungeschriebene Briefe und nichtgesagte Worte, sondern auch wieder an meine Kindheit.

Die eigene Kindheit gibt es in so vielen Varianten, wie es Gesprächspartner gibt. Das ist auch wieder so eine Sache, die endlich mal ans Licht kommen sollte! Jedem erzähle ich eine andere Kindheit. Doch als Elise vor meinem Bett stand, hätte ich plötzlich alles sagen können, was ich niemals vorher ausgesprochen hatte.

„Elise, wissen Sie, die Sucht nach Idealen hat mich oft in gefährliche Situationen gebracht, in abstoßende sogar, in Situationen, an denen andere Menschen zweifellos zerbrochen wären, aber ich nicht, nein! Denn ich habe ja genau das erwartet. Ich rechne nie mit der Erfüllung, sondern immer mit dem Abgrund. Deshalb, glaube ich, bin ich nie an etwas gestorben. Ich habe nur mein Herz geschärft, meinen Verstand und meinen Körper. Ich habe niemals in meiner Kindheit eine Mutprobe ausgelassen, keine einzige, und sei sie noch so erschreckend oder banal gewesen. Ach, Elise, heute wünsche ich mir, es hätte viel mehr Mutproben gegeben. Denn jetzt muß ich sie mir selbst stellen."

Elise vor meinem Bett. Ihre Augen, zwei Finsternisse, die sich auf mich gesenkt hatten, jede Nacht. Elise, meine Mutprobe.

Wissen ist nichts als ein Moment der Überraschung.

Was wäre ich heute, wenn ich vor ihr weggelaufen wäre? Und was wäre ich, wenn ich geblieben wäre?

Wie, aber sie ist doch geblieben? Meinen Sie? Woher wollen Sie das so genau wissen? Sind Sie sich denn plötzlich sicher, daß Franziska Ihnen reinen Wein einschenkt? Und was wäre, wenn es diese Nächte mit Elise nur in Franziskas Fantasie gegeben hätte? Aber das ist egal. Wichtig ist, was Franziska erzählt. Und was Sie ihr glauben wollen, nicht wahr?

Dieses unaufhörliche Verströmen von Worten.

Lauter hohle Worte.

Ich bin es so leid, aber ich kann nicht lassen davon. In meinem Kopf und meinem Buch laufen hektische Gestalten umher. Sie alle sind hohlwangig, und in ihren Augen glänzen Irrsinn und Fieber. Sie werfen sich Worte zu, fangen sie auf wie Bälle, werfen sie weiter und stoßen sich die Buchstaben in ihre Köpfe, und aus den Löchern fließt das weiße Blut ihres Geistes. Sie reden miteinander, doch niemand hört dem anderen zu. Eine Sehnsucht reißt an mir, dort hineinzugehen, mitten in mein Buch, mir einen Schnitt zuzufügen, quer über Stirn und Kehle, einen Schnitt, der endlich alle Worte freiließe, die in mir sind.

Ich verströme Worte. Unaufhörliche Worte, um mich zu erklären. Ich lebe in einem ausschließlichen Zustand. Ich sehne mich so sehr danach, etwas zu begreifen, irgend etwas von mir, aber es scheint keine Sicherheit zu geben, mit der ich sagen kann, wer ich bin, und ich suche und verliere immer mehr Worte dabei, und jedes muß ich wieder einfangen, um mich zusammenzuhalten. Je mehr Worte ich verliere, desto mehr muß ich mich zerteilen, um jedem einzelnen in alle Richtungen hinterherzueilen, und eines Tages werde ich mich nicht mehr nur zerteilen, sondern zersprühen müssen. Ich habe keinen Blick für andere Menschen, denn meine Augen irren nur den entkommenen Worten nach. Ich habe kein Ohr für andere, denn ich lausche angestrengt auf das Echo meiner Worte. Mit jedem Wort entferne ich mich mehr von mir und bin gezwungen, die Suche fortzusetzen. Jahr um Jahr. Tag um Tag. Wort um Wort. Es ist entsetzlich.

Ich will aufhören, mich zu erklären! Ich hasse es. Ich will, daß endlich jemand kommt und mir sagt, wer ich bin.

Jördis – ich habe sie so unfaßbar gehaßt. Und ich war so glücklich dabei. Warum habe ich nicht alles so belassen? Sie war mir doch eine solche Motivation. Ohne sie hätte ich mein Buch *Berührungen* nicht schreiben können.

Warum ist mir nicht aufgefallen, wieviel Kraft einem die Fähigkeit, jemanden hassen zu können, schenkt? Haß ist ein ebenso intensives Gefühl wie Liebe, und es ist ebenso flüchtig. Als die drei Wochen im Künstlercamp vorüber waren und wir alle wieder nach Hause fuhren, wie sehr habe ich Jördis plötzlich vermißt! Ein Foto, wenigstens ein Foto hatte ich mir gewünscht, um meinen Haß wachzuhalten. Dabei funktionieren solche Sachen ohne Foto noch viel besser. Wußte ich das damals noch nicht?

Nun, der Zufall war gegen mich. Es hatte tatsächlich jemand Fotos gemacht in diesen drei Wochen. Jemand schickte mir ihr Foto. Wer das war, weiß ich nicht. Es stand kein Absender drauf.

Warum aber hat mir sogar das nicht genügt? Ich hätte sie doch immer und ewig hassen und mir Begebenheiten ausdenken können, die nie stattgefunden hatten und die deshalb um so intensiver gewesen wären. Sie hätte auf ewig mein Feindbild sein können. Auf ewig mein! Aber nein. Ich wollte sie besser kennenlernen, um alles noch mehr zu intensivieren. Es stimmt wirklich, Elise. Man merkt erst, wieviel man besessen hat, wenn man alles verliert.

Denn dieser Haß konnte an nichts mehr wachsen. Er konnte am Kennenlernen nur zugrunde gehen.

Warum tappe ich immer wieder in dieselben Fallen?

Es ist so belanglos zu wissen, daß alles sich wiederholt. Natürlich verflacht nicht nur die Liebe daran, daß man ihr Geheimnis ergründen möchte. Auch der Haß tut das. Ach, es ist so belanglos zu *wissen*. Ich gehe trotzdem immer wieder dieselben Schritte.

Ich schrieb ihr einen Brief.

Ich bin Jördis nach dem Künstlercamp nicht mehr begegnet, drei Jahre lang nicht, weil ich es so wollte. Aber ich habe gewissenhaft verfolgt, was man in der Presse über sie schrieb. Ich habe jedes ihrer Gedichte gelesen. Und ich haßte sie dafür, daß sie so gut war. Aber innerlich, in einer dieser verschwiegenen Ecken des Ichs, wünschte ich mir, daß sie noch viel besser werden sollte, damit ich sie noch mehr hassen könnte.

Mein Unterbewußtsein muß es gewesen sein, das sich diesen ganzen teuflischen Plan ausgedacht hatte, ihr zu schreiben. Sie zu provozieren. Ihr ein liebevolles Wort ablocken zu wollen, um sie dann lachenden Mundes zu verlassen. Sie war mein Feindbild, aber Feinde muß man gut pflegen, sonst sterben sie einem weg. Und Feinde muß man sorgfältig aussuchen. Es gibt nur sehr wenige Menschen, die es wert sind, Feinde zu sein. Und die stark genug sind, diese Rolle zur Zufriedenheit auszufüllen. Ein Feind muß sein wie die berühmte Rübe, der man wie ein hungriger Gaul hinterherläuft, mit herausquellenden Augen und tropfender Zunge, eine saftige, rote Rübe, ganz nah vor dem Maul, schon zu riechen, aber immer einen unerreichbaren Zentimeter weit entfernt. Gott bewahre uns vor dem Moment, an dem wir die Rübe erreichen und die Zähne hineinschlagen!

Ich fing also an, Jördis zu schreiben, weil ich davon träumte, ihr einmal eine Schwäche abzuringen. Ihre Schale aufzusprengen, um an den verwundbaren Kern zu kommen und einen präzisen Schlag in diesen Kern auszuteilen.

Brechen Sie nicht den Stab über Franziska. Das wäre der einfachste Weg. Glauben Sie wirklich, daß Franziska ein abgrundtief schlechter Mensch ist? Sie erzählt Ihnen doch nur ihr Leben. Eine

Geschichte. Können Sie tatsächlich guten Gewissens behaupten, daß sie genau wissen, was für ein Mensch Franziska ist?

Ich könnte mir beispielsweise vorstellen, daß Franziska sich von ganzem Herzen gewünscht hat, Jördis niemals wehzutun. Niemals diesen bewußten Schlag in ihren verwundbaren Kern wirklich auszuführen. Es ist doch was anderes, darüber zu reden und davon zu träumen, ja sogar, darauf hinzuarbeiten, als es dann tasächlich zu tun, oder? Und außerdem, was würde denn in diesem Fall passieren? Jördis war der Feind. Und Feinde müssen immer ein unzerstörbares Bißchen stärker bleiben, als man selbst ist. Niemals durfte Jördis auf Franziska eingehen, niemals einen Hauch Verwundbarkeit zeigen, niemals aufhören, sie auf Distanz zu halten. Und auf gar keinen Fall durfte sie von Franziska zerstört werden. Was wäre denn, wenn Franziska zwar äußerlich hundertprozentig gegen Jördis gearbeitet hätte, sie immer und immer wieder zu verletzen versucht hat, innerlich jedoch alles daran gesetzt hätte, Jördis vor jeder Gefahr zu bewahren, um sie sich als Feind zu erhalten? Verstehen Sie, was ich meine?

Aber wie gesagt, ich habe auch nur Vermutungen. Doch solange es die gibt, möchte ich nicht den Stab über jemandem brechen.

Ich habe sie gehaßt, aber wir haben Liebe gespielt, weil wir es wollten. Weil wir neugierig waren. Wir haben Liebe geschrieben, doch wir hatten die Regeln vorher festgelegt: Niemals würden wir uns sehen, kein Treffen, nichts. Das macht die Worte frei. Vielleicht wollte ich herausfinden, ob Elise auch hier recht behalten würde. Ob die Worte eines Tages tatsächlich stimmen würden. Denn alles, nur das konnte ich mir nicht vorstellen. Nicht bei diesem Haß. Der Hauptgrund aber war zweifellos, daß ich mich gräßlich in meinem Leben gelangweilt hatte und etwas wie Ekstase dahinter witterte, mit heiligen Worten zu spielen.

Ja, ich träumte in den Briefen davon, sie zu berühren. Aber die echte Berührung war nicht die, die dann Jahre später tatsächlich stattfand. Es waren eben nicht ihre Zunge in meinen Mund und nicht ihre Hände auf meinen Brüsten. Es waren auch nicht mein Atem in ihrem Ohr und nicht meine Bisse in ihren Hals. Die echte Berührung fand nur in den drei Jahren statt, in denen wir uns nicht begegnet waren.

Ich schrieb den ersten Brief. Und ich schrieb hundert weitere. Und jeder dieser Briefe, ihre und meine, jeder einzelne war jedesmal aufs neue das erste letzte Wort.

Seit zu langer Zeit wünsche ich mir, in einem Zug zu sitzen, eine Strecke zu fahren, die kein Ende nimmt, in einem leeren Abteil ganz voller Sonne, das Fenster ist geöffnet, Frühling streichelt meine Brust, und der Zug fährt und fährt.

Als ob ich nicht damals schon erkannt hätte, daß es gefährlich war, weiche Worte an Jördis zu schreiben, sogar wenn sie nur ausgedacht waren, denn Worte haben die Fähigkeit, eben nicht nur für die andere, sondern auch für einen selbst zu Wahrheiten zu werden, wenn man sie nur oft genug schreibt. Und als ob ich nicht auch geahnt hätte, daß ihr Foto mir bald nicht mehr genügen würde, daß es mich drängen würde, ihre Gegenwart zu suchen, das Streifen ihrer Augen, eine flüchtige Berührung ihrer Hand.

Nichts ist je genug gewesen, Jördis!

Meine eigenen Worte haben mich umwuchert. Die erlogenen Liebesbriefe an sie haben mich einer nach dem anderen gefangengenommen. Aber ein winziger Teil in mir war immer wach und aufmerksam und verfolgte das Unfaßbare mit einem Grinsen.

Die Unmöglichkeit der Gegenwart.

Ihre Worte in den Briefen – ich habe sie getrunken. Das Bild – ich habe es zerrissen und in mein Begehren getunkt, um es auf die Zunge zu legen wie eine Hostie. Denn dies war ihr Leib, den ich herunterspülte mit ihrem Blut.

Gibt es einen anderen Leib als Bilder?

Gibt es ein anderes Blut als Worte?

Immer ist Gegenwart bereits vergangen.

Ich aß sie. Ich trank sie. Und jeder Bissen machte mich hungriger. Und jeder Schluck machte mich durstiger.

Doch trotz allem war ein winziger Teil in mir immer wach und aufmerksam und grinste.

Ja – ich verschreibe euch, die ich so abgrundtief hasse.

Auch dich, Alexander. Trotz allem. Was hast du gedacht? Jede Wirklichkeit liegt in der anderen, die in eine weitere gebettet ist, die wiederum eine andere verschließt und so weiter. Eine scheinbar nicht endende Spirale von Wirklichkeiten.

Ich denke oft an unsere Kindheit zurück, öfter als du, da bin ich sicher, und manchmal möchte ich dem kleinen Mädchen, das da vor meinem inneren Auge auf- und abspaziert, einen Tritt in den Hintern geben. Ihr allzu zögerliches Beharren auf ihre Träume, seien es Alp- oder Wunschträume, es geht mir auf die Nerven. Diese feige Scheinheiligkeit, mit der sie während der Geschichtsarbeit von ihrer Banknachbarin abgeschrieben oder zitternd und betend in der Biostunde gesessen hat, wenn es eine unverhoffte mündliche Leistungskontrolle gab und der Lehrer quälend langsam die Namen im Klassenbuch durchgegangen war, um sich einen davon herauszupicken. Diese Heuchelei, mit der sie sich in das Klassengefüge eingepaßt und fremde Ängste zu ihren eigenen gemacht hat! Es ist alles so enttäuschend.

Was hatte dieses Mädchen denn zu verlieren? Nichts als ihre Wankelmütigkeit, nicht wahr? Sie hätte ein starker Charakter sein können. Zwar nicht gut in der Schule, aber kraftvoll im Wesen. Warum hat sie nicht nach der Geschichtsstunde leichten Herzens ein leeres Blatt Papier abgegeben, warum nicht im Biounterricht großzügig auf den Namen gewartet, und wenn es ihrer gewesen wäre, dem Lehrer ganz ehrlich gesagt: Ich habe das nicht gelernt, weil ich bis abends Kaulquappen aus der Prißnitz gefischt habe. Man kann sie verkaufen an die Tierhandlung, wußten Sie das?

Ja, manchmal möchte ich das kleine Mädchen von damals schütteln, das sich immer überall durchgeschummelt hat, grinsend oder verlegen mit den Füßen auf dem Boden herumscharrend, durch die Kindheit, durch die Jugend, ein Mädchen, dem niemand etwas Besonderes zugetraut hatte, außer natürlich schlechte Noten und fadenscheinige Ausreden. Aber vielleicht lüge ich ja. Es könnte auch anders gewesen sein, Alexander. Anders, als du denkst, und anders, als unsere Eltern, Eva und alle Leute sich jemals denken würden. Ich könnte dich nämlich seit einer Ewigkeit schon gehaßt haben. Und mein ganzer sogenannter Leichtsinn und die Verantwortungslosigkeit, die mir als Ruf anhaften wie Pech, all das könnte nur ein Vorwand gewesen sein, hinter dem sich Haß am besten verstecken ließ. Denn eines Tages, wenn ich erwachsen wäre, das wußte ich, würde ich mich rächen.

Alexander, glaubst du wirklich, ich hätte nicht gemerkt, daß du das Lieblingkind unserer Eltern warst? Immer haben sie dich mir vorgehalten. Dabei warst du in Sport, Technischem Zeichnen und Russisch eine Flasche. Da war ich viel besser. Aber das spielte ja keine Rolle. Nur die Musik hatte Bedeutung! Wie sie sich gefreut haben, als du dich heimlich an dem heiligen Klavier zu schaffen gemacht hast. Eva und mich hatte das alte Ding nie interessiert. Außerdem hatten die Eltern ja verboten, darauf rumzuklimpern. Wie sie dann alle Hebel in Bewegung gesetzt haben, daß du zur Musikschule konntest.

Und ich? Mich haben sie gar nicht beachtet. Ich war immer nur das schlechte Beispiel. Ja, du bist von klein auf bemerkt und gefördert worden, da ist es doch klar, daß du später dann Preise gewonnen hast. Hast du dich jemals gefragt, warum ich nie mit zu deinen Aufführungen gekommen bin? Nein, ich war nie wirklich krank, und die ganzen wichtigen Verabredungen, die ich angeblich hatte – alles erstunken und erlogen. Es hat mich geärgert, verstehst du, es hat mich einfach geärgert, daß dir alles gelungen ist und mir nicht. Ich wollte nicht, daß du mein Bruder bist. Nicht so ein Strebertyp. Nicht so eine miese Angeberratte! Verstehst du? Wärst du nicht mein Bruder gewesen, hätte ich dich einfach mal auf dem Heimweg von der Schule überraschen können. Ich hätte mich einmal mit dir auf dem Boden gewälzt, dir ein paar Haare rausgerissen, dich dann in die Prißnitz geschmissen und zum Abschluß ins Bein gebissen. Und dann wäre es wahrscheinlich gut gewesen. Aber nein, das ging nicht. Der Schleimbeutelwundertyp mußte ja ausgerechnet mein eigener Bruder sein!

Ich war ein Spätzünder, okay. Aber als du dann angefangen hast, deine ersten Preise zu gewinnen, hatte ich auch etwas entdeckt, was mich fesselte. Doch das wollte keiner mehr wissen. Ich war ja schon fünfzehn. Zu alt, um ein Wunderkind zu sein. Und Mutti und Papa waren nur noch mit dir beschäftigt. Überall gaben sie mit dir an. Auf allen Familienfeiern mußtest du was vorspielen.

Weißt du noch, als ich mit sechzehn so gern in diesen Schreibkurs für Jugendliche wollte und Mutti und Papa damit bedrängte? Aber der Kurs war in Dresden, und sie wollten mich einfach nicht hinfahren lassen. „Wie, zweimal in der Woche? Und da willst du ja wahrscheinlich mit dem Moped hin. Aber Franziska – mit dem Moped bis nach Dresden! Wohl auch noch im Winter? Und dann immer erst mitten in der Nacht zurück?" In Elternsprache heißt ja um sieben Uhr abends schon mitten in der Nacht. „Und das gerade jetzt, so kurz vor den Prüfungen? Du bist sowieso schon so schlecht. Nein, nein. Du brauchst die Zeit zum Lernen."

Bis nach Dresden! Als ob sie plötzlich nichts mehr davon wüßten, daß ich seit einem Jahr jedes Wochenende mit dem

Moped zur Disco nach Dresden fuhr. Und als ob du nicht ebenfalls in die Zehnte gehen würdest und in ein paar Monaten deinen Abschluß machen müßtest wie ich. Aber nein, du warst ja was ganz Besonderes. Du durftest zur Musikschule gehen, und das sogar jeden Nachmittag, und für deine Auftritte hast du gleich ganz schulfrei bekommen. Mir allerdings ist nichts übriggeblieben, als der *AG Literatur* beizutreten, die von unserer Deutschlehrerin geleitet wurde. Denkst du, so was geht spurlos an einem vorüber, Alexander? Da hat sich viel angesammelt im Laufe der Zeit.

Aber das hast du mich nie gefragt. Bist du wirklich so dumm zu glauben, daß Geschwister sich lieben müßten, nur weil sie das gleiche Blut haben, weil sie zur selben Stunde geboren worden sind, weil sie miteinander schlafen?

Und dann war da diese Sache mit deinem „Wundertalent". Ja, davon schwärmten sie alle. Daß du so unglaublich begabt seist. Während ich – aber das spielt jetzt keine Rolle. Du bist einfach hinreichend gefördert worden. Was heißt gefördert? Bemuttert! Dir haben sie hinten und vorn alles reingesteckt. An dich haben sie geglaubt, und das haben sie dir und allen Leuten ja auch bei jeder Gelegenheit erzählt. „Ja, der Alexander, das ist ein kleiner Mozart." Kein Wunder, daß du selbst irgendwann daran geglaubt hast. Für dich gab es nicht eine einzige Verpflichtung im Haushalt. Du mußtest nie im Garten mithelfen. Du hast immer schön Klavier geübt, da stört man nicht mit Kartoffelschälen. Wenn ich später mal in meinem Zimmer gesessen habe und meine Ruhe wollte, hieß es immer: Hilf mir mal beim Autowaschen, sieh mal, die Vögel brauchen Wasser, und die Treppe ist ja immer noch nicht gekehrt. Was ich da am Schreibtisch machte, war nur eine Phase, ein bißchen peinlich, wie Nägelkauen vielleicht. „Das paßt doch nicht zu dir", Franziska, und sie spielten wohl auf die sechs Baumhäuser an, auf meine mit zwölf Jahren selbstgebaute Tarzanbrücke über die Prißnitz oder auf den sich jedes Jahr wiederholenden Rekord bei der Schulfriedensfahrt. Aber ich finde es fies, durch seine Kindheit festgelegt zu sein. Ich hatte keine Lust mehr, die Sportschule zu besuchen. Ich streikte. Unsere Eltern waren damals ohnehin dagegen, und ich war froh gewesen. Warfen sie sich das nun vor? Oder mir?

Das war vorbei. Sicher, ich spielte immer noch gern Fußball, und beim Armdrücken hat mich bis heute noch niemand besiegt, aber das hat doch nichts zu sagen. Ich wollte schreiben, und darf man das nicht mehr, sobald man die Goldmedaille der Bezirksmeisterschaft im Zehnkampf um den Hals hängen hat?

Als ich es dann aus eigener Kraft geschafft und mit achtzehn den zweiten Preis beim Jungautorenwettbewerb gewonnen hatte, da galt das alles gar nichts. Diese zweiten Plätze sind etwas, was mich heute noch wurmt. Tief in mir weiß ich nämlich, daß ich im Sport besser gewesen wäre als im Schreiben, und das ärgert mich. Ich kriege immer nur die zweiten und die dritten Plätze und oft auch gar keine, während du jedesmal mit deiner Musik der erste bist. Sogar mein erstes eigenes Buch war für niemanden mehr etwas Besonderes, nachdem du mit deiner Sinfonie den höchsten aller Preise bekommen hattest.

„Also, Ihr Buch ist ja sehr interessant. Aber sagen Sie mal, stimmt es, daß Sie verwandt sind mit ..." Das habe ich nach jeder Lesung gehört. Vielleicht hätte ich es gleich auf das Cover schreiben sollen: „Von der Schwester des preisgekrönten Musikers." Ja, so was ist ärgerlich. Wenn du mal zu einer meiner Lesungen mitgekommen bist, haben sie dich geknipst, immerzu nur dich, ein richtiges Blitzlichtgewitter, sogar während ich gelesen habe, und alle wollten Autogramme von dir. In jeder Rezension fand sich zuverlässig der Hinweis: „... ist die Zwillingsschwester des bekannten ..."

Kannst du dir überhaupt vorstellen, wie sehr man darunter leidet? Wie sehr *ich* darunter leide? Ich frage mich schon, ob die Leute nicht denken: Die verkauft ihre Bücher doch nur, weil ihr Bruder der berühmte ... und so weiter. Was glaubst du, was ich dafür gäbe, einmal als ernsthafte Schriftstellerin und nicht als deine Schwester von der Presse wahrgenommen zu werden. Diese ständigen Weichzeichnerfotos, die sie von mir abdrucken und die so gar nicht zu meinem Buch, dafür aber hinreißend zu deiner Musik passen! Was gäbe ich darum, nur einmal einen Artikel ohne Schwulst über mich zu lesen, einen Artikel, der sich einfach nur mit meiner Schreibtechnik auseinandersetzt.

Jeden mickrigen Zeitungsartikel von dir haben unsere Eltern ausgeschnitten und aufgehoben. Natürlich kommen sie auch hin und wieder zu einer meiner Lesungen, aber Musik – Musik geht ihnen eben über alles. Warum, zum Teufel, bin ich in eine Musikerfamilie hineingeboren worden! Gott, wie ich das alles hasse.

Alexander, hast du wirklich nicht damit gerechnet, daß ich mich eines Tages rächen würde? Genau wie ich mich an Helen und Jördis rächen würde. Ich hasse euch alle. Und dieses Begehren? Das gehört dazu, würden Sie sagen, Elise, nicht wahr? Eines Tages werde ich euch drei töten. Bald, sehr bald. Dann nämlich, wenn ich das letzte Wort meines Buchs schreibe.

Einmal werde *ich* das letzte Wort haben.

Nach einem Jahr unseres Briefwechsels kamen plötzlich keine Briefe mehr von Jördis. Wir hatten uns auf einen Wochenrhythmus eingependelt. Die Woche verstrich. Ich wartete. Die zweite Woche verging. Nichts passierte. Ich wartete noch eine weitere Woche ab, dann schrieb ich ihr. Vielleicht war sie krank? Hatte sie einen neuen Job war zeitlich völlig eingebunden? War sie verliebt? Auch nach diesem Brief kam keine Antwort, nicht mal eine Postkarte, und ich stürzte in ein Loch.

Das Manuskript *Berührungen* lag auf dem Schreibtisch. Ich konnte nicht daran arbeiten. Es war, als hätte jemand einen Hahn abgedreht. Das hatte mit ihrem Schweigen zu tun. Was war sie für mich? Eine Schreibnotwendigkeit? Etwas, wohin die Verzweiflung des Ehrgeizes einen treibt?

Zuerst wartete ich. Ich wartete darauf, daß die Leere in meinem Kopf wich, damit er sich wieder mit Einfällen füllen konnte. Aber die Worte kamen nicht zurück. Nur die Leere blähte sich.

Drei Monate Schweigen.

Ich zwang mich inzwischen, an dem Buch zu arbeiten, aber ich knüllte jede neue Seite zusammen. Was sollte ich mit Sätzen, die blutleer waren? Ich setzte mich hin und weinte. Ich haßte Jördis, haßte sie dafür so sehr.

Das ist Ihnen jetzt zu dumm?

Na ja, das klingt schon ungewöhnlich, und, ehrlich gesagt, kenne ich auch niemanden, der täglich solche Sachen erzählt wie Franziska. Aber trotzdem. Ich habe eine Vermutung.

Es wäre doch schließlich möglich, daß nicht Franziska selbst, sondern nur ihre Manuskriptseiten Jördis vermißten.

Gut, das klingt alles nicht sehr realistisch, aber immerhin, es wäre doch möglich, oder?

Könnten Sie sich vorstellen, daß es Menschen gibt, die den Sinn ihres Lebens darin sehen, nach Worten zu suchen, die ihre Wurzeln in den tiefsten, den tierischsten Gründen ihres Seins haben? Worte, die sich sofort auf die Zunge legen und würzigen Schweiß im Mund hinterlassen? Worte, in der Nässe des Geschlechts geboren, zwischen bebenden Lippen? Menschen also, die alles daran setzen würden, eine solche Sprache zu finden, die sie niemals beherrschen würden, sondern die sie beherrscht? Und könnten sie sich vorstellen, daß Franziska so ein Mensch wäre?

Gut, das ist nicht gerade die Regel von dem, was Leute sonst im Leben suchen, Partnerschaft, verläßliche Freunde, Anerkennung und Erfolg im Beruf, finanzielle Sicherheit und so weiter. Aber schließlich haben wir hier ein Buch. Wir können uns hier mal ein paar sonderbare Lebensziele angucken. Werfen Sie mir das nicht vor. Realistisch zu sein, ist nicht die Haupteigenschaft eines Romans, oder?

Wenn also Franziska tatsächlich so ein Mensch wäre, wenn sie nach dieser bestimmten Sprache suchen würde, dann wäre es doch logisch, daß sie Jördis' Briefe dazu brauchte. Und Jördis' Kopf. Die Vorstellung von Jördis' Körpers. Denn eine solche verrückte Sprache kann man nur in der Reaktion aufeinander finden.

Ohne Jördis' Worte wären ihre eigenen folglich mit einem Schlag frigide.

Ich könnte mich mit alldem hier irren. Aber sollte man deshalb leichtsinnig außer acht lassen, daß eine solche Vermutung wahr sein könnte?

Ich hasse Abschiede.

Tschüß. Leben Sie wohl. Ade.

Manche Worte darf man nicht aussprechen, nur damit sie nicht wahr werden.

Dieser plötzliche Anfall von Verstehen.

Es gibt Worte, die schaffen Endgültigkeit.

Dieser plötzliche Anfall von Verstehen, wie Leben funktionieren könnte!

Vor einigen Monaten saß ich wieder einmal in einem Zug, schmökerte in einem Buch, in einem Abteil ganz für mich, und ich hoffte, noch lange ungestört zu bleiben. Da öffnete sich die Tür, und eine Frau kam herein. Ich war ungehalten. Ich wollte keine Unterhaltung. Ich wollte einfach nur sitzen und lesen. Sie nickte mir kurz zu, kein Wort fiel, dann setzte sie sich. Das war im Winter gewesen. Draußen lag Schnee. Sie trug einen dünnen Mantel, viel zu dünn für die Jahreszeit.

Ich erinnere mich daran, als sei es gerade eben gewesen.

Nach einer Weile griff sie in ihre Handtasche und zog ein Buch hervor. So verging eine halbe Stunde in vollkommener Stille. Dann stand sie plötzlich auf und zog den Mantel aus. Zum Vorschein kam ein Kleid aus Seide. Ein ärmelloses, grünes Kleid. Ich konnte den Blick nicht mehr abwenden. Mein Buch war vergessen. Sie mußte erbärmlich gefroren haben, draußen. Meine Augen wanderten ihre Gestalt ab und kamen bei den Füßen an. Sie trug Hackenschuhe mit Riemchen um die Knöchel. Das Erstaunen mußte mir im Gesicht gestanden haben, denn auf einmal fing sie an zu lachen. Ein leises, glucksendes Lachen. Ein Lachen, das man niemals einer Fremden schenken würde; soviel Intimität lag darin, soviel Vertrautheit. Ich sah wieder hoch.

„Guten Abend", sagte ich endlich, und sie nickte freundlich wie zum Anfang. „Entschuldigen Sie, ich starre Sie so an. Aber die Kälte draußen und das Kleid! Sie gehen heute bestimmt noch aus?"

„Nun ja, ausgehen. Wenn man es so nennen will", sagte sie, zog den Saum ihres Kleides ein Stück in die Höhe und wippte mit den Füßen. „Sehen Sie? Diese Schuhe?"

„Das sind Tanzschuhe, nicht? Sind Sie Tänzerin?"

„Unbedingt!" Und dann lachte sie wieder. In diesem Moment stieg eine unbändige Freude in mir auf.

„Tänzerin! In welchem Ensemble tanzen Sie denn? Ich glaube, ich habe Ihr Gesicht schon mal gesehen." Heute könnte ich mich ohrfeigen dafür.

„Sie wollen wissen, wer ich bin? Nein. Ich tanze in keinem Ensemble. Ich tanze ganz allein."

So begann eine merkwürdige Unterhaltung. Ich weiß nicht mal ihren Namen. Ich weiß gar nichts von ihr. Ich habe sogar vergessen, wann genau es gewesen ist und wohin ich gefahren bin. Sie schien eine von denen sein, die mein Leben streifen, jeden Tag, Menschen, die einen sogar kurz anrempeln, und dann sieht man auf und in ein Gesicht hinein, das man sofort vergißt, sogar den kurzen Zusammenstoß vergißt man, alles vergißt man. Aber sie war anders. Kein Wort unserer Unterhaltung habe ich vergessen. Ich weiß nicht, was es war. Vielleicht die Selbstverständlichkeit, mit der sie Tanzschuhe und ein Tanzkleid mitten im Winter trug, obwohl sie offenbar nicht vorhatte, auszugehen.

„Ihre Leichtigkeit – so etwas wünsche ich mir."

Sie lachte erneut.

„Wirklich? Wissen Sie, es gibt einen Unterschied zwischen Leichtigkeit und Leichtfertigkeit", sagte sie, „und es ist ein Kampf bis dahin. Man muß sich erst durch seine Ernsthaftigkeit bis zur Leichtigkeit durchkämpfen."

Dann reichte sie mir ihr Buch.

„Ich borge es Ihnen. Lernen Sie tanzen."

Bei der nächsten Station stand sie auf, zog ihren Mantel an und griff nach ihrer Handtasche.

„Sie steigen hier aus?"

Sie nickte. Sie stand schon an der Tür.

Und da war mir, als platzte plötzlich ein Ballon voller Fragen in meinem Kopf, aber nichts kam mir über die Lippen. Sie lächelte.

„Nein, fragen Sie nichts."

Sie zog die Tür auf. Ich öffnete den Mund.

„Nein, sagen Sie nichts. Verhalten wir uns einfach so, als würden wir uns wiedersehen. Wir werden es nicht. Das wissen wir. Aber lassen Sie uns nicht Abschied nehmen, bitte. Ich hasse Abschiede so wie Sie. Lernen Sie lügen!"

Sie zog die Tür zu und war fort. Ich kannte sie. Mein Gott, ich kannte sie! Ich konnte mich nicht erinnern. Der Zug rollte an. Da legte ich den Kopf in die Hände und weinte.

Dieser plötzliche Anfall von Verstehen, wie Leben funktionieren könnte.

Lernen Sie lügen.

Wenn ich heute an diese Begegnung zurückdenke, kann ich mir ihre Gestalt nicht mehr vollständig vor Augen holen. Das einzige, woran ich mich wirklich erinnere, sind die Riemchenschuhe, das grüne Kleid aus Seide und der dünne Mantel. Ihr Körper, ihr Gesicht, das alles ist mir abhandengekommen. Ich kann nicht mal mehr sagen, ob sie eine Brille getragen hat oder wie alt sie war.

Überhaupt, ihr Alter. Ich hätte schwören können, daß sie jung war. Mitte Dreißig höchstens. Aber ich bin mir eben nicht mehr sicher. Wenn ich sie mir heute vor Augen hole, erinnere ich mich an einen faltigen Hals und an schlohweißes Haar. In lichten Momenten sage ich mir, das ist alles Quatsch. Eine so alte Tänzerin kann es gar nicht gegeben haben; mein Gedächtnis spielt mir einen Streich. Aber falls es die junge Tänzerin jemals gegeben hat, ist sie durch etwas Mysteriöses in meinem Kopf ausgelöscht worden. Sie wird älter von Mal zu Mal, da ich sie erinnere, ihr Haar weißer, ihr Hals faltiger, ihre Hände fleckiger, aber ihr Kleid ist immer strahlend grün, die Schuhe sind blank, die Augen glänzen, und egal, wie sehr ihr Körper sich auch verändert – es gibt mir jedesmal einen Stich mitten ins Herz. Ich wünsche mir so sehr, Sie noch ein letztes Mal im Arm zu halten. Elise.

Ich habe immer noch Ihr Buch. Aber ich habe es aufgegeben, darauf zu warten, daß Sie es abholen. Ich höre noch Ihre Worte, die Sie mir eines nachts im Künstlercamp ins Ohr geflüstert hatten, allerdings zehn Jahre bevor ich Sie im Zug wiedergesehen und nicht erkannt habe. Zehn Jahre, bevor Sie mir das Buch geborgt haben: „Franziska, Sie wissen es doch. Ich verborge nur, was ich auch verschenken würde. Es hängt von den Menschen ab, was das ist. Es ist ein Spiel. Lernen Sie es. Lernen Sie, Ihr Herz zu verborgen!"

Niemand weiß, daß Jördis und ich ein Spiel gespielt haben. Zu Beginn unserer sonderbaren Korrespondenz hatten wir ausgemacht, uns keinesfalls zu sehen. Es wäre nach Briefen, wie wir sie dann geschrieben haben, auch nicht mehr möglich gewesen. Wie hätten wir uns gegenübertreten sollen? Wir hatten beide gelogen, drei Jahre lang, hatten Worte geschrieben, die keine von uns meinte. Zarte Worte. Liebesworte. Und nur aus Neugier. Um zu sehen, was dann passierte. Ich habe das geliebt. Diesen Kitzel, Worte zu verwenden, die man normalerweise nur der Geliebten ins Ohr flüstert. Es war ein Sakrileg. Eine Straftat. Ich habe immer damit gerechnet, eines Tages für all das bezahlen zu müssen.

Es gibt nichts zu erklären. Borgen und Schenken ist dasselbe. Das ist alles.

Jördis und ich haben uns nicht gesehen. Drei Jahre lang nicht. Worte sind so unglaublich verlogen. Wie Kulissenbrunnen in der Wüste. Ich habe drei Jahre lang an Tropfen aus Pappmaché gesaugt, meine Finger sind über den Brunnenwassergrund aus Pressholz geschrappt, doch meine Kehle hat nicht aufgehört zu brennen. Ich habe nicht gewußt, daß Worte, welcher Art auch immer, wie Samen sind, die ins Herz fallen und eines Tages anfangen zu wachsen.

Und dann sind wir uns begegnet. Es war ein Zufall. Oder ein Schicksal. Es ist dasselbe.

Wieder sehe ich ihn an. Helens Blick von der Seite ist scharf. Ich bewege die Lippen und forme erneut: Br–

Ich müßte vorsichtiger sein. Helen ist aufmerksamer als jeder andere. Vielleicht wollte ich deshalb, daß sie hierherkommt? Weil man sich in ihrer Nähe niemals den Luxus der Gleichgültigkeit erlauben dürfte? Erlauben darf. Es ist verrückt.

Ich sehe ihn an. Es ist egal, daß er so nah sitzt. Nähe spielt keine Rolle. Er fehlt trotzdem. Er fehlt mir mein ganzes Leben lang. Helens Blick auf meinen Wangen. Ich bewege die Lippen und forme: Bru–

Wem kann ich anvertrauen, daß ich glaube, meine Sprache zu verlieren? Daß ich glaube, meinen Verstand zu verlieren? Seit einiger Zeit habe ich das Gefühl, ein Vergilben ziehe über meine Lippen und entfärbe meine Worte.

Ich habe Angst vor einem endlosen Schweigen, denn das Schweigen ist ein Brunnen ohne Wasser. Ich komme nicht auf den Grund. Es ist entsetzlich. Ich komme einfach nicht auf den Grund des Schweigens. Ich glaube, ich werde verrückt. Ich rufe ins Dunkel. Nach langer Zeit kommt ein Echo zurück. Das ist alles, was ich von mir weiß.

Ich hasse ihn. Aber ich will seinen Körper spüren. Sie beobachtet mich, und ich sehe ihn an und erröte dabei. Ich kann nicht anders. Ich spitze die Lippen und sage: Brud—

Wenn ihr mich doch verstehen könntet. Wenn ihr mir doch verzeihen wolltet.

Kaum daß ich daran denke, wie oft ich das Wort Liebe verwendet habe, werde ich heiß vor Scham. Warum, verdammt, ist es so einfach, solche Worte auszusprechen, sobald man sie nicht ernst meint? Hatte ich mich auf einer Party mal wieder heillos betrunken, war es selbstverständlich, daß Helen mich nach Hause brachte, daß sie mich hielt, wenn ich mich auf der Straße oder im Klo der Gastgeber übergeben mußte, und daß sie die ganze Zeit hindurch all mein Gejammer klaglos ertrug. Es ist seltsam, aber in den Momenten, wenn ich betrunken war, habe ich Helen meine Liebe erklärt. Doch sogar in den Situationen, wenn ich selbst daran zu glauben anfing, weil mir meine emphatischen Worte so herrlich in den Ohren klangen, in den vielen sommersüßen Nächten damals in Berlin beispielsweise, die nach Lust rochen und alte Instinkte wachzurufen schienen, wenn wir gemeinsam durch die Straßen und Clubs zogen und ich weinschwer in ihrem Arm hing und dann abrupt unter einer Straßenlampe anhielt, um ihr bitterernst zu erklären: „Ich möchte, daß wir uns nie trennen!", sogar in solchen Momenten, wenn ich fraglos vor ihr auf die Knie gesunken wäre und ihre Beine flehend umfaßt hätte, wenn sie mir ihre Zuneigung plötzlich entzogen hätte, war etwas in mir, was immerzu lachte und lachte und lachte. Sobald Helen zu lächeln begann und mir erklärte, daß sie mich nie aus eigenen Stücken verlassen würde, war die kurze Stimmung vorbei. Ich haßte sie. Sie war so einfältig. Aber ich konnte nicht zurück. Lügen wollen ausgekostet werden. Ich habe immer wieder gelogen, und es war wundervoll, heilige Worte zu verwenden.

Warum nur kann ich alles aussprechen, was ich nicht meine? Warum kann ich immer alles verteidigen, was ich nie getan habe? Und warum verschließt eine merkwürdige Scheu mir den Mund, wenn ich einmal ehrlich sein will?

Jetzt ist mir Helen sogar bis nach Australien gefolgt. Ich sehe ihr blasses Gesicht an. Sie ahnt was. Sie schaut zu Alexander und dann wieder zu mir, und sie sieht so ernst aus. Ja, ich bin mir sicher: Sie ahnt etwas.

Alexander und ich sind ein halbes Jahr hier. So viele zweideutige Momente lang, aber ich habe nichts Richtiges dabei gespürt. Erst jetzt, da ich diesem Verlangen nicht nachgeben darf. Erst jetzt, da wir jeden Moment auffliegen könnten. Da ein einziges Augenflattern uns verraten würde. Doch nie, niemals war die Versuchung, ihn zu berühren, so quälend wie in diesem Augenblick. Das labyrinthene Nervengeflecht meines Begehrens. Verlangen braucht einen dritten Menschen, das ist fürchterlich.

Ich sehe Helen in die Augen, während ich mich nach ihm verzehre, und endlich, endlich kann ich es sagen: „Bruder."

Fehlen ist die intensivste Form der Anwesenheit. Ist es wirklich so, daß die Zeit sich erst dehnen muß, um die Liebe zu umfassen?

Während der drei Jahre, in denen wir uns schrieben, habe ich dich geliebt, Jördis. Aber ich wußte es nicht, genau wie Elise es vorhergesagt hatte. Ich wußte auch nicht, daß Liebe bedeutet, es auszusprechen. Oder es zu schreiben. Ich habe immer gedacht, ich bilde mir das alles ein. Ich steigere mich da rein. Und ich war auch noch stolz gewesen auf meine Fähigkeit, mich voll und ganz auf das Spiel einzulassen.

Warum bin ich nicht aufmerksam geworden, als meine Hände angefangen haben zu schmerzen von zurückgehaltenen Berührungen? Als ich deinen Namen wie ein Juwel zu hüten begann? Ich habe es vermieden, ihn auszusprechen. Ich habe mir den Klang aufgehoben für die schlimmsten Momente, für die Nächte, wenn ich von Katzen träumte, immer wieder von Katzen, wenn ich erwachte mit zitterndem Herzen und meine Hände nicht mehr wußten, wohin vor Schmerz.

Jördis.

Eine solche Liebe kann nicht leben. Nicht im Alltag. Es gibt für sie nur eine einzige Möglichkeit zu überleben. Als Wort. Deshalb habe ich meine Sehnsucht in mein Buch eingewoben; ich habe deinen Namen mit dem einen Wort umsponnen, das Fehlen beschreibt. Und niemand wird das wissen, nur du.

Nach drei Jahren sah ich dich wieder.

Und diese den Worten und Fragezeichen und Gedankenstrichen und Punkten gestohlene Liebe hat nicht überlebt, Jördis. Fehlen ist die intensivste Form der Anwesenheit. Du warst für mich verloren, sowie wir uns gegenüberstanden. Jetzt möchte ich manchmal in einen ewigen Schlaf stürzen wie in einen Abgrund.

Helen denkt, sie ist es gewesen.

Aber ich habe mich nicht von Jördis getrennt, weil Helen eine Konkurrenz gewesen wäre. Keine war je eine Konkurrenz.

Ich sehe den Tag noch vor mir, als sie zu mir gekommen ist, so scheinheilig, und meinte: „Du, ich habe da was über

Jördis herausgefunden. Was Merkwürdiges. Ihr habt doch gerade Zoff miteinander? Wenn du das hörst, wirst du ihr alles verzeihen."

„Was?" hatte ich desinteressiert gefragt.

„Es hat mit ihrem Schreiben zu tun. Du, Jördis hat noch was ganz anderes geschrieben als Lyrik. Und ich hab es nur durch einen absurden Zufall rausgekriegt. Aber das Verrückte daran ist, daß es etwas ist, was sie verwundbar macht. Kannst du dir das vorstellen?"

Da war ich hellwach, packte sie an der Schulter und zischte ihr ins Gesicht: „Leck mich, ja!", drehte sie herum und schubste sie aus der Tür.

Jördis verwundbar? Jördis, die Sympathische? Ohne mich! Ich hatte schon genug mit meiner Sympathie für sie zu kämpfen. Und mit meiner Langeweile. Ich brauchte jetzt nicht noch den berühmten Tropfen für das berühmte Faß.

Seit ich sie kannte, schrieb sie an ihrem Roman. Jördis war als Lyrikerin ein bekannter Name, und eins war sicher: Ihr Roman würde Furore machen. Sie zeigte mir keine einzige Seite davon. Insgeheim hatte ich Angst davor gehabt, daß sie eines Tages damit fertig werden könnte. Es gab bereits einen interessierten Verlag. Was würde aus mir werden, wenn dieser Roman erschienen war? Wäre ich dann nicht noch ein weiteres Anhängsel? Diesmal nicht die Schwester, sondern die Lebensgefährtin der berühmten ...

Schon vorher haßte ich Jördis für all das. Aber ich hatte es doch so gewollt. Es durfte ja gar nicht anders sein. Sie war mein Feind, und als Feind mußte sie natürlich besser sein als ich, auch im Schreiben. Vor allem im Schreiben. Sie mußte mir Angst einflößen, sonst hätte ich allen Respekt verloren.

Und dann hatte Jördis ihr Buch tatsächlich beendet. Sie druckte die Seiten aus, heftete sie zusammen und schickte sie weg. Der Anruf kam schon zwei Wochen später. Eine begeisterte Zusage. Jördis fuhr sofort in den Verlag.

Am Nachmittag war sie zurück, sagte gleichgültig, daß sie auf eine Veröffentlichung verzichten würde. Dann ging sie in ihr Zimmer. Ich habe nie erfahren, was passiert ist. Sie hat mir das Manuskript nie gezeigt. Die Seiten lagen in dem einzigen verschließbaren Fach ihres Schreibtischs, und sobald ich Jördis darauf ansprach, wurde sie selbst zu einem solchen verschlossenen Fach.

Gerade in dieser strategisch wichtigen Zeit mußte ich mit Helen nach London. Aber ich habe innerlich getobt und geschrien. Wenn Jördis eine Auseinandersetzung mit ihrem Verleger gehabt hatte, warum war sie dann nicht ausdauernd genug gewesen und hatte nicht für ihr Buch gekämpft? Es hätte keine Auseinandersetzung gegeben, erklärte sie mir am Telefon, als ich aus London anrief. Sie hätte sich nur versichern wollen, daß ihr Buch tatsächlich gedruckt werden könnte. Das hätte genügt.

Mit ungeheurem Elan begann sie sich diesem verfluchten Übersetzerbüro zu widmen. Und das, verdammt, das kann ich ihr nicht verzeihen. Es ist nicht so, daß ich enttäuscht wäre, weil sie ihr Talent nicht ausnutzte. Sie hat mir meinen Haß kaputtgemacht. Das ist es.

Zuerst ist sie meine Geliebte geworden und dann ganz unspektakulär als schreibende Konkurrenz aus meinem Leben verschwunden. Aber ihre Entscheidung, einfach kurz vor ihrem literarischen Durchbruch aufzuhören, hat mir den Weg zu meiner eigenen Kreativität nicht freigemacht. Eher ist er nun völlig versperrt. Es muß ein unvorhersehbares Problem gegeben haben, und sie hatte es nicht geschafft, sich durchzusetzen! So war es. Sie war einfach zu schwach. Sie hatte keine Ausdauer. Sie packte es nicht richtig an. Und all das ist menschlich. Aber Feinde sind immer ein bißchen übermenschlich. Mit ihrer Schwäche hatte sie sich irgendwie liebenswert gemacht. Aber ich will keine Liebe, wenn Liebe Gewöhnung bedeutet! Ich will Ekstase. Ich will kämpfen müssen.

Und zu guter Letzt auch noch Helen mit ihrem kleinen Geheimnis über Jördis, das sie mir womöglich noch liebenswerter gemacht hätte.

Ja, ich weiß, das klingt seltsam, aber ich habe es immer gewußt: Eines Tages kommt man sich zu nah, und daran geht dann alles kaputt. Eines Tages weicht die Furcht, einander zu fremd zu sein, der Furcht, sich zu sehr zu kennen. Ich habe immer dagegen gekämpft, Jördis richtig kennenzulernen. Doch dann offenbarte sie nach und nach all ihre liebenswerten kleinen Defekte und Schwächen. Und plötzlich war sie mir nah. So nah, daß ihr Lachen mich töten konnte. So nah, daß ein Lachen mich getötet hat.

Helen denkt, es ist ihre Schuld, daß wir uns getrennt haben, aber das stimmt nicht. Ich habe diese Entscheidung nur so lange wie möglich hinausgezögert. Aber was blieb mir letztendlich anderes übrig? Ich suche nicht nach der Richtigen. Ich suche nach der Falschen.

Ich weiß weniger als je zuvor, was Liebe ist.

Ich soll mein Leben erzählen? Aber Leben kann man nicht erzählen! Leben kann man nur leben.

Man sollte sich niemals wünschen, einen gehaßten Menschen zu verlieren. Man sollte es auskosten, solange es dauert, denn wenn es eine Sache gibt, der man sich wirklich sicher sein kann, dann, daß man am Herz in absehbarer Zeit wieder heilt. Und einem Menschen zu begegnen, den man von ganzem Herzen hassen kann, ist genau solch ein Glück, wie jemanden zu finden, den man liebt.

In der letzten Nacht hatte Elise mehr gesagt als nur einen Satz. Ihre Hand lag leicht auf meinem Schenkel. Durch einen Spalt im Vorhang schien der Mond herein. Sie sprach leise, und ihre Augen lagen dabei auf mir, ganz schwer.

„Es gibt ein Wort, das muß man suchen. Fast alles fliegt einem eines Tages einfach so zu. Aber nicht dieses eine Wort, Franziska. Hoffen Sie nicht darauf. Suchen Sie es, und wenn Sie es gefunden haben, halten Sie es fest. Sonst stößt es Ihnen einmal jemand ins Herz, wenn Sie es nicht erwarten." Und dann haben Sie mich ganz zart geküßt.

Elise, ich habe jetzt manchmal genug vom Suchen. Genug vom Erwachsensein. Ich möchte schwach sein dürfen. Die Fäden aus der Hand legen. Man darf es nicht tun, ich weiß. Für alles, was man tut, trägt man immer nur allein die Verantwortung. Vor allem für seine Lügen. Doch sie haben mir die Schwachheit beigebracht, Elise. Ich sollte es wohl hinnehmen und darüber schweigen, aber ich kann nicht mehr. Ich bitte Sie: Kommen Sie zurück, Elise, und lassen Sie mich ein allerletztes Mal schwach sein.

Neben mir liegen Jördis' Briefe. Briefe mit Worten, die ein ganzes Leben füllen könnten. Die zwei Leben füllen könnten. Drei Jahre lang habe ich mich von Briefen ernährt. Ich bin süchtig geworden. Ja. Ohne Zweifel. Dabei habe ich doch genau erkannt, wohin alles führen würde. Ich habe die Symptome verharmlost, aber Sucht ist nichts Harmloses. Und die Sucht nach Worten ist die schlimmste überhaupt. Man wird sie nicht los. Nie mehr.

Fehlen ist die intensivste Form der Anwesenheit. In den Briefen war Jördis immer da. Ich trug sie in meiner Jackentasche mit mir herum. Sie war unter meinen Fingern. Die Seiten waren vom häufigen Berühren schmuddelig und hatten Falten bekommen. Ich saß mit Jördis im Bus, am Frühstückstisch, in der Vorlesung. Sie war in jeder Stadt, in der ich war. Als ein See von Tinte. Als ein Hügel von Buchstaben. Als ein Wald voller Satzzeichen. Eine Landschaft, die mich umgab.

Als unsere Beziehung anfing, hörten die Briefe auf. Wir kamen uns zu nah. Die intensivste Form der Anwesenheit hatten wir einfach verdünnt. Und das war unsere Tragödie.

Ich träume davon, die Schere zu nehmen und ihre Briefe auseinanderzuschneiden. Aber so was tut man doch nicht!

Doch wer weiß, vielleicht tun Sie es ja auch, und Sie reden nur nicht darüber?

Ich will jedes Wort einzeln herausschneiden. Und dann will ich sie einmal ergreifen, die Worte, und in die Luft werfen. Ich will mitten im Treiben stehen, nackt und ohne Namen, und die Worte sollen auf Arme, Beine und Brüste flattern, kurz liegenbleiben, wieder aufflattern, Haut und Haar streifen, und ich will stillstehen und mich umwirbeln lassen. Eine Erregung soll heranreifen, sich öffnen, und hier und da wird plötzlich ein Wort an meiner Haut hängenbleiben, dingfest gemacht von dem Verlangen, das das Papier tränkt und das Wort auflöst, bis es in die Haut fließen wird, Spuren von Tinte hinterlassend.

Erste Worte sind ein Rausch. Ich wäre so gern dabeigewesen, als das erste Wort auf Erden gesprochen wurde. Gemeinsam mit dem ersten Wort wurde der Wahnsinn geboren. Ich bin mir sicher.

Eines Tages erhielt ich einen Anruf. Ich hatte mich an einem Prosawettbewerb beteiligt und wurde zu einer Schreibwerkstatt nach Leipzig eingeladen.

Als ich ankam, sah ich Jördis sofort. Sie stand an der Rezeption und ließ sich den Schlüssel geben. Der Schreck! Wie ein Axthieb. Ich hatte nicht mit ihr gerechnet. In meinem Schädel pochte eine Wunde.

Aber wieso hatte ich nicht mit ihr gerechnet? Schließlich dachte ich jeden Tag an sie. War unsere Festlegung, einander nicht zu begegnen, tatsächlich schon so sehr Wirklichkeit geworden, daß sie sogar Zufälle ausschloß?

Bei ihrem Anblick rutschte mir die Reisetasche aus der Hand. Der Schirm knallte auf den Boden. Da drehte sie sich um.

Ihre Augen.

Sie hatte sich kaum verändert. Immer noch dasselbe kurze Haar. Immer noch streng nach hinten gegelt. Aber ihre Augen. Das erste und einzige Mal verriet sie sich. Ihre Hand zuckte zu ihrem Haar, fuhr hindurch, nervös, und verwuschelte es. Sehr kurz nur. Dann ließ sie die Hand wieder sinken, und eine blonde Strähne fiel ihr in die Stirn.

„Es gibt zwei Sprachen", hatte ich im Harz einmal Elise gegenüber behauptet. „In einer liebt man, in der anderen haßt man. Und die Lügen, die geschehen immer dazwischen."

„Nein", hatte sie lächelnd geantwortet. „Es gibt zwei Sprachen. In einer liebt man, in der anderen lebt man. Und Lügen gibt es nie."

Wenn ich an diese Situation in dem Leipziger Hotel zurückdenke, sehe ich uns immer in einem Film. Der Film, den ich später in einem von Jördis' verheimlichten Texten entdeckt hatte. Das Licht fällt auf die Linse der Kamera.

„Der Raum. Er liegt versunken im Halbdunkel", fängt Jördis' Text an. „Ab und zu streicht der Wind über den Stoff eines Vorhangs, purpurner Stoff, der das Licht zurückhält, und ein leises Rauschen taucht aus der Stille auf. Diese Hingegebenheit des Raums an den Augenblick. Sie lauschen in das Schweigen und vernehmen ihr eigenes Blut in den Ohren. Was ist Zeit? Sie kennen nichts als diesen Raum, dessen Wände mit Samt ausgeschlagen sind, Wände, die alle Geräusche verschlucken: jedes Seufzen, jedes Klagen, jeden Schrei. Ein Raum, dessen Boden die Laute ihrer Füße veratmet, ein Raum mit einem einzigen hohen Fenster, von dem sie nie die Vorhänge zurückziehen können, um sich hinauszulehnen und einen Blick auf die Landschaft zu werfen. Ein Raum, den sie nie verlassen werden."

Es gab nichts mehr. Nicht mehr die Rezeption. Keine neugierigen Blicke anderer Leute. Nichts. Ihr Film. Die Kamera surrt.

„Die Ewigkeit rollt heran. Sie stehen begraben in ihrem Schrei, den der zusammengeballte Stoff in ihren Mündern aufsaugt, in den feuchten Bildern, die in die Tücher vor ihren Augen tropfen, in ihrem Aufbegehren, das in die Fessel hineinschmilzt und sie fest umklammert hält.

Die Ewigkeit vergeht. Sie gehen aufeinander zu. Ihre Fingerspitzen treffen sich."

Ich dachte nicht mehr daran, daß jemand uns beobachten könnte. Meine Finger betasteten ihre Hände. Endlich. Meine Daumen strichen über ihre Handteller. Endlich. Meine Handflächen legten sich auf ihre. Endlich. Sie waren gleich groß. Da griff sie zu. Da griff ich zu. Und alles tat mir weh. Doch nicht, weil ihr Griff zu fest gewesen wäre. Ihre Augen. Der Raum.

„In ihren Augen spiegeln sich Phantome. Zwei Phantome stehen sich gegenüber, und ihre Fingerspitzen berühren sich. Zwei Phantome spüren einander, spüren das Phantomfleisch, die Kraft eines Phantomgriffs und die Leidenschaft dahinter. Sie sagen nichts. Der Stoff in ihren Mündern ist getränkt von nicht sprechbaren Worten. Verlangen hat keine Worte. Gläsern umwächst es die Haut. Glashaut. Jede Berührung bringt sie zum Klingen. Doch ein Wort sickert durch die Tücher, fällt zu Boden und zerpringt. Ein Riß durchzieht das Glas."

Gleichzeitig sagten wir: Ich …

„Der Vorhang reißt. Der Raum ertrinkt im Licht."

Und dann endlich lachten wir.

„Die Scherben. Das Licht. Der gerissene Film."

An diesem Tag begann unsere Beziehung, die entgegen aller Erwartungen jahrelang halten sollte.

Sie hat mir diesen Text nie gezeigt. Einmal fand ich die Schublade ihres Schreibtischs unverschlossen, und meine Neugier zog das Fach auf. Ein Stapel Manuskripte. Obenauf diese eine Seite. Ich hatte sie verschlungen. Als ich ein Geräusch an der Wohnungstür hörte, hatte ich die Schublade hastig wieder zugeschoben. Nie wieder danach war sie geöffnet gewesen. Einen Text wie diesen hatte Jördis niemals veröffentlicht. Das war nicht ihre Sprache. Das war nicht sie.

Später, viel später fragte sie mich einmal, ob es eine Möglichkeit zu sprechen gäbe. Eine Sprache, die Räume nicht ertränkte und Filme nicht zerrisse. Und jetzt erst verstehe ich, was sie meinte.

Das alles ist eine Täuschung.

Ich werde hier wegmüssen. Es wird nicht mehr lange dauern. Ich weiß es. Morgen werden wir in Port Augusta ankommen. Und dann fahren wir immer weiter, bis in die Wüste. Den Ayer's Rock ansehen. Uluru, sagen die Aborigines dazu. Ich flüstere es: Uluru. Noch ist es ein hohles Wort. Danach geht es in den Regenwald. Und schließlich an den Ozean, in den das Land hineinkippt.

Doch morgen sind wir in Port Augusta. Wir werden dieses Kino besuchen, von dem ich in meinem Reisetagebuch bereits geschrieben habe, und ich werde herausfinden, ob meine Worte stimmen. Ich hasse das alles jetzt schon.

Aber vielleicht wird Helen mich überraschen? Sie könnte ja in dem Moment, an dem ich die Hand auf ihre Brust lege, einfach anfangen zu sprechen: „Ich habe dir doch erzählt, daß ich ein Geheimnis über Jördis weiß. Und nichts wird mich davon abbringen, es dir jetzt zu verraten!"

Womöglich kann sich alles noch einmal verändern? Vielleicht kann das Leben ja noch eine überraschende Wendung nehmen? Ich möchte Lehm in der Hand haben. Aber wahrscheinlich wird alles so bleiben, wie es ist. Die Worte werden stimmen, und ich werde mich schuldig gemacht haben.

Es gibt eine Frage, die in mir brennt, trotz allem.

„Liebst du, nur mich, immer mich, endlos, mich allein? Liebst du?"

Die einzige Frage jedoch, die ich immer in mich hineinschweige, weil es Dinge gibt, die man niemals aussprechen darf. Doch unentwegt brüllt der Hunger in mir. Und obwohl ich weiß, daß nichts der Wahrheit ferner liegt als eine Antwort, will ich nichts als diese Antwort. Ich will Ausschließlichkeit. Sag es!

Aber lauf …

Ich will mich in die Antwort schmiegen wie in den betäubenden Blutgeruch eines frisch geschlachteten Tiers: „Ich liebe, liebe dich, nur dich, immer dich, endlos, dich allein. Ich liebe."

... schneller, viel schneller ...

Schwindeln soll mir von dem süßen, blutigen Geruch. Ins Hirn soll er tropfen, die Kehle füllen und die Augen auch.

... und dreh dich nicht um, dreh dich nicht um ...

Zuckerleim. Worte, die mich überziehen wie Sirup und die Fliegen anlocken, die mich surrend umkreisen, sich festsetzen und an mir saugen. Sag nichts. Sag: Nichts.

... denn die Hexen sind hinter uns.

Ich muß das alles hinter mir lassen. Bald, sehr bald, vielleicht schon morgen. Dieses Land. Diese Menschen. Diese Gefühle. Mich selbst. Einfach gehen, immer geradeaus, mich niemals umdrehen, mich nicht aufhalten lassen. Alle Bindungen zerbrechen, alle Hemmungen, alle Tabus. Einfach dahin gehen, wohin die Sehnsucht geht.

Ich werde meine Sprache finden, und dann werde ich sagen können, wer ich bin.

Elise, nicht wahr, eines Tages werden Sie da sein und sagen: „Pack den Koffer. Wein noch einmal. Laß eine Rose zurück. Und jetzt komm. Leg die Finger in meine Hand, da steht der Ballon. Sieh in die Wolken, Liebste, sieh nicht nach unten. Wir fliegen dorthin, wo die Nadeln nichts mehr anzeigen, wo sie nur noch tanzen können, weil alle Kompasse genau dorthin wollen: Wir fliegen zum Nordpol."

Aber jetzt, Elise, jetzt ist es noch nicht so weit. Ich warte auf Sie. Doch bis zu dem Tag, an dem Sie zurückkommen, werde ich mich unablässig fragen müssen, wer ich nur bin.

Epilog

Seien Sie nicht enttäuscht. Sie möchten eine Pointe? Damit Sie das Buch zuschlagen, in die Hände klatschen und sagen können: Ach, so war das alles! Das hab ich mir gleich gedacht! Sie wollen, daß ich Ihnen noch ein kleines Geheimnis verrate? Aber warum sollten Sie mir glauben? Ich könnte Ihnen doch hier auf der letzten Seite noch den allergrößten Bären aufbinden. Letzte Seiten eignen sich gut dazu. Und Sie könnten mich nicht mal zur Verantwortung ziehen. Denn Sie wissen ja nicht, wer ich bin.

Also gut. Nehmen wir einfach an, Franziska, Alexander, Jördis und Helen haben noch viel mehr gelogen, als Sie ahnen. Vielleicht habe ich mich diebisch auf diese letzte Seite gefreut, um Ihnen genau das zu sagen?

Was wäre zum Beispiel, wenn Franziska und Alexander gar keine Geschwister waren, sondern Fremde? Wenn sie sich auf dem Semesterball zum ersten Mal begegnet wären? Wenn sie aufgrund ihrer verblüffenden Ähnlichkeit beschlossen hätten, sich als Zwillinge auszugeben? Es gibt so viele Gründe, etwas derart Absurdes auszuprobieren, und wenn es nur der Kitzel ist, eines Tages aufzufliegen.

Und was wäre, wenn ein einziges unvorsichtiges Wort Jördis' gesamtes Leben verraten könnte, nämlich ein lausiges „Puffmais", anstelle von „Popcorn"? Sagt Ihnen der Name Chris etwas, mit der sie, seit sie achtzehn war, eine WG geteilt hat? Nein, diese WG befand sich nicht in Hamburg, wie Jördis behauptet hat. Was würden Sie davon halten, wenn Jördis bis zu ihrem Einzug in die WG in einem Heim für elternlose Kinder in Magdeburg gelebt hätte?

Und was wäre zu guter Letzt, wenn Helens Großmutter gar nicht Elise hieß und schon vor Helens Geburt starb? Wenn sie sich, weil sie so gelangweilt war vom Leben und von ihrer eigenen Bedeutungslosigkeit, eine Elise ausgedacht hätte? Und sei es nur gewesen, um sagen zu können: Ich gehe in den Fußstapfen einer außergewöhnlichen Frau?

Seien Sie nicht enttäuscht. Oder lesen Sie das Buch noch einmal. Sie würden sich wundern, wie viele Widersprüchlichkeiten selbst jetzt noch ans Licht kommen. Sie glauben mir doch nicht etwa?

Sehen Sie das Glitzern meiner Schleier? Lauschen Sie auf das Klingeln meiner Reifen. Atmen Sie den Duft meines Haars tief ein. Und jetzt schneiden Sie sich die Zunge heraus! Sie haben ein verbotenes Wort gekostet. Sie haben es aufgebrochen wie einen Knochen, die Lippen angesetzt und das Mark darausgesaugt.

Schließen Sie Ihre Augen. Lauschen Sie auf meine Worte, aber geben Sie jede Hoffnung auf.

Es gibt einen Wein, der berauscht wie kein anderer, und Sie haben auf den Hängen getanzt.

Ich könnte Ihnen alle Worte der Welt sagen, aber Sie würden nie erfahren, wer ich bin.

Kommen Sie näher. Noch näher. Geben Sie mir Ihre Hand. Tanzen Sie einfach mit mir! Flüstern Sie magische Worte mit mir! Wir könnten doch einfach behaupten, mein Name sei Elise.

Also fragen Sie mich bloß nicht, wer ich bin!

Antje Wagner

Der gläserne Traum

„Antje Wagner traut ihrer Sprache eine Sinnlichkeit zu, die in der heutigen Literaturszene selten, wenn nicht gar tabuisiert ist.“

Potsdamer Neueste Nachrichten

„Der gläserne Traum ist Lesegenuß pur, der alle Sinne befriedigt und Lust macht auf mehr.“

Listen

ISBN 3-89656-040-9

ISBN 3-89656-019-0

Madeleine Marti und Marianne Ulmi (Hg.)

Sappho küßt Europa

Geschichten aus zwanzig Ländern

Dieses einmalige Lesebuch versammelt zeitgenössische Schriftstellerinnen der lesbischen Literatur aus zwanzig europäischen Ländern: Von Finnland bis Griechenland und von Rußland bis Spanien. Neben bekannten Autorinnen wie z.B. Christa Reinig, Nicole Müller, Jeannette Winterson, Anja Meulenbelt und Karen-Susan Fessel, werden Geschichten bisher hier unbekannter Autorinnen dem deutschsprachigen Publikum zum erstenmal vorgestellt: Mireille Best, Mary Dorcey, Marianne Larsen, Pirkko Saisio, Natalja Sharandak und Suzana Tratnik.